Photographe, illustrateur, essayiste, auteur de BD, Romain Slocombe a écrit plusieurs romans policiers parus dans la « Série noire ». *Monsieur le Commandant* a été lauréat du prix Nice-Baie des anges et du Trophée 813.

Première Station avant l'abattoir a reçu le prix Mystère de la critique 2014.

Romain Slocombe

PREMIÈRE STATION AVANT L'ABATTOIR

ROMAN

Éditions du Seuil

Pour les citations :
© Ernest Hemingway, *Paris est une fête*,
Éditions Gallimard, 1964, traduit par Marc Saporta.
© Graham Greene, *Le Ministère de la peur*,
Éditions Robert Laffont, 1975, traduit par Marcelle Sibon.

TEXTE INTÉGRAL

ISBN 978-2-7578-4534-9
(ISBN 978-2-02-108688-1, 1re publication)

À trois rêveurs de révolutions :
Khristian Rakovsky, Max Eastman,
George Slocombe

et pour Dominique Mancini

Il n'est de mal qui ne soit engendré par quelque innocence.

Ernest Hemingway,
A Moveable Feast (*Paris est une fête*)

Ogni letizia in terra
È menzognero incanto ;
D'interminato pianto
Fonte è l'umano cor.
(Toute joie sur la terre / est un charme mensonger ; / le cœur humain est source / de pleurs infinis.)

Francesco Maria Piave
et Arrigo Boito,
livret de *Simon Boccanegra*

Plutôt que d'être seul épargné, ne valait-il pas mieux s'associer même aux crimes de ceux qui vous sont chers, partager leurs haines comme leurs passions et les suivre même jusque dans la mort ?

Graham Greene,
Ministry of Fear (*Le Ministère de la peur*)

Introduction

C'est en 2011, vers la fin du mois de septembre, que je reçus un appel téléphonique d'Amanda Finlay.

La critique d'art de Radio London et du Guardian *revenait de la Biennale de Lyon et avait quelque chose à me montrer à l'occasion de son passage à Paris. Nous décidâmes de nous retrouver au bar de l'Hôtel du Louvre.*

Arrivé en avance dans le quartier, j'entrai dans une librairie de la place du Palais-Royal où j'achetai, un peu au hasard, une édition de poche d'un roman récent, L'Horizon. *Comme je lisais, confortablement assis dans la lumière tamisée du bar de l'hôtel, une phrase s'attarda dans mon esprit : « [...] Pourquoi avait-il suivi ce chemin plutôt qu'un autre ? Pourquoi avait-il laissé tel visage ou telle silhouette, coiffée d'une curieuse toque en fourrure et tenant en laisse un petit chien, se perdre dans l'inconnu ? »*

Une ombre se posa sur la page et je levai la tête. Amanda Finlay ne portait pas de toque en fourrure ni ne tenait en laisse de petit chien. Elle s'appuyait sur une canne, et s'installa avec difficulté en face de moi dans un fauteuil bas et profond.

Je me rappelai qu'Amanda avait été grièvement blessée quelques années plus tôt lors de l'attentat islamiste du métro de Londres. Elle avait notamment perdu l'usage de son tympan droit, crevé par la déflagration. La journaliste approchait de la quarantaine mais paraissait plus jeune. Brune, attirante, avec une étincelle espiègle dans le regard contredisant sa pose de fatigue distinguée. Au garçon qui s'approchait, elle commanda un Coca light. Je lui demandai ce qu'elle avait pensé de la Biennale.

– La sélection était intéressante. Un choix très critique du monde contemporain. Le Chinois Ji Yunfei dénonce l'arbitraire des décisions politiques. La Tchèque Eva Kotátková ausculte la façon dont le système éducatif étouffe l'individu au lieu de lui permettre de se développer. Beaucoup proposent des voies alternatives... Mais je ne suis pas venue parler d'art contemporain ni de problèmes de société. J'ai un manuscrit pour vous.

Je fis un effort pour masquer ma déception. Amanda Finlay ne fut pas dupe de mon expression poliment intéressée.

– Ne craignez rien : je n'écris pas de fiction et le manuscrit n'est pas de moi. Le texte que je vous ai apporté remonte à longtemps avant ma naissance et concerne une période plus ancienne encore. Il est l'œuvre de Gordon Percival Woodbrooke, le grand-père de mon demi-frère Gilbert. C'est le premier d'une curieuse série de récits d'espionnage, dans le style d'Eric Ambler ou de Graham Greene et qui me font penser qu'il s'agit d'une sorte d'autobiographie déguisée : des individus réels y apparaissent, parfois sous des noms d'emprunt mais suffisamment proches pour permettre à un lecteur attentif de les reconnaître. Le titre est « Les Sentiers de la servitude » – allusion ironique, sans doute, au cycle des premiers romans

de Sartre, Les Chemins de la liberté. *C'est à Lyon que j'ai déniché le manuscrit, en allant rencontrer la famille de la seconde femme de Gordon, lequel est mort là-bas en 1961. Les paquets de feuilles traînaient dans la cave, au fond d'une valise. L'ensemble était accompagné d'une lettre de refus de l'éditrice new-yorkaise Blanche Knopf, écrite en 1949, et d'une lettre de l'agent littéraire David Higham, de Londres. Dans celle-ci, datée de 1952, l'agent affirmait qu'il n'avait toujours pas perdu l'espoir de placer ces histoires quelque part ; il suggérait néanmoins de modifier le nom de certains personnages politiques – surtout ceux encore vivants à l'époque –, une suggestion dont apparemment l'auteur n'a pas tenu compte. J'ai appelé l'agence : il ne leur restait aucune copie du manuscrit, et, de toute façon, ce genre de textes ne les intéressait plus. Mes investigations sur Internet m'ont confirmé que ces romans n'ont jamais été publiés par aucun éditeur, que ce soit en Angleterre, en Amérique ou dans quelque autre pays de langue anglaise. Ni en traduction, bien sûr. Vous ne trouvez pas cela excitant ? Une suite de récits d'espionnage écrits dans les années 1930 ou 1940, basés très probablement sur des faits réels, œuvre d'un journaliste célèbre durant l'entre-deux-guerres et entièrement inédits...*

Je fis observer d'abord à Amanda que le titre me paraissait peu attrayant. Ensuite, que les mémoires de Gordon Woodbrooke existaient déjà, ayant été publiés à Londres en 1945 sous le titre The Roaring and the Thunder[1].

L'Anglaise eut un geste d'impatience.

– Oui, je suis au courant. Mais il ne s'agit là que

1. « La clameur et le tonnerre ». *(Toutes les notes sont de R. S.)*

de ses souvenirs « officiels ». Où Gordon ne pouvait pas avouer que...

Amanda s'interrompit et m'observa d'un air rusé. Puis elle se pencha sur son sac pour en tirer une photographie qu'elle me tendit par-dessus nos verres. On y voyait trois hommes assis à une table de banquet. Le grand miroir derrière eux, posé sur le manteau de la cheminée, reflétait une assistance nombreuse et en son milieu l'auteur de la photo, tenant à deux mains son appareil, une antiquité à soufflet. Sur la nappe blanche au premier plan se dressaient quelques bouteilles de vin presque vides.

– La photo a été prise à Paris en 1927. On y voit, de droite à gauche : Anatole de Monzie, ministre de l'ex-gouvernement Herriot et sympathisant de la révolution russe ; Gordon Percival Woodbrooke, correspondant à Paris, depuis 1920, du quotidien de gauche le Daily Herald *de Londres ; et l'ambassadeur de la République soviétique à l'époque, le révolutionnaire d'origine bulgare Khristian Giorgiévitch Rakovsky.*

J'examinai avec attention le document, et ces trois hommes distingués en costume sombre, gilet, et, pour deux d'entre eux, nœud papillon. Monzie, ventru, petite moustache, crâne dégarni, semblait mal à l'aise. Gordon Woodbrooke, très élégant dans sa veste croisée, front haut, barbe taillée en pointe, toisait l'objectif de ses yeux clairs avec une expression de défi. Tandis que le sourire pâle de Khristian Rakovsky, l'envoyé de Moscou, au visage noble et raffiné de proconsul romain, s'ornait de plis amers aux coins d'une bouche aux lèvres minces.

– À la fin de cette année 1927, l'ambassadeur Rakovsky a été rappelé dans son pays à la demande du gouvernement français. Ce fut le début de sa dis-

grâce. Staline, à qui il s'opposait depuis longtemps, l'a fait fusiller par les hommes du NKVD le 11 septembre 1941, à la prison d'Orel. Rakovsky était bâillonné au moment de son exécution. Des ordres précis avaient été donnés pour que son cadavre soit déshabillé, coupé en plusieurs morceaux qui ont été dispersés afin qu'il n'y ait aucun lieu où l'on puisse se recueillir sur ses restes. Cela s'est passé il y a presque exactement soixante-dix ans...

J'interrompis la journaliste pour lui demander ce que Gordon Woodbrooke, cet ancien correspondant du Daily Herald *à Paris, ne pouvait avouer, selon elle, dans son autobiographie. Amanda sourit, convaincue d'avoir éveillé mon intérêt.*

– Eh bien, qu'il travaillait pour les services secrets de la Russie soviétique ! La partie du manuscrit que j'aimerais que vous lisiez, et, si cela vous est possible, présentiez à un éditeur de votre choix en vue d'une publication en France, a trait à quelques semaines cruciales de l'année 1922. Cruciales pour l'avenir plutôt sombre qui allait se dessiner en Europe. J'ai dévoré ce roman presque d'une traite dans le TGV entre Lyon et Paris, et je l'ai terminé hier soir à mon hôtel. J'ai songé, pour le titre français, à une expression trouvée chez Louis-Ferdinand Céline : « Première station avant l'abattoir ». Cela convient admirablement à la situation. La majeure partie de l'intrigue se déroule en Italie, à Gênes, au temps de la montée du fascisme. L'un des acteurs en est ce révolutionnaire oublié, Khristian Rakovsky. Un autre est Sidney Reilly, le maître-espion criminel dont la biographie, racontée par un de ses supérieurs à Ian Fleming lorsque celui-ci travaillait dans les services anglais durant la Seconde Guerre mondiale, lui inspira en partie son

personnage de Bond. Quant au troisième, un célèbre romancier américain, je vous laisse la surprise de la découverte...

Amanda Finlay repartait pour Londres dans la soirée. Je l'accompagnai gare du Nord sur la plate-forme de départ de l'Eurostar. De retour chez moi, je me lançai dans une recherche sur Internet. Mes premiers essais ne firent rien apparaître d'intéressant. Les pages concernant Gordon Woodbrooke étaient liées en général à ses mémoires, dont quelques rares éditions encore disponibles – avec ou sans la jaquette d'origine – pouvaient être commandées à des libraires de Chicago, de Melbourne ou de Vancouver. J'allais renoncer lorsqu'une phrase attira mon attention :

> *[...] Ewer faisait parvenir de l'argent à Woodbrooke pour rémunérer les services d'employés du ministère français [...].*

Ce lien, le premier à suggérer quelque activité suspecte de la part du correspondant à Paris du Daily Herald, *provenait d'un extrait de l'ouvrage* The Crown Jewels. The British Secrets at the Heart of the KGB Archives *(Les Joyaux de la couronne. Les secrets britanniques au cœur des archives du KGB), publié chez HarperCollins en 1998. L'extrait était consultable sur le Net.*

> *[...] les détails n'émergèrent qu'en 1942, lorsque Anthony Blunt tomba sur un document fascinant émanant du MI5, intitulé* L'Espionnage soviétique au Royaume-Uni. *Il révélait que le MI5 était préoccupé depuis 1925 par un autre*

réseau d'espionnage, dirigé par « B-1 », le chef du service étranger du London Daily Herald *: « William Norman Ewer, sujet britannique ». Apparemment, Ewer avait été responsable de nombreuses opérations du renseignement russe conduites en Grande-Bretagne entre 1919 et 1929, mais il avait commis une erreur qui déclencha une enquête et révéla l'existence de son réseau. [...] En interceptant son courrier, le MI5 put établir que Ewer recevait, sous le faux nom de Kenneth Milton, des lettres de Paris contenant une correspondance diplomatique secrète et des rapports sur la situation économique et politique en France, ainsi que des messages de communistes indiens à transmettre au Parti communiste de Grande-Bretagne. À la mi-septembre, l'auteur des lettres de France fut identifié comme étant G. P. Woodbrooke, le correspondant à Paris du* Daily Herald *et aussi le directeur de la branche parisienne de la Federated Press of America. Ewer faisait parvenir de l'argent à Woodbrooke pour rémunérer les services d'employés du ministère français des Affaires étrangères, et à la fin de 1925 le MI5 intercepta une proposition de Woodbrooke d'envoyer les documents directement à Moscou grâce à l'arrivée à Paris « d'un homme très capable qui avait déjà auparavant reçu semblables documents ». Cela, nota le MI5, coïncidait avec l'accréditation en France du chargé d'affaires soviétique Khristian G. Rakovsky, que Woodbroke avait pu rencontrer à Gênes en 1922...*

Grâce au nom de Ewer, mes recherches me conduisirent rapidement à plusieurs sites contenant des extraits d'archives déclassifiées du MI5, les services de sécurité britanniques.

Réf. : Dossier KV2/1016-1017
W. N. Ewer était au centre des opérations de renseignement russe à Londres de 1919 à 1929. Son principal adjoint était le correspondant à Paris du Daily Herald, *Gordon P. Woodbrooke. Des années plus tard, Ewer renonça à ses premières sympathies pour le communisme.*
KV2/1016 – Ce volumineux dossier, indexé par noms, consiste principalement en du courrier intercepté, certains papiers semblent manquants, photographie de Ewer. Sommaire à 809a.

Concernant l'auteur du texte que m'avait confié Amanda, je découvris une simple note sur le site des Archives nationales anglaises, décevante par sa brièveté :

Gordon Percival Woodbrooke, alias Nathan Grunstein : sujet britannique. Journaliste et auteur, il a eu des contacts avec des politiciens et activistes communistes et l'on pense qu'il a été une sorte d'agent de l'Union soviétique, bien qu'il n'ait jamais comparu devant aucun tribunal.

Tout en m'interrogeant sur le nom de « Nathan Grunstein » – lequel apparaissait pour la première fois –, je passai à l'examen du manuscrit. Rédigé en anglais, il était dactylographié sur du papier pelure aux bords jaunis et tout écornés. De menues corrections avaient été portées au stylo à l'encre noire, probablement par l'auteur lui-même. Les chapitres étaient numérotés en chiffres romains[1]*. Certains mots ou groupes de mots étaient soulignés pour signifier l'italique – comme cela se faisait jadis avant l'ère des ordinateurs. Les fragiles feuillets de chacun de ces chapitres étaient réunis, en haut et à gauche, par un vieux trombone en métal gris. Et chaque trombone avait laissé sur le papier de minuscules agglomérats de rouille figés par le temps.*

1. Nous avons gardé, pour la présente édition, les titres originaux de chacun des chapitres. À noter également que les noms de certaines artères de Gênes, tel le corso Principe Oddone, ont changé depuis cette époque.

Les sentiers de la servitude

PREMIÈRE PARTIE

UN AGENT SECRET À GÊNES

J'irai où vous voudrez, répondit Ashenden,
à condition qu'il y ait une salle de bains.

W. Somerset Maugham,
Mr Ashenden, agent secret

Chapitre I

Le Hole in the Wall

Par une nuit pluvieuse du début du mois d'avril, Ralph Exeter entra au Hole in the Wall[1], boulevard des Capucines, peu avant l'heure de la fermeture.

Jimmie Charters, depuis son poste derrière le bar, repéra tout de suite le correspondant anglais. À cette époque, Jimmie ne travaillait pas encore sur la rive gauche. En 1922, soit un an après son arrivée de Liverpool, il n'était encore que l'assistant du barman du Hole in the Wall, un nommé Pedro. Celui-ci s'occupait de la clientèle française, tandis que Jimmie avait été embauché pour servir les Anglo-Saxons.

Son père s'appelait, comme lui, James Charters. Il dit un jour à son fils : « Dans l'histoire du monde, on trouve trois grands hommes ayant "J. C." pour initiales : Jules César, Jésus-Christ et James Charters. » James Charters junior parvint à la notoriété grâce à ses talents exceptionnels de barman pendant les folles années de Montparnasse.

Après de brefs débuts dans la boxe professionnelle à Liverpool, il était arrivé en France dans le cadre d'un échange, pour prendre un job de serveur à l'hôtel Meurice. Il servit ensuite dans beaucoup de lieux connus

1. Le « Trou dans le mur ».

de la vie parisienne, comme le Dingo, le bar de style anglais du 10 rue Delambre. Jimmie avait fait la connaissance de Ralph Exeter l'année précédente au Bar de l'Opéra, un de ses tout premiers jobs après qu'il eut quitté le Meurice. Exeter était anglais, roux, et journaliste, et comme il était encore très jeune et que son métier de correspondant à Paris du *Daily World* l'obligeait à interviewer des politiciens de la stature d'Aristide Briand, Raymond Poincaré ou Édouard Herriot, il s'était dit qu'une barbe contribuerait à lui donner l'air plus âgé qu'il n'était en réalité. Il avait également fait l'emplette d'une splendide canne en bois de lettre de Guyane, de teinte acajou foncé, aux dessins sombres et irréguliers évoquant des hiéroglyphes égyptiens, et dont la poignée d'argent représentait une tête de cygne.

Il salua en entrant John O'Brien, le vieux reporter que l'on voyait presque chaque soir au Hole in the Wall et qui, cette nuit-là, se soûlait lentement et méthodiquement en compagnie de John Hamilton, du *Manchester Guardian*. À l'extrémité du zinc, son coin préféré, Les Copeland, le pianiste du Harry's New York Bar, coiffé de son éternel grand chapeau noir de cow-boy, ayant fini son travail, sirotait des fines à l'eau avant de se mettre au lit. Ce qu'il ferait peut-être en compagnie de la brune trop maquillée qu'il avait invitée à boire à ses côtés, et qui à de brefs intervalles éclatait d'un rire ressemblant plutôt à un hennissement. Ou alors, comme c'était le cas de temps à autre, ce vieux cow-boy de Les s'en irait à pied seul dans la nuit, oubliant la fille, une bouteille de cognac ou de whisky coincée sous le bras. Exeter s'installa au bar, posa sa canne en équilibre sur le tabouret voisin et, sans laisser à Jimmie le temps de prononcer son traditionnel « Qu'est-ce que vous prendrez ? », commanda un verre de gin pur.

– Si vous comptez me demander si j'ai vu miss Elma, fit Jimmie avec un petit sourire en coin, eh bien je ne l'ai pas vue aujourd'hui.

Exeter acquiesça avec un soupir.

– Rien d'étonnant à ce que vous ne l'ayez pas vue, James. Sa mère est arrivée des États-Unis et Elma lui fait visiter la ville en compagnie de Margot Schuyler. Celle-ci n'a qu'une envie, c'est de coucher avec Elma, cela se lit dans ses yeux. Harold Cook m'a dit les avoir croisées hier soir chez Zelli's.

Jimmie plissa ses lèvres en une moue compatissante. Zelli's était une fameuse boîte de nuit de Pigalle, de plutôt mauvaise réputation, que fréquentaient nombre de correspondants de la presse anglo-américaine.

– De toute façon, c'est fini, marmonna Exeter. Entre Elma et moi, je veux dire.

Il avala d'un coup la moitié de son verre de gin. Jimmie resta silencieux. Un bon barman doit faire preuve de discrétion. Et éviter trop de familiarité avec les clients, même ceux qu'il aime bien. Il hocha la tête et se mıt à essuyer des verres.

– Elle est partie deux mois à Rome, reprit le journaliste. En compagnie de Griffin Barry. Ce type horriblement ennuyeux. La pauvre a dû passer des moments terribles. Mais depuis son retour elle fait semblant de ne pas me connaître. C'est tant mieux, au fond. Il ne me reste plus qu'à retourner auprès d'Evvy et du môme…

Elma Sinclair Medley était une jeune poétesse américaine au joli visage semé de taches de rousseur et à la vie sexuelle plutôt débridée. Quelques mois plus tôt, elle avait eu le coup de foudre pour Exeter en l'apercevant à la terrasse du café du Dôme.

Ralph Exeter plaisait aux femmes – et il y avait beaucoup de femmes en ce temps-là à Montparnasse, en quête de sexe et d'amour. Le fait qu'il fût marié, et déjà père de famille, n'avait guère d'importance ni pour lui ni pour elles, mais tout cela lui revenait cher en boissons, restaurants, dancings, cabarets, théâtres, hôtels, taxis et cadeaux. L'envoyé spécial du *Daily World* était devenu une figure emblématique des bars et cafés que fréquentaient les artistes, les écrivains et les journalistes du « Quartier ». Cela grâce à sa haute taille, sa barbe de feu, sa capacité à tenir l'alcool, ses conquêtes féminines, sa réputation de reporter futé et une jolie petite plaquette de poèmes intitulée *Gaucheries*, trois cents exemplaires publiés à compte d'auteur à la Three Mountains Press, l'imprimerie de l'île Saint-Louis qu'avait rachetée son ami le journaliste américain William Bird.

– Remettez-moi du gin, je vous prie, mon cher James. Ensuite, vous ferez l'addition et nous réglerons nos comptes. J'ai reçu un peu d'argent, et demain je pars en voyage. Buvez un coup avec moi pour fêter ça. Servez-vous un gin et rajoutez-le à ce que je vous dois.

Le barman secoua la tête.

– Le gin pur est violent sur l'estomac, monsieur. Et vous savez que je tiens mal l'alcool. Mais, si vous insistez…

Il tira de derrière le bar un verre déjà rempli d'un liquide brun qui ressemblait à du porto. Ce n'était en réalité qu'un cordial à base de cassis, dilué avec de l'eau – une des astuces de Jimmie pour tenir compagnie à ses clients sans se soûler lui-même.

– *Hey*, Jimmie ! fit Les Copeland en se penchant depuis son extrémité du comptoir. Pendant que personne ne regarde, file-moi donc un *century*.

La brune au rire chevalin était partie aux toilettes. Par « *century* », le pianiste voulait dire un billet de cent francs. Et dans son argot américain de cow-boy, « *sawbuck*[1] » était le mot dont il se servait pour désigner une coupure de cinq cents.

– Allez, dépêche, Jimmie ! Y aura jamais de meilleur moment, poursuivit-il, plissant les yeux d'un air matois et tordant un coin de sa longue bouche aux lèvres minces.

Le barman poussa un soupir avant de faire glisser un billet en direction du cow-boy.

– Ah ! Merci, Jimmie. T'es une petite beauté, un vrai amour de pomme reinette. Tiens, avec ça remets-nous deux *brandys and soda* !

Exeter gloussa, le nez dans son verre de gin.

La question du crédit, lui avait expliqué Jimmie quelque temps auparavant, était une question sérieuse à laquelle il était impossible d'échapper. Car le barman ne peut demander à un client de le payer avant de l'avoir servi. Or si ensuite le client raconte qu'il a oublié son portefeuille à la maison, il ne va pas le traiter de menteur. La seule solution est de lui faire confiance, et d'attendre d'être payé un autre jour – ou pas. Le plus terrible, gémissait le petit gars de Liverpool, c'étaient les clients qui pour une raison ou pour une autre tombaient brusquement fauchés mais auraient eu honte de ne plus se montrer dans la société des bars. En outre, étant donné leur situation – au chômage, ou flanqués à la porte par leur bonne femme, ou les deux –, ils avaient d'autant plus soif. Bien sûr, ils n'avouaient jamais qu'ils étaient dans la dèche, et parlaient négligemment du chèque qui n'allait pas tarder à arriver, d'ici quelques jours. Quoi qu'il en soit, Jimmie possédait un instinct aiguisé lorsqu'il s'agissait

1. « Chevalet de sciage ».

de juger les individus. Il savait que le grand Anglais à barbe rousse se débrouillerait pour régler sa note. Même s'il lui fallait pour cela emprunter l'argent à quelqu'un d'autre.

Exeter vida son deuxième verre, puis tira une enveloppe de la poche intérieure de sa veste pour en extraire une liasse de coupures craquantes de cinq cents et de cent francs.

– Je viens de les changer. Mon chef de service m'a fait un virement à la Westminster Bank. La livre sterling se maintient toujours aussi bien. L'inflation sur le continent a ses bons côtés, il faut le dire. Je dépenserai le reste en Italie…

Le barman rajouta les deux gins et le cassis sur l'ardoise, posa son stylo et montra la note à Exeter, qui lui tendit quelques billets de son paquet tout neuf. Jimmie ouvrit le tiroir-caisse et rendit la monnaie tout en s'enquérant poliment :

– Et où allez-vous en Italie, monsieur ?

– Gênes. Sur la Riviera ligure. J'ai toujours rêvé de visiter ce coin. Le journal m'y envoie pour la Conférence économique internationale.

Ce que venait de dire Exeter, d'un ton légèrement pompeux, était exact. Pourtant, quelques instants plus tôt, il avait pris ses aises avec la vérité. Les dollars US – et non des livres sterling – qu'il venait de changer ne lui arrivaient pas de son journal londonien mais, par des voies détournées, de Moscou. Peut-être même ces billets trop neufs étaient-ils des faux, fabriqués quelque part en Allemagne, dans une des nombreuses imprimeries clandestines du KPD ou du Komintern.

En tout cas, Jimmie Charters serait tombé à la renverse derrière son bar s'il avait su qu'on venait de le payer avec de l'argent rouge.

Ralph Exeter sortit sous la pluie et héla un taxi en maraude sur le boulevard des Capucines. Le chauffeur était un jeune Russe en casquette et veste de cuir. Exeter lui ordonna de le conduire au Dôme, car il n'avait aucune envie de rentrer chez lui à Saint-Cloud. Le Dôme demeurait ouvert toute la nuit, accueillant les ivrognes que l'heure légale de fermeture des bars avait chassés. Le jour, les Anglo-Saxons fréquentaient massivement sa terrasse tandis que la Rotonde, de l'autre côté du boulevard du Montparnasse, était devenue le repaire des exilés russes et allemands. Elle avait absorbé le petit café Vavin, où l'on voyait souvent Trotsky entre 1914 et 1916, et plus rarement Lénine, qui préférait un bistrot de la place Denfert.

Au tout début des années 1920, le quartier avait encore des allures de village. Le célèbre boulevard, aujourd'hui aussi voyant que Piccadilly ou Broadway, illuminé de néons comme une fête foraine, n'était alors qu'une rue large et tranquille bordée de boutiques de tableaux, de petits cafés et restaurants bon marché où artistes et chauffeurs de taxi se côtoyaient autour d'un menu simple arrosé de mauvais vin. Au Dôme, un établissement sombre et modeste, les étrangers disputaient des parties d'échecs, et un petit groupe d'écrivains et de peintres américains, expatriés volontaires depuis l'avant-guerre, jouaient au poker. La colonie champignons de boîtes de nuit, cabarets, bars américains n'avait même pas commencé à proliférer, et les temps de prospérité extraordinaire due à la grande inflation de l'année 1926 étaient encore inimaginables. Les automobiles garées devant les bistrots étaient peu nombreuses, les terrasses plus intimes que de nos jours. Aux approches de minuit, rues et boulevards se vidaient, tandis qu'un silence de village endormi s'abattait sur Montparnasse. Exeter paya la course et descendit du taxi, traversa le trottoir en courant et s'installa à une table contre la devanture.

Les phares jetaient des lueurs mouvantes derrière les gouttes constellant la vitre. Les chats de la maison se faufilaient silencieusement entre les chevilles des joueurs d'échecs. À quelques tables de distance, coiffé d'un chapeau melon incliné sur le côté, cigarette aux lèvres, assis entre deux filles très jeunes, Exeter reconnut Jules Pascin. Sans cesser de parler aux filles, l'artiste juif se mit à esquisser le profil du journaliste sur un coin de son carnet. Il dessinait tête penchée, la lèvre inférieure un peu pendante, l'œil fermé à cause de la fumée de la cigarette coincée à l'angle de sa bouche sensuelle. L'Anglais commanda au plus vieux des garçons, César, un *scotch and soda*. Une dizaine de minutes plus tard, le peintre s'approcha, pour lui annoncer qu'une de ses modèles voulait coucher avec lui car elle était tombée raide dingue de sa barbe rousse. Anita venait de Suisse, annonçait dix-sept ans mais en paraissait plutôt treize. Exeter se joignit au groupe et Pascin commanda une nouvelle bouteille de champagne. Les deux modèles semblèrent au journaliste un peu crasseuses. Vers quatre heures du matin, Exeter emmena la plus jeune à l'Hôtel des Écoles, rue Delambre. Il réveilla le veilleur de nuit et prit une chambre qu'il paya d'avance, tandis que Pascin grimpait dans un taxi pour rentrer à Montmartre avec l'autre fille.

Chapitre II

La famille Ignatiev

Des rumeurs curieuses circulaient à propos de Ralph Exeter. On racontait par exemple qu'il avait réussi l'exploit, dans la tourmente ayant suivi la révolution d'Octobre, de rapporter à Londres les joyaux du tsar, et que l'argent de leur vente avait servi à renflouer les finances du pro-bolchevique *Daily World*. C'était entièrement faux. Exeter, qui n'avait jamais mis les pieds en Russie, ne comprenait pas d'où venait l'histoire[1]. L'avait-il tout simplement inventée lui-même, un soir de soûlerie créative chez Lipp ou aux Deux Magots, en compagnie de ses amis américains Bob McAlmon et Djuna Barnes, avant de l'oublier au réveil ? Ce genre de chose n'arrivait que trop fréquemment. Ou alors, quelqu'un aurait fabriqué ce ragot stupide pour la simple raison qu'Exeter était marié à Evguénia, dite « Evvy », une Russe ravissante, qui ne faisait pas partie de la noblesse de son pays mais tout comme.

Depuis 1917, Paris se trouvait inondé d'aristocrates

1. L'auteur du manuscrit s'inspire peut-être d'un scandale qui éclata à Londres en septembre 1920, lorsque Francis Meynell, un des directeurs du *Daily Herald*, ayant reçu deux rangs de perles de la part de l'ambassadeur Litvinov, les revendit plus tard à un joaillier membre du Parti communiste anglais pour 75 000 livres sterling, dont il fit don au journal.

russes émigrés, tous plus ou moins à court d'argent. Ceux qui avaient sauvé leurs bijoux les écoulaient petit à petit afin d'assurer leur subsistance. Le cas d'Evguénia Ignatiev était différent : la jeune Russe était venue à l'Ouest encore lycéenne, en 1909, donc bien avant la prise du pouvoir par les bolcheviks. Son père, un avocat d'affaires qui entretenait plusieurs maîtresses, dont l'une venait de lui donner un fils, avait pensé se débarrasser commodément de son épouse et de ses deux filles en les expédiant à Londres, sous prétexte d'assurer à Evguénia et à sa sœur Fania une authentique éducation anglaise. Il fallait bien que la mère les accompagnât en Angleterre pour servir de chaperon.

Mais, l'argent envoyé de Russie se raréfiant, les trois femmes avaient dû abandonner leur luxueux hôtel de Hyde Park et louer deux petites chambres meublées dans une pension de Camden Town où se trouvait loger un jeune poète aux cheveux roux, arrivé récemment de Portsmouth et qui s'appelait Ralph Exeter.

Fania, l'aînée, était intelligente, laide, et marxiste. La cadette, Evguénia, ne s'intéressait pas à la politique mais était remarquablement jolie. Exeter approcha les deux étudiantes russes avec méthode, en commençant par l'aînée, dont il partageait sincèrement les idées sociales généreuses et la haine du capitalisme. Quelques mois plus tard, lorsque la cadette tomba enceinte, Exeter, qui était un Anglais honnête, assuma ses responsabilités et consentit assez vite à enterrer sa vie de garçon. La Première Guerre mondiale éclata deux jours après le mariage.

L'enfant ne vécut pas : Evguénia fit une fausse couche à la fin de septembre 1914, à la suite d'une sortie malheureuse des deux sœurs à la fête de Earl's Court, qui se tenait encore, avec sa grande roue et ses montagnes russes, à l'emplacement de la grande exposition de 1910. Le jeune marié, après une période d'entraînement de huit semaines où on lui enseigna à marcher au pas et à manier un fusil Enfield, servit d'abord son pays en tant que chauffeur de transport militaire. Lorsqu'il renversa un officier supérieur dans un fossé, on le considéra comme impropre à la conduite et, parce qu'il était éduqué, parlait le français et l'allemand et écrivait des poèmes, on lui trouva un emploi de bureau. Exeter fut affecté au renseignement dans l'état-major de la Royal Air Force en France. Les avions ennemis survolaient fréquemment le château où ses camarades et lui étaient cantonnés, mais, heureusement pour eux, personne ne bombardait jamais les états-majors. C'est au retour d'une de ses permissions en Angleterre – qui eut pour résultat la naissance, huit mois et demi plus tard, en février 1919, d'un bébé de sexe masculin que l'on baptisa Fergus, prénom celtique signifiant « armée forte » – qu'Exeter fit la connaissance de William Norman Evans.

Le travail, assez fastidieux, d'Exeter dans le renseignement consistait à traduire les conversations échangées entre Allemands sur la radio militaire, à rédiger des rapports sur les avions ennemis abattus, et, un jour de printemps 1918, à espionner des pilotes prisonniers qui ignoraient la présence d'un micro caché dans leur cellule. Les bottes des Allemands, frappant le sol en pierre, envoyaient des échos à travers la pièce, et la réverbération sonore fit qu'Exeter n'entendit rien. Le maigre rapport qu'il rédigea eut pour conséquence une convocation immédiate aux étages supérieurs du château, où il se retrouva en face d'un homme qu'il n'avait encore jamais vu.

L'officier qui le reçut assis derrière son bureau avait

un front haut d'intellectuel, de grosses lunettes rondes à monture noire, dans un visage rectangulaire pourvu d'un petit menton retroussé, fendu d'une fossette sous une bouche large aux coins tombants. Le capitaine Evans mit le rapport de côté, bougonna quelque chose d'inaudible et considéra Exeter avec attention.

– Les lettres que vous envoyez à votre belle-sœur bolcheviste russe sont tout à fait remarquables, sous-lieutenant Exeter.

L'intéressé bredouilla deux ou trois mots, son front se couvrant de transpiration, tandis que l'officier continuait avec un sourire :

– Seulement, le code que vous utilisez m'a semblé un peu simplet. Il y a dans le dossier que j'ai sur vous de quoi attirer l'attention de vos supérieurs. Tout d'abord, il semblerait que vous soyez abonné à *Freedom*, une feuille anarcho-communiste dont l'exportation est interdite depuis le début de la guerre. Ensuite, un article signé d'un certain « sous-lieutenant E. » a paru le mois dernier dans le *Daily World*, article subversif intitulé « Lettre à Lénine ». Ce texte, qui de toute évidence n'aurait jamais franchi le cap de notre censure militaire, a été livré aux bureaux du journal par votre épouse, Evguénia Exeter, dont la sœur aînée se trouve être précisément la communiste Fania Ignatiev à qui vous adressez des messages codés. L'article était accompagné d'une lettre imprudemment signée par vous, adressée en personne à George Leadbury, 21 Tudor Street, proposant d'écrire pour son journal une série de reportages à propos de la situation sur le front français. Tout cela nous a été confirmé lorsque le quartier général a autorisé l'ouverture de votre correspondance familiale envoyée sous « enveloppe verte ». Votre cas m'a l'air particulièrement grave…

L'officier sourit de nouveau, fit une pause, avant de reprendre, un ton plus bas :

– Soyez rassuré, mon vieux. Vous avez eu de la veine qu'on m'ait désigné pour traiter votre affaire. Il se trouve que, moi aussi, je crois à l'imminence d'une révolution mondiale. Le temps est venu pour l'immense majorité des êtres humains de mettre un terme – par la violence s'il le faut – à l'oppression inique exercée par une minorité d'exploiteurs. La révolution russe sera bientôt suivie par d'autres, les soldats de chaque côté des tranchées mettront crosse en l'air et fraterniseront. Nous vivons les *derniers mois* du capitalisme. En attendant, je jugerais regrettable qu'un jeune poète aussi sympathique se retrouve devant une cour martiale. Attendez la fin de la guerre, qui ne saurait tarder, pour écrire vos nouveaux articles. Et cessez d'envoyer des informations sans importance à votre belle-sœur. Je vais la mettre en contact avec des gens qui lui trouveront un emploi utile.

Il tendit à Exeter une carte de visite.

– Venez me voir lorsque j'aurai réintégré ce sacré cirque. Nous prendrons un verre au bar de l'hôtel Wellington et nous y parlerons de votre avenir.

La carte était au nom de William Norman Evans et portait l'adresse du *Daily World*, sur Fleet Street.

Deux ans après cette conversation, la révolution mondiale n'avait toujours pas éclaté mais William Norman Evans avait changé de bureau et dirigeait désormais le service étranger du *Daily World*. Son jeune adjoint Ralph Exeter, lequel s'était révélé un journaliste alerte et débrouillard, fut nommé à Paris pour assurer la relève du correspondant précédent – qu'on venait d'évacuer d'urgence vers une clinique du Shropshire pour y soigner une cirrhose déjà avancée. Le père de Fania et d'Evguénia, nommé entre-temps général de brigade dans l'Armée blanche de Dénikine puis du baron Wrangel, fut tué en octobre de cette même année 1920, en Crimée, d'une balle en plein front lors d'un accrochage avec la cavalerie anarchiste de Nestor Makhno, qui s'était momentanément allié aux bolcheviks. Sa famille à Londres apprit le décès du général Ignatiev avec six semaines de retard. À son nouveau poste, Exeter commençait de faire pousser sa barbe, en même temps qu'il se laissait séduire par les charmes et les plaisirs des nuits parisiennes.

Chaque mois, Evans faisait parvenir à Exeter mille dollars US, à la poste restante de Saint-Cloud, par l'intermédiaire d'une agence londonienne qu'il venait de créer et qu'il baptisa « Federated European Press ». C'était une simple façade pour une organisation clandestine de renseignement affiliée au Komintern. Ses locaux se trouvaient au 50 Outer Temple, dans une bâtisse en brique d'aspect délabré, située entre le quai Victoria et les bureaux du journal sur Fleet Street. L'ex-capitaine Evans y employait une secrétaire à temps partiel et quelques acolytes à l'air louche, chargés de surveiller la Special Branch de Scotland Yard, et si possible de recruter des sympathisants de la Russie soviétique chez les policiers. Depuis Paris, Exeter envoyait des lettres qu'il adressait à un certain Kenneth Millar – un des alias dont usait Evans. Il lui racontait tout ce qu'il pouvait glaner d'intéressant sur les intentions secrètes du gouvernement français. Les mille dollars étaient destinés à rémunérer ses informateurs, et tout particulièrement un haut fonctionnaire du Quai d'Orsay qu'Exeter affirmait avoir contacté et à qui il avait attribué le nom de code « C-2 ». Ce personnage était une pure création d'Exeter, chez qui l'imagination fertile compensait une certaine absence de scrupules. Les prétendues informations de Paris étaient ensuite transmises par Evans/Millar à la mission commerciale soviétique à Londres, ARCOS, où la camarade Fania Ignatiev, devenue une spécialiste du codage et du décodage, chiffrait les messages à destination de Moscou, dans une chambre secrète dont la porte ne possédait pas de poignée et qu'on ne pouvait ouvrir qu'à l'aide d'une clé. La belle-mère d'Exeter était restée définitivement à Londres, où elle habitait avec sa fille aînée dans un deux-pièces à Shepherd's Bush et subsistait grâce au salaire assez conséquent versé par ARCOS.

Exeter avait décidé assez vite de garder pour lui l'intégralité des mille dollars de Moscou et d'inventer C-2. Depuis qu'Evvy et le petit Fergus étaient venus le rejoindre en France, sa paie de correspondant – même dans une monnaie forte, et aussi avantageuse au change que l'était celle du Royaume-Uni – ne suffisait plus à assurer les dépenses de sa vie nocturne.

Renseigné par les conversations avec ses confrères, et par la lecture attentive de la presse locale, Exeter fabriquait les tuyaux « confidentiels » fournis par C-2. Comme les décisions prises par Paris s'accordaient en général avec ses prédictions, ni Evans ni le Komintern ne se rendaient compte de rien. Du moins, Exeter l'espérait. Quoi qu'il en soit, l'argent d'Evans continuait d'arriver régulièrement. Dans l'idée d'améliorer ses performances d'agent secret, le reporter se fit livrer, de chez Houghtons Ltd. à Londres, une montre Ticka à cadran dotée d'un minuscule objectif photographique 16/25 mm et d'un obturateur à une seule vitesse. Les aiguilles sur le cadran indiquaient l'angle de vue. Cet ingénieux appareil espion, qui pouvait emmagasiner vingt-cinq images 16 × 22 mm par cassette de film, permit à Exeter de capturer – vite et un peu au hasard – quelques documents à en-tête du ministère qui traînaient sur une table, le jour où il alla interviewer Raymond Poincaré et fit mine de s'égarer dans les corridors à l'heure du déjeuner, quand la plupart des bureaux étaient désertés par les fonctionnaires.

Parfois, dans ses pires cauchemars alcoolisés, Exeter se retrouvait ficelé sur une chaise dans une cave aux murs suintants, sous une ampoule nue qui se balançait au bout d'un fil tandis qu'un officier de la Tchéka, au faciès de brute et au crâne rasé, braquait un pistolet Mauser sur son front.

En ricanant, le policier bolchevique lui demandait comment il se faisait que les Français avaient envoyé des troupes occuper la Ruhr alors que le mystérieux C-2 garantissait qu'ils ne le feraient pas au moins avant l'année suivante.

Exeter balbutiait des explications confuses. Celles-ci n'empêchaient pas le canon noir du Mauser de se rapprocher et d'appuyer sur la peau en un contact dur et froid, envoyant une sueur glacée couler le long de son échine. Lorsque Exeter se réveillait en hurlant, le tchékiste avait disparu. Et, dans le lit à ses côtés, Evguénia, Elma, ou quelque autre femme, le contemplait épouvantée.

Cette nuit-là ce fut Anita. Agenouillée au-dessus de lui, la toute jeune modèle suisse de Pascin, frêle et nue et les cheveux en désordre, le maintenait par les épaules du mieux qu'elle pouvait.

– Monsieur Ralph ! Je vous en prie… Calmez-vous… Vous avez fait un mauvais rêve…

Exeter se redressa entre les draps moites et chiffonnés. Il cligna des yeux, secoua la tête et passa des doigts tremblants dans sa barbe et sa chevelure hirsutes. L'horreur de la cave et du canon noir se dissipait, remplacée par une migraine affreuse due à la gueule de bois. Il n'aurait pas fallu mélanger gin, whisky et champagne. Exeter se rappela que, selon Jimmie Charters, les alcools de céréale et de raisin allaient mal ensemble. Il demanda à la fille de lui apporter d'urgence un grand verre de bière glacée. C'était en général un remède assez efficace.

– Mais où, monsieur Ralph ? Il n'y a que le veilleur de nuit en bas.

– Va me chercher ça au café du Dôme…

Il lui tendit de la monnaie, puis regarda sa montre. Le rapide de Gênes quittait la gare de Lyon à neuf heures vingt-huit. C'est-à-dire moins de trois heures plus tard. Anita enfila ses vêtements et sortit de la chambre. Exeter patienta une minute en s'aspergeant le visage à l'eau froide du lavabo, se rhabilla en vitesse à son tour, posa un billet de cent francs sur la table de nuit à l'intention de la fille, laissa la porte entrouverte et quitta l'hôtel. Une aube grise et sale se levait. La pluie avait cessé. Le journaliste partit en courant vers le carrefour Edgar-Quinet, où un taxi qui déposait deux types devant le bordel Le Sphinx s'apprêtait à repartir. Exeter l'arrêta en brandissant sa canne, se jeta sur la banquette, le cœur au bord des lèvres, et, lorsqu'il eut repris son souffle, donna au chauffeur une adresse dans la banlieue ouest de Paris.

Exeter louait, le plus loin possible de la bohème du quartier Latin, un petit appartement au cinquième étage sans ascenseur d'un immeuble bourgeois sur les hauteurs de Saint-Cloud.

Laissant sa canne sur la banquette, il pria le chauffeur

d'attendre, poussa la grille, traversa le maigre jardin qui s'étendait devant le perron et grimpa l'escalier quatre à quatre jusqu'à chez lui. Il tourna la clé dans la serrure sans faire de bruit. La lumière du matin filtrait à travers les volets fermés des deux pièces donnant sur l'avenue, tandis que l'entrée et le corridor étaient plongés dans le noir. Il distingua vaguement le piano droit que sa jeune épouse avait fait venir jadis de Russie et qui l'avait suivie jusqu'en France. L'instrument, muni sur ses deux côtés de supports à chandelles, avait été commandé au début du siècle à un vieil artisan de Saint-Pétersbourg. Exeter gagna son bureau à tâtons. Un bref coup d'œil à la chambre du couple lui permit d'entrevoir la forme d'Evguénia, immobile sous la couverture du grand lit, où lui ne couchait plus que de loin en loin. La porte de la petite chambre de Fergus était close. Exeter se dit qu'il embrasserait son fils avant de quitter les lieux, sans le réveiller. Dans le bureau, la valise était prête. Exeter vérifia que le passeport et les billets envoyés par l'agence de voyages se trouvaient toujours où il les avait mis. Il souleva sa machine à écrire Remington portative et la glissa entre les vêtements pliés, puis il referma la valise avec précaution. Une lame de parquet grinça derrière lui, faisant faire à Exeter un bond en l'air.

Sa femme, en longue chemise de nuit blanche, se tenait dans l'embrasure de la porte. L'image même du reproche et de la désolation. Ses yeux rougis l'observaient avec tristesse. Exeter balbutia qu'il partait pour Gênes et n'avait pas voulu la déranger.

– Je ne dormais pas.

– Il m'avait pourtant semblé… Tu respirais si doucement.

– Où as-tu passé la nuit, cette fois ? Tu n'as pas besoin de mentir…

– J'ai bu au café du Dôme jusqu'à l'aube. En compagnie de ce peintre bulgare. Jules Pascin… Tu te souviens, nous avons dîné chez lui une fois à Montmartre…

Evvy haussa les épaules.

– Quelle importance ? murmura-t-elle. Cela m'est égal. Trompe-moi avec qui tu veux.

Elle passa les mains dans ses longs cheveux blonds défaits.

– Mais je refuse que tu fasses du mal à Fergie. Va l'embrasser avant de partir.

– Bien sûr. Je lui rapporterai des cadeaux d'Italie.

– Tu oublieras sûrement, fit-elle d'un ton amer. (Puis :) Tu as mangé, au moins ? Tu veux que je te prépare quelque chose ?

Il secoua la tête.

– Pas le temps, le taxi est en bas. Et j'ai rendez-vous près de la gare.

– Comment s'appelle-t-elle ?

Exeter s'énerva.

– Pas *elle*. *Lui*. Je dois voir Evans, il est arrivé hier de Londres. À cause de cette histoire stupide de cuisse de mouton.

– Ce sale communiste. Comment pourrai-je jamais oublier qu'ils ont tué mon père ?

– Écoute, ce n'est pas le moment… Tu te trompes, d'ailleurs : Nestor Makhno est un révolutionnaire anarchiste, pas communiste.

– Ne joue pas sur les mots, tu as très bien compris ce que j'ai voulu dire. Ce ne serait jamais arrivé sans tous ces horribles terroristes… Tu aurais mieux fait d'épouser Fania ! Elle est moche, mais au moins vous auriez de quoi parler !

Evvy hurlait à présent. Exeter battit en retraite, emportant la valise.

– Tu n'embrasses même pas ton fils ! cria-t-elle.

Il passa devant sa femme, sans répondre, la mâchoire serrée. Il posa la main sur la poignée de porte de la chambre de l'enfant. Fergus dormait, le pouce dans la bouche. Exeter lui caressa la tête doucement.

– Je dois y aller.

– Quand reviens-tu ?

– À la fin de la Conférence. Dans six semaines environ.

– Tu nous abandonnes *six semaines* ?

– Fais attention, il se réveille…

– Tu es un vrai salaud, Ralph.

Exeter s'éloigna du petit lit. Il sentait qu'Evvy allait se déchaîner. Il indiqua le tiroir du buffet, dans l'étroite salle à manger plongée dans le noir.

– Tu as de quoi tenir plus de deux mois. Le *World*…

Elle le coupa :

– Je n'arrive pas à comprendre comment tu peux payer tout l'alcool que tu bois à Paris avec ces gens. Tu dois avoir des ardoises dans tous les bars…

– Je te l'ai dit, mes amis m'invitent la plupart du temps. Tu ne vas pas recommencer. Au revoir, ma chérie. Le compteur du taxi tourne…

Elle le gifla. Exeter se figea, une main sur sa joue brûlante.

Evguénia le contemplait d'un air glacial. Du menton, elle désigna la porte d'entrée.

– Qu'est-ce que tu attends ? Pars.

Des larmes brillaient dans ses yeux.

Exeter passa devant elle et, sans un regard en arrière, dévala les marches de l'escalier.

Chapitre III

Le rapide de Gênes

Le chauffeur fumait la pipe, adossé au capot de son taxi. Exeter s'assit à l'arrière avec sa valise. Il se fit conduire gare de Lyon, et dormit une partie du trajet. Le taxi le déposa à l'angle du boulevard Diderot et de la rue de Chalon. Le ciel se plombait de nouveau. Le tonnerre roula sourdement parmi les nuages, pendant qu'Exeter réglait la course, qui lui revint cher. Il ne laissa pas de pourboire et se fit copieusement insulter par le chauffeur.

Sous les gouttes qui se remettaient à tomber, l'Anglais s'enfonça entre les bâtisses lépreuses de l'étroit passage Moulin. On y entendait partout des voix italiennes. Du linge pendait entre les façades, si proches les unes des autres qu'en levant la tête il n'apercevait qu'un mince bandeau de ciel. C'était comme dans les bas quartiers de Naples. Exeter poussa la porte du restaurant Faguzzi. Il retira son imperméable, se laissa tomber sur une chaise et commanda un café noir bien serré.

Evans n'était pas encore là. Des ouvriers buvaient café et liqueur de citron en fumant et en jouant aux cartes. Exeter se dit qu'il aurait peut-être le temps de rédiger un adieu définitif à Elma avant l'arrivée de son chef. Il sortit un bloc de papier à lettres de la valise, et coucha en hâte sur le papier ce à quoi il avait brièvement réfléchi dans le taxi.

Paris, samedi 8 avril 1922

Elma chérie,

Je vous quitte non parce que je ne vous aime plus mais parce que je vous aime trop. Je vous quitte avant que notre amour devienne moins que la parfaite chose qu'il a été pour moi ; et parce que je veux vous aimer toute ma vie comme je vous aime maintenant... Je sais que si nous avions été mariés j'aurais essayé de vous dominer. Il me faut dominer ceux que j'aime et je n'aurais pu parvenir à vous dominer sans faire de vous quelque chose d'inférieur à ce que vous êtes. Si j'avais été sûr et certain que vous puissiez vivre heureuse dans la sujétion, alors peut-être aurais-je été forcé d'accomplir l'ignoble mais cependant nécessaire acte d'abandonner ma femme et mon fils.

Il but une gorgée de café en se relisant. En gros, c'était un tas de mensonges. Exeter se fichait en réalité de dominer qui que ce fût. Des femmes, à Montparnasse, l'avaient supplié à genoux de les battre mais ce n'était que le reflet de leurs désirs masochistes. Il les avait fouettées plus pour leur faire plaisir que pour une quelconque satisfaction personnelle. Concernant Elma, il s'était senti obligé de la dominer psychologiquement parce qu'il devinait que c'était ce qu'elle souhaitait. Même si elle revendiquait une attitude contraire. L'hypocrisie des Américaines le surprendrait toujours. Exeter alluma une cigarette et hésita, avant d'ajouter quelques lignes.

Je vous demanderai encore deux choses : si nous nous rencontrons par hasard dans la rue, n'ayez pas peur de me parler. Je crois que je ne serai jamais heureux si je ne vous vois pas de temps en temps, même de loin. Et, pourriez-vous m'écrire car je n'ai pas de lettre de vous, et j'en voudrais une pour garder à côté de votre photographie. Elma, j'embrasse vos lèvres et vos yeux et, que Dieu m'aide, vos petits genoux ronds.

Avec une certaine satisfaction poétique, il contemplait cette dernière phrase quand un personnage en trench-coat et chapeau de feutre pénétra dans la grande salle du restaurant.

Exeter ne le reconnut pas tout de suite, car Evans s'était laissé pousser une fine moustache en pointe. Les deux hommes ne s'étaient pas vus depuis plus de six mois. Exeter se dépêcha de glisser la lettre à Elma Sinclair Medley dans une enveloppe adressée à l'hôtel où la poétesse et sa mère étaient descendues. L'ex-capitaine Evans s'assit devant lui, l'air anxieux et soupçonneux. Avec un mouchoir, il essuya ses lunettes mouillées par l'averse.

– Bon sang, Ralph, qu'est-ce qui vous a pris de choisir ce bouge ? En venant, il m'a fallu passer devant une infâme boîte de travestis… J'ai eu droit à quelques propositions indécentes.

– Le café Narcisse, précisa Exeter. Il est assez célèbre dans toute l'Europe. Chez les personnes ayant ce genre de goût, je veux dire. Mais ici nous serons tranquilles. Pas d'oreilles indiscrètes. Seulement des gars venus d'Italie chercher du travail. Ils ne comprennent pas notre langue, et même s'il se trouvait un émigré de retour des États-Unis parmi eux, notre conversation n'a pas de raison de l'intéresser.

Evans haussa les épaules.

– En tout cas, je ne vous envie pas de vivre à Paris.

Cette cité est un vrai cloaque. La société future que nous bâtissons contribuera, heureusement, à éliminer toutes ces perversions sordides. Je trouve la police française beaucoup trop laxiste.

Le patron de la Federated European Press inspectait les lieux avec une expression dégoûtée. Il posa son feutre sur le coin de la table et demanda un café au lait à la serveuse. Exeter se rappela que les communistes français envoyaient chaque année une manifestation d'indignés armés de pierres et de bâtons assiéger le fameux bal des Quat'z'arts, où les étudiants parisiens, les filles qui leur servaient de modèles dans les académies de peinture, et les jeunes résidentes anglo-saxonnes les plus délurées rivalisaient de nudité et d'obscénité, scandalisant à la fois les bourgeois et les prolétaires.

– En plus, il s'est remis à pleuvoir. C'est pire qu'à Londres…

– Il a plu presque tous les jours depuis février. Les Français affirment que c'est inhabituel. Croyez-moi, je suis enchanté de partir en Italie. Surtout après cette affaire absurde de la cuisse de mouton. Je ne vous félicite pas, William. J'ai failli ne jamais la récupérer.

Evans leva les yeux au ciel.

– Je ne pouvais pas savoir que Bawden ne travaillait plus à notre ambassade.

– Ce type n'est qu'un petit escroc, je me suis toujours méfié de lui. Ils ont eu raison de le mettre à la porte. Pourquoi m'avoir envoyé votre message par un moyen aussi saugrenu ? La poste restante de Saint-Cloud a toujours parfaitement fonctionné…

Evans toussota, puis baissa la tête vers la tasse de café au lait qu'on venait de lui servir.

– J'ai de plutôt mauvaises nouvelles de la part de Ginhoven à la Special Branch. Il a vu passer une demande de *Home Office warrant*[1] concernant la FEP. Notre courrier risque d'être intercepté. J'ai d'ailleurs eu l'impression que l'enveloppe de votre dernière lettre à « Kenneth Millar » avait été ouverte puis recollée discrètement. Il faut donc trouver une autre voie de transmission. En attendant, vous ne voulez toujours pas me présenter C-2 ? J'y pense… Ce ne serait pas Anatole de Monzie, par hasard ?

C'étaient de *très* mauvaises nouvelles. Exeter ressentit un violent retour de migraine. Il s'était pourtant cru débarrassé de sa gueule de bois. Peut-être une bière fraîche aurait-elle été plus efficace que le café italien… Exeter regrettait d'avoir laissé tomber la petite Suissesse. Se ressaisissant, il répondit, affichant une expression qu'il espérait sincère et naturelle :

– Impossible de vous en dire davantage que ce que vous savez déjà sur lui. Je suis navré, William, mais notre ami est un individu extrêmement méfiant. Et puis, il risque gros, vous savez. Les Français ne plaisantent pas avec…

Chut, chut.

Evans regarda autour de lui. Puis il sortit une blague à tabac de la poche de son trench-coat, et une pipe qu'il se mit à bourrer avec de petits gestes brusques.

– Quand vous le verrez, dites-lui que j'ai trouvé ses deux derniers rapports beaucoup trop vagues. Que votre bonhomme se décarcasse un peu, s'il veut mériter ses mille dollars !

– Je lui parlerai. Moi aussi, j'avoue avoir été déçu par ses récentes confidences. J'aurais pu les écrire moi-même. (Exeter gloussa, tout en s'efforçant de freiner l'hystérie qui montait.) Enfin, presque.

1. Mandat du ministère anglais de l'Intérieur.

Evans pencha le buste vers lui, inclinant son visage de côté et parlant du coin de la bouche.

– Dites-moi, Ralph : notre ami pense-t-il que Poincaré changera radicalement de politique par rapport à celle de Briand ? C-2 n'a pas été très clair à ce propos.

Exeter ne se troubla pas, connaissant le sujet par cœur. Il secoua la tête.

– Non. Poincaré se sent trop vulnérable aux attaques conjuguées de la gauche radicale – qui préconise une politique plus conciliante envers l'Allemagne – et des partisans de Clemenceau, hostiles à toute concession à Lloyd George qui pourrait se révéler contraire à l'intérêt national de la France. Poincaré n'a aucune responsabilité dans nos récents désaccords au sujet de Tanger, de la Turquie, des sous-marins et de l'aviation militaire. Afin d'assurer le succès de l'Entente, auquel il tient beaucoup, il est prêt à faire quelques compromis. Le premier ayant été d'accepter de coopérer à propos de Gênes, une conférence qu'il juge inutile et même néfaste…

– Poincaré viendra-t-il en personne ?

– Certainement pas. Il redoute un attentat des anarchistes et s'aventure rarement à l'étranger. Et rien que l'idée de devoir parler aux communistes russes doit lui donner des boutons. C-2 est catégorique là-dessus. La France sera représentée par Louis Barthou, ex-ministre de la Guerre, aujourd'hui ministre de la Justice. Il sera assisté par l'ambassadeur à Rome, Barrère, un homme de l'extrême droite, et par Seydoux, qui est le meilleur expert économique du Quai d'Orsay.

Evans acquiesça, puis craqua une allumette qu'il approcha du fourneau de sa pipe. Il aspira à coups brefs et souffla la fumée, avant de reprendre à voix basse :

– Bon. Maintenant, écoutez-moi, Ralph. Je connais le

nom du nouveau chef de la Section étrangère de Glasgow. L'homme qui remplacera ce pauvre Mogilevsky, décédé dans un accident d'avion. Il s'agit de Mikhaïl Trilisser, qui s'occupait déjà de la zone Ouest depuis août dernier. C'est un vétéran du Parti et de la clandestinité. Pendant la guerre civile, il a été commissaire politique et chef de la Tchéka pour la Sibérie et l'Extrême-Orient. Il semblerait que Trilisser ait l'intention de rencontrer personnellement ses agents à l'Ouest, nous pouvons donc nous attendre à le voir bientôt. Par ailleurs, j'ai appris que le camarade Radek est arrivé à Birmingham plusieurs jours avant l'ouverture de la Conférence des deux Internationales. Son objectif : persuader le gouvernement allemand de l'opportunité d'une alliance avec la Russie soviétique. Radek a entamé des pourparlers avec le Dr Ago von Maltzan, un haut fonctionnaire du ministère des Affaires étrangères…

Dans le code qu'ils avaient coutume d'utiliser entre eux, les communistes anglais de la FEP remplaçaient « Moscou » par « Glasgow », « Paris » par « Leicester », et « Berlin » par « Birmingham ». La conférence en question venait de s'achever à Berlin. Pour la première fois depuis 1914, s'étaient réunis dans une des salles de travail du Reichstag les délégués de la IIe Internationale, ceux de la IIIe, qu'on appelait désormais le « Komintern », et le groupe centriste, dit « Groupe viennois ». Le débat avait tourné au réquisitoire contre la République soviétique, qui s'était retrouvée en position d'accusée. Les communistes européens exigeaient devant les représentants du Komintern, dont la direction se trouvait à Moscou, le droit pour les Ukrainiens, les Arméniens et les Géorgiens à disposer d'eux-mêmes, la liberté d'action pour les partis socialistes non bolcheviques en Russie, et le rétablissement des droits de la défense pour les prisonniers politiques – notamment les socialistes-révolutionnaires, dont le procès pour trahison s'instruisait ce printemps-là. Les délégués avaient fini par sauver la face en élaborant *in extremis* une déclaration commune, et en constituant un « comité d'organisation » de neuf membres qui rassemblait les diverses tendances.

– Les nouvelles de Glasgow sont assez curieuses, poursuivit Evans. Le 4 avril, soit deux jours après la clôture du XIe Congrès du Parti, la *Pravda* a annoncé la composition du nouveau secrétariat du Comité central : Staline secrétaire général, puis Molotov et Kouibychev. En rupture avec la traditionnelle égalité des trois secrétaires, Staline occupe une situation privilégiée… Les deux autres font d'ailleurs partie de ses collaborateurs les plus fidèles.

– Je l'ai remarqué. Ce camarade n'est pas très connu en Europe, mais il cumule les titres de manière impressionnante.

Les positions de Staline paraissaient ambiguës à Exeter. D'un côté, le Géorgien approuvait Lénine dans sa volonté d'établir de meilleures relations avec le monde capitaliste, et doutait de l'imminence d'une révolution mondiale. De l'autre, contre l'avis du Guide de la révolution, il se prononçait pour la centralisation du pouvoir soviétique et défendait brutalement le nationalisme grand-russe, c'est-à-dire la soumission des minorités nationales à la domination politique et culturelle de Moscou.

– Je pense que le camarade Staline est un type d'avenir, affirma Evans. En tout cas, je soutiens sa ligne. Lénine est fatigué, il aura besoin d'un dirigeant fort à la tête du Parti pour mener la révolution prolétаrienne à sa place. Pas d'un vulgarisateur servile comme Zinoviev, d'un cynique ambitieux comme Radek, d'un dialecticien bavard comme Boukharine ou d'un exalté narcissique comme Trotsky… Je les ai tous vus, lorsque j'ai assisté au IIIe congrès du Komintern l'été dernier. Aucun de ces hommes n'a l'âme d'un chef véritable.

– Pas même Trotsky ? Il a su galvaniser l'Armée rouge…

– Ses discours soulèvent l'enthousiasme, c'est certain. Mais le pouvoir ne l'intéresse pas en tant que tel. Au fond, l'homme est plutôt un littéraire, un polémiste. Par ailleurs, il est sujet à des crises nerveuses qui l'obligent à partir à la campagne se soigner…

– Si nous en venions au fait, William ? Je n'ai plus beaucoup de temps.

L'homme de Londres eut un sourire matois, lissa complaisamment une des pointes de sa moustache neuve.

– J'ai recueilli de nouvelles informations sur Gênes. Voici ce que m'a confié un des experts du Foreign Office qui a participé à la rencontre préliminaire : les résolutions du Sommet de Cannes seront considérées comme les bases de toute négociation avec les envoyés de Glasgow. On leur dira : « C'est à prendre ou à laisser », ce qui laissera ensuite le champ libre aux Français pour formuler je ne sais quelle folle demande qui leur viendra à l'esprit…

Exeter opina :

– Oui, les exigences françaises seront de nouveau déraisonnables. Et, en comparaison, Anglais et Italiens apparaîtront comme des gens sensés. Cependant, une pareille disparité menace l'équilibre de l'Entente…

– Si nos camarades, ce qui est probable, afin de se dispenser de rembourser les emprunts russes aux petits épargnants, mettent en avant des contre-réclamations pour dommages causés à leur pays par l'intervention occidentale aux côtés des Blancs durant la guerre civile, alors les mangeurs de grenouilles riposteront en exigeant par-dessus le marché des compensations de la part de la Russie pour avoir refusé d'assumer son rôle d'alliée…

– … en signant le traité de Brest-Litovsk, compléta Exeter.

– Et, toujours selon mon contact à la réunion préliminaire, la tactique française sera de forcer systématiquement la dose, dans l'espoir de provoquer la fureur des Soviétiques et la rupture des négociations. Les Français sont hostiles depuis le début à ce projet de conférence. Mais ils préfèrent que son échec, qu'ils feront tout pour précipiter, soit imputable aux communistes.

Exeter consulta ostensiblement sa montre.

– Je vois très bien la situation. Ne vous inquiétez pas, William. En revanche, le rapide de Gênes part dans dix-huit minutes…

– J'oubliais l'essentiel. (Evans enfonça la main dans la poche intérieure de son imperméable. Il en tira une enveloppe brune.) Prenez ça avec vous.

L'enveloppe mesurait environ dix centimètres sur quinze. Elle était scellée. Exeter l'examina un instant, avant de la glisser dans la poche de sa veste.

– C'est un document très important, mon vieux. Dès que vous aurez pu rencontrer la délégation de Glasgow, remettez-le en mains propres à Rakovsky et à lui seul ! Il est au courant.

Exeter haussa les sourcils. Khristian Rakovsky, révolutionnaire expérimenté, avait dirigé l'Ukraine pendant la guerre civile et était un des principaux délégués faisant partie de l'entourage du commissaire du peuple aux Affaires étrangères, Gueorgui Tchitchérine. Le reporter brûlait de savoir ce que pouvait bien contenir l'enveloppe. Elle était mince, et assez rigide. Il eut l'impression qu'il s'agissait d'autre chose que d'une lettre.

– Je vous envie, Ralph. À Gênes, vous allez rencontrer Rakovsky, Tchitchérine, Vorovski, Ioffé… tous ces vieux compagnons de Lénine. Ah ! Et puis saluez chaleureusement de ma part Krassine et Litvinov. Dites à ce dernier qu'on le regrette à Londres… Bon voyage, mon cher ami ! Et… soyez prudent.

Exeter interrogea son chef du regard. Evans hésita, avant de préciser sa pensée :

– On peut s'attendre à ce qu'il y ait beaucoup de tchékistes cachés au sein de la délégation russe. Notamment un garçon plutôt redoutable : le Letton Iakov Khristoforovitch Peters. C'est un des deux principaux adjoints de Dzerjinski. Il a vécu avant guerre à Londres, où il faisait partie du gang des terroristes lettons responsables des meurtres de Houndsditch et de la fusillade de Sidney Street. Son cousin Peter Piaktov, le mystérieux « Peter the Painter » des années 1910, abattait les policiers de Sa Majesté au Mauser C96. Rentré en Russie, le tchékiste Iakov Peters a fait fusiller des milliers de contre-révolutionnaires, de traîtres, et même des gens raflés au hasard des rues après l'attentat socialiste-révolutionnaire contre Lénine. On raconte que c'est un individu particulièrement brutal et soupçonneux. Je souhaite pour vous qu'il n'ait pas de questions à vous poser…

Evans lui tapota l'épaule, avec un sourire amical. Il avait prononcé la dernière phrase sur un ton des plus ambigus. Que signifiaient toutes ces insinuations ? Exeter ressentait une vague sensation d'écœurement. Il serra en vitesse la main de son chef, paya les cafés et quitta le restaurant d'un pas pressé.

Dehors, une pluie diluvienne formait des ruisseaux nauséabonds entre les pavés disjoints, salissant ses chaussures neuves. Exeter se hâta avec sa valise au travers de passages étranglés remplis de gargotes tenues par des Nord-Africains ou des Asiatiques. Il lui semblait que les faciès ricanants des tenanciers et de leurs clients le fixaient en se moquant de lui. En même temps qu'un mélange d'odeurs fétides assaillait ses narines. Il ne parvenait pas à retrouver le chemin de la gare et sentit la panique le gagner. Le choix, pour leur rendez-vous, de ce labyrinthe d'étroits boyaux découpant des taudis aux allures de coupe-gorge était une erreur stupide…

Le foie d'Exeter lui envoyait des signaux de plus en plus intenses de souffrance. Les nausées devenant insupportables, il ralentit le pas, puis s'arrêta pour poser sa canne et sa valise. S'appuyant de la main gauche à un tuyau tordu et suintant, il se pencha sur les pavés trempés. Presque aussitôt, son estomac se souleva, expulsant une traînée de café amer mêlé à de la bile. Le front couvert de sueur, Exeter tenta de vomir de nouveau. En vain. Mais son foie l'élançait toujours, ainsi que son estomac douloureux et vide. Devant ses yeux tourbillonnait un cirque de petites étoiles. L'œsophage brûlant et les oreilles bourdonnantes, adossé au mur, il crut entendre aux gueules sombres des fenêtres des mégères l'agonir d'injures en italien, appeler leurs hommes pour lui faire son affaire et le dépouiller. Le correspondant du *Daily World* reprit sa course trébuchante entre les bâtisses infâmes. Il finit par déboucher sur une large artère où les automobiles circulaient dans les deux sens, leurs phares allumés à travers les rideaux de pluie.

Il reconnut l'avenue Daumesnil. Un passant lui

expliqua qu'en tournant à gauche sur le boulevard Diderot il retrouverait le chemin de la gare. Exeter courut dans la direction indiquée pendant que l'orage se déchaînait. Il vit un éclair zigzaguer sous le ciel violet et frapper les toits. Dans un craquement épouvantable, et la lumière aveuglante qui un bref instant illumina le carrefour, l'horrible scène du matin resurgit dans son esprit : Evvy, droite et livide tel un spectre dans l'embrasure de la porte de son bureau de Saint-Cloud, sa chevelure pâle dévalant les plis de la chemise de nuit…

Arrivé hors d'haleine sur l'esplanade, Exeter aperçut contre le mur de la gare une boîte aux lettres, où il courut déposer l'enveloppe destinée à Elma Sinclair Medley. La lettre disparut, avalée par la fente noire. Affolé, il crut une seconde avoir jeté, par erreur, le document que lui avait confié Evans ! Palpant avec frénésie la poche intérieure de sa veste, il sentit, soulagé, ses doigts se refermer sur la mystérieuse enveloppe. Il leva les yeux vers le beffroi, où l'horloge indiquait dix heures vingt-sept. Le train pour l'Italie partait dans une minute. Exeter fonça vers les quais.

Des retardataires se dépêchaient sur la plate-forme entre les jets de vapeur blanche. Le long du convoi, les portières claquaient les unes après les autres. Il courut en agitant sa canne. Il y eut un coup de sifflet strident, puis une secousse qui ébranla les voitures. Le rapide de Gênes partait. L'Anglais bouscula un employé, qui tomba en arrière avec un juron. Le train gagnait de la vitesse. Exeter essayait de dépasser le fourgon de queue. Il prit son élan pour sauter sur le marchepied de la dernière voiture. Son feutre s'envola, fila sur les rails, disparut sous les roues d'acier. Gêné par sa canne, il manqua perdre l'équilibre et se rattrapa à une barre de sécurité.

L'employé du fourgon de queue lui adressa une bordée d'injures. Le train roulait de plus en plus vite, et quitta l'abri de la gare. Ballotté au-dessus du vide, agrippé au métal glacé sous les trombes d'eau et les escarbilles, Exeter se vit sur le point de lâcher prise. La portière, mal fermée, battait. Un passager, dont il distinguait vaguement la silhouette derrière la vitre, rouvrit la portière, se pencha vers lui, l'empoigna par l'épaule et le hissa à l'intérieur.

Il remercia l'homme, puis jura :

– Un chapeau de chez Madelios !

– Il vaut mieux que ce soit le chapeau, et non vous, qui soit passé sous les roues du train.

Le Français le toisait d'un air de reproche.

Il portait un pardessus sombre et était coiffé d'un feutre rond gris foncé. Une grosse moustache noire, aux extrémités tombantes, traversait son visage au teint bilieux. Les lèvres étaient épaisses. Le long nez recourbé s'ornait d'une verrue sur la narine gauche. L'individu était de taille modeste, mais Exeter avait pu éprouver sa force tandis qu'il le tirait vers la plate-forme.

– Tant pis, fit le reporter. Je n'aurai qu'à en acheter un neuf en Italie. Merci encore pour votre aide.

– Vous êtes américain ?

– Anglais. Après vous, monsieur.

Ils gagnèrent le couloir. Le premier compartiment était vide. Exeter souleva sa valise et la fit glisser sur le porte-bagages, tandis que le Français continuait. Il se débarrassa de son imperméable trempé et s'installa à l'angle près de la fenêtre dans le sens de la marche. Son cœur cognait encore violemment. La pluie d'orage balayait la vitre, à travers laquelle se dessinaient de tristes paysages de banlieue – ateliers, cheminées d'usine, ponts de ferraille, arbustes secoués par la bourrasque, pavillons solitaires aux murs noircis. L'homme au feutre rond était revenu sur ses pas. Il s'assit près de la porte, en diagonale par rapport au journaliste. Après avoir retiré son pardessus, il sortit *Le Temps* glissé dans la poche de sa veste, le déplia et commença à lire. La une annonçait l'entrevue surprise du Premier ministre et ministre des Affaires étrangères Raymond Poincaré avec le Premier britannique Lloyd George, la veille à Paris, sur le chemin de la Conférence économique. L'Anglais se laissa aller contre le dossier du siège et attendit que son cœur retrouve son rythme normal. Il ferma les yeux et ne tarda pas à s'endormir.

Il fut réveillé par une main qui le secouait. C'était le contrôleur. Exeter se leva en grognant. Il ouvrit sa valise pour en tirer l'enveloppe contenant ses billets. Lorsque l'employé fut parti, le Français moustachu replia son journal et commenta :

– Vous auriez dû me confier votre billet de train. Je me serais chargé de le présenter au contrôleur et vous auriez pu dormir à votre aise…

– Merci, grogna Exeter, qui n'avait aucune envie d'entrer en conversation avec un voyageur désireux de tuer le temps.

Il croisa les bras et se renfonça dans l'angle de la fenêtre, pour s'absorber dans la contemplation de la campagne française qui défilait sous les nuages sombres encore lourds de pluie.

– Avez-vous beaucoup de pommiers, en Angleterre ?

Sans lui laisser le temps de répondre, son voisin de compartiment enchaînait :

– Je suppose que oui. Et je vais vous dire ce qui me

le fait supposer. N'avez-vous pas un amusant proverbe, selon lequel une pomme par jour éloigne le médecin ?

– *An apple a day keeps the doctor away*, acquiesça Exeter, souriant malgré lui.

– Alors, vous connaissez sans doute le puceron lanigère ?

– Je vous demande pardon ?

L'homme se rapprocha sur sa banquette.

– Ce terrible petit bandit, voyez-vous, appartient à l'ordre des hémiptères-homoptères. Il est de la famille des hymenélytres, de la tribu des aphidiens et du genre *Schizoneura*. Et figurez-vous qu'il mesure à peine deux millimètres de long ! C'est le plus redoutable ennemi des pommiers. Il s'attaque de préférence à l'écorce et à l'aubier des jeunes branches. Les pucerons lanigères piquent et sucent le bois avec tant d'ardeur qu'ils y creusent une plaie, dans laquelle ces misérables pénètrent. À l'endroit assailli ainsi par des milliers de bouches voraces, le rameau se déforme, il s'y produit une hypertrophie du parenchyme, occasionnant des fissures, des renflements, des nodosités… je dirais même de véritables chancres !

Il levait un index court et boudiné, arrondissait ses petits yeux marron sous les épais sourcils. Le teint maladif de l'homme s'était empourpré, échauffé par la description de l'insecte et des ravages qu'il causait.

– Je suis représentant de commerce en engrais et insecticides, expliqua-t-il en se rapprochant davantage.

– Je vois, dit Exeter poliment.

– Contre les pucerons, je vous recommanderais un produit à base d'acide pyroligneux rectifié à huit degrés, d'acide salicylique, de fuchsine et d'oxyde rouge de mercure. À répandre sur vos pommiers pendant l'hiver, lorsque la végétation est active, et en évitant que ce produit corrosif n'entre en contact avec les mains.

Il tira une carte de visite de son portefeuille et la tendit à l'Anglais, qui lut : *Cyanamide granulée SPA, société anonyme au capital de 10 millions. Siège social : 2, rue Blanche, Paris. Marius MOSELLI, agent exclusif.*

Exeter sourit et dit, indiquant la carte :

– Vous êtes donc M. Moselli ?

– Pour vous servir.

– Je regrette, mais je ne suis ni fermier ni agriculteur.

Il réprima un bâillement. Le représentant agita la main.

– Mais je vous en prie, je ne disais pas cela de façon intéressée. Et vous, monsieur, à qui ai-je l'honneur ?

– Je suis correspondant de presse. Mon nom est Ralph Exeter, bougonna-t-il. Maintenant, si vous voulez bien m'excuser… J'ai passé une mauvaise nuit.

Sans attendre la réaction de son interlocuteur, il croisa les jambes, se retourna vers la fenêtre et ferma les yeux. Sa gorge gardait le goût acide du café mélangé aux vomissures. Son estomac était vide, mais le journaliste ne ressentait encore aucune faim. Juste une lassitude intense, doublée d'un sentiment désagréable d'appréhension.

Couvrir une conférence politique internationale était une chose – Exeter en avait l'expérience, ayant déjà assisté pour son journal au Sommet de Cannes, au début de l'année. Mais jamais encore il ne s'était trouvé confronté à d'authentiques représentants de la Russie soviétique : des révolutionnaires chevronnés, vétérans de la lutte clandestine, de l'insurrection victorieuse et de la guerre civile. Evans avait été relativement facile à berner, mais la délégation russe à Gênes compterait, son chef du *Daily World* l'avait mis en garde, des personnages comme ce Iakov Peters, des membres de l'ex-Tchéka, laquelle se nommait, depuis peu, le Guépéou. Même si Evans, pour rire, les prononçait « *Gay pay you* », ces trois syllabes paraissaient à Exeter plus inquiétantes encore que celles de l'acronyme précédent. L'angoisse et les idées noires le taraudèrent une dizaine de minutes. Puis il se sentit plonger de nouveau dans un sommeil pénible, qu'agitaient des songes confus, absurdes et vagues dont il ne conserverait aucun souvenir au réveil.

Chapitre IV

Herb Holloway

Lorsqu'il ouvrit les yeux, Exeter aperçut des bouts de ciel bleu entre les nuages. Il était seul. Son compagnon avait déserté le compartiment, emportant son bagage avec lui. C'était bizarre : le petit représentant en engrais et insecticides n'avait pu quitter le train, le premier arrêt étant Vallorbe, à la frontière suisse. Peut-être ce M. Moselli, déçu par le manque de savoir-vivre de l'Anglais, avait-il déménagé, dans l'espoir de trouver ailleurs un auditoire plus réceptif ? Oui, voilà qui était vraisemblable, et même probable. Le journaliste bâilla. La bouche pâteuse, il se détendit sur son siège. Il envisageait de retirer ses chaussures et de s'allonger pour dormir jusqu'au passage de la douane, lorsque la haute silhouette d'un homme à forte carrure apparut dans le couloir. Une figure au teint rose, barrée d'une courte moustache brune, vint se coller à la vitre. Puis le voyageur fit glisser la porte du compartiment.

– Je ne me trompe pas, vous êtes bien Exeter, du *Daily World* ?

La question était posée en un anglais teinté d'un fort accent du Middle West. L'interpellé serra la main large et vigoureuse qu'on lui tendait.

– Herb Holloway, envoyé spécial du *Toronto Observer*. Nous nous sommes vus au Harry's Bar, à la réunion de la presse anglo-américaine… Bill Bird m'a parlé de vos poésies. *Gaucheries*, hein ? Ouais, Sylvia Beach aussi m'a dit que vous étiez un bon copain des travailleurs…

L'homme trimbalait une petite valise jaune qu'il balança avec désinvolture sur le porte-bagages, avant de se laisser tomber lourdement sur la banquette où Exeter projetait de s'étendre.

– Je pense vous avoir aperçu aussi aux Deux Magots, mais de loin. Vous permettez que je m'asseye ici ?

– J'en serais enchanté, répondit Exeter assez froidement.

Le nom de Holloway ne lui était pas inconnu. L'Américaine Sylvia Beach, qui tenait rue de l'Odéon une librairie baptisée Shakespeare and Company, consacrée à la littérature d'avant-garde, lui avait signalé ce jeune homme comme un prometteur auteur de nouvelles. La libraire avait apprécié la critique élogieuse d'Exeter dans son journal de l'*Ulysse* de James Joyce, qu'elle venait de publier grâce à une vaste souscription auprès des intellectuels. Sans doute Sylvia attendait-elle à présent de lui qu'il fît quelque chose pour un autre de ses protégés.

À l'époque, Herbert Holloway vivait avec son épouse Harriet rue du Cardinal-Lemoine, sur les pentes de la montagne Sainte-Geneviève. Le couple était arrivé en France en décembre 1921. Depuis un certain temps, Holloway gagnait sa vie grâce aux reportages qu'il expédiait au *Toronto Observer*, un journal canadien. Il offrit une cigarette à Exeter, en prit une autre pour lui, avant de glisser le paquet dans la poche latérale de son ample veste en tweed, d'aspect confortable.

– J'essaie de montrer l'intérieur des choses, voyez-vous. Les vrais faits. Et puis de rapporter ce que me disent les gens. Leurs propres mots, hein. Je ne triche pas.

– Vous avez probablement raison, fit Exeter sans enthousiasme exagéré.

– Et je n'hésite pas à mettre beaucoup de dialogues dans mes articles… C'est très efficace, mon vieux. Vous devriez essayer vous aussi.

Exeter se contenta de sourire. Si l'insistance du nouveau venu à imposer ses techniques d'écriture ne manquait pas d'une certaine fraîcheur, elle agaçait son confrère – qui non seulement était son aîné de cinq ou six ans, mais supportait mal les je-sais-tout. Holloway monologua avec enthousiasme à propos de ses auteurs préférés, Sherwood Anderson, Ezra Pound et Ford Madox Ford. Ce dernier avait promis de publier bientôt ses récits dans le magazine littéraire qu'il projetait d'éditer, la *transatlantic review*, sans majuscules. L'absence des majuscules est primordiale. Vous ne trouvez pas ?

Exeter acquiesça en grommelant. Désormais complètement réveillé, il ressentit des tiraillements dans l'estomac et s'aperçut qu'il avait faim. Et soif. Il écrasa sa cigarette dans le cendrier, s'étira, contourna les longues jambes de son voisin avec l'intention de gagner le couloir.

– Les toilettes sont à l'autre bout de la voiture, l'informa Holloway avec un large sourire enfantin.

– Je ne vais pas aux toilettes, mais au restaurant.

– Le serveur n'est pas encore passé annoncer le premier service.

Holloway regarda sa montre et se leva brusquement pour ouvrir la porte.

– Mais vous avez raison, reprit-il, ça ne devrait pas tarder. Mieux vaut s'assurer une bonne place avant tout le monde.

L'Américain avançait dans le couloir d'une démarche à la fois chaloupée et conquérante. Exeter, qui suivait, remarqua le contraste entre ses hanches plutôt étroites et ses larges épaules de sportif. Arrivé sur la plateforme et prenant position devant le soufflet entre les voitures, Holloway se dressa sur l'avant des pieds et se mit à boxer dans le vide. Sautillant sur place, respirant bruyamment, il balançait ses gros poings l'un après l'autre sur un rythme soutenu. Lorsqu'il commença à interpeller son adversaire invisible avec des « Ouais, vas-y ! Tu me fais pas peur. Allez, envoie ton crochet du gauche ! Espèce de mauviette… », Exeter se demanda si son compagnon de voyage n'était pas légèrement timbré.

Le wagon-restaurant était vide, mais les tables prêtes et les couverts mis. Le maître d'hôtel installa les journalistes et suggéra des apéritifs. Holloway commanda un *whisky sour* et Exeter un vermouth-cassis. En même temps que les cocktails, on leur apporta les menus, puis le sommelier débarqua avec la carte des vins. Holloway étudia celle-ci avec le plus grand sérieux. Il se décida pour un pauillac, le château Duhart-Milon. L'Américain vida son verre de scotch avant de déclarer sombrement :

– Le problème, mon vieux, c'est qu'après ces années de guerre il sera difficile à notre génération de s'ajuster. De se conformer à la triste et prosaïque routine du temps de paix. Choqués et désillusionnés comme nous le sommes… Ouais, ça sera un truc dur à affronter.

Exeter n'avait connu la guerre que dans un château français vaste et confortable, que l'ennemi négligeait opportunément de bombarder. Son cadet Arthur, lui, était mort sur la Somme à dix-sept ans.

– Mon frère s'est engagé en mentant sur son âge. Il a été tué trois jours à peine après son arrivée dans les tranchées. Je n'ai pas réussi à retrouver sa tombe… Si j'ai un deuxième fils, ma femme et moi nous l'appellerons Arthur. Mais vous, Herb, êtes un peu jeune pour…

L'Américain leva la tête, piqué au vif. Comme si l'on avait soudain porté atteinte à sa virilité.

– Détrompez-vous, grogna-t-il. Je me suis sacrément battu. En Italie. Je vous raconterai ça un de ces jours. Ne vous imaginez surtout pas avoir affaire à une mauviette…

Chez Holloway, l'enthousiasme puéril et les éclats de rire tonitruants alternaient de façon rapide avec des regards méfiants ou courroucés. Exeter le jugea plus complexe que le reste de ses compatriotes, qu'il fréquentait beaucoup à Paris et dont la plupart étaient des gens agréables, simples et directs. L'Américain se mit à parler de boxe et de ses champions préférés, Jack Dempsey et Harry Wills, un sujet qui n'intéressait guère Exeter. Le wagon-restaurant se remplissait peu à peu. Un serveur apporta les hors-d'œuvre et déboucha la bouteille de Duhart-Milon. Holloway fit tourner le vin dans son verre, avant de le renifler de manière bruyante et exagérée. Il le vida d'un coup, sourit avec gentillesse au garçon et commanda tout de suite une nouvelle bouteille, car celle-ci ne durerait pas longtemps. Exeter, qui laissait errer son regard vers l'extrémité de la voiture, vit s'avancer une fille particulièrement jolie. Aussitôt il se redressa sur son siège, en fronçant les sourcils et en plissant les paupières. Il retira discrètement son alliance pour la glisser dans sa poche. La voyageuse s'assit à quelques tables de distance, face à lui, sur le bord opposé par rapport à l'allée centrale. Elle n'avait ni gants ni chapeau, ce qui marquait un comportement « affranchi » pour l'époque. Avec des gestes délicats, la jeune femme posa son sac sur le siège voisin avant de faire de même avec l'objet qu'elle portait en bandoulière, un étui d'appareil photographique.

Exeter observait les yeux bleu-vert et la chevelure brune, ondulée et coupée mi-court à la Irene Castle, qui mettait en valeur un cou ravissant. La nouvelle venue s'était adressée au maître d'hôtel en anglais. À présent elle regardait le paysage de montagne qui défilait derrière sa fenêtre, et passa ensuite à l'examen du restaurant et de ses occupants. Les yeux bleu-vert croisèrent un instant ceux d'Exeter avant de se détourner. Le journaliste continua de l'étudier sans en avoir l'air. L'objet de son attention portait une jupe blanche s'arrêtant au-dessus des chevilles et un pull-over bleu clair serré à la taille par une ceinture de cuir beige. Ses pieds fins et gracieux étaient chaussés d'élégants souliers d'un noir luisant, sanglés de trois fines bandes horizontales. Le col blanc d'un chemisier, arrondi et rabattu sur le pull, était fermé par une petite broche or et grenat. L'expression de l'harmonieux visage ovale, au nez droit, à la petite bouche sensuelle, au sourire intelligent, se teintait d'un intérêt juvénile pour tout ce qui se passait alentour. Cette attitude parut à Exeter typiquement américaine – les Anglaises en voyage se croyant tenues d'adopter des airs supérieurs et froids.

Le serveur apporta des carrés de veau rôti, où l'on avait laissé l'os. La viande s'accompagnait de pommes de terre à la vapeur, de chicorée braisée et d'épinards. Exeter, perdu dans sa contemplation, avait à peine touché à la première assiette. En revanche il avait bu son cocktail, suivi de plusieurs verres de bordeaux avalés sans y penser. Holloway demanda au garçon des nouvelles de la deuxième bouteille. Puis il se retourna pour suivre la direction du regard d'Exeter.

– Jolies chevilles. Avec un peu de chance, elles vont se balader à Gênes, elles aussi. Ne la laissez pas quitter le train avant de lui avoir parlé. Et demandez-lui à quel hôtel elle compte descendre. Vous avez le champ libre, car je suis un homme marié.

– Mais moi aussi, fit observer Exeter.

Holloway lui lança un regard vif.

– Ah bon ? À Paris, on vous décrit comme une espèce de Casanova. (Il poussa un grognement.) La vérité est que je tombe trop facilement amoureux. Alors j'ai décidé de me méfier des femmes comme de la peste. L'amour, chaque fois, me vole ce temps précieux que je devrais consacrer à l'écriture. L'écriture, c'est tout ce qui compte – avec la boxe, la chasse et la pêche. Et peut-être aussi les courses de taureaux. Je compte aller voir ça en Espagne un de ces jours. Quant aux femmes, eh bien, elles ne sont que du matériau pour mes histoires.

Exeter n'éprouvait pas d'intérêt particulier pour la boxe, la chasse, la pêche ou la corrida. En revanche, il ne se méfiait absolument pas des femmes. Au contraire, il les aimait trop – au point d'oublier les complications qu'engendrait le fait d'en fréquenter plusieurs à la fois. Le journaliste admirait les femmes et les soutenait dans leurs revendications politiques, notamment le droit de vote. Elma Sinclair Medley, ardente suffragette aux États-Unis, n'était pas pour rien dans cet enthousiasme dont témoignaient les articles qu'il avait récemment écrits pour le *Daily World*. Il tourna la tête vers la passagère à la jupe blanche, mais un serveur se tenait debout entre eux, l'empêchant de voir. Le train commençait à ralentir. Holloway, habitué de la ligne, car il se rendait souvent en Suisse pour le ski et la pêche à la truite, expliqua qu'on arrivait à Vallorbe.

Un petit homme corpulent remontait l'allée centrale, et, après une courte hésitation, s'installa sur la chaise libre en face de la voyageuse qui intéressait Exeter. Ce dernier reconnut le représentant de commerce, le nommé Moselli – lequel, donc, ne s'était pas évaporé du train en cours de route. Exeter plaignit sincèrement la jeune femme, vouée à supporter jusqu'à la fin du repas des histoires de pucerons et d'insecticide. Le convoi repartit pendant que les douaniers suisses, lourds et pénétrés de leur importance, venaient contrôler les passeports. Le reporter, d'où il était, eut l'impression que celui de la jolie brune était américain. La deuxième bouteille était alors largement entamée. Holloway se mit à parler de sa guerre en Italie. Il s'était engagé à dix-neuf ans dans les ambulances de la Croix-Rouge, avait été blessé à Fossalta di Piave, dans les montagnes, en juillet 1918, quelques mois après la débâcle italienne de Caporetto. Un obus autrichien lui avait déchiqueté les jambes.

– J'ai voulu poser la main sur mon genou… (Holloway éclata de son rire énorme)… mais le problème, c'est que mon genou n'était plus à sa place habituelle. Ma main ne rencontrait que le vide, pour la bonne raison que le genou était descendu sur le tibia. Vous savez, les tirs de mortier, ce n'est pas si terrible lorsqu'ils tombent un peu à côté : il suffit juste de prier pour ne pas recevoir un éclat d'obus. Mais si le tir a touché directement votre groupe, sans vous tuer *vous*, après vous retrouvez vos camarades littéralement éparpillés dans les environs… Les *morceaux* de vos camarades, je veux dire.

La tête d'Exeter s'était mise à tourner et son front était moite de transpiration. La température, sous le toit chauffé par le soleil de la mi-journée, avait grimpé considérablement. Reposant son verre, il examina de nouveau la jeune Américaine. Celle-ci écoutait les discours du représentant de commerce en acquiesçant poliment. Elle était décidément adorable. Il fallait qu'il lui adresse la parole à un moment ou à un autre, sous n'importe quel prétexte. Holloway expliquait, d'une voix pâteuse, que l'expérience de la guerre était un atout incomparable pour un romancier. Qu'il s'agissait là d'un sujet majeur, en même temps que l'un de ceux sur lesquels il est le plus difficile d'écrire. Il ajouta que ceux qui ne l'avaient pas vécue étaient tout simplement jaloux, et donc s'efforçaient de la réduire à un événement sans grande importance, déplaisant et même anormal. Alors que la vérité était que les pauvres bougres avaient loupé une occasion en or de devenir de bons écrivains.

Exeter se dit que son expérience personnelle, au château de Saint-André, même sans bombes, obus de mortier ni corps déchiquetés, pourrait lui inspirer quelques chapitres non entièrement dénués d'intérêt pour les éditeurs. Malheureusement, il se jugeait à la fois trop paresseux et trop lucide. Et il préférait *vivre* la vie plutôt que de l'écrire. Exeter doutait que le temps que lui prenaient ses multiples aventures parisiennes, son travail de correspondant du *Daily World*, et ses activités troubles de faux espion, lui permette un jour de devenir un littérateur de quelque talent.

– Je suis en train de mettre au point un nouveau truc, expliqua l'Américain en remplissant leurs verres.

Personne n'a encore écrit comme ça. Dans un an ou deux, je m'attaque à un gros roman sur la guerre. Et sur l'amour. Avec la sacrée fin la plus sombre, et la plus puissante, qu'on ait jamais écrite. (Il poussa un juron.) Notre bouteille numéro deux est déjà vide ! Vous avez une bonne descente, pour un Anglais…

Même si cela ne se voyait pas trop, Holloway était déjà extrêmement soûl. Exeter, qui l'était un peu moins, s'efforça de penser à ces questions de style. Depuis qu'il fréquentait la librairie américaine de la rue de l'Odéon, il avait lu des œuvres de Sherwood Anderson et de Theodore Dreiser. En fait, il préférait John Dos Passos. Il lui sembla que son compagnon se vantait de théories qu'il n'était au fond ni le seul ni le premier à mettre en pratique. Mais, étant donné l'état d'ivresse de l'Américain, et ce qu'Exeter devinait de susceptibilité chez lui – sans oublier sa passion de la boxe et des sports virils –, il préféra se garder de tout commentaire. Holloway, le teint de plus en plus rouge, marmonnait de son côté :

– Il y a eu une explosion d'une fabrique de munitions, en 1918, près de Milan. Vous voyez, cela m'a fait réfléchir au *sexe* des morts. On a l'habitude en temps de guerre, n'est-ce pas, que la quasi-totalité des cadavres soient des cadavres d'hommes… Au point que de voir soudain une femme morte, c'est très perturbant. D'assister à cette inversion du sexe des morts. Je me rappelle que, après avoir soigneusement rassemblé les corps des ouvrières restés entiers, nous sommes partis à la recherche des morceaux. Nous en avons ramassé jusqu'à une distance considérable dans les champs – entraînés par leur propre poids de chair et d'os. Vous comprenez ce que je suis en train de dire ?

Exeter regardait autour de lui. Le train suivait paresseusement les rives du lac Léman, sous un ciel d'azur. On voyait étinceler les sommets des Alpes au-dessus des nappes de brume recouvrant les eaux étales. Exeter cherchait des yeux un serveur, afin de se faire apporter une troisième bouteille de vin, quand il constata que la jolie Américaine avait disparu. Idem pour le voyageur de commerce. Maudissant sa distraction, il repoussa sa chaise et bondit sur ses pieds. Il était peut-être encore temps de rattraper la fille dans les couloirs… Sinon il devrait parcourir à sa recherche toutes les voitures et visiter tous les compartiments. Il tira deux billets de son portefeuille et les posa sur la nappe.

– Mais que faites-vous ?

– La brune au pull-over bleu. Je l'ai laissée filer.

– Voilà qui est regrettable. J'ai trop bavardé, vous avez trop bu et je vous ai distrait… Essayez de lui parler ce soir à l'arrivée à Gênes.

– Non, j'y vais. Je vous retrouverai tout à l'heure.

Holloway approuva en dodelinant de la tête. Son visage hilare luisait, cramoisi. Il tira un cigare de la poche de poitrine de sa veste en tweed et l'alluma.

Exeter partit à grandes enjambées du côté par lequel était arrivée l'Américaine. Il traversa deux voitures sans résultat. Il bouscula des voyageurs accoudés aux fenêtres, et croisa un garçon en veste blanche agitant bruyamment sa clochette pour annoncer le deuxième service : « *Secondo servizio fra un quarto d'ora !...* » Plus loin, il crut entrevoir le dos rond du petit représentant qui s'éloignait à pas pressés, franchissait la porte à l'extrémité de la voiture avant de disparaître dans l'ombre du soufflet. Beaucoup de passagers avaient baissé les rideaux de leur compartiment du côté couloir, ce qui ralentissait Exeter, l'obligeant à ouvrir la porte, jeter un regard rapide avant de s'excuser et de passer à un autre compartiment. La première chose qu'il vit en débarquant sur la plate-forme de la voiture suivante fut la figure moustachue du vendeur d'insecticides, penché dans l'embrasure d'une porte et tourné vers lui. Le Français roulait des yeux exorbités et paraissait sur le point de succomber à une attaque d'apoplexie.

– Monsieur Exeter ! Vous tombez à pic ! Vite, vite, entrez… Dieu soit loué, vous êtes seul. Car je me méfie de votre ami. Ce colosse américain m'a l'air d'un redoutable ivrogne !…

Le visage décomposé, il s'empara du bras du journaliste pour l'attirer à l'intérieur du compartiment. La fenêtre était grande ouverte. Une valise, posée sur la banquette, laissait voir des vêtements en désordre qui dépassaient du couvercle à demi rabattu.

Moselli referma la porte en gémissant et tira les rideaux.

– C'est épouvantable ! Épouvantable !… Mais d'abord, tout ceci exige de la discrétion… Je peux compter sur vous, n'est-ce pas ?

Le bonhomme s'agrippait aux revers de la veste d'Exeter tout en le poussant contre le porte-bagages. Il avait une mauvaise haleine. Exeter recula avec une légère grimace.

– J'avais choisi ce compartiment afin d'être tranquille… et voilà qu'on m'a volé ! Tout l'argent que je gardais dans ma valise a disparu !…

– Disparu ?

L'autre se tordait les mains.

– J'ai commis l'erreur de la laisser ici lorsque je me suis rendu au wagon-restaurant. Où j'ai agréablement causé avec une charmante demoiselle et…

Exeter sauta sur l'occasion.

– Vous a-t-elle dit comment elle s'appelle ? Descend-elle à Gênes ? Et à quel hôtel ?

Moselli le regardait, interloqué.

– Mais… le Bristol, il me semble…

– Et son nom à *elle* ?

– Je ne m'en souviens plus… C'était un de ces noms de famille à rallonge… J'ai d'autres soucis, voyons ! Mon argent… Parti, envolé !…

Il avait repris la veste de l'Anglais et le secouait comme un prunier, tout en se lamentant et en vitupérant. Exeter s'insurgea :

– Mais qu'y puis-je, enfin ? Je n'ai rien à voir…

– Vous êtes le correspondant d'un grand journal !… Profitez de votre autorité, allez chercher le chef de train ! Faites fouiller les voyageurs !

Exeter le repoussa.

– Vous êtes certain au moins que votre argent n'est plus là ? Vous ne l'auriez pas rangé à une autre place ?

Moselli, avec une exclamation indignée, se tourna pour soulever le couvercle de la valise. Ses mains palpèrent fébrilement un fouillis de chemises, plastrons, gilets, cravates, bretelles, chaussettes, fixe-chaussettes et caleçons… Il grommelait :

– Si je suis certain !… Mais, mon pauvre ami…

Il saisit un objet sous une chemise et pivota vivement pour se replacer face à Exeter. Sa main droite tenait à présent un gros automatique noir, au canon épais et long, braqué sur le ventre de l'Anglais. D'un mouvement vif du pouce, il fit basculer le cran de sûreté.

– Pas de gestes inutiles, mon cher monsieur. Je vous demanderai de faire un pas en arrière et de lever les deux mains. Vite !

Le ton de la voix avait radicalement changé. Et le regard s'était fait dur et agressif. Baissant les yeux vers le pistolet, Exeter crut reconnaître un Bergmann-Bayard 1910 – une arme fabriquée en Belgique et qui ressemblait un peu au Mauser C96. Le Bergmann, connu pour sa terrible efficacité, tire des balles de neuf millimètres. Exeter leva les bras vers le plafond du compartiment.

De la main gauche, Moselli palpa vivement les poches de sa veste pour s'assurer qu'il n'était pas armé. Puis il recula, le pistolet toujours dirigé vers son ventre.

– Pas de gestes brusques. Passez-moi seulement l'enveloppe que le capitaine Evans vous a remise ce matin au restaurant Faguzzi.

Exeter porta la main à sa poche intérieure et fit ce qu'on lui demandait. Il n'éprouvait aucun désir de voir son corps stopper la trajectoire d'une ou de plusieurs balles de calibre 9 mm. Perdre l'enveloppe était regrettable, et Evans serait fou de rage, mais le correspondant à Paris du *Daily World* entendait demeurer vivant le plus longtemps possible. Moselli jeta un bref coup d'œil à l'enveloppe avant de l'empocher sans l'ouvrir.

– J'ignore tout de son contenu, se défendit sincèrement Exeter.

– Peut-être. Mais cela ne change rien à votre cas.

– Et puis-je vous demander quelles sont vos intentions ? Monsieur…

Le moustachu sourit froidement.

– Moselli ira très bien pour l'instant. Mes intentions sont de vous remettre à la police italienne dès que notre train aura fait halte à Domodossola, de l'autre côté des Alpes. Les carabiniers vous poseront un certain nombre de questions, ils vous frapperont peut-être, afin d'assouvir leurs pulsions bestiales – l'Italie est devenue un pays assez violent depuis les « années rouges[1] ». Je suppose qu'ils vous garderont ensuite six ou sept semaines au frais, inconfortablement logé et mal nourri, avant de vous reconduire à la frontière. Cela, le temps que la Conférence de Gênes soit terminée et les délégués russes rentrés chez eux. J'aurais personnellement tendance à vous croire, mais il me faut prendre des précautions. En outre, je n'éprouve aucune sympathie pour les communistes.

Exeter protesta :

– Je ne suis pas communiste ! Mes dépêches sont absolument indépendantes de tout parti politique…

– Allons, allons… Je vous ai vu ce matin avec William. Un vieux camarade à moi, soit dit en passant. Vous a-t-il parlé de la Dame blanche ?

L'Anglais secoua la tête.

– Gardez vos mains en l'air, cher monsieur. La Dame blanche était un remarquable réseau de renseignement franco-belge durant la guerre. J'ai eu l'insigne honneur d'en faire partie. Le nom de ce réseau, dont le centre vital se trouvait à Liège, évoque la mystérieuse Dame blanche, un fantôme dont chacune des apparitions nocturnes signifiait la mort pour un membre de la dynastie maudite des Habsbourg. Nous avons infligé aux Boches des dégâts sanglants. Les services secrets britanniques nous ont prêté main-forte. C'est de ce temps-là que date mon amitié avec le capitaine

1. *Biennio Rosso* : de la mi-1919 jusqu'à la mi-1921, période où de grandes grèves insurrectionnelles, avec occupations d'usines, dans le triangle industriel Milan-Gênes-Turin, manquèrent de peu de conduire à une révolution en Italie.

Evans. D'après ce que j'ai entendu, il n'a quitté que très récemment le MI1(c)[1]…

Exeter écarquilla les yeux. Le moustachu sourit de nouveau.

– Ah, je vois que William ne vous dit pas tout. Il est resté un certain temps dans les services après la guerre. S'il a dû partir, c'est à cause d'une réduction d'effectifs pour raisons économiques.

– Mais comment saviez-vous que j'avais rendez-vous avec Evans ?

– Je ne le savais pas. Jusqu'à il y a peu, vous étiez un parfait inconnu chez nous. C'est la cuisse de mouton qui vous a trahi. Ce colis est d'abord arrivé au Foreign Office de Londres, qui l'a expédié à l'ambassade d'Angleterre à Paris puisqu'il était adressé à l'un de leurs employés là-bas. Un certain Thomas Bawden. Seulement, celui-ci n'y travaillait plus, ayant été renvoyé pour des petites malversations. Bawden se trouvait entre les griffes d'usuriers qui exigeaient avec insistance d'être remboursés. Evans apparemment ignorait cela, et vous aussi je suppose. L'ambassade, ayant trouvé l'envoi suspect, nous l'a signalé. En fouillant le panier contenant la cuisse de mouton, j'ai découvert un message d'un certain Kenneth Millar à l'intention de son « cher Ralph »…

Consterné, Exeter écoutait sans rien dire.

– Nous avons tout remis en place avant de livrer le colis chez M. Bawden à son adresse personnelle, 7 rue de Cronstadt, à Bécon-les-Bruyères. Des agents en civil ont été postés en face de chez lui. Deux jours plus tard, vous êtes venu prendre livraison du gigot et ensuite êtes allé directement chez votre épouse, à

1. Ancien nom du MI6, ou SIS (Secret Intelligence Service).

Saint-Cloud. J'espère qu'elle vous l'a bien cuisiné, au moins. Depuis ce temps, votre immeuble est sous surveillance. Je vous ai vu y arriver ce matin à l'aube, rester une quinzaine de minutes et repartir dans le taxi qui vous avait attendu. Cela m'a laissé tout le temps de démarrer le moteur de mon automobile. Cette filature m'a mené jusqu'à la gare de Lyon et au restaurant Faguzzi. Je fus surpris, et heureux, de voir débarquer mon vieil ami William quelques minutes plus tard... J'ai pensé que la moustache lui allait fort bien.

La perspective de passer six semaines dans une geôle italienne, aux mains de *carabinieri* brutaux, ne souriait guère à Exeter. Quant à retrouver la jolie Américaine, cela devenait de plus en plus problématique. Et, plus grave encore, il était désormais grillé à Paris en tant qu'espion. L'homme qui braquait une arme sur lui appartenait selon toute probabilité aux services secrets. Exeter remarqua, dans l'espoir de gagner un peu de temps :

– J'ai bien regardé, au restaurant, mais je ne vous ai pas aperçu...

Le Français sourit modestement.

– Oh, c'est ce à quoi vous devez vous attendre lorsqu'un ancien de la Dame blanche vous surveille, mon cher monsieur... Non, gardez les mains bien levées. N'espérez pas me lancer cette valise à la tête, ce serait une grave erreur. Le Bergmann a la détente sensible.

Exeter releva les bras au maximum. Deux ou trois points l'intriguaient toujours :

– Si vous ne pensiez pas voir arriver Evans, comment pouvez-vous être sûr du contenu de l'enveloppe qu'il m'a remise ? Moi-même, je n'étais pas au courant...

L'autre plissa les paupières, un sourire ravi sous sa grosse moustache tombante de Gaulois.

– Mais parce que nous disposions d'une *autre* information : qu'une photographie, qui nous intéresse beaucoup, allait être confiée à quelqu'un d'accrédité pour rencontrer à Gênes les membres de la délégation soviétique. Des communistes, cher monsieur. Tout comme vous. Et votre qualité d'envoyé spécial d'un grand quotidien britannique de gauche vous vaudrait aisément cette accréditation...

– Mais comment avez-vous pu deviner que je prenais ce train ? Vous ne m'avez pas suivi, puisque je suis monté le dernier...

– L'enfance de l'art. Nous interceptons désormais votre courrier. Notamment les billets de chemin de fer que vous a envoyés l'agence de voyages Reboul & Cie. J'ai quitté le restaurant peu après neuf heures et je suis allé vous attendre sur le quai du rapide en partance pour Gênes. Je suis monté dès que je vous ai vu arriver, à la dernière minute...

Exeter tourna la tête. Le convoi suivait à présent le Rhône – étroit, grisâtre et écumeux, dans l'ombre des monts du Valais, que recouvraient des forêts de grands sapins noirs et d'épicéas. Par la fenêtre ouverte on entendait rugir le fleuve sous le vacarme du train. Le décor était triste et sévère, après la lumière étincelante du lac et des glaciers. Le regard d'Exeter se reporta sur la verrue collée au nez de Moselli puis sur la gueule du canon toujours fermement pointé dans sa direction.

– Maintenant, si vous voulez bien...

Le policier sortait une paire de menottes de sa poche. La porte s'ouvrit d'un seul coup.

Herb Holloway se tenait sur le seuil du compartiment, le visage bouffi et écarlate, les yeux étrécis par l'ivresse. Il observa Exeter en souriant.

– Vous l'avez trouvée ? Où est-elle, alors ? Ça fait un quart d'heure que je vous cherche. Pourquoi diable est-ce que… ?

La phrase demeura en suspens. Holloway venait de remarquer le canon de l'automatique braqué sur le ventre du journaliste du *Daily World*.

Moselli déclara d'une voix forte, à l'intention du nouveau venu :

– Police française. Sûreté générale. Ceci ne vous concerne pas, veuillez sortir et refermer la porte ! Cet homme est en état d'arrestation…

Holloway hocha lentement la tête. Il écarta légèrement les bras et les jambes, tout en se dressant sur l'avant des pieds. Exeter se rappela cette posture, déjà notée sur la plate-forme du wagon avant qu'ils ne rejoignent le restaurant. C'était le préambule à ses exercices de *shadow-boxing*, sa boxe avec les ombres. Moselli, déconcerté, hésitait sur la conduite à suivre. Il rempocha la paire de menottes. L'Américain gonfla la mâchoire. Le canon de l'automatique fit un léger mouvement dans sa direction, avant de revenir sur Exeter, qui gardait les mains levées.

– Cela m'est complètement égal, que vous fassiez partie de la foutue Sûreté générale française, fit Holloway d'une voix brouillée et traînante. Moi, je suis juste capitaine. Tous les correspondants de guerre, dans les armées alliées, ont rang de capitaine. Mon ami Ralph, que vous menacez de façon très impolie avec votre arme, il est colonel, lui. Il est colonel dans l'armée de… de… de Casanova.

– Vous êtes ivre, répliqua Moselli.

En même temps, il reculait vers la fenêtre pour s'assurer un meilleur angle de tir.

– C'est tout à fait grossier de votre part, poursuivit Holloway, ignorant la remarque, d'empêcher mon ami le colonel Ralph de parler à une aussi belle fille.

Il fit un pas en avant. Moselli tourna le pistolet vers lui.

C'est l'instant que choisit le rapide de Gênes pour entrer dans le tunnel du Simplon.

Un bruit d'enfer s'engouffra par la fenêtre ouverte alors que le compartiment se trouvait brusquement plongé dans le noir. Exeter se jeta en avant. Il parvint à crocher de ses doigts le poignet du policier. Celui-ci bascula sur le côté en jurant. Les ampoules du compartiment clignotèrent avant de s'allumer, baignant la scène d'une lueur jaunâtre. Holloway s'approcha, de la démarche pataude d'un grizzly des montagnes Rocheuses. Il se pencha pour arracher le pistolet des doigts de Moselli. Le policier poussa un cri aigu. Exeter sursauta et glissa en arrière. Sa tête heurta violemment le cadre de la banquette. La valise tomba, répandant son contenu sur le sol. Holloway marcha dessus, jeta l'automatique et souleva Moselli par les revers de son veston, faisant craquer les coutures. Prenant son élan, il lui balança un énorme direct du droit au centre du visage. Un flot de sang jaillit des narines du Français. En gloussant de plaisir, Holloway enchaîna par un swing rapide du poing gauche qui s'enfonça dans les côtes. Puis par un terrible uppercut du droit, qui cueillit le policier sous le menton, avec un craquement d'os et de dents brisés, et l'envoya s'effondrer sous la fenêtre. La fumée et les escarbilles envahissaient l'espace mal éclairé. Exeter toussait. Il se redressa péniblement, en se massant l'arrière du crâne. Il supplia l'Américain d'arrêter. L'autre ne l'écoutait pas, il continuait de boxer le petit policier dont la chemise et le gilet se couvraient de sang. Moselli semblait avoir perdu connaissance. Exeter rampa sur le sol du wagon, allongea le bras afin de récupérer le Bergmann. La crosse était chaude et moite de sueur. Il hésita à se servir de l'arme pour menacer Holloway. Ce dernier risquait de se retourner pour le frapper lui. Le train émergea du tunnel et le compartiment fut inondé de lumière. L'Américain se pencha en ahanant, souleva le corps ensanglanté, le maintint un instant au niveau de la fenêtre, puis il le fit passer tête la première par-dessus la vitre baissée.

Moselli disparut d'un seul coup de leur champ de vision. Exeter se précipita à la fenêtre, dans la clarté aveuglante et le puissant parfum de broussailles sèches. Il tenait toujours au bout de sa main droite le lourd pistolet. Se penchant vers l'arrière du train, il vit, en contrebas de la gueule obscure du tunnel, un corps rebondir sur le remblai comme une poupée désarticulée. Noire, blanche et rouge, la silhouette roulait sur elle-même en battant des bras. Elle disparut au creux des buissons à flanc de montagne, rebondit de nouveau, puis se perdit dans la végétation dense des hauts arbres qui montaient de l'aval, remuant doucement leurs feuillages vert pâle dans la brise tiède.

Un virage effaça le décor tandis que le convoi ralentissait légèrement. Personne n'avait tiré la sonnette d'alarme. Le train de Gênes approchait de la première station côté italien, Iselle di Trasquera. Lisant ces mots au passage, Exeter, hagard et en état de choc, pensa que c'était un nom merveilleux. Il eut envie de l'écrire dans une lettre à Elma Sinclair Medley afin qu'elle lui trouvât une petite place dans un de ses poèmes. Mais c'était déraisonnable, en pareil instant, de songer à Elma. Il se retourna vers l'intérieur de la voiture, où Holloway, se rejetant en arrière sur la banquette, éclatait d'un rire tonitruant.

– Faites voir le pistolet, Ralph. Il m'a semblé que c'était un Bergmann… Oui, c'est bien ça. En Italie, pendant la guerre, je n'avais qu'un automatique Glisenti *modello dice*. Avec un canon tout moche.

Exeter se mit à lisser les poils de sa barbe rousse, tirant dessus jusqu'à ce qu'ils lui fissent mal. Dégrisé, il prenait peu à peu conscience du fait que la précieuse enveloppe que lui avait confiée Evans le matin se trouvait toujours dans la poche intérieure du veston de l'ex-agent de la Dame blanche.

Chapitre V

Les *squadristi*

Le rapide de Gênes ne s'arrêtait pas à Iselle di Trasquera. Il se contenta de traverser à allure réduite la petite gare de montagne, assoupie dans la chaleur lumineuse de l'après-midi. Assis, ses longues jambes écartées, heureux comme un gosse, Holloway ne cessait de tourner et retourner le pistolet belge entre ses larges mains roses aux doigts courts.

L'Américain manœuvra la culasse. Une cartouche se trouvait engagée dans la chambre. Il visa la tête d'Exeter.

– Hé, attention !

– Ne craignez rien, j'ai mis la sûreté. C'est vous qui risquiez de vous tirer une balle dans le pied en regardant dehors. Joli, cette bande de visée en métal plein, sur le dessus du canon. Et la forme du pontet, taillé dans la carcasse… Je vois que le chargeur est rempli. Avec la cartouche engagée, cela fait sept balles. J'en achèterai d'autres chez un armurier lorsque nous serons à Gênes. Jusque-là il faudra économiser nos munitions.

Exeter le contempla, incrédule. Cet ivrogne qui venait de massacrer un représentant des services français comptait encore faire le coup de feu pendant son séjour italien… Sur qui, cette fois ? Exeter songeait à changer de compartiment, et de voiture, le plus vite possible. Ils avaient de la chance que nul n'ait vu l'homme tomber du train. Et cette zone montagneuse paraissait peu habitée. Moselli ne serait pas retrouvé avant des mois, des années, peut-être… Même si les bêtes ne l'avaient pas dévoré, ses restes décomposés seraient alors de toute façon difficiles à identifier.

Holloway poussa le canon de l'arme dans son pantalon, resserra la boucle de sa ceinture, tira le pan de sa veste pour cacher la crosse. Il se leva et boutonna la veste, puis se tapota les hanches, l'air content de lui. Ramassant la valise, il tassa les vêtements à l'intérieur et referma le couvercle. L'air chaud pénétrait par la fenêtre ouverte, accompagné d'odeurs de brûlé. Les maisons le long de la voie, de même que les baraques plus ou moins délabrées semées dans la végétation à flanc de montagne, étaient faites de moellons grisâtres que surmontaient des toits de vieille tuile ocre, salie par les intempéries. Exeter, appuyé à la fenêtre, vit un torrent jaillir en contrebas, comme du vif-argent dévalant les pentes. Le train s'engagea sur un pont au-dessus d'une vallée étroite. Holloway lança la valise. Les deux hommes se penchèrent pour regarder l'objet disparaître dans une gorge au fond de laquelle couraient des flots bouillonnants d'écume bleutée. Des poutrelles métalliques défilèrent devant le soleil et les firent cligner des yeux. Ils passaient sous une armature de ferraille. Le convoi ralentit de nouveau, Exeter entendit, loin devant, la locomotive lancer une série de coups de sifflet. Holloway lui tapa sur l'épaule.

– Venez, regagnons nos places.

Celles-ci se trouvaient à l'extrémité de la même voiture, en queue de train. Ils ne rencontrèrent personne dans le couloir, beaucoup de passagers dormaient. Le compartiment était vide. Exeter constata avec soulagement que sa valise, sa belle canne en bois de lettre et son imperméable n'avaient pas bougé. Il referma la porte et tira les rideaux.

Le train fit halte devant les bâtiments de la gare de Domodossola. Une quantité impressionnante de soldats stationnaient sur le quai, où les canons des fusils renvoyaient l'éclat du soleil. Des douaniers montèrent à bord. Sur un mur le long des voies, Exeter remarqua les traces d'anciennes inscriptions mal effacées : *Viva Lenin*. Il les désigna à l'Américain. Ce dernier sourit et pointa l'index vers d'autres inscriptions, plus fraîches et plus nombreuses : *Viva Mussolini*.

Deux Italiens en uniforme entrèrent dans le compartiment pour viser les passeports et examiner les bagages. Holloway les interrogea dans leur langue, qu'il parlait couramment, ayant vécu dans ce pays la fin de la guerre. Le train était immobilisé pour un bout de temps. Les étrangers pouvaient descendre changer de l'argent à la gare, s'ils le désiraient. Exeter avait déjà des lires sur lui, obtenues à Paris contre les dollars envoyés par le Komintern. Les Italiens repartirent en saluant poliment. Assis face à face, les reporters fumèrent des cigarettes en silence. Holloway ne se souciait plus de cacher l'arme. Exeter passa un mouchoir sur son front trempé de sueur. Dehors, on entendait une armée d'insectes bourdonner, et les conversations et les rires des soldats assis sur le quai entre les fusils groupés en faisceaux. La chaleur devenait insupportable. Un convoi de marchandises vint se ranger le long du train, dans des grincements de ferraille. Sur un wagon plat, arrêté au niveau de la fenêtre, Exeter remarqua la présence d'un cadavre de chien que dévoraient les asticots. Il détourna le regard. Holloway se leva et se pencha à l'extérieur, puis le tira par l'épaule.

– Hé, Ralph, mon vieux ! Là vous avez la réalité. Venez voir.

Exeter secoua la tête. L'odeur venait d'atteindre ses narines, portée par une faible brise de chaleur.

– Merci, je n'en ressens pas la nécessité. Regardez tout seul si ça vous chante, Herb. Mais je préférerais que vous remontiez cette vitre.

– Non, non. Nous devons adopter une attitude détachée, scientifique, face à ce chien mort. Examiner attentivement ce regard éteint, ces chairs pourrissantes. Et l'activité frénétique des milliers de petits vers blancs qui creusent ces entrailles. Ils représentent notre avenir, non ? (Exeter vit Holloway sourire presque tendrement.) Il nous faut étudier les cadavres d'animaux, tout comme les cadavres des ouvrières tuées par les explosions d'usine, et les cadavres des soldats tués par les obus de mortier et les balles de mitrailleuse. *Vingt-huit fragments d'obus de 420*, Ralph : c'est ce que les chirurgiens ont retiré de mes jambes. Nous, notre génération, nous devons nous vacciner par le contact étroit avec la dure réalité. J'ai expliqué à Ezra Pound ce que signifiait ce processus d'endurcissement de soi. C'est juste un foutu devoir d'écrivain.

– Je n'ai pas *besoin* d'examiner ce chien, expliqua, le plus calmement possible, Exeter qui commençait à en avoir soupé de l'hurluberlu. Je pourrai parfaitement l'imaginer le jour où il me prendra l'envie d'écrire à propos d'un chien crevé. Et cela suffira parfaitement à mes lecteurs. Ils n'ont pas forcément envie de *tous* les détails.

Holloway continuait d'observer la plate-forme du wagon de marchandises. Il ricana.

– Ah non, mon vieux ! Vous êtes reporter pour le *Daily World* de Londres, ce canard bolchevique tenu par les syndicats. Je croyais que cela imposait de rendre compte de la réalité de façon réaliste. Et maintenant vous allez nous faire le coup du grand romantique ?

Le train quitta les contreforts des Alpes, passa Stresa sur les rives du lac Majeur, et les jardins aux guirlandes de roses qui ornaient ses villas blanches, dans la chaleur et la lumière d'un printemps méridional qui ressemblait déjà à l'été. Exeter, complètement déprimé par les événements, ne songeait même plus à rechercher son Américaine. D'ailleurs, depuis le meurtre de Moselli, se promener dans les voitures était imprudent. La disparition de l'agent ne manquerait pas de déclencher une enquête un jour ou l'autre, on interrogerait les passagers du train. Moins on se souviendrait d'Exeter et de son compagnon, mieux cela vaudrait. Il somnola jusqu'à Milan, où patrouillaient également quantité de soldats. Le train resta arrêté dans la gare centrale pendant plus d'une heure. Manifestement, les chemins de fer italiens s'entêtaient à ne pas respecter les horaires. Des vendeurs à la sauvette arpentaient les couloirs, s'introduisaient dans les compartiments, où ils ouvraient leur veste miteuse pour exhiber des rangées de montres volées. Holloway descendit et revint quelques minutes plus tard avec une bouteille de vin blanc de Capri. Les deux hommes vidèrent la bouteille rapidement. Sur un quai proche, des familles de paysans jacassaient et gesticulaient, encombrées d'énormes baluchons, attendant un train local qui semblait ne jamais devoir arriver. L'Italie parut à Exeter tout aussi désorganisée que lors de sa précédente visite, du temps des grèves de la métallurgie.

Holloway balança la bouteille vide par la fenêtre et demanda :

– Vous causez italien, Ralph ?

– Assez mal. Je suis venu en reportage ici en septembre 1920, lorsque Milan et Turin étaient aux mains des ouvriers.

– Ça m'aurait plu de voir ça.

Exeter se souvint avec nostalgie d'une autre Italie ensoleillée. Des foules de badauds, et même de touristes étrangers, affluaient en voiture, en train, à pied, par milliers pour voir le spectacle des usines aux mains des révolutionnaires. Mais tout était normal, en fait. Les ouvriers travaillaient, ayant chassé les patrons. Les badauds étaient contents, mais pour les correspondants de la presse internationale la déconvenue était sévère. Il n'y avait pas d'histoire à raconter. Exeter voyait des drapeaux rouges sur les cheminées – mais celles-ci fumaient, et le bruit des ateliers était celui d'une activité industrielle normale. De temps en temps, on entendait crier « *Viva Lenin !* », ou « *Viva la rivoluzione !* ». Et les ouvriers chantaient en travaillant.

– Les socialistes auraient pu prendre le pouvoir cette année-là, conclut Exeter. Mais ils n'ont pas su saisir l'occasion.

– Ouais, ils ont eu la frousse. Ce sont des mauviettes. Vous êtes communiste ?

– Non, se défendit Exeter pour la deuxième fois de la journée. Et vous ?

L'autre le dévisageait d'un air ironique.

– On dit pourtant le contraire, à Montparnasse. Vous avez une sacrée réputation. Non, moi je ne suis rien de ce qui se termine en « iste ». Ni communiste ni socialiste ni fasciste ni capitaliste ni anarchiste ni monarchiste… Et je ne soutiens pas non plus les rebelles irlandais. Si j'appartiens à un parti, c'est à celui des pêcheurs de truite. Après Gênes, je compte aller pêcher en Suisse. Il y a des lacs et des rivières formidables pour ça. J'enverrai un télégramme à Harriet lui disant qu'elle me rejoigne. Venez aussi, mon vieux, si le cœur vous en dit.

Exeter ne répondit pas, se contentant de hocher la tête. Le train s'ébranlait. Ils roulèrent à une allure régulière à travers les riches plaines de Lombardie, vertes et brunes et plantées de hauts peupliers, jusqu'à Pavie où ils arrivèrent à la fin du jour. Alors qu'ils patientaient de nouveau en gare sans savoir quand le train repartirait, Exeter entendit des cris venant d'un convoi situé à deux quais de distance. C'était l'express à destination de Turin. Les journalistes virent des miliciens en chemise noire extraire brutalement un homme d'une voiture à l'arrêt. Ils le portaient en le tenant par les bras et les jambes. Le captif se débattait désespérément, hurlant en italien. Holloway traduisit – bien que cela parût assez clair – qu'il appelait à l'aide. D'autres types en chemise noire rejoignirent le petit groupe. Ceux-là étaient armés de gourdins. Ils se mirent à frapper méthodiquement leur victime, qui continuait de crier. L'homme saignait du nez et de la bouche. Exeter avait envie de vomir. Holloway dégaina son arme. L'Anglais posa sa main sur le bras de son compagnon.

– Regardez là-bas. J'en compte au moins quatre qui portent un pistolet à leur ceinture. Vous ne disposez que de sept balles, rappelez-vous. Si vous commencez, nous n'arriverons jamais à Gênes.

– Saloperie de *fascisti* !

D'autres chemises noires encore couraient vers leurs camarades. Ils portaient un lourd bidon. Holloway poussa un juron, avant de grogner :

– De l'huile de ricin.

Exeter secoua la tête. En 1920, jamais il n'avait assisté à de telles violences dans ce pays.

Les miliciens fascistes maintenaient l'homme qui braillait toujours, couvert de sang, ses membres tordus en des angles bizarres. Ils lui levèrent la tête, ouvrirent sa bouche pour y introduire de force le goulot. L'homme cessa de hurler. Son corps était agité de soubresauts. L'Américain observait, fasciné – Exeter était persuadé qu'il prenait des notes mentales pour son prochain livre.

– Je me demande qui est le type, fit Holloway. Un communiste ? Un socialiste ?... Ou un démocrate-chrétien ? J'ai lu que les *squadristi* s'attaquaient aussi au PPI de don Luigi Sturzo...

Une portière claqua à l'autre extrémité de leur voiture. Il y eut un bruit de cavalcade. Pendant que des voix furieuses criaient, sur le quai : « *Dovè Seldon ? Dovè Seldon ?* »

Des pas pressés se rapprochèrent dans le couloir. La porte du compartiment s'ouvrit d'un coup. Tirée par un petit homme mince d'une trentaine d'années, vêtu d'un costume trois pièces gris. Le nouveau venu ne portait pas de chapeau. Son visage rond s'ornait d'une moustache très fine. Avec ses cheveux gominés plaqués sur son crâne, il avait l'air d'un clerc de notaire ou d'un employé de banque. Il s'écria, stupéfait :

– Bon Dieu, Exeter !

– Sheldon ! s'exclama l'Anglais.

Il ajouta, pour son voisin :

– C'est George Sheldon, du *Chicago Tribune*...

– Aidez-moi, pour l'amour du Ciel ! Les *squadristi* sont après moi.

On entendait des cris et des bruits de bottes dans le couloir. Les miliciens arrivaient, cognant aux compartiments. Exeter referma la porte. Holloway alla se poster derrière et alluma une cigarette. Comme Sheldon était très petit et très mince, Exeter le fit grimper sur un porte-bagages, au plus près de l'entrée de leur compartiment. Le reporter du *Tribune* replia ses jambes au maximum et se coucha en chien de fusil. Exeter le recouvrit de son imperméable. Quand on frappa chez eux, Holloway fit glisser la porte d'un geste vif et se carra dans l'embrasure. La cigarette au coin des lèvres, le poing droit sur la hanche – tout près de la crosse du Bergmann bien en évidence.

– Ouais ? fit-il d'un ton traînant de mauvais coucheur.

Un jeune homme en chemise noire se tenait dans le couloir, armé d'un gourdin. Un second, plus âgé, le rejoignit en brandissant un nerf de bœuf. La poignée d'un revolver dépassait de son étui de ceinture soigneusement astiqué. Son torse s'ornait d'une rangée de médailles. Exeter se dit qu'il avait dû, pendant la guerre, faire partie des *arditi*, les commandos d'élite spécialisés dans les coups de main risqués. Et qui rejoignirent ensuite l'armée de fantaisie de Gabriele D'Annunzio – le célèbre romancier-poète avait servi de mentor aux premiers fascistes italiens.

– *Dovè Seldon ?* rugit le médaillé.

– *Non conosco Seldon*, répondit Holloway tranquillement, en plissant les paupières.

Exeter s'était levé. Il plaça ostensiblement la main dans la poche de sa veste. Les miliciens essayaient de voir l'intérieur du compartiment. Holloway et ses larges épaules continuaient de bloquer le passage.

Un haut-parleur annonça le départ imminent du train pour *Genova*.

– *Out !* gronda Holloway en indiquant le quai d'un geste ample de la main, sa cigarette tenue au bout des doigts. *Vai a farti fottere !* Dehors, *you porcchi fascisti*. Il n'y a pas de foutu *Seldon* chez nous. Nous sommes les agents de sécurité de l'observateur du Département d'État américain à la *Conferenza economica*.

L'homme aux décorations écarquilla les yeux. Docile soudain, il courba les épaules, la main levée vers le front pour un salut militaire.

– *Perdone, perdone.*

Le plus jeune voulait poursuivre l'inspection des lieux, mais son camarade l'entraîna, s'excusant toujours :

– *Perdone, perdone, signori*...

Exeter les entendit sauter sur le quai en se disputant. Holloway referma la porte. Il y eut une série de coups de sifflet, et le convoi s'ébranla. Sheldon écarta l'imperméable pour descendre du porte-bagages. Sur le quai, la victime des chemises noires ne bougeait plus, abandonnée dans une mare rouge. Les *squadristi* cherchaient ailleurs, fouillaient d'autres trains pendant que les badauds se tenaient à distance prudente du corps inanimé. Le petit reporter du *Chicago Tribune*, appuyé au rebord de la fenêtre, observa en silence la scène qui s'éloignait à mesure que le train quittait Pavie.

– Pauvre Pizzigallo, finit-il par murmurer. C'était mon assistant et mon interprète. Nous nous sommes quittés juste avant d'arriver à la gare. J'ai obtenu une interview sensationnelle de Buozzi, le secrétaire général de la Fédération des ouvriers de la métallurgie. Il révèle tout sur les propositions secrètes que lui a faites Mussolini en 1921. Pizzigallo devait porter le texte de l'interview à Turin pour le confier au consul des États-Unis, qui a la réputation de détester les fascistes et aurait pu aider à le sortir du pays. Moi, j'ai tenté ma chance dans le train de Gênes. Les commandos des *squadristi* sont partout. Le Partito Nazionale Fascista compte plus de deux cent cinquante mille membres. Ce salopard de Mussolini a déclaré récemment : « *L'Italia ha bisogno di un bagno di sangue.* » « L'Italie a besoin d'un bain de sang… »

Il se retourna vers ses confrères. Il souriait à présent.

– Merci, les gars. (Il tapota fièrement son veston, au niveau de la poitrine.) J'ai gardé l'original de l'interview avec moi. Pizzigallo n'avait que la copie carbone…

Sheldon s'installa sur une banquette – ses pieds ne touchaient pas le sol – et tira de sa veste une flasque remplie de whisky. Il la tendit à Exeter, qui en but une grande gorgée avant de la passer à son compagnon de voyage. L'Anglais avait connu George Sheldon dans le train Turin-Milan en septembre 1920 à l'époque des occupations d'usines, puis l'avait revu à l'hôtel Adlon de Berlin en janvier de l'année suivante. Exeter avait rendez-vous ce jour-là avec Frederick Kohl, correspondant de l'United Press of America et l'homme qui dirigeait en Allemagne, au service d'Evans et du Komintern, la fictive Federated European Press. En ces premières années de l'après-guerre, tout, à Berlin, était à vendre – les fonctionnaires, les licences d'exportation et d'importation, les dossiers d'État. Les filles du peuple se prostituaient dans les rues, les filles de la bourgeoisie gagnaient leur existence en dansant nues entre les tables fleuries des dîneurs dans les cabarets. Les invalides de guerre vendaient des allumettes aux portes des boîtes de nuit. L'inflation était telle qu'en changeant quelques centaines de dollars en marks un journaliste américain avait pu se payer un château. Les bureaux berlinois du *Chicago Tribune* étaient une suite au troisième étage de l'Adlon, louée à l'année. Le journal disposait également au rez-de-chaussée, à côté de la porte de l'hôtel, d'une vitrine où les dernières éditions étaient exposées. Hugo Stinnes, l'homme le plus riche d'Allemagne, vivait à l'Adlon, qui était l'endroit de Berlin où tout se passait. L'industriel ne parlait à personne, demeurait cloîtré dans sa suite à manger des saucisses, de la choucroute et autres plats paysans dont il raffolait. À en croire les femmes de ménage, il n'utilisait que rarement la baignoire de sa salle de bains. Le général Wolf, chef des groupes terroristes « T » – l'embryon de la Tchéka allemande –, avait condamné Stinnes à mort, ainsi que le conseiller Borsig, dirigeant du trust de l'acier, mais les projets d'attentat tournèrent court.

Le territoire de Sheldon, à l'époque, englobait également Vienne et Budapest. Son chef de service aux États-Unis, le journaliste Floyd Gibbons, l'envoyait tous les ans faire un long voyage qui le conduisait à Belgrade, Sofia, Bucarest, Beyrouth, Damas et Bagdad. Le petit homme au visage rond et aux cheveux plaqués sur le crâne avait débuté dans la presse à Pittsburgh au début des années 1910. Sheldon était un *muckraker*[1], un dénicheur de scandales, et l'ennemi acharné des grands patrons américains briseurs de grève et assassins de syndicalistes. Il haïssait Mussolini – ce journaliste ex-socialiste, passé à l'extrême droite depuis qu'il dirigeait le *Popolo d'Italia*, organe nationaliste créé en 1914 avec des fonds secrets du gouvernement français, destinés à faire basculer l'opinion publique italienne du côté des Alliés. Le Duce était devenu l'obsession du journa-

1. Littéralement : « ratisseur de fange ». Cette expression, dont la paternité est attribuée à Theodore Roosevelt, équivaut au français « fouille-merde ».

liste de Pittsburgh, qui s'était juré de le démasquer aux yeux du monde.

Le train arriva à la Stazione Principe de Gênes bien après la tombée de la nuit. La gare était pavoisée en l'honneur de la Conférence économique. Dans la foule des voyageurs qui envahissaient le quai avec leurs bagages, assaillis par une nuée de porteurs italiens piaillant, Exeter chercha une dernière fois à retrouver son Américaine. Mais celle-ci avait eu tout le loisir de descendre avant les journalistes, qui occupaient la dernière voiture, et de quitter la gare. Des groupes imposants de carabiniers patrouillaient dans l'immense hall, armés jusqu'aux dents. Les forces militaires étaient plus nombreuses encore à l'extérieur, où l'on avait déployé des mitrailleuses protégées par des murets de sacs de sable. Holloway salua les servants des mitrailleuses avec de grands gestes et des cris de joie. Peut-être voyait-il en eux d'anciens camarades de sa guerre contre les Autrichiens. Sur des panonceaux suspendus aux réverbères, la *Città di Genova* proclamait avec enthousiasme, dans un message daté de la veille et signé du maire, un certain F. Citti : « Nous offrons à tous l'accueil cordial et digne qui appartient à notre tradition, et qui est caractéristique des peuples forts et pacifiques. Nous avons foi dans les destins de la patrie et de l'humanité. L'ensemble du monde civilisé est avec nous. »

Sheldon quitta ses compagnons sur la place et se rendit au Grand Hôtel Savoia, adjacent à la gare de Gênes. Il pouvait se le permettre, le *Chicago Tribune* lui payant largement son séjour. Holloway devait avancer ses frais de voyage et se faisait rembourser plus tard par son journal. Exeter le conduisit à l'Albergo dei Giornalisti, que lui avait recommandé Hamilton, du *Manchester Guardian*. C'était un hôtel de seconde catégorie situé derrière le vieux port. Ils prirent chacun une chambre, durent payer deux semaines d'avance car le patron avait eu affaire à des clients indélicats, et, après avoir déposé leur valise, se retrouvèrent dans le hall. L'Américain avait caché momentanément le Bergmann sous son matelas. Les reporters se mirent à la recherche d'une terrasse où finir la nuit. La ville était en ébullition, une foule agitée envahissait les trottoirs, les tramways circulaient malgré l'heure tardive. Des calèches découvertes, conduites par des hommes bruns au chapeau orné de rubans, défilaient via San Lorenzo et autour de la piazza de Ferrari.

Les journalistes suivirent la via Venti Settembre, qui partait de la place en direction de l'est de la ville. Exeter s'entendit héler depuis une terrasse abritée sous les portiques. Il reconnut le jeune Sam Spewack, du *New York World*. Celui-ci dînait en compagnie de deux autres correspondants, Paul Mowrer, du bureau parisien du *Daily News* de Chicago, et Guy Hickok, du *Brooklyn Eagle*. Tous trois buvaient du capri blanc. Holloway connaissait déjà Hickok, un de ses premiers contacts lorsqu'il avait débarqué en France quelques mois plus tôt. Spewack – un long jeune homme encore novice dans le métier, et qui trimbalait partout où il allait un vieux violon dans son étui laqué de noir – avait débuté comme reporter criminel à New York, et paraissait dans son élément au sein de l'atmosphère cosmopolite de Gênes, confuse et propice aux intrigues. Les journalistes commandèrent une nouvelle bouteille. Un marchand d'art établi à New York, nommé Oskar Bielefeld, s'invita à leur table sous le prétexte qu'il avait croisé Mowrer à Paris. C'était un Allemand aimable et cultivé, à la barbe noire et aux yeux bruns pénétrants, qui parlait l'anglais avec un accent indéfinissable d'Europe de l'Est.

Toutes les nations semblaient représentées dans ce vaste et élégant café de la via Venti Settembre, la plus célèbre artère du grand port génois. On y entendait pêle-mêle des bribes d'anglais, de français, d'allemand, de tchèque, de russe, de polonais. La clientèle, où les hommes étaient plus nombreux que les femmes, discutait avec animation, dans cet équivalent méditerranéen des terrasses du Dôme ou de la Rotonde qu'Exeter connaissait si bien. Holloway, qui s'était remis à fumer le cigare, raconta l'épisode de la jolie Américaine que l'Anglais s'était montré incapable de retrouver, ce qui provoqua des rires. L'air était doux et les étoiles brillaient dans le ciel. Exeter tombait de sommeil. Le vin blanc lui avait donné mal à la tête. Bielefeld parlait beaucoup, avec son curieux accent, de sa galerie de photographie et des artistes modernes qu'il exposait outre-Atlantique. Ses intonations suaves avaient quelque chose de subtilement déplaisant qui finit par mettre Exeter mal à l'aise. Les autres ne semblaient pas partager ses préventions. Il se leva, salua l'assemblée d'un geste de la main et rentra seul, jouant des coudes à travers la foule bruyante et excitée. Après avoir erré un certain temps dans un dédale de ruelles anciennes, étroites et sinueuses, il finit par retrouver la via Vittorio Emanuele où était situé leur hôtel. Il tourna la clé dans la serrure de sa chambre du quatrième étage et claqua la porte. Le correspondant du *Daily World* se débarrassa de ses chaussures, s'affala sur le grand lit, où il s'endormit comme une masse.

Chapitre VI

La cage dorée

Exeter connaissait désormais le nom de son interrogateur de la police secrète russe. Iakov Khristoforovitch Peters. Ancien terroriste letton, émigré à Londres, où il lançait des bombes et tirait sur les policiers. Peters braquait sur lui le canon d'un Mauser C96. En ricanant, il ordonna à Exeter de lui donner la photographie.

– Quelle photographie ?

Le journaliste essayait de gagner du temps.

– Ne fais pas l'idiot, camarade Exeter. La photographie que t'a confiée Evans. À notre intention.

– Mon chef de service a spécifié que je devais remettre l'enveloppe au camarade Rakovsky. En mains propres.

L'homme de la Tchéka éclata de rire.

– Tu es chez les communistes. Ce mot signifie que nous mettons tout en commun. Me donner ce document, c'est exactement la même chose que de le donner à Rakovsky. Allons, du nerf !

Exeter était ligoté sur un fauteuil de dentiste. L'envoyé de Moscou s'approcha pour lui placer le canon de son arme sous le nez. Exeter confessa, d'une voix pitoyable :

– On m'a pris la photo. Un agent des services français. Un nommé Moselli...

Le Letton fit entendre de nouveau son rire, aux pénibles sonorités métalliques.

– Nous sommes au courant. Espérais-tu tromper les représentants de la victorieuse révolution russe ? (Il sortit l'enveloppe de la poche intérieure de son uniforme et l'agita sous le nez d'Exeter.) Moselli – ou ce qu'il en reste – gisait au pied d'un arbre, sous la ligne de chemin de fer qui passe par Domodossola. À moitié dévoré par les loups. Et les asticots. Nous avons charcuté le cadavre en nous bouchant le nez. La photographie était dans sa cuisse. Une façon plutôt compliquée de faire passer les messages. Evguénia te l'a bien cuisiné, ce gigot, j'espère ? La camarade Fania nous écrit – en code, bien entendu – que sa sœur est un authentique cordon-bleu. Tu es un homme chanceux, camarade Exeter. J'imagine que tu as envie de retrouver ta gentille petite famille ? Je te comprends. Mais il faudra te montrer un peu plus coopératif.

Exeter secoua la tête. Il était conscient qu'il rêvait, mais impossible de se réveiller. Non seulement il était maintenu serré solidement par les sangles du fauteuil inconfortable, mais la forte personnalité du Letton semblait de nature à le forcer à demeurer longtemps encore dans ce cauchemar où il s'engluait.

Il baissa les yeux sur la photographie que Peters avait extraite de l'enveloppe.

Elle représentait son propre fils Fergus.

– Non. Regarde mieux, camarade, ce n'est pas si simple.

Le visage enfantin aux cheveux bouclés et au front bombé avait commencé à se déformer. La figure enflait, les traits changeaient à mesure que le modèle prenait de l'âge. Sous le front large et couvert de bosses mouvantes, les yeux globuleux de Fergus fixaient Exeter d'un air de défi. Des yeux bruns remplis d'assurance et d'agressivité. Son fils, adulte à présent, était vêtu d'un complet noir, d'un gilet noir et d'une cravate noire artistement nouée sur sa chemise blanche. Ce n'était plus du tout Fergie, en fait. C'était Benito Mussolini. Le chef fasciste croisait les bras, contemplait avec une expression farouche et mécontente le tapis vert où s'entassaient des piles de jetons.

– Impair, noir, et passe...

Un râteau vint balayer les jetons. Mussolini perdait. Il replaça obstinément des jetons sur le rouge.

– L'Italia ha bisogno di un bagno di sangue, *déclara-t-il d'un air buté, pendant que la roulette tournait et que la bille de métal sautillait à travers le tourbillon de numéros.*

Exeter chercha Peters des yeux, mais le tchékiste avait disparu. Celui-ci semblait pourtant diriger le cours des événements même lorsqu'il était invisible. Exeter fit un nouvel essai pour se libérer du fauteuil. Cela fut facile cette fois.

Soulagé, il déambulait parmi la foule élégante des clients du casino, où hommes en queue-de-pie et femmes en robe de soirée jacassaient dans des langues incompréhensibles. Il retrouva Holloway et Sheldon. Les journalistes étaient en grande conversation avec Oskar Bielefeld, l'Allemand de New York aux intonations suaves et au curieux accent d'Europe de l'Est. Plus loin, entre les colonnes de porphyre rose et les larges feuilles des palmiers en pot, l'orchestre jouait une valse lente et sentimentale. Exeter crut sentir un regard menaçant posé sur sa nuque. Il se retourna.

Mussolini avait quitté la table de roulette et s'avan-

çait vers lui d'un pas décidé, encadré par ses gardes du corps – deux Italiens aux cheveux gominés, à l'expression méfiante et arrogante. Leurs armes faisaient des bosses sous leurs vestes. Le directeur du Popolo d'Italia *s'immobilisa à un mètre de distance pour fusiller Exeter du regard. Il l'interrogea, dans son français un peu hésitant :*

– Cela vous intéresse, monsieur... *de voir la bourgeoisie s'amuser ?*

Exeter réfléchit avant de répondre. Le Duce l'avait vu assister à son humiliante défaite au jeu, et c'était un individu susceptible. Il opta pour la candeur :

– J'étais venu jouer à la roulette. Et, comme vous, j'ai perdu.

Une salve d'applaudissements couvrit la musique de l'orchestre ainsi que la réponse de Benito Mussolini, dont les lèvres s'ouvraient et se refermaient en silence comme au cinéma...

Exeter ouvrit des yeux hagards. Il gisait sur son lit de l'Albergo dei Giornalisti, encore tout habillé à l'exception de ses chaussures, et plus ou moins entortillé dans un grand drap moite.

Quelque part en ville, des cloches sonnaient à la volée. Son crâne, que le son faisait vibrer, lui parut rétréci, comprimant le cerveau et envoyant des signaux douloureux *via* les nerfs optiques jusqu'à ses globes oculaires, lesquels semblaient avoir quitté leur place normale au creux des orbites. Le journaliste s'assit lentement au bord du lit. Précédant ce cauchemar avec Peters et Mussolini, il se rappela un rêve plus agréable qui concernait Elma Sinclair Medley. La poétesse et lui se promenaient dans la forêt de Fontainebleau. Elma ramassait des brassées de feuilles mortes et de fleurs desséchées. Elle lui parlait de sa mère, et du placard de la maison de son enfance, rempli d'herbes médicinales. C'était tout ce dont il se souvenait. Il se mit à regretter affreusement la lettre de rupture postée à la gare de Lyon. Se promener dans Gênes en tenant dans sa main la fine main de l'Américaine au petit visage espiègle semé de taches de rousseur, à la longue chevelure à la Titien, voilà qui serait une expérience merveilleuse. S'il lui envoyait un télégramme, Elma accepterait-elle de venir le rejoindre ? Il poussa un soupir. C'était une éventualité peu probable.

Tout paraissait sombre et flou dans la chambre d'hôtel. Exeter craignit que l'alcoolisme n'ait commencé à affecter ses nerfs optiques. Deux de ses connaissances de Montparnasse, un Américain et un Français, étaient déjà presque aveugles. Il tourna la tête. Les volets fermés laissaient filtrer des rais de lumière. Manifestement, le soleil s'était levé. Les cloches ne sonnaient plus. On entendait de bruyantes voix italiennes monter de la rue.

D'une démarche vacillante, il alla pousser les persiennes. Lorsque ses yeux se furent accoutumés au plein jour éblouissant qui baignait la ville, il vit, entre deux maisons où du linge blanc pendait aux fenêtres, se dresser un enchevêtrement de mâts, de vergues et de cordages. L'air tiède sentait la mer et le poisson. Il se rappela que l'hôtel se trouvait tout près du porto Vecchio. Il marcha vers le lavabo et s'aspergea le visage à l'eau froide. Les murs, recouverts d'un papier peint de couleur crème, décollé par endroits, s'ornaient de photographies en noir et blanc de scènes de ski dans les Alpes italiennes. Cortina d'Ampezzo, Bardonecchia, Madonna di Campiglio… Un vague mélange d'odeurs d'insecticide et de lavande flottait à travers la chambre. Sur la table de chevet, la montre d'Exeter indiquait dix heures quarante-cinq. Il trouva un peignoir blanc en tissu éponge plié dans l'armoire à côté d'une pile de serviettes et se dirigea vers l'unique salle de bains de l'étage, située à l'extrémité du corridor. Un gigantesque chauffe-eau en cuivre, fixé au mur près de la baignoire, bouillonnait et sifflait de manière inquiétante au-dessus de la flamme du gaz. Exeter se fit couler un bain brûlant. Il resta une quinzaine de minutes dans l'eau savonneuse. De retour dans sa chambre, nu sous le peignoir, ouvrant machinalement le tiroir de la table il découvrit, coincée entre les pages d'une bible tout écornée, une carte postale écrite en français. Elle représentait la mosquée du Hamma et le cimetière indigène d'Alger. Au dos, un certain Tabalaro signait un message peu lisible qui se concluait par un banal envoi d'amitiés aux destinataires : M. et Mme Amédée Lévy, à l'Albergo dei Giornalisti à Gênes. Exeter jeta la carte dans la corbeille à papier et s'habilla.

Installé dans la salle de restaurant au rez-de-chaussée, il commença par demander un verre de champagne. C'était une des recettes de Jimmie Charters de « *pick-me-up* » – les moyens divers et variés de ramasser à la cuillère une victime de la gueule de bois. Les autres remèdes que suggérait à ses clients le petit barman de Liverpool étaient le jus de tomate, le cocktail d'huîtres, la bière et, pour les estomacs brouillés, le classique Fernet-Branca. Exeter but le champagne, avala des tartines rôties et des viennoiseries accompagnées de thé au lait, et coiffa le tout d'un verre de cognac.

Il commençait à se sentir mieux. Holloway n'était pas là. La salle était vide. Sur les quatre cents correspondants environ que la Conférence avait attirés à Gênes, une bonne trentaine étaient descendus dans cet hôtel. Des Anglais et des Américains pour la plupart. C'est ce que lui expliqua le *signor* Ricci, patron de l'établissement. Ce petit personnage replet, au regard à la fois fuyant et perspicace, se plaignait avec des trémolos dans la voix de la situation économique et politique désastreuse. La Banca di Sconto avait fait faillite, le groupe industriel Ansaldo était démembré, les entreprises périclitaient, le taux de chômage battait des records. La grippe espagnole avait conduit des milliers de Génois au cimetière, il y avait eu des pénuries d'eau terribles l'hiver précédent, communistes et fascistes s'affrontaient chaque jour dans des combats de rue. Les grèves paralysaient régulièrement l'activité et les bateaux désœuvrés mouillaient dans la rade les cales vides.

– Les *carabinieri* sont au nombre de mille cinq cents parmi les sept mille hommes que notre président du Conseil, *il signor* Facta, a envoyés pour maintenir l'ordre. Ce sont des tireurs d'élite. Aucun de ces militaires n'est de la région, ainsi ils n'auront pas de scrupule à faire feu le jour où ils en recevront l'ordre. Tirer sur les fascistes génois, ou sur les communistes génois, ce sera du pareil au même. (Il leva les yeux au ciel.) Ceux-là, les *communisti*, la présence des Russes va les rendre encore plus fous qu'ils ne sont déjà. Les travailleurs génois vont crier, rire, pleurer, gesticuler, leur offrir du vin, des liqueurs, organiser des parades, des marches, des manifestations… Ils agiteront des drapeaux rouges, peindront des *Viva Lenin* et des *Viva Trotsky* partout sur les murs, se rassembleront dans les cafés, s'embrasseront, porteront des toasts à Lénine, des toasts à Trotsky, boiront du chianti en fumant des cigares, et cela jusqu'à l'heure de la fermeture. Si, en rentrant chez eux, ils croisent des fascistes, vous pouvez être certain qu'il y aura des morts dans les deux camps.

Exeter emporta un plan de la ville et se rendit à

la *casa della stampa*, le palais que la municipalité venait d'aménager à grands frais pour le confort de la presse internationale, le dotant de toutes les installations modernes nécessaires ainsi que de plusieurs lignes télégraphiques. Quand il demanda une accréditation pour interviewer les délégués russes, le secrétariat de la *casa* lui apprit que – pour des raisons de sécurité – les Soviétiques n'étaient pas logés en ville mais au Grand Hôtel Impérial, à Santa Margherita Ligure, près de Rapallo. Il lui fallait aller là-bas pour demander directement l'accréditation auprès de leur attaché de presse, *il signor* Rozberg. Celui-ci était un homme difficile, et les accréditations n'étaient pas accordées systématiquement. Santa Margherita se trouvait à une trentaine de kilomètres de distance à l'est de Gênes, sur la Riviera ligure. Un train local assurait la liaison deux fois par jour. Autrement, il était possible de louer une auto et de s'y faire conduire par un chauffeur. Plusieurs confrères du *signor* Exeter avaient choisi de s'y rendre de cette manière, mais ils n'étaient pas encore de retour.

On attendait la délégation allemande à Gênes tard dans la soirée. Le Premier ministre Lloyd George – venu le vendredi, par train spécial, s'installer en compagnie de sa femme Margaret et de sa fille Megan sur les hauteurs résidentielles de Quarto dei Mille, où le comte d'Albertis mettait sa villa à leur disposition – organisait le jour même une réunion préliminaire des « puissances invitantes », c'est-à-dire les vainqueurs de la guerre : Grande-Bretagne, France, Italie, Belgique et Japon. Ce qui signifiait qu'Allemands, Autrichiens et Russes en étaient exclus. Cette rencontre aurait lieu au Palazzo Reale, sur la via Balbi, proche des gares ferroviaire et maritime. Peu soucieux de travailler à peine arrivé, Exeter préféra se promener dans Gênes avant de se rendre – cela, il ne pourrait y échapper – à Santa Margherita. Il n'était pas spécialement pressé d'avouer au Komintern la perte de l'enveloppe destinée au camarade Rakovsky.

La grande ville, construite en amphithéâtre entre les contreforts des Apennins et la mer, étageait sur ses pentes et à l'abri de ses digues des palais par centaines et des quartiers moyenâgeux aux rues tortueuses. L'Anglais suivit la via Carlo Felice jusqu'à la piazza Fontane Marose, puis la via Garibaldi. La galerie de peinture du Palazzo Rosso était fermée le dimanche. Poursuivant sa promenade sous les portiques, Exeter aperçut beaucoup de jeunes Génoises ravissantes, au bras de leurs parents – les mères attifées de robes longues à l'ancienne mode, les pères endimanchés et coiffés de canotiers. Ces jeunes filles, dont certaines tenaient à la main un rameau de la *domenica dell'ulivo* car on était au début de la semaine sainte, étaient habillées de blanc et portaient un voile transparent sur de splendides chevelures sombres, ce qui leur conférait un caractère encore plus immatériel. Exeter se retourna souvent sur leur passage. Le contraste était saisissant, entre ces beautés vaporeuses au regard virginal chastement baissé et les silhouettes martiales des *carabinieri*, allant en général par paires, à cinquante mètres environ de distance l'une de l'autre, le fusil à l'épaule, la moustache conquérante et le tricorne noir vissé sur le crâne. Et, à Gênes comme partout ailleurs en Europe, on croisait quantité de manchots, de borgnes, d'unijambistes, et autres invalides de la Grande Guerre.

Le temps était aussi chaud qu'à Paris au mois d'août. Sur le chemin du retour à l'hôtel, Exeter, nu-tête et en sueur, s'arrêta pour déjeuner sur la terrasse d'une modeste *trattoria* dans l'ombre de la cathédrale San Lorenzo, à la sobre façade gothique recouverte d'un élégant motif de marbres noirs et blancs alternés. Il prit l'*osso buco* du jour et une bouteille de freisa. Le reporter se remémora son rêve bizarre, et tout particulièrement l'intrusion de Benito Mussolini.

Exeter avait rencontré celui-ci quelques mois plus tôt, à la Conférence de Cannes. Le directeur du *Popolo d'Italia* y assistait en toute discrétion, impénétrable et sardonique comme à son habitude. Il se promenait sur la Croisette, escorté par de jeunes Italiens soupçonneux qui gardaient la main près de l'arme cachée sous leur veste. Peu de journalistes, parmi les dizaines d'envoyés spéciaux présents à la Conférence, avaient entendu parler de lui. Ce correspondant pas comme les autres dédaignait d'interviewer les ministres étrangers. En réalité, il était venu pour observer sans être vu. Exeter avait eu du mal à obtenir de Mussolini qu'il acceptât de répondre à ses questions pour le *Daily World*.

Le leader fasciste était logé dans deux pièces au premier étage d'un petit hôtel de stuc jaune, avec vue sur un jardin ombragé de palmiers. Les gardes du corps fumaient des cigarettes, vautrés avec insolence sur les marches de l'escalier menant à l'étage. D'autres hommes en civil, pistolet automatique porté dans un holster en cuir, gardaient l'entrée de la suite, le regard vigilant sous une décontraction apparente. Mussolini était debout près de la fenêtre. Sa silhouette trapue, vue à contre-jour, dominait les feuillages luxuriants du jardin, affectant une pose héroïque et théâtrale. Poing gauche sur la hanche, il tenait la carte du correspondant anglais de sa main droite. Par-dessus son épaule, affichant un air qu'il voulait froid, majestueux et intimidant, il regarda Exeter entrer. Puis il serra sa main avec raideur et l'invita à s'asseoir. Les jeunes fascistes prirent la place de leur chef à la fenêtre, faisant mine de surveiller le jardin. Mais ils suivaient avec attention tout ce qui se disait dans la pièce.

Quand il fut assis, les muscles du Duce se détendirent imperceptiblement. Ses yeux inquisiteurs, sa mâchoire virile, sa large bouche s'adoucirent. La voix, glaciale au début, dure et vaguement répulsive, devint au fur et à mesure de l'interview presque affable. Le personnage se départait de sa masculinité affirmée. Il se permit même deux ou trois plaisanteries dénotant un certain humour, et considéra l'envoyé du *Daily World* avec bienveillance. Après tout, Mussolini avait été socialiste en son temps. Ils se découvrirent des amis communs, de vieux révolutionnaires italiens comme l'anarchiste Errico Malatesta, exilés à Londres avant guerre. Le chef fasciste déployait à présent les armes de la séduction. L'Anglais le soupçonna de nourrir un fort complexe d'infériorité que seule une volonté d'acier pouvait contrôler.

Mussolini n'attendait rien de la future Conférence de Gênes. Il ne croyait pas que l'Allemagne s'acquitterait des réparations qu'on exigeait d'elle pour dommages de guerre, ni que les Alliés pourraient l'obliger à payer. La perspective de rencontrer les diplomates soviétiques éveillait cependant sa curiosité, et le Parti fasciste ne s'opposerait pas à leur présence sur le sol national. Mais son chef ne voulait pas que les communistes italiens en retirent les dividendes. « Pas de manifestations ! déclara-t-il en tapant du plat de la main sur son bureau, faisant sursauter Exeter. Nous ne tolérerons aucune manifestation en faveur des bolchevistes ! »

Lorsqu'il parut, l'article d'Exeter dans le *Daily World* déclencha une polémique. Le gouvernement Facta, sautant sur l'occasion d'embarrasser ses critiques de la gauche comme de la droite, en avait diffusé une version tronquée où le reporter, cet Anglais réputé pro-soviétique, faisait preuve d'une curieuse expression de sympathie à l'égard d'un fasciste italien. Le journal socialiste *Avanti !*, que Mussolini avait dirigé jadis avant de retourner sa veste, mit les choses au point en publiant la traduction complète de l'article original. Le Duce, paraît-il, s'amusa beaucoup de l'incident. Quant à Exeter, il gardait de l'entrevue et de ses suites un souvenir ambigu. Certes, il haïssait le mouvement fasciste et tout ce que celui-ci signifiait, mais ne pouvait se défendre d'une certaine fascination pour Mussolini – cet individu fantasque que la majorité des commentateurs considérait alors comme un simple charlatan, un poseur et un histrion.

Exeter quitta la terrasse de la *trattoria* et pénétra dans la cathédrale San Lorenzo. L'intérieur était sévère et solennel. Les visiteurs, peu nombreux, arpentaient en silence la nef et les petites chapelles des bas-côtés. Il repéra de loin la silhouette mince et barbue d'Oskar Bielefeld. Adossé à une colonne en marbre, le marchand d'art était en contemplation devant une fresque de Pogliaghi. Se rappelant la répugnance vague éprouvée la veille, Exeter préféra l'éviter. Faisant demi-tour, il se dirigea vers la sortie, où il acheta des cartes postales. Il demanda à la vieille femme vêtue de noir qui vendait les cartes et des dépliants touristiques la direction du Bristol. Ce n'était qu'à dix minutes de marche sur la via Venti Settembre, tout près de la cathédrale.

Exeter fonça via Venti Settembre. Le freisa lui avait rendu son optimisme. Le hall du Bristol, un lourd édifice de style XIXe, était rempli d'étrangers et de reporters attendant le retour des délégués. L'Anglais demanda à la réception si une jeune Américaine – fine, brune, élégante, les yeux bleu-vert et un cou de déesse, coiffée à la Irene Castle et pourvue d'un nom de famille « à rallonge » dont il ne se souvenait malheureusement pas – était arrivée chez eux tard la veille, débarquant du train de Paris.

Les réceptionnistes étaient débordés. Exeter insista, s'énerva, tapa du poing sur le comptoir. On lui répondit au bout de quelques minutes qu'une miss Forbes-Daugherty, de Cincinnati, Ohio, figurait depuis la veille sur le registre de l'hôtel. Un second réceptionniste, qui avait écouté, fit respectueusement observer que la *signorina* Forbes-Daugherty comptait soixante-dix ans bien sonnés. Les employés étaient navrés, mais personne ne répondait à la description qu'il leur avait faite. Exeter tourna les talons et quitta le hall du Bristol.

La cité et son port grouillaient des habituels touristes en plus des politiciens, reporters, interprètes, secrétaires, gardes du corps, policiers, agents de renseignement, trafiquants d'influences, entremetteurs variés et de tous les badauds que la Conférence économique avait attirés à Gênes comme autant d'insectes grisés par ses feux. Sauf hasard miraculeux, Exeter doutait désormais de jamais retrouver son Américaine. Longeant la via Venti Settembre, il avisa la boutique d'un chapelier ouvert ce dimanche en raison de l'afflux de clients potentiels. Il s'acheta un feutre noir à larges bords, du genre qu'avait mis à la mode William Morris et qui lui donnait un air à la fois rebelle et distingué. Exeter regagna son hôtel, s'installa dans le petit jardin où il se fit servir un vermouth-cassis. Il écrivit des cartes postales à Evvy et à Fergus. Puis il alluma une cigarette, avant de s'atteler à une correspondance qui nécessitait plus de doigté.

ALBERGO DEI GIORNALISTI
via Vittorio Emanuele 18, Genova

Dimanche 9 avril 1922

Elma chérie.

Je me souviens de vous de manière si vive et si personnelle qu'il m'est impossible, en dépit de mes efforts, de vous oublier jamais. Je n'ai pu m'empêcher d'emporter votre photographie avec moi. Je l'ai rangée dans le tiroir de la table de ma chambre d'hôtel, et j'ai rêvé de vous cette nuit. Et je rêve de vous même lorsque je suis éveillé. Tout à l'heure, marchant parmi les ombres de la cathédrale San Lorenzo, j'ai vu, à gauche de l'autel, le sarcophage contenant la relique de saint Jean-Baptiste. Et j'imaginai une danse de Salomé – votre mince corps blanc tourbillonnant, et vos yeux de vert et d'or, sous la longue chevelure fauve que je vous vis peigner et repeigner tant de fois devant votre glace, tandis que je paressais sur le lit, mon corps brûlant encore du feu langoureux de notre étreinte. Ici à Gênes, je puis vivre en une seconde les heures les plus lyriques de notre passion, et je les revis dans les lieux propices, parmi les décors somptueux de la nature et de l'art qui rendent ma joie plus noble et plus profonde. Elma chérie, je voudrais être pour vous tout ce que vous voudrez que je sois. Chaque ange des fresques de Cambiaso ou de Pogliaghi avait votre visage. Vous êtes la seule femme que j'aime, que je veuille aimer.

Répondez-moi à l'Albergo dei Giornalisti, je suis ici pour cinq ou six semaines.

Votre adorateur ardent, Ralph (qui ne se pardonnera jamais d'avoir écrit hier, poussé par le désespoir auquel votre silence l'a réduit, une méchante lettre dont il ne pensait pas un seul mot).

La phrase sur les « heures les plus lyriques », il l'avait empruntée à Gabriele D'Annunzio, dont il avait acheté un petit ouvrage à Paris quelques jours avant son départ. Le matin même, au moment de quitter sa chambre, il avait glissé le livre du poète dans une poche de sa veste. Ce roman s'intitulait *Le Triomphe de la mort*. Exeter confia à l'employé de la réception les cartes postales et la lettre – qui contenait un certain nombre d'inexactitudes, notamment au sujet de la photo d'Elma, qu'il avait en réalité oubliée à Saint-Cloud – et demanda où il pourrait louer une voiture avec chauffeur pour se faire conduire à Santa Margherita.

Il partit dans une petite décapotable Ansaldo 4C rouge et blanche qui roulait à tombeau ouvert. À la sortie est de la ville, le journaliste et son chauffeur – un Italien moustachu affublé d'énormes lunettes de pilote de compétition – longèrent le Lido. Une foule nombreuse, femmes en robes claires légères et hommes en canotiers, surveillés par des policiers à bicyclette, déambulait sur la promenade au-dessus des rochers et des plages où l'on se baignait. L'automobile traversa Boccadasse, petite bourgade maritime à l'aspect ancien, puis Quarto dei Mille, dont les hauteurs abritaient de somptueuses villas entourées de palmiers. Après Nervi et ses grands parcs plantés d'essences exotiques, la Riviera du Levant n'est plus qu'une longue et paradisiaque pente étagée que recouvrent les arbres fruitiers et les vignes. La traversée de ses petites localités – Pieve Ligure, Sori, Recco, Camogli – disséminées le long de la mer fut un enchantement qu'Exeter eût aimé partager avec Elma. Ou avec la jeune Américaine de la veille. Faire pareil trajet seul était un gâchis. Entre les nuées gris-bleu des oliviers plantés de chaque côté de la route sur laquelle fonçait la petite auto escortée de son tourbillon de poussière, le reporter voyait jaillir une symphonie d'azalées, de glycines, de roses, d'iris noirs, d'oranges, de figues, de grenades et de citrons odorants. Les villages, rassemblés autour de leurs églises au fin campanile, évoquaient des paysages du Quattrocento. Et, loin sous la vertigineuse corniche que suivait la route, la Méditerranée, tranquille et d'un bleu profond, ourlait ses petites crêtes d'écume blanche au pied des falaises.

Ils avaient parcouru un peu plus de vingt kilomètres de route cahoteuse et poussiéreuse lorsque le chauffeur obliqua brusquement à gauche vers l'intérieur des terres et s'engagea dans un tunnel. À la sortie, contrastant avec l'exubérante luminosité de la côte, une vallée sombre, qu'ils quittèrent bientôt pour l'ascension du promontoire de Portofino, avant de redescendre par une étroite route pierreuse vers le petit port de Santa Margherita Ligure. L'auto dut ralentir devant un cordon de carabiniers fortement armés gardant l'accès du palace. Le voyage avait pris presque une heure. Exeter avait chaud, soif, mal aux reins, et il était couvert de poussière.

La police militaire italienne avait installé son barrage au pied de l'allée en lacets qui montait vers l'Impérial – un grand paquebot de pierre blanche en forme de L dont la façade la plus spectaculaire, percée de rangées interminables de fenêtres ombragées par de petits stores bleus, était bâtie parallèlement à la falaise rougeâtre dominant la baie. Tourelles et hauts toits pentus d'ardoise violette complétaient une massive et majestueuse architecture datant de la fin du siècle. En contrebas, devant la grille de l'entrée principale du parc, protégées par des sacs de sable et servies par une paire de soldats juchés derrière leur canon, quatre mitrailleuses étaient montées en groupe sur un support à rotules, orientable dans tous les sens. L'officier qu'interrogea Exeter expliqua que cette arme nouvelle avait été achetée récemment au gouvernement des États-Unis par le ministère italien de la Guerre. Son efficacité avait été démontrée en Amérique lors des troubles sociaux et elle ne manquerait pas de mettre en fuite les manifestants, fascistes ou communistes, qui auraient la témérité de s'approcher de l'hôtel. Tandis que les hauts murs entourant ses vastes jardins de palmiers suffiraient à décourager les terroristes russes blancs tentés d'attaquer la délégation soviétique à coups de bombe.

Les carabiniers inspectèrent la voiture de fond en comble. Exeter montra son passeport, sa carte de la NUJ[1], et sa carte de visite. Le véhicule fut autorisé à franchir ce premier barrage. Le chauffeur repartit à l'assaut de l'allée en lacets, puis freina sous les palmiers au moment où plusieurs autres véhicules repartaient, pleins à ras bord de journalistes furieux. Un correspondant, apercevant Exeter, cria, ses mains en porte-voix :

– Ils nous ont fait attendre ici une heure pour rien ! On va les étriller, les bolcheviks ! Ce ne sont pas des façons de traiter la presse !

Les automobiles manœuvraient bruyamment sur le gravier. Impavides, les hommes de la sécurité en civil observaient la scène, debout sur les marches blanches du double escalier de pierre. D'autres gardes se tenaient postés derrière les balustrades de la terrasse. La plupart étaient équipés de fusils Carcano 1891 modèle « carabine », calibre 6,5 mm. De toute sa vie,

1. National Union of Journalists, syndicat de la presse anglaise.

Exeter n'avait jamais vu de palace aussi férocement gardé. Il dut à nouveau présenter ses documents. Les policiers italiens palpèrent la veste et les poches de l'Anglais, examinèrent sa canne en bois tacheté afin de vérifier qu'il ne s'agissait pas d'une canne-épée. Un petit commissaire de police chauve et bronzé, à l'expression sinistre, vêtu d'un complet blanc impeccable, tourna et retourna son passeport une dizaine de fois, plissant les paupières et fronçant les sourcils à la vue des tampons de douane de divers pays, avant de le rendre à son propriétaire.

– Ces papiers ne sont pas bons.

– Mon passeport est parfaitement valable pour l'Italie, protesta Exeter. Et vous voyez bien que je suis journaliste…

Le petit commissaire ressemblait à un contremaître de quelque plantation italienne en Afrique où l'on faisait trimer les nègres à coups de fouet.

– Ces papiers ne sont pas bons, répéta-t-il. Mais nous vous laissons monter tout de même. Vous en serez pour vos frais, il n'y a personne à l'hôtel.

– Comment cela ?

Le policier ricana.

– Vous verrez bien.

Exeter monta les marches du grand escalier. Un meuble-bureau avait été installé sous la marquise de l'Impérial, devant la porte tambour conduisant au vaste hall de la réception. Deux jeunes gens en bras de chemise, nu-tête, paressaient dans des chaises longues à côté du bureau, tandis qu'un troisième était assis jambes croisées sur le meuble. Tous trois fumaient des cigarettes et semblaient d'excellente humeur. Ils portaient des armes à la ceinture et dans des holsters de poitrine. Le garde juché sur le bureau regarda Exeter s'approcher. Il cessa de rire, jeta sa cigarette, dégaina le revolver Nagant 7,62 mm passé dans sa ceinture et le tint posé négligemment sur sa cuisse. C'était un garçon athlétique aux traits réguliers. Un autre garde quitta sa chaise longue pour palper la veste du journaliste. Lui aussi examina la canne. Exeter rencontrait pour la première fois des révolutionnaires russes. Il ne parlait que quelques mots de leur langue. Ému, il sourit et balbutia :

– *Tovaritch*...

Le reporter tira de la poche de sa veste un journal plié, qu'il n'avait pas montré aux Italiens.

C'était une édition du *Daily World* datée de quinze jours plus tôt. Il pointa du doigt la photographie d'une marche de dockers anglais en grève : des centaines de silhouettes coiffées de casquettes, et des drapeaux et des banderoles. Lisant à voix haute pour le cas où ces Russes ne connaîtraient que l'alphabet cyrillique, il indiqua deux noms dans un article : « *Lenin* » et « *Zinoviev* », et ensuite le nom du signataire, « Ralph Exeter ». Il ressortit passeport, carte du syndicat des journalistes, carte de visite, et répéta son nom. Le jeune homme athlétique sourit. Il posa l'index sur sa propre poitrine.

– Ehrlich, dit-il. *Tovaritch* Ehrlich.

Il rengaina le revolver, aboya un ordre. Un des hommes du poste de garde prit la carte de visite d'Exeter et disparut avec à l'intérieur du palace. Ehrlich se retourna vers l'Anglais et prononça :

– *Tovaritch* Rozberg.

Exeter reconnut le nom de l'attaché de presse de la délégation soviétique. Il sortit son étui de cigarettes anglaises pour en offrir aux gardes. L'étui, en argent, était un cadeau de Djuna Barnes. Ils fumèrent dans un silence gêné, s'adressant des petits sourires de temps à autre. L'un des jeunes gens expliqua, en mauvais français, qu'il n'était pas russe mais volontaire du Parti communiste italien pour aider à protéger les délégués. On entendait, le long des balustrades, les policiers converser entre eux. Le soleil envoyait des éclats sur les canons des fusils Carcano. La brise agitait les palmes. Une voix dictait un texte en russe quelque part dans les étages près d'une fenêtre ouverte. Exeter avait jeté sa cigarette et s'amusait à tracer des lignes sur le sol avec le bout de sa canne. Quand il en eut assez, il regarda sa montre. Elle indiquait dix-sept heures quarante et une. Il sentait sa gorge desséchée. Ce devait être l'effet de la poussière avalée au cours du voyage. Bientôt le soleil passerait derrière le grand bâtiment blanc de l'hôtel, et la terrasse retrouverait un peu de fraîcheur.

Le Russe revint accompagné d'un individu maigre au teint jaunâtre, aux lunettes rondes et à la moustache en brosse. Il se présenta, en un français teinté d'accent slave :

– Je suis Marcel Rozberg, chargé des relations avec la presse. Je parle aussi anglais mais moins bien.

La voix était haut perchée, désagréable. Exeter sourit aimablement en serrant la main du camarade Rozberg, dont la poignée se révéla particulièrement molle. C'était comme si on lui avait glissé une banane pourrie au creux de la paume. Exeter retira sa main et répondit que le français ne lui posait pas de problème dans la mesure où il vivait à Paris depuis deux ans. Rozberg lui rendit sa carte de visite.

– Désolé, mais nos délégués sont très occupés. Je peux répondre à vos questions si vous le désirez.

(Il regarda sa montre.) Mais vite, car moi aussi j'ai beaucoup de travail.

Exeter haussa les sourcils. Il commençait à comprendre pourquoi ses confrères étaient repartis sur les chapeaux de roue en vociférant des menaces.

– Je dois rencontrer d'urgence M. Rakovsky. Il est au courant.

Rozberg hocha la tête.

– Khristian Giorgiévitch est très occupé lui aussi. Si vous avez une commission à lui faire, donnez-la-moi et je transmettrai.

Le reporter passa la main sur son front. Il chercha un soutien du côté d'Ehrlich, mais le jeune homme regardait ailleurs.

– Si vous n'avez rien à me donner… reprit Rozberg de sa voix revêche.

Ce n'était pas à ce butor qu'Exeter allait essayer d'expliquer les circonstances de la perte du document. Il insista :

– Écoutez, je dois absolument voir M. Rakovsky. C'est important. Il ne serait pas très heureux d'apprendre que l'envoyé du camarade Evans, de la Federated European Press à Londres, où il est le correspondant du Komintern en liaison avec votre mission commerciale ARCOS, s'est fait refouler comme un malpropre par l'attaché de presse de la délégation soviétique à Gênes.

Derrière les lunettes rondes, les yeux pâles de Rozberg l'observèrent un temps qui parut interminable. L'homme poussa un soupir excédé.

– Bien, suivez-moi.

Exeter lui emboîta le pas et franchit la porte tournante. Dans le hall somptueux de l'Impérial, au décor pourtant typique de grand hôtel, l'ambiance différait considérablement de celle du Bristol : ici, pas de touristes bourgeois entourés de leurs bagages de luxe, mais des individus affairés qui se croisaient à pas pressés, portant d'épais dossiers sous le bras. Il régnait une atmosphère à la fois travailleuse et fébrile. Les hôtes de cette superbe ruche faisaient l'effet – en dépit de leurs vêtements ordinaires, mal coupés et parfois usés, qui contrastaient avec l'élégance des membres des autres délégations installées à Gênes ou dans les proches villégiatures de la Riviera – d'appartenir à une race à part, triomphante et convaincue de sa propre supériorité.

Exeter aurait volontiers commencé la visite par une halte au bar de l'hôtel, mais il lui fallut prendre l'ascenseur en compagnie de Rozberg jusqu'au quatrième étage. Son guide lui fit emprunter de longs corridors tortueux, jusqu'à une petite pièce meublée seulement d'une table et de deux chaises, où le journaliste fut prié d'attendre. Une porte-fenêtre ouvrait sur un balconnet. Exeter sortit admirer la vue sur les jardins, la terrasse et la baie de Rapallo. Se sentant observé, il leva la tête. Des rires frais de jeunes femmes jaillirent par la fenêtre au-dessus de lui. Et des bribes de conversations en russe, accompagnées du cliquetis de machines à écrire. La fenêtre était grande ouverte. Mais Exeter ne voyait personne. Il entendit la porte s'ouvrir et se dépêcha de regagner l'intérieur de la pièce. Un homme assez grand, vêtu d'un costume trois pièces un peu juste et d'une chemise blanche finement rayée, se tenait dans l'embrasure, la main sur la poignée de la porte.

– Monsieur Exeter ? Pardonnez-moi de vous avoir fait attendre. Je suis Rakovsky.

Le personnage s'exprimait en un français impeccable. Souriant, il tendit la main à son visiteur.

– En France, jadis les camarades me surnommaient « Rako ». Enchanté, asseyez-vous. Soyez le bienvenu dans notre « cage dorée »… c'est le surnom que nous avons donné à l'hôtel.

Sa poignée de main était vigoureuse. Il indiqua une chaise à Exeter. Les deux hommes s'assirent de part et d'autre de la table. Le célèbre révolutionnaire Rakovsky, âgé d'une cinquantaine d'années, gardait une vivacité de mouvements de jeune homme. Son visage imberbe, au teint pâle, au nez finement busqué et à la bouche bien dessinée, était empreint d'humanité. Le délégué soviétique inspira à Exeter une sympathie immédiate. Il paraissait doux, aimable et compréhensif. Le correspondant anglais se rappela néanmoins que Trotsky avait écrit de lui, dans un article intitulé *L'âme de l'Armée rouge*, qu'il s'agissait d'« un des révolutionnaires les plus inflexibles que l'histoire politique ait enfantés ».

– Je vous transmets les salutations de William Evans, monsieur. Il regrette de ne pouvoir lui-même vous rencontrer, ainsi que nos autres amis russes.

– Je ne suis pas russe, corrigea-t-il. Mon vrai nom est Krystiu Stanchev. Né bulgare, devenu roumain à la suite du déplacement des frontières, français d'adoption car j'ai étudié la médecine à Montpellier et le droit à Paris, ukrainien parce que Lénine m'a envoyé là-bas mener la guerre contre les Blancs et les anarchistes, et russe seulement de cœur, puisque c'est la patrie de la révolution. Non, je me trompe : la révolution est internationale. Nous la ferons dans *tous* les pays. Je suis un révolutionnaire sans patrie ni frontières, un citoyen du monde. Nous devons nous débarrasser du nationalisme étroit. (Il fit une brève pause, puis reprit :) Vous-même avez épousé une Russe, monsieur… Et votre beau-père est le général Ignatiev, un homme politique qui a joué un certain rôle après la révolution.

Exeter crut bon de préciser :

– Le général Ignatiev est mort en 1920. Mon beau-père, que je n'ai pas connu, avait choisi le mauvais camp…

Rakovsky éclata d'un rire sonore et ouvert.

– Je sais, je sais. Dans l'état-major d'Anton Dénikine. Nos services sont informés de tout. (Il soupira.) Quelle tragédie, que cette histoire d'Ukraine ! Kiev, quatorze fois occupée par les troupes des différents régimes, polonaises ou russes, ou celles des massacreurs blancs. En trois ans, l'Ukraine a changé dix fois de gouvernement. Dix armées sont passées sur elle…

Il offrit une cigarette à Exeter. Les deux hommes fumèrent un moment sans parler, en contemplant le paysage. La douceur de l'air méditerranéen pénétrait dans l'ombre de la pièce, accompagnée du parfum des fleurs. Il y eut de nouveau des rires féminins à l'étage au-dessus. Le journaliste interrogea le délégué soviétique du regard.

– Ce sont nos camarades secrétaires. Depuis cinq jours que nous sommes arrivés, ces demoiselles sont excitées comme un panier de souris. Vous comprenez, là d'où elles viennent, à Moscou, la vie est moins riante que sur la Riviera. Même si, avec la nouvelle politique économique, les choses s'arrangent un peu sur le plan matériel, nous sortons à peine de deux longues années de guerre civile et de privations. Nos secrétaires travaillent, naturellement, mais c'est aussi pour elles de formidables vacances… (Rakovsky lui fit un clin d'œil.) En Russie, les mœurs sont devenues très libres. Plus personne ne se marie, on trouve ça horriblement vieux jeu. À vrai dire, ça a commencé il y a une dizaine d'années, et nos lois communistes sur l'union et la séparation civiles n'ont fait qu'entériner un état de fait. Il se noue beaucoup d'intrigues sentimentales, ici dans cet hôtel. Moi, je suis venu avec mon épouse, Alexandrina. Mais c'est amusant à observer. Profitez-en, monsieur, si vous avez envie d'un peu de *oukhajivanié*. C'est le mot chez nous pour « flirt », ou « aventure »…

Exeter le regarda, tombant des nues. Il s'était attendu à tout, en se rendant au Grand Hôtel Impérial, sauf à ce genre de proposition. Ce n'était certainement pas un fonctionnaire de l'entourage de David Lloyd George qui la lui aurait faite, en tout cas. Il adressa un large sourire à Rakovsky, tout en se sentant un peu bête. Il eut envie d'éclater de rire. Son interlocuteur pencha le buste en avant et croisa les doigts sur la table.

– Passons à des questions plus sérieuses. Le camarade Evans vous a confié quelque chose pour moi. Je vous remercie beaucoup de l'avoir apporté jusqu'ici sans attendre que nous nous rencontrions à Gênes. Le colonel Yatskov compte beaucoup sur ce document.

Le sourire d'Exeter se figea. Il avala sa salive.

– Écoutez, monsieur…

D'un ton lugubre, il confessa l'histoire dans ses moindres détails, en commençant par sa rencontre avec Moselli au départ du rapide de Gênes. Le visage du révolutionnaire s'assombrissait à mesure. Lorsque Exeter eut terminé, il y eut une minute de silence. Au-dessus d'eux, les secrétaires de la délégation riaient toujours en tapant à la machine.

Rakovsky soupira.

– Bon. Il est inutile de se lamenter sur les pots cassés. Ne vous sentez pas trop responsable. Les Français ont été plus forts que nous, et ensuite vous avez joué de malchance avec l'intervention de votre confrère… (Il réfléchit, secouant la tête, puis alluma une nouvelle cigarette sans songer cette fois à en offrir.) Attendez-moi ici. Il faut tout de même que vous rencontriez le colonel Yatskov. Celui-ci a préparé un dossier à votre intention.

Le délégué se leva pour gagner le couloir. Avant de quitter la pièce, il se retourna, avec un petit sourire :

– Et, le colonel Yatskov faisant partie de nos services de renseignement, j'imagine qu'il aura des questions à vous poser…

Chapitre VII

Le dossier Rosenblum

Rakovsky avait prononcé ces derniers mots sur un ton aimable mais ironique, qu'Exeter jugea lourd de sous-entendus. Il attendit, la gorge sèche et le corps baigné de transpiration. Ôtant son chapeau neuf, il en essuya la bande intérieure en cuir, qui était chaude et humide, et le posa sur la table. Il se leva pour faire des allers-retours à travers la pièce. Le cliquetis des machines et les gloussements des secrétaires l'exaspéraient à présent. Exeter ouvrit la porte-fenêtre pour regagner la terrasse, d'où il observa les civils armés qui patrouillaient dans les jardins. L'instant de la confrontation tant redoutée avec la police soviétique ne tarderait plus, désormais. Avec cependant quelques différences de décor : cette pièce de l'hôtel Impérial et sa vue splendide remplaçaient avantageusement la cave du cauchemar, les murs suintants, l'ampoule nue pendant au plafond. Mais si les réponses de l'Anglais, dans quelques minutes, n'avaient pas l'heur de plaire à ce colonel Yatskov, la cave viendrait peut-être à son tour assez rapidement. Et le canon noir du pistolet, braqué sur son front.

Les rires retentirent de nouveau derrière la fenêtre ouverte. Exeter leva les yeux. Une tête ébouriffée apparut puis se retira. L'instant d'après, ce furent quatre têtes de jeunes filles – deux brunes et deux blondes. Et de nouveaux éclats de rire. Quatre paires d'yeux vifs et joyeux fixaient l'envoyé spécial du *Daily World*. Il ouvrait la bouche pour les saluer quand les visages disparurent. À leur place, jaillit une rose rouge qui vint tomber à ses pieds.

Il se pencha, la ramassa, glissa la tige dans sa boutonnière. Il revint s'asseoir sur sa chaise, se demandant quelle suite donner à une entrée en matière aussi amusante qu'inattendue. Des pas se rapprochaient le long du corridor. La porte s'ouvrit de nouveau sur Rakovsky, que suivait un individu de petite taille, au crâne lisse et aux traits mongols. Une longue cicatrice boursouflée courait sur le côté gauche du visage, depuis le coin de la bouche aux lèvres minces jusqu'au sourcil, en passant par l'œil. Le journaliste remarqua que cet œil gauche, fixe et pâle, était de verre. Le nouveau venu portait une chemise russe boutonnée sur le côté, de toile beige. La crosse d'un automatique dépassait de l'étui de ceinture. L'homme claqua des talons, sans serrer la main que lui tendait l'Anglais. Il posa une serviette de cuir sur la table. Rakovsky haussa les sourcils en remarquant la rose rouge à la boutonnière. Il présenta l'officier :

– Le colonel Yatskov est un fidèle camarade, un vétéran de l'Armée rouge qui m'accompagne depuis que j'ai été nommé en Ukraine. J'ai échappé à plusieurs attentats grâce à sa vigilance. Il me manquera, lorsque je repartirai pour Moscou.

– Avez-vous entendu parler de Savinkov ? demanda le colonel, en français, avec un lourd accent slave.

Exeter répondit par l'affirmative. Le terroriste Boris Savinkov était un socialiste-révolutionnaire passé du côté des Blancs, ennemi acharné du nouveau pouvoir soviétique. Il dirigeait un groupe émigré clandestin baptisé « Union du peuple pour la défense de la patrie et de la liberté ». Ce n'était pas la seule organisation de ce genre depuis la révolution et la guerre civile. Les monarchistes russes étaient nombreux et actifs. Ce Savinkov écrivait également des romans – Exeter en avait lu un, *Le Cheval blême*. Le livre n'était pas du tout aussi mauvais que ce à quoi il s'était attendu.

– Savinkov a juré d'avoir la peau de Khristian Giorgiévitch. Dans un endroit bien gardé comme celui-ci, les bandits tsaristes ne pourront rien faire. Mais sur la route entre ici et Gênes, il faudra être prudents.

L'intéressé haussa les épaules et s'assit avec désinvolture sur un coin de table.

– Et Rosenblum, monsieur Exeter ? Ce nom vous dit quelque chose ? Ou peut-être Reilly ?

Cette fois, l'Anglais secoua la tête.

– Je ne crois pas en avoir entendu parler. Ni de l'un ni de l'autre.

– Evans ne vous en a rien dit ?

– Non.

Le colonel ouvrit sa serviette.

– Rosenblum et Reilly sont un seul et même individu. Lisez ce dossier. Une secrétaire l'a tapé en anglais à votre intention. Lorsque vous aurez terminé, vous en saurez autant que nous sur ce conspirateur contre-révolutionnaire.

– C'est-à-dire pas assez, ajouta Rakovsky.

Yatskov répliqua d'un ton grincheux :

– Nous manquons d'effectifs en Europe de l'Ouest. La police du tsar était infiniment mieux renseignée. Mais cela va changer, Khristian Giorgiévitch.

Le colonel poursuivit en s'adressant au diplomate en russe. Exeter prit les feuilles dactylographiées qu'on lui tendait, s'assit à la table et se mit à lire.

G. P. U.

Rigoureusement confidentiel

Dossier 249856, copie N° 26 (Gênes, Hôtel Impérial, S. Margherita) à la demande du colonel I. N. Yatskov, 4e Bureau de l'état-major de la RKKA
ROSENBLUM-REILLY (nom de code : ST/1).
Source archives Okhrana/Vétchéka A-3, A-25.

Nom : Shlomo (Salomon) ROSENBLUM dit Sigmund ROSENBLUM. A partir de 1899 : identité courante Sidney George REILLY. Connu en Europe de l'Ouest et aux Etats-Unis sous ce nom. A utilisé également d'autres alias (Sigmund ROSENBLATT, Sigmund ROSENBAUM, Sidney George REILLI, Sigmund RELLINSKY, Giorghi CONSTANTINE, Konstantin Markovich MASSINO, George BERGMANN). Possède des faux papiers à divers noms, fabriqués par les services secrets anglais ou par V. G. ORLOV.
Lieu de naissance : Kherson (district d'Odessa). (?)
Date de naissance : 11 mars (ou 24 mars selon le calendrier grégorien) 1873 (1874 ?).
Parents : Gersh (Grégoire) ROSENBLUM, né en 1848. Perla (Paulina) ROSENBLUM, date de naissance inconnue (1855 ?).
Religion : Juive. Non pratiquant. Réputé antisémite.
Sympathies politiques : Partisan actif de l'ancien régime impérial. Lié à SAVINKOV et à ORLOV. Ancien informateur de la Special Branch de Scotland Yard. Agent (jusqu'à janvier 1922) des services anglais MI1(c) puis SIS. Longtemps protégé par « C[1] », en dépit de son style atypique et de ses initiatives hasar-

1. Sir Mansfield Cumming (1859-1923), chef des services secrets anglais de 1909 à 1923.

deuses. Travaille également pour son enrichissement personnel. Associations avec divers capitalistes, surtout anglais et américains. Semble avoir été en contact à partir de l'automne 1920 avec le camarade *[nom effacé]*, concernant les établissements Marconi ainsi qu'une des ventes de diamants (voir rapport confidentiel du camarade GANETSKY, directeur de la Banque populaire et commissaire adjoint aux Finances).
Remarques : Passé criminel important (voir archives de l'Okhrana) n'ayant jamais entraîné d'arrestation. Pas de photographie récente. Deux photographies jointes (c. 1899 – sans utilité – et 1919).
Signalement : Mince, environ 1,75 m. Cheveux noirs. Yeux bruns. Visage allongé. Nez allongé légèrement busqué. Bouche petite aux coins tombants. Type israélite. S'habille habituellement avec élégance. Déguisements fréquents. Mondain, séducteur. Nombreuses liaisons féminines (bigamie probable).
Violon d'Ingres : Collectionne les livres sur Napoléon 1er. Admirateur fanatique de l'Empereur.

Détails transférés en 1917 des archives de l'Okhrana :
1873/74-1883 : Peu d'informations disponibles. Aurait fréquenté le lycée n° 3 d'Odessa, puis l'université Novorossiysky à Odessa (départements physique, chimie et mathématiques). Semble avoir quitté le territoire russe illégalement, puisque aucun passeport ne lui a été délivré. *[Note manuscrite :* ou agent de l'Okhrana ?*]*
1894-1895 : ROSENBLUM réside à Paris où il utilise les alias ROSENBLATT et ROSENBAUM (d'après copie dossier 2e Bureau français N° 28779/25). Il fréquente des émigrés russes.
Décembre 1895 : ROSENBLUM entre en possession d'une importante somme d'argent à l'occasion d'un crime commis avec un complice, le 26 décembre dans l'omnibus Paris-Fontainebleau. L'anarchiste italien

Constant DELLA CASSA est trouvé la gorge tranchée et le corps lardé de coups portés à l'arme blanche. DELLA CASSA succombe à ses blessures le lendemain. Il a eu le temps de déclarer à la police avoir été attaqué et dévalisé après la station Saint-Maur par deux hommes (ceux-ci ont été vus descendant du train à la station suivante). Selon les services secrets français, DELLA CASSA transportait des fonds destinés au mouvement anarchistc. ROSENBLUM arrive à Londres par le ferry Dieppe-Newhaven le 27 décembre 1895.
1896 : ROSENBLUM s'installe à Lambeth (Albert Mansions, Rosetta Street). Avec les fonds volés, il crée la société « Rosenblum & Company », 9 Bury Court, Londres, spécialisée dans le commerce de produits chimiques et pharmaceutiques. ROSENBLUM est admis en tant que compagnon à la Chemical Society, puis au Chemical Institute. Il rencontre l'écrivain anglaise Ethel VOYNITCH (liée aux révolutionnaires Serguei KRAVCHINSKY alias STEPNIAK – exécuteur du général MESENTSEV –, Georghi PLEKHANOV, Eleanor MARX, Friedrich ENGELS, Wilfred VOYNITCH), qui devient sa maîtresse (?). ROSENBLUM agit probablement comme informateur pour la Special Branch de la police métropolitaine.
1897 : ROSENBLUM déménage à Holborn (Imperial Chambers, 3 Cursitor Street) où il installe sa société (devenue la « Ozone Preparations Company »). Il y fait la connaissance de plusieurs journalistes de Fleet Street. Au cours de l'été 1897, ROSENBLUM rencontre Margaret THOMAS (née CALLAGHAN le 1er juillet 1874 à Courtown Harbour, Irlande), épouse du révérend Hugh THOMAS, 63 ans, que ROSENBLUM soigne pour la maladie de Bright.
1898 : Le 12 mars, le révérend Hugh THOMAS est trouvé mort dans sa chambre du London & Paris Hotel à Newhaven (il se rendait en Egypte avec sa femme). Le certificat de décès (cause : « influenza, syncope

cardiaque mortelle ») rédigé par un jeune médecin de passage à l'hôtel, le Dr T. W. ANDREWS (aucun médecin de ce nom n'exerçait à Newhaven), évite qu'une enquête de police soit ouverte. Le 22 août 1898, ROSENBLUM épouse Margaret THOMAS qui hérite de son mari une fortune considérable et des biens immobiliers. ROSENBLUM a séjourné en Espagne pendant l'été, envoyé par William MELVILLE de la Special Branch de la police métropolitaine, pour infiltrer les milieux anarchistes (après l'assassinat du Premier ministre Canovas del CASTILLO). A son retour, ROSENBLUM emménage avec sa femme au 6 Upper Westbourne Terrace, Paddington. Il accumule des objets d'art, et joue aux courses (il perd une partie de la fortune du révérend THOMAS).

1899 : Margaret ROSENBLUM vend la maison de Paddington et emménage avec ROSENBLUM à St. Ermin's Chambers, Caxton Street, Westminster. Le 2 juin, ROSENBLUM se fait délivrer par le Foreign Office un passeport au nom de « Sidney G. REILLY ». Il quitte l'Angleterre avec sa femme pour la Russie. Ce départ paraît lié à l'arrivée à Londres du procureur d'Etat adjoint GREDIGER, envoyé pour enquêter sur un important trafic de faux roubles fabriqués en Angleterre. ROSENBLUM possédait des intérêts dans la Polysulphin Company (Keynsham, Somerset) qui a été suspectée dans l'affaire de faux billets. Une inculpation de ROSENBLUM, informateur employé par les services anglais et connu de l'Okhrana, aurait causé des problèmes diplomatiques avec le gouvernement russe, ce qui explique son exfiltration par Scotland Yard.

1900 : ROSENBLUM visite les zones pétrolifères du Caucase, passant par Bakou et Petrovsk. Il espionne pour le compte du consul britannique STEVENS à Bakou. En septembre, ROSENBLUM se rend avec sa femme à Constantinople, d'où ils embarquent pour Port-Saïd. De là ils prennent le S.S. Rome jusqu'à

Colombo. Ils voyagent jusqu'à Shanghai via Penang, Singapour et Hong Kong.
1901 : ROSENBLUM et sa femme arrivent à Port-Arthur en Mandchourie. ROSENBLUM est engagé par la firme d'import-export Ginsburg & Co, dont le directeur est le juif ukrainien Moisei Akimovitch GINSBURG. La firme est liée à la compagnie maritime East-Asiatic, dont les lignes vont jusqu'à Odessa, Saint-Pétersbourg et Copenhague. ROSENBLUM est chargé par GINSBURG d'acheter des quantités importantes de nourriture, matières premières, médicaments, en prévision de la guerre russo-japonaise. GINSBURG est remarquablement bien informé par son réseau d'agents en Chine et au Japon…

Exeter reposa la feuille qu'il avait entre les mains. La tête lui tournait. Il ne comprenait pas pourquoi on l'obligeait à lire ce volumineux dossier, ni quel rapport lui-même pouvait entretenir avec Reilly/Rosenblum. Il regarda autour de lui. Rakovsky et le colonel Yatskov étaient sortis sur le balcon, où ils continuaient de converser en russe. Exeter mourait littéralement de soif. Il commençait à voir des étoiles danser devant ses yeux. Discrètement, il sauta des pages. En octobre 1908, Rosenblum, de retour à Londres, commettait un nouveau crime – à en croire les archives de la police secrète du tsar. Une certaine Louisa Lewis, femme de chambre à l'hôtel Cecil, le luxueux établissement situé sur le Strand, disparaissait mystérieusement en compagnie du gentleman avec qui elle avait été vue pour la dernière fois dans le hall du palace. Les agents de l'Okhrana avaient, seuls, fait le lien avec la mort du révérend Thomas en 1898 : Louisa Lewis n'était autre que la fille du gérant du London & Paris Hotel, à Newhaven, et à l'époque elle avait vu le mystérieux jeune médecin « T. W. Andrews » au moment où il venait signer le certificat de décès. Sa rencontre fortuite, dix années plus tard, avec Rosenblum pouvait se révéler dangereuse pour ce dernier. Récupéré par les agents de l'Okhrana, un document administratif concernant une demande du second mari de Margaret pour légaliser son nom de Reilly mentionnait précisément comme adresse l'hôtel Cecil. Il était daté du 23 octobre 1908, soit deux jours avant la disparition de la femme de chambre.

Mais tout cela était de l'histoire ancienne, et ne pouvait concerner Exeter. Il sauta les pages suivantes pour atteindre au plus vite la fin du dossier. Les dernières notes – postérieures à la révolution de 1917 – provenaient directement du travail de contre-espionnage de la Vétchéka ou de l'actuel Guépéou.

Juin 1921 : Après la fin du « Congrès anti-bolchevik » réuni par SAVINKOV à Varsovie du 13 au 16 juin, son adjoint envoie à ROSENBLUM une demande de fonds. Celui-ci n'aurait pas été en mesure de les lui fournir.
Juillet 1921 : ROSENBLUM rencontre à Prague Robert Bruce LOCKHART et le met en relations avec le général de brigade Sir Edward SPEARS, avec qui ROSENBLUM s'est associé pour fonder la Radium Corporation Ltd. en vue d'une exploitation du radium tchèque (SPEARS et ROSENBLUM se brouillant peu après, ce projet n'aura pas de suite).
Septembre 1921 : ROSENBLUM tente d'organiser une visite de SAVINKOV à Londres pour une entrevue avec le secrétaire d'Etat aux Colonies Winston CHURCHILL ou avec Sir Edward GRIGG, secrétaire du Premier ministre. Le Foreign Office refuse d'accorder un visa à SAVINKOV. ROSENBLUM demande à « C » de contourner l'obstacle en faisant délivrer directement

ce visa par l'officier de contrôle des passeports à Paris. Devant le refus de « C », ROSENBLUM passe outre et obtient le visa par l'intermédiaire de l'adjoint du chef du bureau de Paris, ROBINSON, qui est un ami de ROSENBLUM. L'entretien a finalement lieu avec CHURCHILL, qui va jusqu'à présenter SAVINKOV à LLOYD GEORGE (sans résultats concrets). Cette affaire irrite considérablement « C » et entraîne le renvoi (ou la mise à l'écart) de ROSENBLUM (voir câble du 1/2/22, du SIS Londres à la station de Vienne). [*Note :* apparemment pour des raisons de budget, le SIS s'est récemment séparé de plusieurs de ses agents recrutés pendant la guerre.]
Mars 1922 : ROSENBLUM a été aperçu à Varna (Bulgarie), où il tenterait de négocier l'achat d'une usine avicole. Il semble avoir décidé de mener ses futures opérations en Europe centrale depuis qu'il a quitté l'Angleterre. Nous ignorons quelle(s) identité(s) ROSENBLUM utilise actuellement.

Deux portraits en noir et blanc étaient joints à la dernière page du dossier, datés à l'encre au verso. La première photographie, « *circa* 1899 », représentait, en pied, un élégant jeune homme à petite moustache, coiffé avec la raie sur le côté, les mains dans les poches, une cigarette au coin des lèvres. L'expression du visage était insolente et narquoise. À vingt-cinq ans, Sigmund Rosenblum avait toutes les apparences d'une petite gouape. Le second portrait, daté de 1919, montrait un personnage beaucoup plus posé, au visage glabre, le front large et dégagé, les cheveux noirs plaqués en arrière. Le regard des yeux bruns, légèrement protubérants, était celui d'un individu intelligent et calculateur. Un pli soucieux creusait l'espace étroit entre les sourcils très noirs fortement dessinés. Le nez était long et un peu busqué. Deux rides profondes formaient parenthèses autour de la bouche, sensuelle et hautaine. Rosenblum portait un smoking et un élégant nœud papillon noir, sur une chemise blanche impeccable. Observant la photographie, Exeter comprenait que pareil individu – comme le précisait son dossier – menât une vie sentimentale compliquée. Une séduction ténébreuse émanait de ce mondain un peu vieillissant, dont on devinait qu'il pouvait se montrer très attentionné à l'égard des femmes. Du moins lorsqu'il n'était pas forcé, par des circonstances imprévues, de les faire disparaître. En même temps, l'image du don Juan en smoking avait quelque chose de très impressionnant. Cet homme-là était de toute évidence entièrement dépourvu de scrupules. Exeter l'imaginait fort bien abattant froidement un adversaire dans le dos à coups de revolver, ou versant subrepticement du poison dans sa coupe de champagne.

Rakovsky et Yatskov quittaient le balcon pour rentrer dans la pièce. Le colonel referma la porte-fenêtre.

Levant les yeux de la photo, Exeter demanda en quoi ce dossier – qu'il affirma avoir lu avec le plus grand intérêt – pouvait le concerner. Rakovsky se mit à rire.

– Il a commencé de vous concerner dès l'instant où Evans vous a remis cette enveloppe à mon intention. Voyez-vous, l'enveloppe contenait une photographie très récente de Rosenblum, prise à Prague le mois dernier par un de nos agents. Nous aurions beaucoup aimé avoir ce document entre les mains.

Exeter secoua la tête, confus.

– Je suis vraiment désolé. Mais, dans ce cas, votre agent de Prague ne peut-il pas vous faire parvenir un nouveau tirage ?

Le colonel émit un grognement. Rakovsky expliqua :

– Ce serait difficile. Notre agent a été repêché dans la Vltava il y a dix jours. Avec un couteau planté dans le dos.

Chapitre VIII

Agent du Guépéou

– L'appartement de notre homme avait été fouillé, précisa Yatskov. Tout était sens dessus dessous. Les négatifs, ainsi que d'autres documents confidentiels, ont disparu.

Il y eut un silence.

– Mais pourquoi les Français, et l'agent qui se faisait appeler Moselli, veulent-ils une photo de Rosenblum ? Politiquement, eux et cet anti-communiste sont plus ou moins du même bord…

– Rosenblum agit en indépendant, expliqua le colonel. On ne sait jamais à quoi s'attendre de sa part. Tous les services européens voudraient le tenir à l'œil. Les relations entre Rome et Paris étant assez bonnes actuellement, il est probable que ce Français qui vous a tendu un piège dans le train comptait reproduire la photographie pour en passer un exemplaire à la police secrète italienne. Bien évidemment, en échange de quelque autre information. Sur des anarchistes italiens recherchés en France, par exemple. Le gouvernement Facta a déjà commencé à arrêter et expulser, à titre préventif, d'une part les prostituées, d'autre part tous les extrémistes présents à Gênes durant la Conférence : qu'ils soient fascistes, anarchistes, ou russes blancs. Ces derniers seront certainement les plus actifs contre nous.

– Vous voulez dire que Rosenblum… ?

L'officier de l'Armée rouge acquiesça.

– Un de nos camarades infiltrés chez les monarchistes nous a confirmé son intention de se rendre à Gênes. Pour moi, Rosenblum est déjà sur place. Il prépare un attentat contre les membres les plus importants de la délégation.

– Je suis du même avis, dit Rakovsky. Cet assassin, qui a quitté le service des Anglais, est le cerveau qui dirigera les opérations contre nous. Il est l'organisateur de tous les forfaits visant à affaiblir le pouvoir de la révolution russe. Et il n'oublie pas de se remplir les poches au passage. Le dossier que vous avez lu est forcément incomplet. Nous connaissons une partie de ses crimes, mais il y en a une infinité d'autres que nous ignorons. La question importante, dans un assassinat, n'est pas qui a tiré le coup mais qui a payé la balle. Rosenblum est l'homme le plus mystérieux d'Europe. C'est une araignée au centre de sa toile – la toile de la conspiration bourgeoise anti-soviétique. Mais, contrairement au fameux professeur Moriarty qu'imagina votre compatriote Conan Doyle, cet archi-criminel n'hésite pas à agir lui-même. À venir trancher la gorge de son ennemi, si cela se révèle nécessaire. Ce meurtrier s'entoure néanmoins de protections si habilement réparties qu'il nous a été jusqu'ici impossible de l'atteindre. C'est une espèce de génie dans son genre. En 1918, il nous a glissé entre les doigts à Moscou même, avec une habileté et une audace stupéfiantes. Nos espions n'ont aucune idée du déguisement sous lequel il se cache cette fois. Nous comptons donc sur vous pour nous aider, camarade.

L'Anglais pointa l'index sur sa poitrine.

– *Moi ?*

– Réfléchissez : il vous est facile, en tant qu'envoyé spécial, d'aller et venir dans tous les milieux de la Conférence. De rencontrer l'ensemble des délégations, quelle que soit leur couleur politique. Même les extrémistes de tout bord, sous prétexte de reportage ou d'interview…

Exeter leva la main.

– Pardonnez-moi, mais je suis le correspondant du *Daily World*. Un journal qui soutient la révolution russe. On me considère plus ou moins comme un « rouge »…

– Peu importe, coupa Yatskov. Beaucoup de nos agents font de l'espionnage effectif, sous la couverture de sympathisants ou « compagnons de route » des divers partis communistes et de la IIIe Internationale.

– Je sais que même Mussolini vous apprécie, fit remarquer Rakovsky d'un air malicieux. Mon cher camarade, il est clair que vous êtes *exactement* l'homme de la situation. Étudiez donc attentivement la photographie la plus récente que nous ayons de Rosenblum, gardez les traits de ce criminel en mémoire – je suis sûr que vous êtes un physionomiste. Promenez-vous dans les coulisses de la Conférence, dans les cafés, les restaurants que fréquentent les délégués, les secrétaires, les interprètes… Pour nous ce serait très difficile, nous n'arriverions à rien. Posez des questions à droite et à gauche. Observez les visages. Et identifiez Rosenblum.

– Une fois que vous l'aurez trouvé, nous lui enverrons le camarade Ehrlich et son équipe, ajouta le colonel.

– Ehrlich ?

– Vous l'avez vu devant l'entrée avec ses adjoints. C'est un tireur d'élite, un héros de la bataille contre les insurgés de Cronstadt. Un champion pour tout ce qui concerne la liquidation des ennemis du peuple. Il dirige le service de sécurité de notre ambassade à Rome.

Rakovsky tira une montre de la poche de son gilet.

– Je suis en retard. Mon ami, je vous laisse en compagnie d'Ivan Nikolaïévitch. Je veillerai à ce qu'on vous monte du café…

Il serra cordialement la main d'Exeter.

– Un peu de café italien bien fort vous aidera à supporter l'interrogatoire. (Il adressa un clin d'œil à l'officier.) Si nos services de renseignement vous laissent repartir, nous nous reverrons demain en ville, à l'ouverture de la séance plénière…

Avec un dernier geste amical de la main il disparut dans le corridor, aussi pressé tout à coup que le lapin d'*Alice au pays des merveilles*. On entendit ses pas s'éloigner en courant vers l'extrémité du couloir où se trouvaient les ascenseurs.

Exeter, baigné de transpiration, assoiffé et en proie au vertige, se rassit sur sa chaise devant le dossier et les photographies de Sigmund Rosenblum, *alias* Sidney Reilly, *alias*… la liste de ses identités usurpées semblait sans fin. Il tira son mouchoir pour s'essuyer le visage. Le Soviétique au crâne rasé et à l'horrible cicatrice s'installa de l'autre côté de la table.

– Première question, camarade : j'aimerais connaître ton opinion sur William Evans.

Le journaliste ouvrit la bouche, la referma. La question était totalement inattendue. Ainsi que le passage brutal au tutoiement.

– Eh bien… c'est un excellent connaisseur des affaires politiques européennes.

Yatskov secoua la tête.

– Ce n'est pas ce que je te demande. Te semble-t-il un homme fidèle au Parti ?

– Mais… oui. Bien sûr.

Le colonel jeta un œil à sa serviette posée sur la table.

– Son dossier mentionne qu'il s'est rendu en Russie en juin 1921 pour le IIIe Congrès du Komintern. Il a rencontré à Petrograd le poète Nikolaï Stepanovitch Goumilev, que nous avons fusillé au mois d'août suivant. Cet homme était compromis dans la conspiration monarchiste anti-soviétique du Pr Tagantsev. Par ailleurs, Evans a demandé durant son séjour à rencontrer l'anarchiste mystique Lev Tchorny, sous le prétexte qu'il l'aurait connu à Paris avant la guerre. Nous avons fusillé Tchorny – dont le vrai nom est Pavel Tourtchaninov – en septembre 1921, pour trafic de faux billets de banque[1].

Exeter ne trouva rien à répondre. Son interrogateur reprit :

– As-tu l'impression que le train de vie du camarade Evans a subi des modifications au cours des derniers mois ?

– Mais… comment le saurais-je ? Je ne le vois que deux fois par an environ. La dernière fois, c'était samedi matin, à Paris. Nous avons parlé à peine plus d'une demi-heure, dans un restaurant…

– Que t'a-t-il dit ?

– Je ne me souviens pas des détails…

1. Cette accusation, de même que l'affaire Tagantsev, a été montée de toutes pièces par la Tchéka (voir Victor Serge, *Mémoires d'un révolutionnaire, 1905-1945*).

– Fais un effort, camarade.

La gorge d'Exeter était brûlante. Il secoua la tête.

– Je ne sais pas... Il a parlé de la position que les Français comptaient tenir durant la Conférence... Et puis aussi du XIe Congrès du Parti...

– Très bien, qu'a-t-il dit à ce sujet ?

Exeter réfléchit à toute allure. Il n'allait certainement pas raconter à cet enquêteur venu de Moscou qu'Evans avait traité Radek de « cynique ambitieux » et Boukharine de « dialecticien bavard »...

– Evans a dit qu'il soutenait les thèses du camarade Staline.

– Mais encore ?

On frappa des coups discrets à la porte. Le colonel se leva pour ouvrir. C'était un chasseur de l'hôtel, qui portait un plateau avec un pot de café et deux tasses. Exeter, soulagé par l'interruption, but le café noir à petites gorgées. Pas très efficace contre la soif, mais c'était cependant mieux que rien. Yatskov reposa sa tasse avant de poursuivre :

– Quels sont les noms des membres de la Special Branch de Scotland Yard qui ont été recrutés par Evans ?

– J'en connais trois : l'inspecteur Hubertus van Ginhoven, le sergent Charles Jane, et un policier nommé Albert Allen. Mais je n'ai jamais rencontré aucun d'eux personnellement.

Le colonel hocha la tête. Il ne semblait pas avoir besoin de prendre ni de consulter des notes. Ce petit crâne rasé devait dissimuler une mémoire phénoménale.

– Pas d'autres noms ?

– Je regrette. Vous savez, je ne me rends que rarement à Londres...

– Mais ta femme y va.

– Pour rendre visite à sa mère. Avec notre fils. Cela n'a rien à voir avec les opérations d'Evans.

– Le père de ta femme était un officier supérieur dans les armées blanches d'Ukraine. Un des tueurs à la solde de Dénikine. Qui incendiaient les villages et passaient la population à la mitrailleuse. Et faisaient découper vifs nos commissaires politiques, à la scie à bois.

– Je… j'en ai déjà parlé avec le camarade Rakovsky. Je veux dire, je n'ai pas connu mon beau-père. Il s'est d'ailleurs séparé de sa famille en 1909…

Yatskov laissa passer quelques secondes, avant de demander :

– Revenons à Evans. Tu n'as rien d'autre à me dire sur lui ?

– Non. Je ne vois pas…

– Écoute-moi, camarade. Nous apprécions la franchise. Les personnes qui ne sont pas franches, nous savons prendre des mesures contre elles. Il est dans ton intérêt de me dire tout ce que tu sais sur Evans.

– Mais je n'ai rien de particulier à… En fait, je ne le connais pas très bien.

– De quoi as-tu peur, camarade Exeter ? Je te vois transpirer.

– Il fait très chaud.

– Tu veux épargner Evans, c'est ça ?

– Pas spécialement. Mais posez-moi des questions précises…

– Bon, je vais t'aider, camarade. Evans t'a-t-il donné l'impression de penser que la révolution russe resterait isolée ? Que les prolétariats des pays d'Europe de l'Ouest ne seraient pas en mesure de renverser le capitalisme chez eux ?

– Je ne sais pas… Peut-être est-ce son avis, effectivement.

– Il a écrit un article dans le *Daily World* où il met en doute la capacité du KPD à organiser de nouvelles insurrections en Allemagne.

– Oui, je l'ai lu.

– C'est ce que tu penses, toi aussi ? Le prolétariat là-bas ne serait pas assez avancé ?

Exeter haussa les épaules.

– Je connais mal la situation allemande.

– Pourtant, tu as rencontré le camarade Kohl à l'hôtel Adlon, à Berlin, en janvier 1921.

– Interrogez plutôt Kohl. Et puis la situation a eu le temps d'évoluer, en quatorze mois…

Yatskov poussa un grognement, puis observa Exeter d'un air dubitatif.

– Nous aurons l'occasion d'en reparler. À partir de cet été, à Paris. Le Centre m'envoie là-bas comme *rezident* clandestin. J'y serai le représentant à la fois de l'INO[1] et du renseignement de l'Armée. Désormais, tes communications passeront directement par moi. Plus besoin de courriers à Londres risquant d'être ouverts par le 2e Bureau français ou par l'Intelligence Service, ou d'opérations ridicules comme la « cuisse de mouton ». (Il s'esclaffa.) Plus question d'amateurisme. Il nous faut rattraper notre retard sur les services de renseignement de nos adversaires. L'expérience de notre *rezidentura* à Berlin a prouvé l'importance d'une présence permanente sur place dans les capitales occidentales, pour compenser le manque de véritables représentations diplomatiques. C'est le *rezident* en Allemagne qui nous a prévenus du projet d'un groupe d'officiers blancs d'assassiner nos

1. Département étranger du Guépéou.

diplomates à Gênes. Nous avons par conséquent exigé du gouvernement italien une protection maximale, ici et sur les lieux de la Conférence. Et de pouvoir installer notre propre service de sécurité, avec la garde que commande le camarade Ehrlich. La direction de l'hôtel a également mis ses caves à notre disposition pour les interrogatoires de contre-révolutionnaires. (Il toisa Exeter en souriant.) Nous allons faire ici *comme chez nous*.

Yatskov récupéra le dossier Rosenblum, le jeta dans la serviette, qu'il referma avec un bruit sec. Il se leva et invita le reporter à faire de même.

– Retourne voir Ehrlich à l'entrée. Khristian Giorgiévitch lui aura donné pour toi un laissez-passer établi par le camarade Rozberg. Ce document te permettra de revenir à l'hôtel autant de fois que tu voudras. Ton nom de code te sera communiqué ultérieurement. Nous te verserons tous les mois un salaire de mille dollars en plus des mille dollars habituels destinés à corrompre les fonctionnaires – l'État soviétique sait se montrer généreux avec les serviteurs du Parti. Tu agis désormais pour le compte du Guépéou, et ne devras en référer qu'à moi ou à Rakovsky. N'en parle à aucun des autres membres du personnel russe. Ceci inclut les délégués, et Rozberg. Qu'ils te considèrent comme un simple correspondant de presse anglais sympathisant de notre cause. N'envoie plus de courriers à Evans. La station de Londres sera bientôt entièrement réorganisée. Il faut toujours se méfier des agents doubles : difficile de savoir s'ils n'ont pas été *véritablement* retournés par l'ennemi, ou s'ils ne jouent pas sur les deux tableaux… Mais nous vérifierons. Dès que nous aurons suffisamment d'effectifs pour nos missions spéciales à l'étranger. (Il saisit le bras d'Exeter, qui sursauta.) À propos, je te félicite. J'ai lu l'intégralité des rapports que tu as envoyés de Paris, avec les renseignements fournis par C-2. Un excellent travail. La très grande majorité de tes informations a été confirmée ensuite par les faits.

Le colonel ouvrit la porte et accompagna Exeter jusqu'aux ascenseurs. Ses jambes flageolaient, ses genoux menaçaient de se dérober sous lui. Yatskov ne lui serra pas la main. L'Anglais emprunta l'escalier pour rejoindre le rez-de-chaussée. Il se retrouva dans le grand hall de l'hôtel. Il cherchait la direction du bar lorsqu'il vit une jeune femme descendre les marches d'un pas sautillant, sa main glissant lestement sur la rampe. Ses cheveux blonds couleur sable coupés au carré à la dernière mode, et vêtue d'une robe assez courte, aux couleurs délicates et harmonieuses. Exeter eut l'impression de reconnaître ce visage. C'était une des quatre faces espiègles et rieuses penchées à la fenêtre au-dessus du balcon. Une des secrétaires de la délégation soviétique.

L'apercevant, la Russe s'immobilisa au bas de l'escalier. Son sourire guilleret s'effaça. Exeter fit quelques pas vers elle. Il désigna, en souriant, la rose toujours fixée à sa boutonnière.

– C'est vous qui m'avez lancé ceci ?

Il avait parlé en français. La jeune femme eut un petit geste de la main.

– Oh, non ! répondit-elle d'un ton plutôt réfrigérant.

Devant le désarroi du reporter, elle rectifia :

– Mais à vrai dire, c'était mon idée…

Son français, comme celui de Rakovsky, était excellent. Encouragé, Exeter voulut donner l'impression qu'il l'avait déjà distinguée parmi ses collègues :

– Je l'espérais bien.

La jeune femme lui sourit. Elle avait de jolies petites dents impeccablement rangées, dans un visage juvénile au menton un peu fort et pointu, au fin nez droit, aux yeux bleu-gris. Il y eut un court silence embarrassé de part et d'autre.

– Comment vous appelez-vous ? demanda Exeter.

– Elyena, *monsieur*.

Son sourire s'élargit, puis la Russe cilla et, plantant là le journaliste, s'échappa telle une fauvette reprenant son vol. Exeter, stupéfait et sous le charme, la suivit des yeux pendant qu'elle quittait le hall à pas vifs et disparaissait dans un des corridors du rez-de-chaussée, le long de la terrasse surplombant la mer.

Exeter caressa machinalement la fleur du bout des doigts, puis il se dirigea vers le bar de l'Impérial. L'endroit, contrairement au vaste espace du hall que traversaient les Soviétiques pressés, était quasi désert. Il demanda au barman, qui bâillait derrière son comptoir, de lui préparer une double vodka-Martini et alla s'asseoir avec son verre à une table devant les palmiers. Les gardes italiens faisaient les cent pas dehors, armés de leurs courtes carabines. Exeter décida de tout oublier pour le moment – le dossier Rosenblum, l'interrogatoire par le colonel Yatskov, son nouvel emploi d'agent du Guépéou. Et la disgrâce d'Evans. Il préférait se remémorer les quatre visages espiègles et souriants penchés à la fenêtre, et les cheveux sable un peu ébouriffés d'Elyena.

Il était bientôt sept heures. Exeter se leva et gagna la sortie. Ehrlich et ses camarades étaient toujours à leur poste. Le jeune homme le reconnut et lui tendit un papier bleu, en souriant. Exeter lut, en italien :

N° 5
Délégation russe à la Conférence de Gênes.
Témoignage d'identification personnelle
entrée libre à l'Hôtel Impérial,
siège de la Délégation russe à Santa Margherita,
est accordé à
RALPH EXETER
journaliste pour entrée permanente

Santa Margherita 9/4/22
Le chef du Service interne de la Délégation

Le texte lui parut à la fois fleuri et grammaticalement approximatif, mais de toute façon il connaissait mal l'italien. Le journaliste remercia Ehrlich, lui serrant la main avec chaleur. Au moment où il se retournait pour descendre le grand escalier de pierre, il fut rejoint par Rozberg un peu essoufflé. Exeter en profita pour demander à l'attaché de presse quels étaient les heureux bénéficiaires précédents de la faveur d'une accréditation, puisque lui avait le numéro 5.

– Les correspondants italiens socialiste et communiste. Le Français Bernard Lecache, de *L'Humanité*. Et l'Américain Max Eastman, qui écrit une série d'articles pour *The Liberator*. Dites-moi, je vous ai vu, à l'instant. Dans le hall.

– Pardon ?

– La jeune fille à qui vous parliez. La secrétaire…

Le maigrichon au visage jaune et à la moustache en brosse grimaçait sous les palmiers, en se balançant d'un pied sur l'autre.

– Oui, eh bien ? questionna Exeter.

– Vous ne savez pas qui elle est ?

Il secoua la tête.

– C'est la citoyenne Elyena Krylenko. Elle travaille ici en tant qu'assistante du camarade Litvinov. Elle a obtenu ce poste parce que son frère aîné est Nikolaï Krylenko. Il a été commandant en chef de l'Armée rouge avant Trotsky. À présent, le camarade Krylenko est le procureur de l'État soviétique. Si j'étais vous, je me méfierais.

– Pourquoi ? Parce que le grand frère de cette fille est procureur ?

Rozberg grimaça une espèce de sourire.

– Non. Parce qu'elle n'est pas membre du Parti.

En bas des marches, Exeter retrouva son chauffeur et la petite Ansaldo rouge et blanche couverte de poussière. Ils rentrèrent à Gênes, dans les lueurs fauves du crépuscule embrasant les jetées du port et les grands paquebots amarrés le long des quais de la gare maritime. Exeter, fourbu et affamé, dîna seul de poisson et de vin blanc de Soave dans une gargote de marins du molo Vecchio. Quand il rentra à son hôtel, le réceptionniste l'avertit qu'un de ses confrères l'attendait au bar.

C'était George Sheldon. L'envoyé spécial du *Chicago Tribune* était assis à une table devant un journal italien plié et un Manhattan largement entamé. C'était son troisième. Il patientait depuis une heure. Exeter s'installa devant lui après s'être fait servir par le barman un *whisky sour*. Le visage rond de Sheldon affichait une mine soucieuse.

– Les fascistes n'ont pas été longs à me repérer. Ma chambre au Savoia a été fouillée discrètement. Ils cherchent l'interview de Buozzi. Mais je l'avais dans ma poche, et j'ai pu emprunter la machine à écrire de Guy Hickok. J'ai tapé une copie de l'interview, je vous la confie.

Du menton, il indiqua le journal italien plié sur la table. Le *Corriere Mercantile*.

– Je le laisserai ici en partant. Vous le ramasserez d'un air naturel et l'emporterez dans votre chambre. L'interview est à l'intérieur. Essayez de trouver une bonne cachette. Si je disparais, ou qu'on me vole l'interview, au moins vous pourrez la sortir du pays. Au cas où ils auraient ma peau, je vous autorise à publier les révélations de Buozzi dans le *Daily World*...

Sheldon émit un petit ricanement. Exeter sourit, avant d'avaler une gorgée de son cocktail.

– D'accord, mon vieux. En échange, auriez-vous des informations sur un certain Sigmund Rosenblum ? Il se fait appeler aussi Sidney Reilly... Il a travaillé pour les services secrets anglais.

Sheldon réfléchit, puis fit claquer ses doigts.

– J'y suis ! Attendez... (Il se concentra sur ses souvenirs.) C'est un agent de votre Intelligence Service qui m'a raconté ça. J'oublie son nom... Voilà, Gibson. Harold Gibson. Nous avons pris un verre ensemble à Constantinople. Plusieurs verres, en fait. Ce devait être au printemps dernier, quelques mois après que je vous ai vu à Berlin. Ce Gibson parle allemand, français et tchèque. Il a beaucoup voyagé dans le sud de la Russie et en Bessarabie avant de prendre son poste de chef de station à Constantinople... Gibson tenait l'histoire de Malcolm Maclaren, un autre agent, qui est arrivé à Odessa au début de 1919. Il venait d'Arkhangelsk *via* Bucarest pour retrouver ce Reilly. Il l'appelait ainsi, et pas Rosenblum. C'était du temps des premières grandes offensives de Dénikine, qui ont fait plier l'Armée rouge en Ukraine. Maclaren, Reilly, et Orlov...

– Orlov ?

Exeter se rappelait avoir vu ce nom dans le dossier.

– C'est un Russe blanc, un faussaire, un de ces conspirateurs comme Boris Savinkov. Bref, tous les trois, après avoir informé les Anglais des capacités de l'armée Dénikine, sont partis recruter des agents antibolcheviques en Europe centrale. C'est alors que Reilly a raconté en détail à Maclaren ses aventures à Moscou au lendemain de la révolution. Débarqué clandestinement en Russie en mai 1918, désobéissant aux ordres de sa hiérarchie, il serait apparu un beau matin au Kremlin, *en uniforme*, demandant à parler à Lénine. On ne lui a permis de rencontrer que Vladimir Bontch-Brouevitch, son secrétaire. Tout en menant ces « pourparlers diplomatiques » pour lesquels il n'était aucunement mandaté par Londres, Reilly préparait un coup d'État et recrutait sur place des Russes blancs et des officiers rebelles lettons. L'opération a échoué par hasard : le 30 août, une socialiste-révolutionnaire de l'opposition de gauche a tiré sur Lénine, qui, atteint de deux balles, a failli y passer, et le même jour Ouritsky, le chef de la Tchéka de Petrograd, était abattu par un autre socialiste-révolutionnaire. La Tchéka, qui surveillait Reilly, a aussitôt démantelé son réseau, qu'elle avait commencé d'infiltrer, et lancé une vaste opération de représailles, la « Terreur rouge ». Il y a eu des milliers de fusillés, des Russes innocents pour la plupart. Le chargé de mission anglais à Moscou, Robert Bruce Lockhart, qui faisait de l'espionnage et était lié à Savinkov, a été arrêté. On n'a jamais su si le gouvernement anglais était vraiment mouillé ou pas dans ce qu'on a appelé le « complot Lockhart ». Reilly, lui, s'est fondu dans la nature. Il a voyagé jusqu'en Estonie et franchi le golfe de Finlande sur un bateau allemand, muni de faux papiers. (Sheldon sourit en écartant les bras.) Voilà. C'est tout ce que je sais de votre type.

La conversation fut interrompue par l'entrée du journaliste américain Lincoln Steffens, que suivait son compatriote le sculpteur Jo Davidson. Ils venaient de poser leurs valises à l'hôtel, arrivant du train de Paris. Les deux hommes étaient devenus des amis proches en partageant une cabine du S.S. *Lorraine* de la French Line, entre New York et Le Havre en novembre 1918. Apprenant la nouvelle par la radio du bord, ils avaient fêté l'Armistice, dansé et s'étaient soûlés au champagne dans les salons du paquebot brillant de tous ses feux, oublieux du danger des sous-marins allemands qui peut-être n'étaient pas encore informés de la fin des hostilités. Steffens – que Davidson appelait familièrement « Steff » – était petit et mince, avec un bouc et des moustaches grisonnants qui le faisaient ressembler à un officier de la guerre de Sécession. Ses yeux étaient doux et interrogateurs. Célèbre *muckraker* et sympathisant des révolutions du monde entier, auxquelles il offrait ses services, Steffens se vantait d'avoir rédigé un paragraphe essentiel de la Constitution mexicaine, assis dans un wagon Pullman. Il désirait faire bénéficier les Russes de son expérience. Jo Davidson, personnage à la Falstaff, énorme et barbu, espérait pour sa part être autorisé à réaliser les portraits en buste de Tchitchérine et des autres révolutionnaires du palace de Santa Margherita. Exeter, qui avait connu le sculpteur au Café Royal de Londres au printemps de 1914 peu avant son mariage avec Evguénia, promit aux Américains d'intercéder en leur faveur auprès de l'attaché de presse Rozberg.

Steffens était très excité par des informations qu'il

avait glanées à Paris à propos des dessous occultes de la Conférence. Bien que consacrée officiellement au problème des réparations pour dommages de guerre, Gênes serait en réalité une conférence de couloirs autour des intérêts pétroliers. La Standard Oil et la Royal Dutch Shell en particulier se battraient pour obtenir les concessions du pétrole russe. Sheldon confirma ces rumeurs : selon lui, Sir Henri Deterding, le « Napoléon du pétrole », qui représentait la Royal et qu'il haïssait à peu près autant qu'il haïssait Mussolini, avait négocié un accord secret, avant la Conférence, avec Léonide Krassine, qui dirigeait la mission commerciale russe à Londres et était en quelque sorte le banquier des bolcheviks. La Standard Oil américaine espérait reprendre le marché et avait mandaté ses agents en conséquence.

Sheldon se leva. Il voulait rentrer à son hôtel tant que les rues et les avenues regorgeaient encore de monde. L'ennemi juré du Duce évitait les ruelles obscures ainsi que les quais et les jetées du port. Et ne dînait qu'en la compagnie de ses confrères. C'est ainsi qu'il comptait demeurer vivant jusqu'à la fin de la Conférence. Exeter quitta le bar et monta dans sa chambre, emportant le journal italien. Il y trouva la copie de l'interview, qu'il dissimula derrière le cadre d'une des photographies décorant les murs : des skieurs de fond progressant en file indienne dans les neiges de la forêt de La Thuile, en vallée d'Aoste. Il allait se coucher quand on frappa à la porte.

C'était l'employé de la réception.

– Je suis désolé, *monsieur*. J'ai complètement oublié que le *signor* Ricci m'avait confié cette carte pour vous.

L'employé lui tendait une carte de visite. Exeter remercia, lui donna une pièce et referma la porte. Tenant le petit bristol sous le halo de la lampe de chevet, il fronça les sourcils.

La carte était au nom d'*Oskar Bielefeld, The Bielefeld Photographic Art Gallery, 32A 11e Rue Est, New York.* Sous ces lignes était ajouté au stylo à l'encre violette, d'une élégante écriture légèrement penchée :

> *regrette de n'avoir pu vous parler à San Lorenzo – les fresques de Pogliaghi sont si fascinantes – et vous donne rendez-vous demain soir à sept heures et demie au bar de l'hôtel Eden Park. J'aurai plaisir à vous renseigner sur la jeune personne de New Rochelle que vous avez croisée dans le wagon-restaurant du Paris-Gênes. Sincèrement, O. B.*

Chapitre IX

L'homme aux dents cassées

Extrait du *London Daily World*, édition du 12 avril 1922 :

LA CONFÉRENCE INTERNATIONALE MANQUE D'EXPLOSER DÈS LE PREMIER JOUR

Gênes, Italie, 10 avril. De notre correspondant spécial, R. Exeter.

Le vaste hall du Palazzo San Giorgio, où se tiennent les séances de la Conférence économique de Gênes, est dominé par une statue de Christophe Colomb, assis sur un trône de marbre clair profondément encastré dans le mur.

Colomb et la galerie de la presse, à l'autre bout du hall, contemplent un rectangle de tables au plateau vert, disposées en U selon les règles habituelles pour les banquets et les réunions de collège. Sur chaque table se trouve un bloc de papier blanc qui, vu de la galerie réservée aux journalistes, ressemble à un napperon, et, durant les deux longues heures qui précèdent l'ouverture de la séance plénière, une dame coiffée d'un chapeau saumon place et aligne les encriers sur le long rectangle des tables.

Les délégués commencent à pénétrer dans le hall par petits groupes. Ils ne peuvent trouver leur place à table et restent debout à bavarder. Les délégations serbe et polonaise sont arrivées les premières. Les rangées de chaises pliantes destinées aux invités se remplissent peu à peu de sénateurs en chapeaux hauts de forme et à moustaches blanches, et de femmes à chapeaux de Paris et luxueux manteaux de fourrure respirant la richesse capitaliste. Les murs tout autour du hall sont ornés des effigies en marbre clair des glorieux pirates et commerçants qui firent jadis de Gênes la première cité maritime d'Europe, sa splendeur suscitant l'envie et les jalousies de ses rivales. Un énorme lustre aux globes gros comme des ballons de football est suspendu au-dessus des tables. Il est constitué d'une masse enchevêtrée de griffons et d'animaux non identifiés, et quand on l'allume, tout le monde est temporairement aveuglé dans la galerie de la presse.

Je suis assis à côté d'un jeune correspondant américain, Herbert Holloway, héros de la guerre contre l'Autriche où il fut gravement blessé. Ce héros semble à présent tout à fait guéri et, quand il ne se livre pas à sa curieuse manie juvénile de boxer dans le vide, M. Holloway observe avec malice l'archevêque de Gênes, vêtu d'une soutane lie-de-vin et coiffé d'une calotte rouge, qui converse avec un vieux général au visage ridé comme une pomme, aux longues moustaches et à la poitrine bardée de décorations. C'est le général Gonzaga, chef de la cavalerie. Derrière moi s'installe Marcel Cachin, le directeur de *L'Humanité* et dirigeant du Parti communiste français. Je contemple son noble visage de Breton affable aux lunettes d'écaille noire tombant sur son nez, et aux moustaches rousses effilochées. Il est rejoint par Max Eastman, ex-directeur du journal américain *The Masses* et qui écrit désormais pour *The Liberator*. Grand, bronzé, athlétique, les cheveux prématurément blancs, c'est un quadragénaire séduisant qui fait penser à un joyeux professeur d'université et se tient avachi de manière désinvolte sur son siège. Le sympathique M. Eastman – qui dans son pays s'est acquis la réputation ridicule de « bolchevik de salon » – essaie de s'entretenir avec Marcel Cachin, mais celui-ci ne parle l'anglais qu'avec peine. Entre-temps les journalistes ont rempli la galerie, qui ne compte que deux cents places. De nombreux retardataires sont obligés de s'asseoir par terre ou sur les marches.

Lorsque le hall du Palazzo San Giorgio est presque plein, la délégation britannique fait son entrée. Les Anglais sont venus en voitures automobiles par les rues bordées de soldats alignés et débarquent avec impétuosité. Le Premier ministre Lloyd George – au zénith de sa carrière politique et pour qui « une conférence coûte moins cher et vaut mieux qu'une guerre » –, visible de loin avec sa démarche assurée et son port altier (qui parviennent à cacher le fait qu'il est en réalité assez petit), sa splendide crinière blanche, son lorgnon au long ruban de soie noire, et son insolite teint rose de jeune fille, souligné par sa petite brosse de moustache pâle, soulève une brève volée d'applaudissements enthousiastes tandis qu'il s'assied rapidement et entreprend de consulter ses papiers avec une indifférence affectée.

Il ne manque plus que les Russes. Dans ce hall comble et étouffant, les quatre sièges vides de la délégation soviétique sont les quatre sièges les plus vides que j'aie jamais vus. Tout le monde se demande si les bolcheviks viendront. Les minutes passent, pendant lesquelles des rumeurs contradictoires circulent parmi le public. La tension latente se mue peu à peu en impatience, agitation, vexation. « Les Russes sont toujours en retard. Ils se moquent de nous ! » chuchote-t-on de part et d'autre, en particulier chez les représentants des puissances impérialistes. La Conférence me paraît sur le point d'exploser.

Puis, soudain, un chuchotement parcourt les rangées de sièges : « Tchitchérine… Tchitchérine… » Toutes les têtes se tournent dans une même direction. La délégation russe franchit la porte et commence à se frayer un passage à travers la foule. David Lloyd George les considère attentivement, en jouant avec son lorgnon.

Maxime Litvinov, le visage large et impavide, marche en tête au milieu d'un concert de voix excitées. Il est court, corpulent, le regard perspicace derrière de petites lunettes rondes aux verres épais. Le diplomate soviétique, à l'instar de ses camarades, arbore un insigne rouge rectangulaire au revers de sa veste. Une serviette en cuir sous le bras, Gueorgui Tchitchérine, commissaire du peuple aux Affaires étrangères – vieil aristocrate passé dans le camp menchevique, puis bolchevique –, vient immédiatement derrière, barbiche roussâtre et allure dégagée d'un maître d'école arrivé en retard et ne se croyant pas obligé de s'excuser auprès de ses élèves. On dit de lui qu'il est soupçonneux, irritable, mais aussi d'une prudence extrême. Sous l'énorme lustre je le vois cligner des paupières, comme surpris d'avoir été tiré brusquement de l'obscurité des conspirations secrètes pour se trouver exposé aujourd'hui en pleine lumière aux yeux du monde. Léonide Krassine, le chef de la mission commerciale à Londres, entre à son tour, bel homme à la barbe poivre et sel soigneusement taillée en pointe, vêtu d'un complet blanc immaculé parfaitement coupé qui me rappelle que cet ancien ingénieur de chez Siemens-Schuckert est aujourd'hui le banquier de la révolution. En fait, il ressemble à un dentiste prospère. Adolf Ioffé, le dernier des quatre délégués présents à la séance plénière, est petit et gros, la barbe noire frisée et le regard doux derrière son pince-nez cerclé d'or. J'ai entendu dire que c'est un proche de Trotsky.

Tels sont les représentants à Gênes de la patrie du prolétariat triomphant. Ils s'avancent, souverainement indifférents aux murmures et aux chuchotements intrigués ou impressionnés. Leur pays est le premier à avoir brisé les chaînes et secoué le joug du capitalisme impérialiste. Ces quatre délégués savent qu'ils ont le droit d'être fiers. Les prolétariats d'Europe et d'Asie sont prêts à suivre l'exemple de leur révolution, ils en sont persuadés. Ces hommes sont l'avenir du monde.

Une quantité de secrétaires, hommes et femmes, les accompagnent, parmi lesquels deux jeunes filles au visage frais, aux cheveux coupés au carré et aux tailleurs à la page. L'une d'elles est la sœur du redouté procureur de l'État soviétique, Nikolaï Krylenko. Ce sont de loin les plus jolies filles du hall de conférence, fait remarquer à mes côtés M. Holloway, qui est sans nul doute un connaisseur.

Les Russes sont enfin assis. Quelqu'un réclame le silence, et le président du Conseil, le *signor* Facta, un petit homme insignifiant à grandes moustaches blanches, se lève pour délivrer une brève allocution de bienvenue en italien. Lorsqu'il se rassied, une interprète grosse comme une montagne traduit le discours en français, d'une voix théâtrale et haut perchée : « Messieurs, j'assume la présidence temporaire de cette assemblée et vous souhaite la bienvenue au nom du roi d'Italie », puis elle se met à bafouiller et à chiffonner ses feuilles de papier, le reste se perdant dans la confusion. Le discours suivant est celui de David Lloyd George. Je note qu'il a omis de parler des résolutions du Sommet de Cannes, préalable pourtant essentiel à cette conférence. Oubli volontaire ou non, qui a le don d'irriter profondément l'orateur suivant, l'envoyé du ministère français des Affaires étrangères, M. Louis Barthou. Celui-ci reprend avec force et une classique éloquence les positions ultra-conservatrices de M. Poincaré, visant à continuer de brimer l'Allemagne vaincue, maintenir les flagrantes injustices du traité de Versailles et faire obstacle à toute reconstruction équitable de l'Europe.

Soudain, le hall est comme parcouru par une décharge électrique. Les correspondants de presse se redressent sur leur siège et se cramponnent à leur stylographe : Tchitchérine s'est levé pour prendre la parole. Il tient en main une traduction française de son discours, qu'il a préalablement écrit en russe. Ses mains tremblent un peu. Sa voix s'élève, à peine audible depuis la galerie de la presse, à laquelle il tourne le dos. Une voix curieusement sifflante, due à un accident d'automobile où M. Tchitchérine perdit toutes ses dents de devant. L'homme est manifestement un piètre orateur. Mais le contenu de son discours cause sensation.

La Russic soviétique, déclare-t-il, est prête à participer à la reconstruction générale de l'économie européenne. Elle adhère aux principes de la coexistence pacifique et prône la coopération entre États représentant des systèmes de propriété différents. Lui-même, dit-il, n'est pas venu à Gênes avec l'intention de faire de la propagande, mais pour s'engager dans des relations pragmatiques : ouvrir les frontières russes au trafic international, cultiver pour l'exportation les millions d'hectares de sa terre fertile, accorder des concessions minières et forestières, collaborer avec les investisseurs de l'Ouest dans des entreprises communes, amener les systèmes judiciaire et administratif soviétiques à entrer en conformité avec les spécifications élaborées à Cannes.

Puis, sur cette assemblée stupéfaite où l'on entendrait voler une mouche, le chef de la délégation russe envoie la foudre :

Mais tout effort en vue de la reconstruction, martèle-t-il, est vain tant que demeurera suspendue sur l'Europe et le monde la menace d'une nouvelle guerre. Le gouvernement soviétique a l'intention de proposer une limitation générale des armements ainsi qu'une interdiction absolue des « formes barbares » d'action militaire, telles que les gaz asphyxiants et les bombardements aériens. La Russie est prête à désarmer sur une base réciproque avec l'Ouest. La Conférence de Gênes sera la première d'une série de « conférences de la paix », visant à la création d'une nouvelle « ligue des peuples », établie sur les bases de l'universalisme, de l'égalité, et de la pleine représentation des travailleurs et des minorités. Enfin, si la richesse colossale de la Russie doit être ouverte à tous, en contrepartie il est nécessaire que soit assurée à tous, et donc aux classes jusqu'ici opprimées, l'entière redistribution de l'or, de l'industrie et des ressources du globe.

Au milieu du tumulte général soulevé par ces perspectives inattendues, M. Barthou bondit sur ses pieds. Le représentant français accuse avec violence « l'honorable M. Tchitchérine » d'excéder l'agenda de la Conférence par des propositions fantaisistes et provocatrices. La question du désarmement ne figure pas dans les résolutions de Cannes. Le délégué de Moscou réplique aussitôt en citant astucieusement les propres termes pacifistes de M. Lloyd George. Ce dernier, toujours conciliant, implore Tchitchérine de ne pas « surcharger » le programme. L'assistance applaudit à tout rompre.

Le Français et le Russe se disputent la parole. Le président Facta tape sur la table. « Cela suffit. Vous avez parlé tous les deux. Il faut ajourner ! »

Il est sept heures du soir. Le public se lève. M. Barthou repart furieux contre l'Italien et le « bolchevik », et se plaint que M. Lloyd George a pris leur parti. La rumeur circule que les Russes ont adopté délibérément une attitude outrecuidante dans l'idée que ce genre d'opération de propagande, déployée comme un écran de fumée, leur permettra de conclure en sous-main des ventes de concessions pétrolières à des intérêts privés anglais ou américains en faisant grimper les enchères.

Un Belge, M. Duvignon, me déclare philosophiquement tandis que nous quittons le hall : « Tout cela était très intéressant à observer, mais à mon humble avis toute opinion est encore prématurée. »

Quoi qu'il en soit, la Conférence de Gênes a évité de justesse d'exploser dès le premier jour.

Chapitre X
Dans le jardin d'Éden

La grande masse des journalistes n'avait pas attendu la fin de la séance plénière pour se ruer hors du Palazzo San Giorgio et foncer à la *casa della stampa* afin de télégraphier leurs dépêches et faire crépiter leurs machines à écrire. Exeter avait plus urgent à faire. Il se dit qu'il rédigerait tranquillement son article la nuit, dans sa chambre de l'Albergo dei Giornalisti. Il salua le sympathique mais bavard ressortissant belge M. Duvignon, et se rendit le plus vite possible à l'Eden Park.

La délégation allemande s'y trouvait logée. Cet hôtel était beaucoup moins prétentieux, et plus agréable, que les grands bâtiments sévères du Savoia ou du Bristol. Le correspondant anglais se dirigea vers le bar. Un musicien était installé devant le grand piano et jouait des mélodies de Chopin, sur un tempo moins rapide que celui auquel on était habitué mais avec le regard mélancolique qui convenait. Oskar Bielefeld, assis à une table face aux arbres du jardin, un fume-cigarette au bout des doigts, parcourait la dernière édition du *Berliner Tageblatt* devant une bouteille de champagne dans un seau de glace, et deux flûtes vides. Apercevant Exeter, le marchand d'art replia son journal, se leva avec un sourire aimable derrière sa barbe couleur corbeau.

Sa poignée de main était vigoureuse. En se rasseyant, il fit signe au serveur de s'occuper du champagne.

– Eh bien, monsieur Exeter, comment s'est déroulée la première séance ?

Oskar Bielefeld leva son verre. Il souriait toujours, mais son regard restait sombre et circonspect. Le champagne était un Deutz & Geldermann de premier choix. Exeter en but une gorgée avant de parler du coup de théâtre provoqué par les propositions de Tchitchérine. Un éclair s'alluma un instant dans les yeux bruns du galeriste.

– Ces gens ne reculent devant aucun mensonge. « Désarmement réciproque » ! « Interdiction des formes barbares d'action militaire » ! De la poudre aux yeux. En réalité, la Russie, sous le système bolchevique, est devenue un pays où rien désormais ne me paraît impossible. L'horreur de la situation là-bas semble précisément résider dans le fait qu'on ne peut, en ce qui la concerne, inventer une légende, si sinistre soit-elle, qui ne devienne, au cours de son évolution ultérieure, une chose vécue et encore plus sinistre…

– Que voulez-vous dire ? demanda Exeter en fronçant les sourcils.

– Par exemple, il y a deux ans, l'histoire des « petits doigts dans la soupe »… Légende, calomnie, invention pure, disait-on. Et maintenant ? Maintenant, la presse bolchevique elle-même vient de reproduire le récit atroce et poignant de l'un des commissaires rouges les plus notoires, Antonov-Ovseïenko, sur ce qui se passe dans les provinces affamées… Vous lisez l'allemand ?… Non ? Alors je vais traduire.

Il s'empara d'une page du *Berliner Tageblatt*.

– « Les cadavres humains servent déjà de nourriture… Les familles de ceux qui meurent de la faim sont obligées, pendant les premiers jours, de faire garder leurs tombes… Un enfant mort est coupé en morceaux et jeté dans la marmite… » Ainsi parlait cet acolyte du tristement célèbre procureur Krylenko dans un rapport officiel au Congrès des soviets. Et cela a été reproduit par leur presse gouvernementale qui, depuis, ne cesse de publier de longues et lamentables listes des cas de cannibalisme engendrés par la faim et officiellement enregistrés. Sous le régime bolchevique, la Russie est devenue le pays des éventualités illimitées !

Le correspondant du *Daily World* protesta :

– La famine en Ukraine a pour causes principales l'intervention impérialiste étrangère et la guerre civile que celle-ci a provoquée ou encouragée. Et reconnaissez au moins la liberté de cette presse que vous citez, qui n'hésite pas à admettre qu'il subsiste des problèmes et qu'il faut y remédier…

Les yeux de Bielefeld flamboyèrent.

– « Liberté de la presse » ! Vous plaisantez, j'espère ? Et vous qui êtes journaliste… (Il ricana.) Mais, mon cher ami, on sait depuis longtemps que le mensonge est l'arme favorite des bolcheviks, arme d'autant plus redoutable qu'elle surprend toujours l'adversaire par sa grossière impudence et le place du même coup en position défensive. Ces gens n'admettent qu'un centième de la vérité, et ce, parce qu'ils y sont bien obligés, tellement le désastre chez eux est spectaculaire ! Et pour y remédier, ils ne connaissent que la force brutale et la répression. Depuis la fin de 1917, la Tchéka a exécuté plus de *deux cent cinquante mille personnes* en Russie. C'est cent fois plus que la police et tous les tribunaux du tsar réunis en quarante ans, depuis la création de l'Okhrana après l'assassinat d'Alexandre II !

– Mais d'où tenez-vous de pareils chiffres ? s'étonna Exeter.

– Tout simplement d'associations russes d'exilés politiques réfugiés à Paris ou à Berlin. Je ne parle même pas des monarchistes, à qui l'on pourrait reprocher de ne voir les choses que de leur point de vue de spoliés, mais d'authentiques démocrates, révolutionnaires, socialistes ou autres. Tchernov, Nejdanov, Volodine… J'ai lu d'innombrables récits. À la Tchéka de Piatigorsk, on versait de l'eau glacée sur le corps, on arrachait les ongles avec des pinces, on piquait avec des aiguilles et tailladait au rasoir. À la Tchéka de Simferopol, on a inventé un nouveau système de torture, les clystères en verre pilé. À Tsaritsyne[1], on juchait les prisonniers sur un poêle brûlant, on se servait d'une bande de caoutchouc avec des pointes de métal, on retournait les bras, on brisait les os… Et à Voronej, on utilisait des tonneaux bardés de clous, où l'on introduisait un malheureux supplicié, nu, avant d'envoyer le tonneau dévaler une pente… Nombre de tchékistes – les bolcheviks le reconnaissent eux-mêmes – ont été recrutés parmi les « éléments criminels et dégénérés de la société ». Un des pires tortionnaires est le commandant de la Tchéka de Kharkov, Saenko, un sadique ivre de cocaïne qui tailladait les chairs au couteau, coupait les membres, brûlait ses malheureuses victimes, « épluchait » les mains pour en faire des gants de peau humaine, faisait éclater les cervelles à coups de Mauser…

– Mais ces ragots sont colportés par les officiers de Dénikine, eux-mêmes des massacreurs patentés… Tout cela est invérifiable.

– Pardonnez-moi de vous contredire, monsieur. Les

1. Future Stalingrad.

documents des commissions d’enquête de l’Armée blanche, arrivées sur les lieux quelques jours, voire quelques heures, après les exécutions, contiennent une foule de dépositions, de témoignages, de comptes rendus d’autopsie, de photos de centaines de corps martyrisés, et les identités des victimes. Les massacres ont atteint leur apogée en Crimée, lors de l’évacuation des dernières unités de Wrangel et des civils fuyant l’avancée des bolcheviks. L’avenue Nakhimovsky, à Sébastopol, la ville la plus éprouvée par la répression communiste, était bordée de cadavres pendus d’officiers, de soldats, de civils arrêtés au hasard dans les rues…

Bielefeld s’interrompit, haussa les épaules et vida sa flûte de champagne, avant de soulever la bouteille pour les resservir, en commençant par son hôte.

– Je vois bien que nous ne serons jamais d’accord à ce sujet. Peu importe. Un jour les écailles tomberont de vos yeux, et vous repenserez à notre conversation. Cela avec plaisir, j’espère, car je vous ai fait venir pour vous annoncer une bonne nouvelle. Comme je vous l’écrivais, votre mystérieuse Américaine est retrouvée !

Exeter se pencha en avant.

– Vraiment ? Et où est-elle ?

Bielefeld tira une montre en or de la poche de son gilet.

– Mais… en ce moment précis, très probablement dans sa chambre de l’hôtel Miramare, à se refaire une beauté devant sa coiffeuse. Et dans une petite demi-heure elle sera ici. Nous dînons ensemble tous les trois, au restaurant de l’Eden Park. Vous n’y voyez pas d’objection ? Vous êtes libre ?

L’Anglais se laissa aller contre le dossier de son siège en éclatant de rire.

– Si je ne l'étais pas, je me libérerais ! Mais comment avez-vous fait ? Comment s'appelle-t-elle ?

– Melicent Theydon-Payne. Elle est originaire de New Rochelle mais se promène beaucoup en Europe. En 1917, elle se trouvait à Saint-Pétersbourg et a échappé de justesse aux bolcheviks. C'est une jeune artiste photographe.

– Photographe ?

Exeter revit dans son esprit l'étui en cuir que la voyageuse du train de Gênes avait posé à côté d'elle au wagon-restaurant. Un étui d'appareil photographique. Il lui avait paru bien volumineux pour une simple touriste…

– En 1916, à la galerie 291 de New York, Alfred Stieglitz, à qui elle montrait son travail, lui a recommandé ma galerie. Miss Theydon-Payne était une brillante élève de l'Arts Students League. Elle n'a pas osé me rendre visite à l'époque, d'autant qu'elle partait rejoindre son père à Saint-Pétersbourg. Mais ce printemps, ayant appris par un ami parisien que je serais à Gênes, où elle-même avait prévu de se rendre, cette fois elle n'a pas hésité à me contacter. C'était hier après-midi, à mon hôtel. Au cours de la très agréable conversation qui s'est ensuivie, cette charmante personne a mentionné son voyage en train depuis Paris, et le déjeuner en longeant le lac Léman… Je me suis rappelé le récit cocasse que nous a fait votre confrère Holloway. J'ai vérifié. Miss Theydon-Payne se souvenait parfaitement d'un Américain ivre, et de son compagnon à barbe rousse, assis à quelques tables de distance de la sienne.

Bielefeld observa l'Anglais – et son expression réjouie – d'un air amusé.

– Cependant, reprit-il, je vais devoir vous demander un service, avant que miss Theydon-Payne ne se joigne à nous. En échange de cette mise en rapport avec la jeune femme séduisante que vous cherchiez partout dans Gênes, et que vous n'auriez sans doute jamais retrouvée sans mon secours…

– Mais, tout ce que vous voudrez, monsieur.

Le marchand d'art sortit un briquet en argent et alluma une fine cigarette turque au bout de son fume-cigarette. Il souffla délicatement la fumée.

– Bien. En tant que correspondant du *Daily World*, vous êtes sûrement en bons termes avec la délégation bolchevique. Contrairement à moi, qui n'éprouve pour eux que haine et mépris. Miss Theydon-Payne a photographié Karl Radek à Saint-Pétersbourg. Et, à Berlin, Vienne et Paris, d'autres personnages politiques, heureusement moins sulfureux… Ma galerie de New York encourage les artistes de talent. C'est une portraitiste très douée, que j'aimerais aider dans sa carrière. Elle compte profiter de la présence à Gênes des bolcheviks pour élargir sa galerie de modèles. Photographier ces criminels, Tchitchérine, Litvinov, Rakovsky… Malheureusement pour son projet, j'ai entendu dire que les Russes de l'Impérial se montrent assez méfiants.

– J'ai eu beaucoup de mal à obtenir une accréditation, en effet. Ils les délivrent au compte-gouttes.

– C'est ce qu'on m'a expliqué. Et je l'ai répété à miss Theydon-Payne, dont je déplore le choix de portraiturer des terroristes régicides et leur offrir ainsi une publicité supplémentaire. Je n'exposerai certainement jamais ces gens-là dans ma galerie. Mais, comme je vous l'ai dit, la jeune fille me plaît et j'entends lui faciliter les choses. Le retentissement dont ne manquera pas de bénéficier pareil ensemble de portraits fera grimper sa cote en tant qu'artiste. Alors, si vous la faisiez passer pour votre assistante, une photographe du *Daily World*…

Exeter fit la moue. Déjà, il avait promis au volumineux sculpteur Jo Davidson de lui obtenir l'autorisation de réaliser les bustes des délégués des soviets. Et à Lincoln Steffens de le présenter à Tchitchérine, pour offrir à la révolution ses conseils non sollicités. L'Anglais sentait que bientôt il croulerait sous les demandes. Ni Rakovsky ni le colonel Yatskov n'allaient apprécier.

– L'idée est plaisante, mais cela ne marchera jamais. Leur attaché de presse, Rozberg, me demandera pourquoi je ne lui en ai pas parlé lors de ma première visite. Il voudra voir la carte de presse de miss Theydon-Payne. Et Yatskov, l'officier de renseignement, sera encore plus difficile à manœuvrer.

– Yatskov ?

Bielefeld avait sursauté. Exeter demanda :

– Vous le connaissez ?

– Peut-être. À quoi ressemble-t-il ?

Exeter décrivit le petit crâne rasé, les pommettes hautes de Mongol, l'œil de verre, et la longue cicatrice. L'Allemand secoua la tête.

– Non, ce n'est pas l'homme dont je me souvenais. D'ailleurs, maintenant que j'y pense, le nom est différent. (Il tourna la tête vers le hall de l'hôtel.) Ah ! Mais la voilà !…

Exeter suivit la direction de son regard.

Une silhouette ravissante se tenait dans le hall, hésitant un instant avant de franchir l'entrée du bar et se diriger, d'un pas décidé, vers les deux hommes qui se levèrent à son approche. La jeune Américaine, coiffée d'un toquet de crin or surmonté d'une aigrette noire, portait un élégant manteau de lamé à col de fourrure, ouvert sur le devant. Un chasseur se précipita pour l'en débarrasser. Dessous, elle était vêtue d'une robe noire unie qui mettait en valeur son cou de cygne et le simple rang de perles, ainsi que la broche d'améthyste, qui brillait sur sa poitrine. La robe était plutôt courte pour l'époque. Melicent Theydon-Payne serra la main de Bielefeld, puis celle que lui tendait le correspondant du *Daily World*. La petite main de l'Américaine était fraîche et ferme. Il réussit à la garder quelques secondes de plus que les convenances ne l'autorisaient.

– Je suis charmé de vous revoir. Cette ville et la Riviera me paraissaient intolérablement tristes sans vous.

Elle laissa échapper un petit rire.

– Pourtant, la compagnie de votre ami à petite moustache et larges épaules aurait dû suffire à vous égayer…

– Holloway ? C'est un de vos compatriotes, mais il peut se révéler assez pénible. Ce garçon ne parle que de boxe, de guerre ou de ses techniques d'écriture. Mes amies américaines de Paris me manquent. J'apprends que vous y avez séjourné. Connaissez-vous Djuna Barnes ? Mina Loy ? Nancy Cunard ?

La jeune femme secoua sa chevelure brune.

– De nom seulement. Vous savez, je ne suis qu'une provinciale de New Rochelle…

– Mais qui a vécu à Saint-Pétersbourg.

– Oh, si peu de temps !

Sur un signe de Bielefeld, le serveur apporta une flûte à champagne sur un plateau. Le marchand d'art la remplit délicatement, puis vida ce qui restait du Deutz & Geldermann dans celle d'Exeter. Il commanda une deuxième bouteille. Le garçon remporta le seau et la bouteille vide. L'Allemand, l'Anglais et l'Américaine trinquèrent. Les yeux bleu-vert de miss Theydon-Payne se plantèrent dans ceux du journaliste. Le franc sourire qu'elle lui adressa en même temps acheva de le conquérir.

– Hier je suis allé vous chercher au Bristol, car je croyais que vous y étiez descendue…

Elle fronça les sourcils.

– Qui a pu vous dire cela ?

– Votre compagnon de déjeuner, le nommé Moselli.

L'Américaine rit de nouveau.

– Ah oui, ce petit Français ennuyeux, qui s'est assis en face de moi ! J'ai menti… de peur qu'il ne remette la main sur moi à Gênes pour me proposer de nouvelles manières d'exterminer les insectes !

Bielefeld se joignit à leur éclat de rire, sans comprendre.

– Le Miramare est plus luxueux que le Bristol, remarqua-t-il. La délégation britannique s'y est installée. Et vous bénéficiez sans doute d'une meilleure vue sur le port et le splendide vieux phare…

– Le chasseur m'a garanti qu'on m'avait donné la plus belle chambre. Mais je me méfie des Italiens…

– L'employé de l'Albergo dei Giornalisti parlait de même lorsqu'il montait ma valise, renchérit Exeter. Je suppose que c'est ce qu'ils racontent à tous leurs clients.

La deuxième bouteille était arrivée. Le galeriste remplit les verres. À la table voisine, deux correspondants de quotidiens allemands, un grand maigre et un petit grassouillet, vinrent s'installer en conversant bruyamment, sans égard pour leurs voisins. Le visage du maigre était curieusement concave, évoquant une crêpe dans laquelle on aurait donné un coup de poing. Quant au grassouillet, il exhibait une ridicule coiffure blonde à frange qui ressemblait à une perruque. Tous deux portaient des pantalons de golf. Exeter, qui comprenait l'allemand, écouta ses confrères parler de la répugnance de leur ministre des Affaires étrangères, le Dr Walther Rathenau, à entrer dans le jeu des Russes. Bielefeld ironisa, en français :

– Mes compatriotes journalistes portent tous des pantalons de golf. N'est-ce pas curieux ? Personnellement, j'aime ça, mais pour la campagne. Ils donnent une impression à la fois de richesse et de confort sur les jambes. Cependant, en ville…

Melicent Theydon-Payne mit la main devant sa bouche, en riant.

– Désormais, je les regarderai de façon différente. Les hommes en pantalon de golf, je veux dire.

Exeter se demanda si c'était l'alcool qui la rendait gaie, ou si ce genre de gaieté correspondait à son état naturel. Quoi qu'il en soit, une chose était sûre : cette jeune photographe lui plaisait de plus en plus. Elle était certainement en mesure de lui faire oublier Elma Sinclair Medley. À la fin de la soirée, il serait probablement fou d'elle. En outre, Melicent possédait un avantage décisif sur la poétesse : elle était déjà sur place à Gênes. Et selon toute apparence nourrissait d'excellentes dispositions à son égard. Le galeriste de New York paraissait également satisfait de la tournure que prenaient les choses. Lorsqu'ils eurent vidé la deuxième bouteille de champagne, il suggéra de gagner la grande salle du restaurant.

À table, Exeter s'efforça d'impressionner l'Américaine par sa connaissance des rouages de la politique internationale. La France, expliqua-t-il, avait choisi de se raidir dans une attitude de créancier intraitable qui la faisait apparaître aux yeux du monde dans le rôle peu enviable de Shylock. Si Poincaré avait envoyé Barthou le représenter à Gênes, c'était parce qu'il était de même formation politique que lui : même carrière, même incompréhension de l'économie, même germanophobie, même haine de la Russie des soviets.

– Je me range du côté de M. Barthou sur ce dernier point, fit observer Bielefeld.

– Je regrette, mais si la France prétend imposer aux bolcheviks des conditions draconiennes, pires encore que celles dictées à votre pays par le monstrueux traité de Versailles, elle risque d'arriver à un résultat contraire et inattendu : une alliance des vaincus et des méprisés. Je veux parler des Allemands et des Russes.

La jeune femme ouvrit de grands yeux, tandis que le marchand d'art haussait les épaules.

– Tout à fait improbable, répliqua-t-il. Le Dr Rathenau n'y consentira jamais. Par ailleurs, votre David Lloyd George, brillant diplomate et conciliateur, sait que l'Angleterre a trop besoin d'un rétablissement des grands échanges commerciaux. Il saura peser de tout son poids dans la balance. Et je ne doute pas que la Royal Dutch Shell emporte le marché du pétrole de Bakou.

Exeter dressa l'oreille. Il se rappela les déclarations de ses confrères Lincoln Steffens et George Sheldon à propos de « conférence de couloirs » et d'intérêts pétroliers, la Royal Dutch Shell et la Standard Oil se disputant les concessions russes. Ces deux compagnies avaient dépêché leurs agents à Gênes en vue d'un lobbying intensif. Exeter se demanda soudain si Bielefeld n'était pas un de ces agents. Et, dans ce cas, œuvrait-il dans l'ombre pour les Américains ou pour les Anglais ? Plutôt pour les premiers, puisque sa galerie se trouvait à New York, et en dépit du fait que l'Allemand, sans doute pour donner le change, prédisait la victoire de la Royal Dutch. Une galerie d'art était pour un agent une couverture idéale, lui permettant de fréquenter divers milieux et de voyager souvent à l'étranger, sous prétexte de visiter des expositions et recruter de nouveaux artistes. Ce qu'il faisait en ce moment même, avec Melicent Theydon-Payne.

Le journaliste se tourna vers elle.

– Ces histoires de politique doivent vous ennuyer. Radek a malicieusement fait remarquer à M. Barthou, qui est l'auteur d'un livre sur Mirabeau, que celui-ci avait déclaré un jour : « La souveraineté des peuples n'est pas engagée par les traités que signent les tyrans. » Oublions les traités et, à propos de Radek justement, parlez-moi un peu de vous. M. Bielefeld me dit que vous avez photographié ce fameux révolutionnaire. Était-ce à Petrograd ?

À la surprise d'Exeter, elle rougit légèrement.

– Non, c'était au Kremlin.

– Vous connaissez donc aussi Moscou. Mais que faisiez-vous en Russie ?

Elle poussa un soupir, pendant que Bielefeld lui resservait du vin du Rhin – un merveilleux raventhal que le sommelier, sur la demande de l'Allemand, avait apporté des réserves de l'hôtel.

– Mon père est industriel. Il se trouvait à Saint-Pétersbourg durant la guerre et j'ai choisi de le rejoindre. J'avais dix-huit ans, j'étais un peu folle. Tout cela se passait un an avant la prise du pouvoir par les bolcheviks.

Ce fut au tour d'Exeter d'ouvrir des yeux ronds.

– Vous avez vécu la révolution russe ?

– Attendez, sourit-elle. En novembre 1916, j'ai donc pris le train depuis la Finlande. L'Amérique m'avait déçue. Les gens que nous fréquentions ne semblaient s'intéresser qu'au bridge ou au golf, et menaient des existences étroites et conventionnelles. Je me demandais à quoi ressemblerait la Russie. En tout cas, la vie là-bas ne pouvait être que plus exaltante par rapport au milieu conformiste où j'avais vécu ma prime jeunesse. C'est à cela que je songeais, assise dans le compartiment et regardant défiler les splendides paysages forestiers de Scandinavie…

Exeter, sous le charme, observait les jolis yeux rêveurs. Il but une gorgée de vin du Rhin.

– Dans le compartiment voisin se trouvait un jeune *chinovnik*, un bureaucrate typique des classes supérieures de la capitale, comme je devais en rencontrer beaucoup par la suite. Vêtu de tweed anglais, anémique et pâle, avec des mains blanches soigneusement manucurées et une expression affreusement snob. Il avait remarqué mes vêtements américains de bonne qualité, et engagea la conversation. Le fait que je parle anglais l'impressionnait car à l'époque c'était le langage de l'aristocratie. Le français était devenu le langage de la bourgeoisie russe.

– Si je comprends bien, intervint Bielefeld, votre jeune bureaucrate désirait s'élever encore d'une classe.

– C'est cela. Je n'ai accepté de le rejoindre dans son compartiment que parce que j'y avais vu un jeu d'échecs, sur lequel ce garçon s'escrimait à résoudre des problèmes à l'aide d'un petit manuel. J'adore les échecs, et le jeu me manquait. Nous avons disputé une partie. J'ai remarqué un drôle de bonhomme qui allait et venait dans le corridor, nous jetant un coup d'œil de temps à autre comme s'il nous surveillait. Il était grand, vêtu d'un manteau militaire, et coiffé d'une chapka en fourrure. Il avait de longues moustaches rousses – comme votre barbe, monsieur – et un regard pétillant d'humour. Il s'est adressé à nous en un russe plutôt maladroit, demandant la permission de suivre la partie. Puis, voyant que nous parlions sa langue, il est passé à l'anglais, avec un accent bizarre que je n'avais jamais entendu – j'ai su plus tard que c'était l'accent d'Oxford. Ce personnage nous a dit s'appeler Arthur Ransome.

– Ransome ? s'exclama l'Anglais. C'est le correspondant du *Manchester Guardian* !

– En effet. En ce temps-là, il écrivait pour le *Daily News*. Vous le connaissez ?

– Pas personnellement. Mais j'ai lu ses reportages. Je vous en prie, mademoiselle, continuez.

Elle sourit.

– Vous pouvez m'appeler Melicent, monsieur. En fait, mes proches m'appellent « Mel ». J'avais gagné contre le jeune Russe, et j'ai disputé la partie suivante contre Arthur Ransome. J'ai perdu très rapidement. J'étais furieuse, j'ai demandé une revanche. J'ai perdu de nouveau. Mais à force de jouer ensemble, pendant ces jours passés dans le train, Ransome et moi sommes devenus amis. Lorsque nous sommes descendus de la voiture, il m'a donné sa carte de visite. Je l'ai un peu oublié, mon père étant venu m'accueillir à la gare, l'air soucieux car les nouvelles de la guerre étaient mauvaises. L'armée russe reculait sur tous les fronts, manquait de munitions et de vivres, et l'état-major avait perdu toute autorité. Le climat dans les usines était exécrable, les conflits éclataient un peu partout, on parlait de grève générale. Les bolcheviks entretenaient l'agitation par des tracts et des meetings. Le tsar ne faisait rien, car la tsarine le lui interdisait, elle-même étant sous la coupe de l'affreux moine Raspoutine. À Saint-Pétersbourg même, la nourriture commençait à manquer, tandis que la valeur du rouble baissait chaque jour. J'ai décidé de chercher un travail, en commençant par postuler un emploi de secrétaire à l'ambassade des États-Unis. Ils ne m'ont pas prise car ma sténographie était lamentable. Mon père m'a fait embaucher à la National City Bank, qui avait son siège dans un palais, l'ancienne ambassade de Turquie. On m'a renvoyée au bout d'un mois, toujours parce que je n'étais pas assez rapide en sténo. J'ai ensuite travaillé pour une firme anglaise qui importait des câbles en acier. Là, on m'a appréciée davantage. Mes collègues étaient des Russes. Les machines à écrire étaient encore rares là-bas, et je me débrouillais très bien au clavier !

Elle toisa les deux hommes avec une fierté un peu enfantine. Exeter la trouvait de plus en plus adorable. Il avait envie de lui baiser les doigts – ces petits doigts fins qui tapaient des rapports au sujet des câbles d'acier à la veille de la révolution russe.

– L'hiver a été très dur, bien plus dur que ceux de la côte Est. À New Rochelle puis à New York, j'avais toujours mangé à ma faim. À Saint-Pétersbourg, les files d'attente commençaient à trois heures du matin, les mères de famille, les vieilles femmes et les domestiques patientaient dans la nuit glaciale, puis sous le soleil pâle de la matinée. Au début, on attendait pour la viande, le lard, le sucre ou le beurre. Ensuite, ça a été pour la farine, le riz, les céréales. Et enfin pour le pain, qui est la base de l'alimentation en Russie. Nous avions droit à une livre de pain par jour et par personne, puis ça a été une demi-livre, puis un quart de livre… Et le pain devenait de plus en plus noir, et à la fin nous trouvions de la paille mêlée à la farine. Pendant ce temps, sur la perspective Nevsky, les restaurants et les grands hôtels étaient toujours illuminés le soir et on y festoyait. Les prix grimpaient de jour en jour, bientôt seuls les Russes les plus riches, et les étrangers, purent fréquenter ces établissements. Parfois on entendait des coups de feu. Les soldats en ville arboraient des bouts de tissu rouge sur le devant de leur manteau. Même les Cosaques étaient du côté du peuple. Les escarmouches entre soldats rouges et policiers ou soldats restés loyaux au tsar se multipliaient. Et puis il y a eu ce dimanche froid et ensoleillé de fin février que je n'oublierai jamais. Je passais place Saint-Isaac, où habitait le journaliste que j'avais connu dans le train. Mon ami Arthur Ransome sortit de son immeuble juste comme je longeais le trottoir en bas de chez lui, en début d'après-midi. Il me proposa de l'accompagner, car il sentait de l'agitation dans Petrograd et, avec son instinct de reporter, brûlait d'aller voir. Le matin, les élèves sous-officiers d'un régiment de la garde du tsar avaient tiré sur la foule qui envahissait la perspective Nevsky. Ransome et moi sommes partis du côté du fleuve, tout à la joie de nos retrouvailles et de cette journée qui s'annonçait exaltante. Sur le quai, nous croisâmes un important détachement de soldats qui marchaient vers un des ponts franchissant la Néva gelée. Ransome décida de suivre. Il interrogea un sous-officier : c'était la 4e compagnie du régiment Pavlovsky, qui se mutinait à cause de la fusillade du matin. Il nous fallait presque courir sur la neige dure et glissante pour suivre ces hommes qui avançaient de plus en plus vite. Les baïonnettes brillaient au canon de leurs longs fusils. Sur l'autre rive, un groupe de soldats se dirigeait vers le pont où notre groupe allait s'engager. Il me sembla qu'ils portaient les mêmes uniformes que les soldats que nous suivions. Ceux-ci ont ralenti le pas, formant une masse plus compacte. Tension, peur et hostilité étaient palpables. Quant à Ransome, il paraissait au comble de l'excitation. Les soldats d'en face s'immobilisèrent brusquement. J'entendais des cliquetis de métal, et des ordres brefs. Nos soldats se sont arrêtés à leur tour. Les premiers rangs, loin là-bas de l'autre côté du pont, ont mis genou à terre. Et les coups de feu sont partis presque au même moment. Les balles sifflaient au-dessus de nous, chacune suivie du bruit du coup de fusil. Ransome et moi nous regardions, fascinés. C'était comme un spectacle... mais en plus vivant et éclatant. Mes yeux enregistraient chaque détail, dans cet air pur transparent qui me permettait de tout voir et de tout entendre avec une netteté extraordinaire. Nos soldats ripostaient. J'en ai vu un tomber, puis un deuxième. Et couler du sang rouge sur la neige blanche. Il ne me venait absolument pas à l'esprit que nous puissions être touchés par une balle. L'une d'entre elles est passée, whizzz !, juste entre nos deux têtes. J'ai regardé Ransome, ses yeux brillaient.

– Merveilleux, commenta Bielefeld.

Exeter écoutait en silence. En dépit de sa propre lâcheté physique, il eût aimé se trouver à la place de son confrère du *Daily News* ce dimanche de février 1917.

– Je ne vous l'ai pas dit, mais je surnommais mon ami à l'accent d'Oxford « A. K. ». Pour « Arthur Kyrilovitch Ransom », car sur sa carte de visite il avait ainsi russifié son nom et cela me faisait rire. En attendant, les balles sifflaient autour de nous, de plus en plus nombreuses. Un soldat, tout près, est tombé bizarrement sur le côté, les mains sur sa poitrine. Et quelques mètres plus loin un autre a levé les mains en l'air, battant des bras deux fois de suite comme si c'étaient des ailes, puis il est tombé sur le dos. Soudain Ransome s'est écrié : « Seigneur, Mel, j'oubliais que vous étiez ici ! » Me tirant par la main, il a commencé à reculer, tout en gardant un œil sur la bataille. « Je ne veux pas partir ! Je veux voir la suite ! » ai-je supplié. Vous savez, je peux être têtue comme une mule. Mais il me tirait plus fort et s'est mis à courir, me traînant à sa remorque, mes bottines laissant des sillons dans la neige. Le soldat qui avait battu des bras tel un oiseau gisait tout à fait mort, un trou dans la gorge, et son sang formait une mare autour de lui. J'ai pensé, machinalement, qu'il n'avait plus pu respirer, et c'est pourquoi il avait eu ce geste – il manquait d'air. « Oh, A. K., je veux regarder plus longtemps ! » Renonçant à discuter, Ransome m'a soulevée dans ses bras et il est reparti en courant. Il ne m'a lâchée qu'une fois que nous eûmes quitté le pont pour nous mettre à l'abri derrière l'angle d'un immeuble.

– Vous n'aviez pas peur ? Ne serait-ce que rétrospectivement ? interrogea Bielefeld.

Ses yeux bruns examinaient l'Américaine avec intérêt.

Elle secoua la tête.

– On m'a souvent posé la question et je suis un peu embarrassée pour répondre. Le fait est que, même si cela semble idiot, j'avais la conviction intime que moi, Melicent Theydon-Payne, j'étais entièrement invulnérable aux balles et à la mort. Ce sentiment était si profondément enraciné que je n'en avais même pas conscience. Il y avait cette protection subconsciente, et c'était tout. Cet état m'a accompagnée tout au long de la première révolution, celle de février. Pendant les combats auxquels j'ai assisté, je ne me suis jamais jetée à terre comme les autres passants. Adulte, je ne connaissais pas la peur, et ceci pendant des années, jusqu'à ce que…

La jeune femme s'interrompit, se mordant les lèvres.

– Vous n'avez pas fait des photographies de ces événements ? demanda Exeter, qui se souvenait de l'appareil aperçu au déjeuner dans le train.

Elle éclata de rire.

– Non, non. Je n'avais pas d'appareil assez léger, en ce temps-là. À Petrograd j'avais apporté une chambre, qui me servait pour la photographie de paysage. Et pour les portraits d'intérieur. Des choses très posées. Rien à voir avec des gens qui courent sous les balles !

– Et donc vous avez fait poser Karl Radek.

– J'y arrive, monsieur.

– Appelez-moi Ralph, je vous en prie…

– D'accord… Ralph. C'est Arthur Ransome qui m'a présentée à ses amis bolcheviques. Mais cela se passait plus tard, après la seconde révolution – à la fin de cette merveilleuse période de liberté où, de mars à octobre, tout le monde pouvait dire ce qu'il voulait. Les Russes sont des parleurs invétérés. C'était presque devenu une épidémie : ils parlaient dans les rues et les trains et les tramways… Les gens manquaient leur arrêt tellement ils étaient absorbés dans leurs discussions politiques. Et mon ami A. K. était devenu positivement enthousiaste à propos des communistes. Mon attitude hostile à leur encontre l'exaspérait. « Tous les jeunes gens que je connais ici travaillent pour la révolution. Comment pouvez-vous être aussi indifférente et rester à l'écart ? » Je lui répondais que, même s'il était plus âgé que moi, il n'était qu'un romantique attardé. Il n'y connaissait rien en socialisme ou en économie. Moi non plus, du reste. Mais je sentais que Lénine et Trotsky, revenus de leur exil à l'étranger – j'étais allée écouter le premier au balcon de l'Institut Smolny, le quartier général des bolcheviks, et j'ai vu plusieurs fois le second passer en voiture découverte, entouré d'étudiants et de soldats armés –, n'étaient que des démagogues, dont les discours enflammés allaient entraîner un peuple immense et naïf vers la catastrophe.

Exeter regrettait de devoir la contredire. Il protesta doucement :

– Les années écoulées depuis 1917 ont été dures pour ce grand peuple. Les puissances impérialistes ne lui ont pas facilité la tâche, par leur agression extérieure et leurs encouragements à la guerre civile. Les défis posés par la révolution, cette expérience entièrement nouvelle, étaient innombrables. Mais il me semble que les Russes ont enfin la tête hors de l'eau… Vous le constaterez vous-même, si vous m'accompagnez à l'hôtel Impérial avec votre matériel photographique. Demain, cela vous dit ? Je trouverai une voiture avec chauffeur et viendrai vous chercher au Miramare…

Les yeux de l'Américaine brillèrent.

– Vraiment ? Alors, ce cher monsieur Bielefeld vous a déjà expliqué ? Et vous voulez bien ?

Il lissa sa barbe rousse en prenant un air modeste.

– J'accepte de vous conduire à Santa Margherita et d'essayer de vous faire passer pour mon assistante. Mais je ne garantis pas qu'on vous laissera entrer. Le palace est une véritable forteresse, et l'attaché de presse de la délégation un butor qui dit non à tout.

L'Allemand intervint :

– Mon ami, si vous y arrivez, j'ai un cadeau pour vous. De la part de la galerie Bielefeld.

Exeter fronça les sourcils. Il se demanda, une fraction de seconde, si on allait lui offrir de l'argent pour le corrompre. À moins que le marchand d'art n'ait songé à un tirage photographique… Tout cela avait un vague parfum d'irréalité.

– Je dispose de certaines informations… auxquelles le commun des mortels n'a pas accès. Des informations confidentielles sur le pétrole, notamment. Je suis en mesure de vous fournir un joli scoop pour vos lecteurs du *Daily World*.

Concentré, essayant de lutter contre l'ébriété due au champagne et au vin du Rhin – et à la rencontre avec la ravissante miss Theydon-Payne –, l'Anglais attendit la suite.

– *Simon Boccanegra* est au programme de l'Opéra de Gênes, demain soir. C'est une des œuvres les plus sublimes de Verdi. On y entendra Elisabeth Rethberg et Alexander Kipnis dans les principaux rôles. Il serait impardonnable de manquer un pareil spectacle. J'ai réservé une loge. Je vous invite tous les deux. Nous y serons à l'abri des oreilles indiscrètes, et je vous raconterai tout ce que je sais à propos de certains accords secrets concernant le pétrole de Bakou.

– Vous ne craignez pas que je sois une espionne du gouvernement des États-Unis, monsieur Bielefeld ? plaisanta Mel tout en adressant un regard complice à Exeter.

– Si c'était le cas, je vous servirais les informations que je désire faire avaler à votre gouvernement, ma chère.

Le galeriste avait ponctué sa réplique d'une inclinaison de tête, et ses yeux bruns brillaient d'une expression narquoise. Exeter se reprit à penser que son accent indéfinissable avait quelque chose d'un peu répulsif.

– Je connais l'Allemagne, monsieur, ayant séjourné à Berlin l'année dernière. Je n'y ai jamais entendu, en français comme en anglais, d'accent comparable au vôtre.

Bielefeld acquiesça.

– Je suis né à Lemberg, en Galicie. Ma mère était juive. Cette région est revendiquée à la fois par la Pologne, l'Autriche, l'Ukraine… On y entend beaucoup de langues et d'accents divers. J'avais dix ans quand mon père nous a ramenés dans sa Bavière natale, à Munich. De là, je suis parti étudier à Vienne. Ces détails suffisent-ils à satisfaire votre curiosité ?

L'homme à la barbe noire ne s'était pas départi de son ton mondain et doucereux, mais Exeter avait noté une pointe d'irritation. Acceptant poliment l'invitation à l'Opéra pour le lendemain, il changea de sujet et vanta les beautés du trajet entre Gênes et Santa Margherita. Plus tard, il offrit à Melicent de la raccompagner à son hôtel. La jeune femme choisit de rester, prétextant qu'elle avait donné rendez-vous à des amis qui viendraient la chercher à l'Eden Park. L'Anglais parvint à masquer sa contrariété.

Redescendant vers les ruelles du porto Vecchio, d'une démarche chaloupée car il était complètement ivre, Exeter se dit qu'il faisait un médiocre agent du Guépéou. Le lendemain matin, à l'hôtel Impérial, il allait se retrouver en face du colonel Yatskov, à qui il devrait avouer n'avoir guère avancé dans sa mission. Certes, le petit reporter américain lui avait fourni des renseignements sur Rosenblum – ou plutôt Reilly, puisqu'il l'appelait ainsi –, mais les bolcheviks étaient certainement déjà au courant. Tout cela devait figurer dans cet épais dossier qu'il n'avait fait que survoler. Il eut une idée : l'interview du syndicaliste Buozzi, que lui avait confiée Sheldon. Une bombe contre les fascistes de Mussolini, voilà qui pourrait intéresser les Soviétiques… ne serait-ce que pour la satisfaction d'ajouter à l'énervement général.

Arrivé devant sa chambre de l'Albergo dei Giornalisti, Exeter se préparait à introduire la clé dans la serrure quand il constata que la porte était entrouverte. De la lumière brillait à l'intérieur et une odeur de cigare flottait jusque dans le corridor. Il poussa le battant avec précaution, s'attendant plus ou moins à tomber sur Holloway, qui occupait une chambre au même étage et peut-être avait emprunté son passe à un employé de l'hôtel – afin d'y attendre tranquillement le retour de l'Anglais, et lui parler de boxe, de guerre, ou de pêche à la truite.

Deux hommes étaient assis sur les deux chaises de la chambre. Ils avaient gardé leur manteau. Ils se levèrent avec calme lorsqu'il ouvrit la porte, et écrasèrent leurs cigares bon marché dans le cendrier. Le premier des intrus était grand et bronzé, l'autre jeune et mince. Tous deux exhibaient des moustaches noires artistiquement sculptées et d'épaisses chaussures trop vernies. L'homme bronzé parla le premier. Il sentait l'ail, en plus du mauvais cigare.

– *Signor* Exeter ?

Il sortit vivement une carte, la rempocha avant que le journaliste ait pu lire. Il s'adressa à lui en français avec un fort accent.

– Nous sommes la police de Gênes. Nous avons quelques questions à vous poser.

Exeter tombait des nues. C'était la dernière chose à laquelle il se fût attendu en revenant de l'Eden Park.

– Que désirez-vous savoir, messieurs ?

– Nous avons des raisons de penser, reprit celui qui empestait l'ail, que vous avez rencontré récemment cet individu.

Il tira de la poche intérieure de son manteau une photographie, pour la mettre sous le nez du correspondant du *Daily World*.

Elle représentait un homme en uniforme militaire, au visage orné d'une moustache noire tombante et d'une grosse verrue collée sur le côté du nez.

Marius Moselli.

Chapitre XI

Un client chanceux

– Ce portrait ne me dit rien du tout, déclara le journaliste d'une voix mal assurée. À qui ai-je l'honneur ?

– La photographie est celle du *comandante* Gustave Roulleau, du 2e Bureau français. Vous affirmez que vous ne l'avez jamais vu ?

Exeter déglutit. À présent, il connaissait l'identité véritable du petit représentant en insecticides. C'était bien un agent français – comme lui-même l'avait affirmé peu avant de se faire défenestrer par l'Américain ivre. Il essaierait de se renseigner plus tard à son sujet. L'essentiel, pour l'heure, étant de répondre rapidement aux Italiens, et ce, de la façon la plus naturelle possible. Il haussa les épaules.

– Jamais vu, jamais vu… J'ai pu, naturellement, le croiser quelque part, mais son visage ne m'a pas frappé. En dépit de cette vilaine verrue sur son appendice nasal. Cet officier fait partie de la délégation française ?

Le policier bronzé secoua la tête, l'expression sévère.

– Je ne vous conseille pas de vous moquer de la police italienne, *signore*.

Exeter esquissa un geste de dénégation. L'autre continuait avec emphase :

– Le *comandante* Roulleau est un héros des services de contre-espionnage alliés durant la guerre. On l'a nommé ensuite attaché militaire adjoint auprès de l'ambassade de France en Russie. Puis le *comandante* s'est trouvé en poste à Constantinople à l'époque des mutineries dans la flotte française en mer Noire. C'est un spécialiste de la lutte anti-bolchevique. Dans nos services nous l'admirons beaucoup. Le *comandante* nous avait annoncé sa venue mais il n'est jamais arrivé à Gênes. Cependant, tout laisse à penser qu'il se trouvait dans le même train que vous, au départ de Paris samedi matin. Puis-je voir votre passeport ?

Exeter alla chercher le document dans sa valise. Il eut l'impression qu'elle avait été fouillée par ses visiteurs. Le policier jeune et mince lui arracha le passeport pour le donner à son acolyte. Celui-ci tourna les pages avec une lenteur calculée.

– Vos nom et prénom, *signore*.

– C'est écrit sur les papiers que vous avez entre les mains, rétorqua l'Anglais, excédé.

Le jeune type lui envoya un coup de poing vicieux entre les côtes. Exeter se pencha en avant, le souffle coupé. Il faillit de peu rendre son dîner de l'Eden Park.

– *Calmati, calmati, Vincenzo*, fit l'homme qui feuilletait le passeport. Vos nom et prénom, *signore*.

– Exeter… Ralph Exeter. Je suis le correspondant du *London Daily World*. Et un sujet de Sa Majesté le roi George. Ne vous imaginez pas que vous pouvez…

Il passa la main sur ses côtes douloureuses. Le policier sourit.

– Je n'ai pas beaucoup d'imagination. Où êtes-vous né, *signor* Exeter ?

– À Fareham, près de Portsmouth. Dans le Hampshire.

– Vous êtes communiste ?

– Pourquoi me posez-vous cette question ?
– Vous écrivez dans un journal communiste. Et nos collègues de Santa Margherita vous ont vu entrer à l'hôtel Impérial hier après-midi.
– J'éprouve de la sympathie pour la révolution russe.
Celui qui l'avait frappé émit un gloussement nerveux. L'autre examinait Exeter en plissant les paupières et en tortillant une des pointes de sa moustache.
– Hum… D'après le *comandante* Roulleau, c'est plus que cela. Il a téléphoné samedi de Paris depuis le restaurant où il vous surveillait. Vous étiez en conversation avec un agent anglais du Komintern. Le *comandante* nous a informés que vous preniez le rapide de Gênes, et qu'il comptait procéder à votre arrestation dans le train. (Il continuait de tourner les pages.) Je vois un visa d'entrée, à la gare de Domodossola, le samedi 8 avril. Qu'avez-vous fait du *comandante* Roulleau ? Qui, lui, n'est pas entré sur notre territoire…
L'Anglais haussa les épaules, avec un petit sourire.
– Qu'en savez-vous ?
– Nous savons, en tout cas, qu'il voyageait dans la même voiture que vous, *signore*. Des passagers se souviennent de lui. Un voyageur a même témoigné l'avoir vu assis dans votre compartiment.
Exeter était persuadé que le policier bluffait.
– Certainement pas. Où est-il, votre témoin ? J'ai voyagé en compagnie de Herbert Holloway, un correspondant américain dont j'ai fait la connaissance à Paris. Il se fera une joie de vous le confirmer.
Son interrogateur eut une grimace de contrariété.
– Et où peut-on rencontrer le *signor* Holloway ?
Craignant que les policiers n'aillent cogner à sa porte, de l'autre côté du couloir, et le tirer du lit pour l'interroger avant que les deux responsables de la mort

de Moselli – ou Roulleau – n'aient eu le temps de mettre au point une version commune, Exeter écarta les bras en signe d'impuissance.

– Je regrette, mais nous nous sommes quittés en arrivant à la gare… Holloway ne m'a pas dit où il logeait à Gênes. Visitez les hôtels, vous finirez bien par le trouver !

Le policier bronzé lui lança un regard hostile. Il réfléchit un instant, inscrivit le nom sur un calepin, puis :

– *Bene, signor* Exeter. Pour le moment, tant que notre enquête n'est pas terminée, nous gardons votre passeport.

– *Quoi ?*

Le jeune type s'avança vers lui, avec un petit rictus, et lui tapota le haut de la poitrine du bout de l'index.

– Tu pourras toujours essayer de le récupérer au commissariat. Et ne t'avise pas de trop t'éloigner de Gênes, *compagno*. Un conseil, ne te moque plus jamais de la police de ce pays. Nous avons les moyens de te mettre hors de la circulation pour un long moment. Depuis le début de l'année, beaucoup de gars insolents dans ton genre se sont retrouvés à l'hôpital, avec les bras et les jambes dans le plâtre, arrangés à coups de *manganello*. Sans compter une sérieuse purge à l'huile de ricin !

Il gloussa, puis éclata d'un rire perçant, à la limite de l'hystérie. Ses petits yeux noirs étaient vrillés dans ceux d'Exeter. L'Anglais serra les poings. En même temps, il se rappelait clairement le journaliste italien laissé pour mort sur le quai de la gare de Pavie dans une mare de sang. Et ses membres tordus en des angles peu naturels. Comment s'appelait le malheureux ? Oui, Pizzigallo. L'Italie était devenue une contrée beaucoup moins riante que dans ses souvenirs des « années rouges », du temps des grandes grèves et de la fraternité prolétarienne…

– J'essaierai de me souvenir de vos conseils, *signori*, fit-il froidement en les raccompagnant à la porte de sa chambre. Mais si l'on fait des difficultés pour me rendre mes documents de voyage, je me plaindrai auprès du consul de Grande-Bretagne.

Les deux hommes ricanèrent. Ils riaient encore en descendant les marches de l'escalier. L'Anglais, furieux, claqua la porte. Il alla prendre sa machine à écrire dans sa valise et la posa sur la table. Il constata que le chariot était faussé. En jurant, il examina les dégâts, puis sortit de la chambre et descendit l'escalier quatre à quatre. Bousculant le réceptionniste endormi, il lui demanda un tournevis, un marteau et une bouteille de scotch.

Après quinze minutes d'efforts et deux verres de whisky pur avalés cul sec, il parvint à faire glisser le chariot de la Remington de façon à peu près satisfaisante. Exeter se versa un troisième verre, alluma une cigarette et commença par taper le titre auquel il avait pensé pour sa dépêche : « La Conférence internationale manque d'exploser dès le premier jour ».

Il était deux heures cinq du matin lorsque Exeter vint à bout de l'article sur la séance plénière. Il mit les feuilles de côté, se leva, vida le cendrier rempli de mégots dans la corbeille, ouvrit le robinet d'eau froide et s'aspergea le visage au-dessus de la cuvette du lavabo. Il se sécha soigneusement les mains, posa une nouvelle pile de feuilles à côté de la machine, et alla extraire l'interview du syndicaliste Buozzi de sa cachette. Les policiers n'avaient pas songé à regarder derrière la photographie des skieurs de fond dans la vallée d'Aoste.

À six heures, la version française de l'interview était prête pour le colonel Yatskov. Exeter termina la bouteille, fit chuter le verre vide en voulant le reposer sur la table, négligea de le ramasser, remit l'interview en place derrière le cadre, et traversa la pièce en titubant pour se jeter tout habillé sur son lit. Des voix italiennes de plus en plus nombreuses, d'hommes et de femmes, et des cris et des rires, montèrent de la rue et des quais du porto Vecchio, mais le correspondant du *Daily World* ne s'en aperçut pas : il dormait à poings fermés.

Il fut réveillé par un bruit énorme d'explosion.

Se redressant, hagard, cheveux et barbe en bataille, Exeter crut qu'une bombe anarchiste, ou tsariste, ou quelque chose d'autre en « iste », venait de faire sauter la moitié de l'Albergo dei Giornalisti. Les murs en vibraient encore. Par réflexe – s'attendant à une pluie de débris, voire à l'éclatement d'une deuxième bombe –, il plongea à bas du lit, du côté opposé à la fenêtre.

Mais rien de ce qu'il avait imaginé ne se produisit.

En revanche, un tumulte de voix excitées envahissait le corridor.

Exeter se releva pour aller aux nouvelles. Il ouvrit la porte de la chambre. Sur sa gauche, l'extrémité du couloir était noyée dans un nuage de vapeur au fond duquel il distinguait des silhouettes grises, debout devant la porte de la salle de bains, partiellement arrachée de ses gonds. Deux employés de l'hôtel s'affairaient à draper une large serviette en tissu éponge autour du corps athlétique et nu d'un Herbert Holloway aux cheveux trempés, au visage congestionné. La main droite du journaliste dégouttait de sang.

– Bon Dieu, Herb ! fit Exeter en pénétrant à l'intérieur du brouillard de vapeur d'eau. On vous a tiré dessus pendant que vous preniez votre bain ? Ce sont les fascistes ?

– Vous n'y êtes pas, répondit l'Américain d'une voix bizarrement chuchotante d'asthmatique, comme si l'air n'arrivait qu'à grand-peine dans ses poumons. C'est le… chauffe-eau qui a sauté.

Il expliqua que l'appareil s'était mis à siffler et à crachoter. Puis un long jet de vapeur avait fusé, accompagné du bruit caractéristique de l'arrivée d'un obus en direction des tranchées. Avant que le journaliste ait pu se précipiter hors de la baignoire, la moitié inférieure du chauffe-eau volait en éclats.

– L'onde de choc m'a soulevé hors du bain comme sur une vague gigantesque… et m'a précipité contre la porte. (Holloway fit une pause, pour chercher un peu de souffle.) Au passage, mes jambes ont heurté le bidet… et la chaise… Je me suis retrouvé aplati contre cette porte, pareil à une étoile de mer jetée sur un roc… Au milieu d'un nuage de vapeur, et le bruit de l'explosion encore dans mes oreilles… Renonçant à trouver la clé dans la serrure j'ai enfoncé le battant, et atterri en tenue d'Adam sur le tapis du couloir… Je crois que j'ai le poignet foulé… Et plus un centimètre cube d'air dans mes poumons !…

Il se racla la gorge, avant de proférer une série d'injures. Les deux employés italiens se répandaient en excuses et en commentaires consternés. Quelques clients se joignirent à l'attroupement, puis le petit propriétaire de l'Albergo dei Giornalisti fendit la foule. Se tournant vers lui, Holloway commença à chuchoter énergiquement en italien.

Le *signor* Ricci fit la grimace.

– Parlez-vous français, *monsieur* ? demanda-t-il.

– Un peu.

– *Che peccato*. Tant pis, nous converserons en anglais. (Il agita les mains dans tous les sens. Pendant ce temps, un des employés de l'hôtel avait ramassé parmi les débris le peignoir de bain de l'Américain.) *Monsieur* a-t-il subi quelque inconfort ?

– Est-ce que j'ai l'air content ? chuchota Holloway, enfilant le peignoir humide dont la manche droite se tacha instantanément de rouge.

– Mais *monsieur* devrait être content ! Il aurait pu être tué. *Monsieur* est un homme très chanceux !

Le *signor* Ricci souriait, aux anges.

Holloway chuchota amèrement :

– Si je comprends bien, un client de cet hôtel qui n'est pas tué par les salles de bains qui explosent doit se considérer comme chanceux ?

Le petit Italien se lança dans une série de gestes éloquents.

– Mais oui, *monsieur*, puisque vous auriez pu être tué ! Vous êtes *extrêmement* chanceux.

Il écarta les bras tout en levant les épaules, et sourit de nouveau.

Le chuchotement de Herb Holloway évoquait désormais le feulement du tigre prêt à bondir – tandis qu'il désignait, d'un index tremblant d'indignation, son tibia gauche déchiré par une estafilade d'une quinzaine de centimètres, d'où coulait un long filet de sang mêlé d'eau.

– Et cette jambe ? Elle aussi devrait se considérer comme chanceuse ? (Il leva sa paume droite, dont presque toute la peau avait été arrachée.) Et ma main ? Ma main est chanceuse elle aussi ?

Le propriétaire grimaça un sourire encore plus large.

– Oui, oui, certainement, *monsieur*. Cela aurait pu être tellement plus grave. *Molto, molto più grave*. Restez où vous êtes, je vais vous faire monter un flacon de teinture d'iode…

Il exécuta un demi-tour rapide, fila devant Exeter et disparut dans l'escalier.

L'Anglais tapota amicalement la large épaule musclée de Holloway, sous le tissu éponge mouillé, semé de minuscules éclats de peinture, de plâtre et de carrelage.

– Je dois y aller aussi, mon pauvre vieux. Prendre le petit déjeuner, je veux dire. J'ai rendez-vous avec Lincoln Steffens et Jo Davidson à la *casa della stampa* à dix heures… Si j'étais vous, Herb, je retournerais me coucher.

Exeter songea un instant à lui annoncer qu'il avait retrouvé sa jolie voyageuse du train de Gênes, mais le temps pressait – il lui en parlerait plus tranquillement le soir, à tête reposée et devant deux verres au bar de l'hôtel, s'il l'y apercevait avant de se rendre au théâtre Carlo Felice.

Dans la salle de restaurant, il commanda un grand verre de bière fraîche pour sa gueule de bois, avant d'attaquer le petit déjeuner proprement dit. Exeter n'avait bénéficié que de deux heures et demie de sommeil environ. Ses tempes battaient, sa tête tournait comme un manège de fête foraine, ses paupières lourdes retombaient malgré lui et son œsophage était en feu. Il se sentit mieux après avoir vidé la pinte de bière. À la fin du repas, il avala coup sur coup deux cognacs dans l'espoir d'accélérer sa remise en forme.

De retour dans sa chambre, Exeter enfila des vêtements propres, se coiffa de son nouveau chapeau noir, et, avant de sortir, fit cirer ses chaussures. Le cireur expliqua à sa manière le malheureux accident survenu au *giornalista americano* :

– Voyez-vous, *signore*, le garçon qui s'occupe des

bains a coutume d'insérer un bouchon de liège, un très vieux bouchon, dans la *sicura*, la valve de sûreté. Ainsi, l'eau chauffe beaucoup plus vite. Nous faisons toujours comme ça. Mais ce matin, le garçon – un très gentil garçon – a simplement oublié de venir retirer le bouchon de la *sicura*. Alors, la pression a monté… (Le cireur adressa un large sourire à Exeter.) Comme le *signore* le voit bien, l'explosion était *absolument* inévitable.

Chapitre XII

Les diamants du Kremlin

Exeter télégraphia son article à Londres depuis la *casa della stampa*. Cela lui prit une vingtaine de minutes. Lincoln Steffens et Jo Davidson avaient loué une gigantesque torpédo Packard noire six places et six cylindres, aux lourds phares chromés. C'était probablement le seul véhicule de ce type dans toute la ville de Gênes. Davidson y avait stocké un abondant matériel : sacs d'argile, seaux, armatures de métal, chevalets, bâches et chiffons, empruntés la veille à une académie génoise des beaux-arts. Exeter ordonna au chauffeur, un Italien moustachu et volubile, de faire un détour par l'hôtel Miramare, via Doria Pagano. Le palace, qui datait des premières années du siècle, dominait les gares ferroviaire et maritime de sa lourde architecture néo-gothique. À Gênes, c'était le lieu de résidence favori des souverains, des hommes d'État et des milliardaires. Melicent Theydon-Payne attendait debout sous la marquise, un sac de cuir marron à l'épaule, à côté d'une volumineuse chambre photographique et de son trépied de bois. Exeter constata que l'Américaine s'était habillée de façon très sage – chemisier blanc, bottines noires, longue jupe grise et petite veste assortie – et coiffée d'un de ces chapeaux à la dernière mode entourés d'une affreuse guirlande de moineaux empaillés. L'appareil était une chambre carrée Gautschy fabriquée à Lausanne, équipée d'un objectif Berthiot. La photographe semblait pâle et nerveuse, sa gaieté du soir précédent avait disparu. Exeter, lui serrant la main, s'aperçut qu'elle tremblait légèrement. Le matériel de sculpture prenait tout l'espace à côté du chauffeur. L'arrière de la torpédo comportait une confortable banquette en cuir face à deux strapontins. Lincoln Steffens, en grommelant, céda sa place sur la banquette à la jeune femme et prit le strapontin à droite d'Exeter. Le ventripotent Davidson n'aurait jamais pu tenir assis sur un strapontin. Lors des présentations, son visage s'éclaira.

– Mademoiselle, ne seriez-vous pas une parente de Mrs. Harry Payne Whitney ?

– C'est une cousine par alliance de mon père…

Jo Davidson s'exclama que cette femme d'une beauté remarquable, et qui faisait elle aussi de la sculpture, avait été une de ses premières clientes, à Paris vers 1910, lui commandant un portrait de sa petite fille Flora.

– Notre ami Exeter, enchaîna-t-il, nous dit que vous avez vécu en Russie pendant la révolution. Quel est, à votre avis, l'objectif final des bolcheviks ?

Elle réfléchit un moment.

– Vous me posez une question difficile… Je dirais que ces gens sont de très grands idéalistes. Leur idéalisme est peut-être impraticable et irréalisable, mais cela ne change rien à ce trait de caractère.

Lincoln Steffens émit un grognement qui pouvait, à la rigueur, passer pour une approbation. Davidson parut impressionné. Exeter se rappela brusquement qu'il aurait dû parler à Holloway de la visite des deux policiers, et de la nécessité de mettre au point une version commune de leur voyage en train. Cela lui était complètement sorti de l'esprit avec l'explosion du chauffe-eau. Jo Davidson évoquait son enfance pauvre dans le Lower East Side de Manhattan. Mel écoutait poliment mais Exeter sentait que son esprit était ailleurs. Faire pareil trajet seul était un gâchis, avait-il pensé lors de son précédent déplacement à Santa Margherita. Mais la présence de cette voyageuse angoissée et quasi muette était loin de satisfaire ses espérances. Il eut brusquement la nostalgie des sourires espiègles et des joues fraîches semées de taches de rousseur d'Elma Sinclair Medley. Et de sa longue chevelure à la Titien.

Le cordon de carabiniers armés jusqu'aux dents et la quadruple mitrailleuse sur son support à rotules ébahirent littéralement Jo Davidson et Melicent Theydon-Payne. De son côté, Lincoln Steffens déclara sur un ton blasé se souvenir de mises en scène cent fois plus frappantes au Mexique, du temps de la révolution. Cependant, il se mit à glapir lorsque les soldats l'obligèrent à descendre du véhicule et palpèrent consciencieusement ses vêtements. Le sculpteur se prêta plus volontiers à la fouille, mais surveilla avec une expression alarmée les militaires tandis qu'ils ouvraient sans ménagement sa serviette à outils et les sacs d'argile, et déroulaient les toiles de bâche. Le contrôle fut moins sévère pour l'Américaine, les Italiens tenant à leur réputation de galants hommes. Ils inspectèrent néanmoins attentivement son sac d'épaule en cuir, d'assez grande taille, et la chambre photographique, pour le cas où elle aurait contenu une bombe ou une arme de poing. La torpédo remonta l'allée de graviers de l'hôtel Impérial. Le commissaire chauve en complet immaculé était à son poste au pied du double escalier menant à la terrasse, près des voitures garées sous les palmiers. Il examina les passeports des Américains d'un œil maussade, de même que l'accréditation d'Exeter.

– Vos compagnons sont en règle, mais où est votre passeport, *signore* ?

– Je crois que vous le savez très bien : vos collègues de Gênes le gardent au commissariat. Mais ce passeport, vous l'avez déjà vu ici même dimanche après-midi.

– *Che peccato*. Voilà qui est dommage… (Le policier aux allures de contremaître colonial plissa ses lèvres en une moue de regret affectée.) C'est curieux, je ne me rappelle pas avoir vu ce passeport. Et vous êtes incapable de m'en présenter un aujourd'hui. Vous n'allez donc pas pouvoir rendre visite à vos chers amis bolcheviques. *Povero signor* Exeter.

Le correspondant serra les mâchoires.

– Je possède une accréditation, *signor commissario*. Au même nom que celui qui figure sur ma carte de visite, et sur ma carte de la National Union of Journalists. Regardez bien ce papier portant la signature du chef du service interne de la délégation : « Entrée libre à l'Hôtel Impérial »…

Il avait martelé ces derniers mots en brandissant sous le nez de l'Italien le papier bleu de l'accréditation. Le commissaire secoua la tête, ignorant délibérément le document. Inquiets, Steffens, Davidson et Melicent Theydon-Payne étaient revenus sur leurs pas. Steffens en particulier paraissait à bout de nerfs. Il tempêta que cela ne se passerait pas comme ça. Il connaissait des gens haut placés dans le gouvernement de Rome, et même le président du Conseil ! Et il avait rencontré Gueorgui Tchitchérine et les autres dirigeants soviétiques en 1919 à Moscou en compagnie de William C. Bullitt, envoyé spécial du président Wilson… Le commissaire lui jeta un regard mauvais.

Levant les yeux pendant que Steffens déroulait la liste apparemment interminable de ses relations, Exeter aperçut derrière la balustrade une silhouette athlétique. Il agita le bras et cria :

– *Tovaritch* Ehrlich !

Le chef de la sécurité de la délégation russe avait quitté son bureau pour admirer l'énorme torpédo noir et argent. Il sourit en reconnaissant Exeter. Celui-ci montra son accréditation. Il cria, sur une impulsion subite :

– *Viva Lenin !* (Et, pointant son index vers le commissaire :) À bas Mussolini !

Blême de rage, le policier avança de quelques pas. Quelques-uns de ses collègues armés de fusils Carcano s'étaient tournés vers le groupe et firent mine d'approcher. Ehrlich descendait à pas vifs de la terrasse. En même temps, il avait tiré le Nagant de son étui.

Exeter se dirigea calmement vers le pied des marches. Il se sentait bouillir à l'intérieur. Cela l'aida à oublier la forte possibilité qu'un des policiers italiens fît feu dans son dos. Le journaliste continuait d'exhiber l'accréditation. Ehrlich et lui se rejoignirent au bas de l'escalier.

En vociférant des injures, le commissaire fonça sur eux. Mel Theydon-Payne poussa un cri, puis plaqua la main sur sa bouche. Dans son poing droit, l'Italien tenait pointé vers le sol un petit automatique noir. Quand il fut arrivé à moins de deux mètres, Ehrlich leva le bras à l'horizontale et braqua sur sa poitrine le canon de son revolver. Avec le pouce, il tira le chien en arrière. Exeter vit le levier de sûreté basculé sur le côté. Il entendit un déclic tandis que le barillet pivotait et se soulevait légèrement pour se verrouiller dans l'alignement du canon.

Le commissaire s'était arrêté net. Des gouttes de sueur perlaient sur son crâne lisse et son visage bronzé.

Il jura doucement. Ehrlich lui dit quelque chose en italien. Les agents en civil, sur les marches et derrière la balustrade, braquaient leurs carabines sur le jeune homme. Exeter se mit à transpirer à son tour. Si le doigt d'Ehrlich appuyait sur la détente, toute la petite troupe des visiteurs serait prise sous les tirs croisés. Leur seule chance serait de se mettre à l'abri derrière les voitures. Mais la plus proche était à une dizaine de mètres… Il allait y avoir des blessés et des morts.

L'Américaine était livide. Steffens roulait des yeux terrifiés. Seul Jo Davidson gardait sa contenance : mains sur les hanches, le barbu observait la scène de ses gros yeux noirs comme s'il se fût agi d'un nouveau et pittoresque témoignage de la folie humaine. En vérité, tous ces personnages figés et muets ressemblaient à une complexe sculpture de groupe.

Le revolver toujours pointé sur la poitrine du policier, Ehrlich siffla entre ses dents – un long sifflement perçant qui fit sursauter Exeter. On entendit des pas pressés sur le gravier de la terrasse : une dizaine de jeunes communistes, Russes et Italiens mêlés, surgirent derrière la balustrade pour braquer pistolets et revolvers sur la nuque des agents de sécurité les plus proches.

Ceux-là abaissèrent légèrement les canons de leurs fusils. Mais leurs collègues moins menacés tournèrent aussitôt leurs armes en direction des défenseurs de l'hôtel. La situation semblait inextricable. Lincoln Steffens tomba sur les genoux, se prenant la tête dans les mains. Puis Exeter le vit avancer très lentement à quatre pattes en direction de la torpédo, dont le chauffeur avait disparu.

Le commissaire rompit le silence : levant la main gauche, il cria un ordre. Les fusils Carcano s'abaissèrent. Lui-même recula de deux pas et, avec un sourire crispé, remit très lentement son petit automatique dans la poche de sa veste. La tension retomba. Ehrlich sourit. Du menton, il fit signe à Exeter de le suivre dans l'escalier. Il gardait son revolver au poing. Mel Theydon-Payne récupéra sa chambre Gautschy et son trépied. Davidson partit à la recherche du chauffeur afin qu'il l'aide à transporter son matériel. Il le découvrit caché derrière un buisson. Steffens se remit debout discrètement et, d'un air dégagé, brossa du plat de la main les genoux de son pantalon de flanelle. Le policier en complet blanc suivait d'un regard haineux les Anglo-Saxons qui gravissaient les marches vers l'entrée de l'hôtel.

Fébrile comme à l'accoutumée, Marcel Rozberg se tenait devant la porte à tambour. Exeter lui expliqua la situation. Le maigrichon au teint bilieux considéra d'un air ahuri le chauffeur qui s'approchait en portant un chevalet et des bâches, puis il secoua la tête.

– Impossible. Absolument impossible. Les délégués sont trop occupés. C'est hors de question. Vos amis doivent retourner à Gênes.

Steffens lui tendit sa carte de visite.

– Voyons, monsieur ! Jo Davidson est un sculpteur internationalement reconnu. Je dirais même un génie. Un génie du portrait, en particulier. Il a fait les bustes de George Bernard Shaw, du président Woodrow Wilson, du maréchal Foch, du général Pershing, d'Anatole France, de Clemenceau…

– Tous des bourgeois et des impérialistes, fit observer l'attaché de presse. Ce n'est vraiment pas une référence. De toute façon, j'ai dit que c'était hors de question. Parmi vous, seul Ralph Exeter est autorisé à rencontrer nos diplomates.

Rozberg glissa la carte de Steffens dans sa poche après lui avoir accordé un coup d'œil distrait. Il semblait pressé de retourner à ses occupations. Exeter échangea un regard avec Mel Theydon-Payne. Elle paraissait toujours aussi tendue. Il insista :

– Khristian Rakovsky sera d'un avis différent du vôtre. Et pour les questions de sécurité, je suis certain d'obtenir l'autorisation du colonel Yatskov. Je dois le voir de toute façon. Pendant ce temps, je suppose que vous ne verriez pas d'inconvénient à ce que mes amis aillent prendre un verre au bar de l'hôtel… Lincoln Steffens connaît le camarade Tchitchérine, qu'il a rencontré au Kremlin. Et miss Theydon-Payne est mon assistante. Elle a déjà photographié le camarade Radek.

Rozberg leva un sourcil et observa l'Américaine. Il haussa les épaules.

– Bon, allez-y, mais vous perdez votre temps. Qu'ils ne quittent pas le bar. Et laissez votre fourbi à l'entrée. Par ailleurs, j'ai observé la petite scène depuis la véranda. (Il indiqua les Italiens armés qui avaient repris leur poste.) Ne nous causez pas de problèmes avec notre service de protection ! Une incartade de plus, Exeter, et je vous retire votre autorisation à vous aussi !

En grommelant, il partit à grandes enjambées en direction de l'escalier. Le correspondant du *Daily World* se demanda si Rozberg comptait s'excuser pour eux auprès du commissaire, ou au contraire lui faire des reproches.

– Quelle idée nos amis russes ont-ils eue de confier leur représentation auprès de la presse à cette espèce de névrosé capricieux ! fit remarquer Steffens, profondément vexé. Ce personnage est insupportable !

Exeter acquiesça avec un soupir, indiqua le bar à ses trois compagnons, et se dirigea vers la réception, où il demanda à voir le colonel Yatskov.

Un garde armé le conduisit tout au bout d'un couloir

du deuxième étage. Il frappa respectueusement à une porte. On lui répondit en russe par un ordre bref. Le garde ouvrit à Exeter.

Le colonel resta assis derrière son bureau. Il semblait très occupé. Sur le visage blême, la cicatrice boursouflée qui courait du sourcil au coin de la bouche avait pris une teinte violacée. Le meuble était muni d'un téléphone et jonché de papiers épars. Un épais brouillard de fumée de cigarette stagnait au plafond. D'un geste de la main gauche, Yatskov indiqua la chaise vide en face de lui. Exeter posa sa canne, prit place, repoussa son chapeau en arrière et alluma une de ses cigarettes blondes, pendant que le colonel fouillait dans un tiroir. Il en sortit deux feuilles de papier qu'il tendit au journaliste.

– Ce sont tes nouvelles instructions pour Paris, camarade. Cache-les avec soin dans ta chambre d'hôtel. Si tu es arrêté, brûle-les ou avale-les… Pas la peine de prendre cet air dégoûté. J'ai été obligé de procéder ainsi maintes fois au cours de mon existence : tu déchires le papier en petits morceaux, que tu humectes bien avec ta salive en mâchant. C'est très facile en réalité.

Le document dactylographié ne comportait pas d'en-tête, seulement un titre : « Questionnaire sur l'armement ». Exeter fronça les sourcils à mesure qu'il lisait :

> Les questions de cuirassement à éclaircir en premier lieu :
>
> 1°) Les matériaux concernant la construction, l'armement et les données tactiques sur les nouveaux chars se trouvant en essai ou en construction. Particulièrement le nouveau char C.2, le léger C et les chars moyens Vickers. Les chars qui ont servi pendant la guerre nous sont connus.

Les données suivantes nous intéressent :
1° – les dimensions et le poids ; 2° – le moteur ; 3° – le système et la puissance ; 4° – l'armement ; 5° – le cuirassement ; 6° – l'épaisseur de la cuirasse de devant et de côté ; 7° – la rapidité et la capacité de prendre les montées ; 8° – la provision de combustible, la longueur d'action.
2°) Eclaircir si tout l'effectif des 22 régiments de chars d'assaut légers arrive au nombre total de chars (300). S'il y a des manques, en quoi consistent-ils ? Etablir si les chars moyens sont compris dans l'armement et de quels chars sont équipés les bataillons lourds de chars d'assaut.
3°) Eclaircir en deuxième lieu :
1° – quelles usines construisent des chars et des autos blindées, quelles en sont la production et les commandes,
2° – autres données concernant les chars : les appareils d'observation, les moyens de liaison, la manière de conduire, les moyens de défense contre les gaz, etc.
3° – quels sont les moyens existants pour faciliter aux chars les passages des obstacles, le camouflage par la fumée, pour couvrir le bruit, etc.

Exeter s'arrêta de lire. Depuis qu'il était monté dans ce train pour Gênes où un agent du 2e Bureau français avait braqué un pistolet sur lui, il se sentait pris chaque jour davantage dans les méandres d'une affaire qui le dépassait. À présent, on lui ordonnait de se livrer pour le compte de la Russie soviétique à de l'espionnage industriel et militaire. Il frissonna. Seigneur ! S'il se faisait attraper en France avec cette liste de demandes au sujet des chars, il risquait le peloton d'exécution ou la guillotine !

– Le commissariat à la Guerre a décidé que nous

devions nous doter d'armes modernes, commenta Yatskov. L'industrie d'armement russe, primitive et épuisée par les années de lutte, ne peut les fournir. Le camarade Trotsky envoie des agents à l'étranger avec mission d'acheter des munitions partout où ils le peuvent, même aux États-Unis. Mais ces achats sont le fruit du hasard, et notre Armée rouge dépend dangereusement des fournitures étrangères. C'est pourquoi il nous faut construire en Russie, avec de l'aide extérieure, une industrie d'armement moderne. Mais où trouver pareille aide ? Quelle bourgeoisie consentirait à aider un gouvernement communiste à édifier une puissance militaire ? À ton avis, camarade ? Vois-tu un pays en particulier ?

Exeter ne réfléchit que quelques secondes.

– L'Allemagne.

– Exact. Il n'y a qu'un pays vers lequel nous puissions nous tourner, c'est l'Allemagne. Le traité de Versailles lui interdit de fabriquer des armements et d'entraîner ses troupes au combat. Ses manufactures d'armes, les plus modernes d'Europe, ne travaillent plus. Leurs propriétaires n'accepteraient-ils pas de fournir le matériel et l'aide technique nécessaires si on leur faisait une offre suffisamment alléchante ?

– Je suppose que oui.

– Des contacts secrets ont déjà été pris avec les grandes entreprises Krupp, Blohm & Voss, ainsi qu'avec Albatros Werke. Maintenant, c'est aux diplomates d'entrer en jeu. Le camarade commissaire aux Affaires étrangères est ici doté des pleins pouvoirs pour conclure un traité avec le ministre Rathenau. Ce traité comportera des clauses secrètes. En échange de l'instruction que le corps des officiers allemands offrira aux soldats et aviateurs russes, les cadres militaires allemands seront autorisés à s'entraîner en territoire soviétique… (Il désigna le questionnaire.) Inutile de tout lire, camarade. Nous avons le temps : je ne serai pas à Paris avant l'été. On m'envoie d'abord en Finlande organiser l'infiltration des nationalistes ukrainiens en exil et identifier leurs contacts à Petrograd. (Le colonel ricana.) Ces pauvres imbéciles ne se doutent pas que nous avons déjà plusieurs agents dans leurs rangs. Lesquels ne se connaissent pas entre eux – en tant qu'agents, je veux dire –, ce qui nous permet de les surveiller eux aussi, en contrôlant la similitude de leurs rapports ainsi que ce que chacun raconte au sujet des autres. (Il s'esclaffa franchement.) Eh bien, as-tu avancé ? Aurais-tu vu à Gênes quelqu'un qui ressemble de près ou de loin à Rosenblum ? N'oublie pas que notre assassin est expert en déguisements…

Le journaliste secoua la tête. Il raconta ce que lui avait appris George Sheldon. Le Russe l'écoutait avec impatience. Il frappa du plat de la main sur le dessus du bureau.

– Tout ça je le sais déjà ! C'est dans le dossier qu'on t'a donné à lire. De mon côté, j'ai recueilli une information intéressante. Notre homme se trouve effectivement à Gênes, bien que mon informateur n'ait pas réussi à savoir le nom dont il se sert actuellement ni l'endroit où il loge. Deux membres importants du Guépéou sont arrivés hier de Russie pour nous prêter main-forte. Rosenblum se rendra ce soir au théâtre Carlo Felice, à la représentation d'un opéra de Verdi.

– J'y serai. Dans la loge d'un marchand d'art de New York. Et en compagnie d'une jeune personne dont je voulais vous parler, qui…

– Parfait, coupa Yatskov. Je comptais y envoyer des hommes, Ehrlich, en particulier. Avec toi, cela fera un de plus. Nous allons enfin coincer Rosenblum. Je suis impatient de l'interroger, ici dans les caves. De l'interroger *en tête à tête*. (Le colonel marqua un temps d'hésitation, puis baissa la voix.) Je dois à présent t'expliquer quelque chose, camarade. C'est un sujet embarrassant. Voire dangereux.

Il fit une pause et regarda machinalement à droite et à gauche. Avant de chuchoter :

– *Nous avons un traître parmi nous.*

Exeter écarquilla les yeux. Yatskov lui fit signe de s'approcher davantage. Il obéit, penché au bord de la chaise.

– Quoi ? Vous avez… ? Ici ?…

– Oui, chez nous à l'hôtel Impérial, murmura le colonel. Quelqu'un de très haut placé. Je ne suis pas encore absolument certain de l'identité du traître, mais mes soupçons se concentrent sur l'un de nos principaux délégués. Je ne peux pas te citer son nom pour l'instant. Écoute-moi.

Il alluma une cigarette et reprit :

– Tu sais que le gouvernement soviétique, depuis 1917, a confisqué des quantités immenses de bijoux, d'or et d'objets d'art à la bourgeoisie et à l'aristocratie tsariste. Une partie de ce trésor inestimable, à l'abri dans les caves du Kremlin, sert à financer le mouvement communiste à l'étranger par l'intermédiaire du Komintern, ainsi que divers organes de presse ou d'édition qui soutiennent la révolution russe. Ton journal, le *Daily World*, en a d'ailleurs bénéficié. Jusqu'ici, les diamants, pierres précieuses, etc., voyageaient vers l'Ouest par des voies plutôt fantaisistes – cachés dans des colis de nourriture, par exemple. Moscou envoie aussi à l'étranger des courriers porteurs de diamants. Et parfois les courriers disparaissent avec les diamants.

Mais, quoi qu'il en soit, les revenus tirés des ventes de ce qui n'est encore qu'une infime partie du trésor ont atteint déjà neuf millions de roubles-or pour les antiquités, et sept millions de roubles-or pour les diamants. Au point que le cours mondial du diamant a failli s'effondrer. Pareille éventualité ne serait ni dans l'intérêt du vendeur ni dans celui de l'acheteur. Dans le but de stabiliser les prix, l'Afrique du Sud a été obligée de diminuer de vingt-cinq pour cent sa production. Notre gouvernement vient de conclure un accord avec le joaillier sud-africain De Beers pour des ventes clandestines d'une importance encore jamais vue, régulées de manière à ne pas déstabiliser le marché mondial. L'équivalent de cinq millions de roubles-or en diamants est arrivé à Santa Margherita avec nous par la valise diplomatique, gardé par le camarade Ehrlich et ses hommes. Ces diamants se trouvent en ce moment dans le coffre-fort de l'hôtel Impérial. La direction n'est pas au courant de la valeur réelle de notre dépôt, naturellement.

L'œil unique du petit homme à la cicatrice brilla.

– Tout cela serait assez réjouissant, camarade, si l'on n'avait pas décelé un problème lors de la précédente vente de diamants. Celle-ci a été négociée avec un intermédiaire étranger, lequel nous a obtenu un prix peu satisfaisant, inférieur au cours du marché au jour de la négociation. Cet intermédiaire aurait ensuite fait retailler les pierres, avant de les revendre à un joaillier de Paris pour un prix très supérieur. Un officier de l'ex-Tchéka que je connaissais bien, en qui j'avais entière confiance, soupçonnait le négociateur désigné secrètement par notre gouvernement de s'être entendu avec l'intermédiaire malhonnête pour partager avec lui, après coup, la différence entre les deux prix. L'officier du Guépéou m'a confié le nom de l'intermédiaire « étranger » : un certain Giorghi Constantine, c'est-à-dire une des fausses identités de Sigmund Rosenblum. Qui est russe, soit dit en passant, puisqu'il est né à Odessa.

– Bon Dieu ! fit Exeter. Et le nom de votre négociateur ?

Yatskov secoua la tête.

– Ne le connaissent que les membres du Politburo – même si j'ai ma petite idée. Son crime est d'une gravité extrême. Ce camarade trahit la cause de la révolution, en même temps qu'il trahit son pays. Mon collègue au Guépéou était sans doute parvenu à établir son identité avec certitude mais on ne lui a pas laissé le temps de m'en informer. Cet officier intègre a été arrêté et fusillé le mois dernier dans des circonstances suspectes, accusé de trahison et d'intelligence avec l'ennemi. J'ai eu accès au jugement et noté les noms des trois juges qui ont signé sa condamnation à mort. Tous trois ont été nommés récemment, sur la recommandation du secrétaire général du Parti, le camarade Joseph Vissarionovitch Staline.

Chapitre XIII

Le mystère Vassili

Exeter réfléchissait.

– Et que déduisez-vous de cette observation, colonel ?

L'officier sourit froidement.

– Que notre négociateur russe n'est pas un simple escroc et qu'il a pu ne pas garder son butin pour lui. Il se sera contenté, disons, d'une modeste commission. Et aura remis la plus grande partie de l'argent indûment gagné, ce qui représente des centaines de milliers de roubles, au camarade Staline ou à quelqu'un de l'entourage immédiat du secrétaire général. Voilà qui expliquerait bien des choses.

– Comme ?

L'histoire commençait à intéresser prodigieusement le correspondant du *Daily World* – même s'il voyait mal son journal accepter de publier ce genre de nouvelles.

– Comme la remarquable ascension, en quelques années à peine, de ce membre du Comité central, répondit Yatskov. Le Géorgien Djougashvili, qui a adopté le surnom de Staline, l'« homme d'acier », était presque inconnu chez nous avant d'être nommé commissaire aux Nationalités dans le premier gouvernement de la République soviétique. Vladimir Ilitch a commis une sérieuse erreur en le laissant accéder cette fois au poste de secrétaire général. Staline y est arrivé grâce à une manœuvre de Zinoviev visant à évincer Trotsky. Un poste purement administratif, certes, et pas spécialement envié, mais il ne faut pas oublier que le Parti contrôle les organismes de sécurité de la police d'État. Le secrétaire général, depuis quelques mois, a commencé à placer ses hommes à tous les postes clés et à manipuler les élections de délégués du Parti, remplaçant celles-ci par des nominations venues d'en haut. Disposer de fortes sommes d'argent peut se révéler utile en de telles circonstances. Or, en vertu de la règle de la *part maximale*, un membre du Parti, même s'il remplit les plus hautes fonctions, au Comité central par exemple, ne peut gagner plus qu'un ouvrier spécialisé d'usine, c'est-à-dire deux cent vingt-cinq roubles par mois. On doit dans ce cas aller chercher de l'argent ailleurs…

Exeter tombait des nues. Jamais il n'avait imaginé que la corruption pût régner au sommet de la patrie de la révolution mondiale.

– Le rôle de Staline au cours de l'année 1917 a été insignifiant, voire néfaste, poursuivit le colonel. Libéré de Sibérie et revenu de déportation au lendemain des émeutes de février, il s'est installé, contre l'avis des militants locaux, à la direction de la *Pravda*, dont il a expulsé les anciens rédacteurs. Là, il a rompu avec la ligne du journal, pris la défense du gouvernement bourgeois et prôné la poursuite de la guerre ! Une position invraisemblable pour un soi-disant bolchevik, et qui a provoqué l'indignation des ouvriers de la capitale. Lénine l'a traité de tous les noms en arrivant à Petrograd le mois suivant. Staline a fait le gros dos et adopté une attitude servile et prudente, au point qu'on ne le voyait plus nulle part. Il était absent de la séance du Comité central du 24 octobre où s'est décidée l'insurrection – je le sais, j'ai vérifié plus tard sur les procès-verbaux de la séance. Quelle que soit la manière dont on l'envisage, le comportement du camarade Staline est *incompréhensible* de la part d'un révolutionnaire. En revanche, son comportement devient tout à fait normal… (Il se pencha par-dessus le bureau. L'œil unique se fixa sur Exeter pendant que la bouche de Yatskov chuchotait :) … tout à fait normal si ce faux bolchevik… était en réalité depuis des années un *agent de l'Okhrana*.

Exeter eut un mouvement de recul. La suggestion lui paraissait totalement extravagante.

– Vous vous payez ma tête, colonel. Un homme de la police tsariste… siégeant au Bureau politique du Comité central ? Cinq années après le triomphe de la révolution ?

– Ce n'est pas aussi invraisemblable qu'on pourrait le croire, répondit l'officier doucement. Cette police-là était la plus efficace du monde. Dimitri Yevseyev, l'auteur des premiers manuels d'opérations de notre Tchéka, a d'ailleurs fondé ses écrits sur une étude approfondie des méthodes de l'Okhrana. Les informateurs de la police du tsar s'infiltraient partout, que ce soit en Russie ou chez les révolutionnaires exilés à l'étranger. Je suis certain que Rosenblum, à Londres, touchait de l'argent de l'Okhrana pour espionner les émigrés russes. Malheureusement, nous n'avons réussi à mettre la main que sur une faible partie des archives de la police politique. À Petrograd en mars 1917, la foule, poussée par des agents provocateurs, a incendié le palais de justice, faisant disparaître les dossiers. La même chose eut lieu aux archives de la Sûreté à Cronstadt. Le cabinet secret de l'Okhrana contenait entre trois mille et quatre mille dossiers d'agents actifs pendant les vingt années ayant précédé la révolution. Seulement deux mille environ avaient été découverts et exécutés. Des centaines par conséquent se trouvaient toujours parmi nous. Ces anciens agents secrets, tous initiés à la vie politique, et passant pour des révolutionnaires aguerris, n'ont pas eu de mal à s'intégrer au pouvoir bolchevique. Les identifier est d'une extrême difficulté. Dans les mois ayant suivi la chute du gouvernement bourgeois, on trouvait encore de ces agents dans les sphères les plus élevées de notre parti. Des camarades au-dessus de tout soupçon ! Le cas le plus connu est celui de Roman Malinovsky, membre du Comité central et proche de Lénine, que nous avons fusillé fin 1918. Maintenant, écoute-moi bien, camarade. Les archives de l'Okhrana que nous avons retrouvées – car il y en a quand même eu quelques-unes – citaient *douze noms* d'agents tsaristes infiltrés chez les bolcheviks : Briandinsky, Jitomirsky, Krivov, Lobov, Malinovsky, Marakouchev, Poliakov, Romanov, Sesitsky, Tchernomazov, Shourkanov et… un certain « Vassili » dont le nom véritable est, curieusement, resté secret. Il se trouve que j'ai rencontré Staline durant l'été 1918, pendant la guerre civile, à Tsaritsyne lorsqu'il y fut envoyé en tant que commissaire à l'approvisionnement de la Xe armée. C'est un individu d'assez petite taille, taciturne, aux yeux jaunes, au visage grêlé, aux gestes rares et brusques. Son bras gauche, légèrement atrophié, garde une raideur qui lui a évité l'incorporation pendant la Grande Guerre. La situation sur le front de Tsaritsyne était catastrophique, et l'arrivée de Staline et de Vorochilov – un abruti qui l'a toujours accompagné dans ses bourdes militaires – n'a fait qu'empirer les choses. Staline a commencé par fusiller à tour de bras les officiers et sous-officiers de carrière pourtant loyaux envers le nouveau pouvoir. Je l'ai vu inspecter nos régiments et, d'un mouvement du menton, désigner chaque combattant dont la figure ne lui revenait pas. Les types de la Tchéka sautaient alors sur le pauvre diable pour l'emmener et le coller au mur devant un peloton d'exécution. Un vieux bolchevik qui servait avec moi, et qui avait connu Staline en 1912, *m'a dit que son surnom en ce temps-là était Vassili*. Un de mes agents m'a envoyé des copies de lettres trouvées dans les archives de l'Okhrana de l'ambassade russe à Paris. Il y avait notamment une lettre de Staline à Malinovsky datée du 20 janvier 1913 et signée « Vas », et trois lettres de Vladimir Ilitch : l'une du 23 février 1913 au même Malinovsky, la deuxième du 27 février à Podvoïsky, et la troisième à Axelrod. Dans la première, Lénine désigne Staline sous le nom de « Vaska », diminutif de Vassili, et il l'appelle « Vassili » en toutes lettres dans les deux dernières.

Yatskov jeta un regard vif au journaliste, qui ne paraissait pas convaincu.

– Un prénom russe assez courant, observa Exeter. Cela m'a l'air d'une simple coïncidence… Pourquoi l'agent tsariste « Vassili » serait-il obligatoirement Staline ? Lequel, je suppose, avait encore d'autres surnoms…

– On l'appelait aussi « Koba », et « Sosso ». Un vieux rapport de la police géorgienne le surnomme « le Grêlé », à cause des marques de variole sur son visage. « Staline » est le pseudonyme qu'il utilisait pour signer ses articles dans la *Pravda*. Son vrai nom de famille est Djougashvili. Mais allons plus loin, camarade. Réfléchis un peu : si nos plus hauts dirigeants avaient ignoré l'identité du douzième homme de la liste, des recherches auraient automatiquement été entreprises par la Tchéka. Or, concernant cette période où le Parti bolchevique – du fait des scissions, des arrestations, de la disparition pure et simple de nombreux comités locaux – ne comptait que quelques centaines de membres véritablement actifs luttant dans la clandestinité, une enquête rapide eût permis de découvrir lequel d'entre eux se prénommait, ou avait eu pour surnom, « Vassili ». Mais les *seuls* documents qui le mentionnent dans les correspondances du Parti se rapportent à Staline, et uniquement à lui ! S'il en existait d'autres où le nom « Vassili » désignait un personnage différent, nul doute que notre police les eût trouvés. Mais non. Il n'y avait qu'un seul « Vassili », et c'était le camarade Staline. Il semble cependant que la Vétchéka, ou ce qui en tenait lieu avant décembre 1917, ne s'en soit pas inquiétée. Ce qui signifie que la police politique a reçu l'ordre d'oublier cette affaire.

– Mais pourquoi ?

Le colonel haussa les épaules.

– Vladimir Ilitch a un petit défaut qui lui joue parfois des tours : il regrette de ne pas être d'origine ouvrière ou paysanne. Pourtant, le Guide de la révolution se trouve dans le même cas, socialement, que les autres bolcheviks de la première heure : nos dirigeants étant presque tous, par leur origine de classe, des bourgeois ou des aristocrates. Regarde le chef de la Vétchéka puis du Guépéou : le camarade Félix Dzerjinski est un authentique comte polonais. Lénine, né dans une famille bourgeoise, est fasciné par les vrais fils du peuple et leur accorde toute son indulgence. Le traître Malinovsky l'avait séduit parce qu'il était ouvrier. Quand, à la fin de 1917, après, donc, que ces archives de l'Okhrana ont été découvertes, Lénine a nommé Staline commissaire du peuple aux Nationalités, il a probablement pensé qu'un paysan – en plus, venant d'une minorité nationale – était beaucoup trop rare au Comité central du Parti pour qu'on puisse se permettre de le fusiller !

Exeter en resta bouche bée.

– Vous voulez dire que… ?

– Bien entendu. Si Staline est un ancien espion monarchiste, le Vieux – c'est ainsi que nous appelons Lénine – est forcément au courant. Et s'il ne s'en formalise pas… c'est qu'il juge que ce camarade, dont les talents sont plutôt ceux d'un homme de bureau, d'un planificateur, que d'un homme d'action, est utile là où il est. Après tout, la police du tsar ayant cessé d'exister, ses informateurs non démasqués n'ont plus personne à qui envoyer leurs rapports… Ils sont devenus virtuellement inoffensifs. Ces agents doubles étaient souvent d'ailleurs bourrelés de remords et souhaitaient que leurs activités clandestines au service de l'Okhrana fissent le moins de mal possible à notre cause. À présent, ce dilemme est résolu et je ne juge pas déraisonnable de leur accorder, dans la grande majorité des cas, une chance de se racheter. Staline lui-même a maintenant tout intérêt à faire du mieux possible son devoir de communiste au sein du Parti. D'autant plus que Lénine bénéficie depuis 1917 d'un important moyen de pression sur le secrétaire général : *il sait*, comme je viens de te le dire. Et Staline sait que Lénine sait. À la moindre faute, au moindre désaccord entre les deux hommes, Vladimir Ilitch pourrait révéler la vérité sur cet ancien indicateur et le faire jeter en prison. Mais – et cela, Staline le sait également – cette vérité-là est une bombe dangereuse pour tout le monde. Comment le Guide du prolétariat pourrait-il admettre avoir gardé si longtemps un agent du tsar dans nos rangs ?

Il y eut un moment de silence.

– Peut-être, en effet… (Troublé par ces révélations, l'envoyé spécial du *Daily World* réfléchissait – et chaque nouvelle idée lui dévoilait, à son tour, de nouveaux horizons complètement insoupçonnés.) Mais… si Lénine…

Frappé de stupeur, Exeter n'acheva pas sa phrase. Un de ces horizons – lointain, encore très hypothétique – venait de faire apparaître une *possibilité épouvantable*.

Le colonel Yatskov acquiesça.

– C'est cela, camarade journaliste. Tu as compris en cet instant toute la gravité du problème. Le Vieux n'a pu venir à Gênes parce qu'il est en très mauvaise forme. J'ai appris par un rapport confidentiel que les médecins ont diagnostiqué une grave artériosclérose menaçant le cerveau. L'embolie cérébrale peut se produire à tout moment. Lénine, très fatigué, ne quitte que rarement sa résidence de Gorki. À sa mort, s'il n'a pris aucune décision nouvelle à propos de Staline… eh bien, il laissera aux commandes de notre Parti communiste – et, par conséquent, du Guépéou, aux méthodes nettement plus expéditives que ne l'étaient celles de la police du tsar – un paysan de Géorgie dénué de scrupules, brutal et peu cultivé, qui a passé plus de vingt ans de sa vie à espionner et à dénoncer les révolutionnaires… et qui a été suffisamment malin pour ne jamais se faire prendre. (Il soupira.) Voilà où nous en sommes, camarade : *la grande patrie du communisme mondial pourrait avoir très bientôt à sa tête un personnage rusé, vindicatif, impitoyable et qui au fond de son cœur a toujours haï les communistes.*

Le nouveau silence dura plus longtemps que le précédent.

– Mais vous avez suggéré que Lénine n'était sans doute pas le seul à savoir… D'autres sont au courant, peut-être… Des proches de Lénine… Kamenev, Trotsky… Zinoviev…

– Peut-être, ricana le colonel. Et dans ce cas Staline n'en sera que plus pressé de les éliminer. Ou plutôt de les jouer les uns contre les autres, en usant de la terreur, pour les envoyer à l'abattoir ensuite. Ce serait bien dans sa manière. Sais-tu ce que Staline a confié un jour en privé à Dzerjinski ? « Choisir la victime, préparer minutieusement le coup, assouvir une vengeance implacable et ensuite aller se coucher… Il n'y a rien de plus doux au monde. »

Exeter frissonna.

– Pour le moment, il s'est déjà attaché à effacer le plus de traces possible de sa jeunesse dans le Caucase. Et moi, j'essaie au contraire de les faire remonter à la surface. Vois-tu, cela fait longtemps que j'enquête sur le passé de « Vassili »…

Yatskov fit tomber des cendres sur le tas de mégots du cendrier. Au même moment, on frappa à la porte. Le colonel grogna quelque chose en russe. Exeter vit apparaître Ehrlich dans l'embrasure, la crosse du Nagant dépassant de l'étui suspendu à son épaule.

Le tchékiste tenait une petite carte à la main.

Chapitre XIV

L'arbre aux kumquats

Exeter crut reconnaître la carte de visite de Lincoln Steffens. En même temps, il ne se souvenait pas d'avoir entendu les pas d'Ehrlich dans le corridor. Écoutait-il derrière la porte depuis un certain temps ? Avait-il surpris les propos du colonel sur Staline ? Mais le jeune chef de la sécurité de l'ambassade de Rome ne parlait que le russe et l'italien, et la conversation avait eu lieu en français…

Yatskov, après avoir examiné le bristol et écouté le rapport d'Ehrlich, se retourna vers le journaliste :

– Il paraît que cet ami à toi fait un foin de tous les diables dans le hall de l'hôtel. Cet Américain du nom de Steffens. Sans être accrédité auprès de notre délégation, il exige de rencontrer le commissaire aux Affaires étrangères Tchitchérine toutes affaires cessantes. Il prétend le connaître…

– C'est exact. Il a fait partie de la mission William C. Bullitt à Moscou en mars 1919. Je me porte garant pour lui. Steffens est un reporter très connu en Occident, et un admirateur sincère de Lénine et des bolcheviks. Il vient offrir ses conseils, comme il l'a fait déjà auprès de la révolution mexicaine…

– Le Mexique ? Qu'avons-nous à apprendre d'un tout petit pays comme le Mexique ?

En bougonnant, Yatskov souleva l'écouteur du téléphone posé sur son bureau. Lorsqu'il eut son correspondant en ligne, il se remit à parler russe. Ehrlich attendait patiemment. Après quelques minutes de conversation, le colonel raccrocha.

– Notre commissaire aux Affaires étrangères ne se souvient pas du tout de lui. Il se rappelle cependant vaguement le nom de Bullitt… C'est d'accord, il recevra ce Steffens, mais après déjeuner.

Il rendit la carte au chef de la sécurité, qui salua et referma la porte.

Exeter vit là l'occasion de parler de Jo Davidson et de Mel Theydon-Payne. L'officier frappa du poing sur le bureau.

– Pas question ! C'est tout à fait impossible.

– Mais…

– Nos diplomates ont autre chose à faire que de poser pour les artistes bourgeois ! D'ailleurs, nous n'avons que trop bavardé. (Regardant sa montre, il paraissait regretter ses indiscrétions.) Je vais te donner tes ordres pour ce soir, ainsi que ton premier mois de salaire.

Le reporter se rappela l'interview du leader syndical italien. Il sortit les feuilles qu'il avait péniblement traduites et dactylographiées au cours de la nuit. Expliquant qui était Buozzi, il tendit l'interview au colonel. L'expression du visage de Yatskov s'éclaircit tandis qu'il déchiffrait le texte tout en marmonnant des mots de russe. Il reposa les feuilles sur son bureau.

– Très intéressant. Ainsi, Benito Mussolini en 1920 aurait suggéré secrètement à ses anciens amis socialistes une union afin de s'emparer du pouvoir par la violence la plus extrême. Prétendant qu'il était toujours, au fond, un révolutionnaire. Un disciple de Blanqui, avec sa théorie du coup d'État. Et un admirateur des méthodes bolcheviques dans l'organisation de l'insurrection armée… Mussolini mettait au service de la révolution italienne ses bandes de centaines de milliers de miliciens fascistes. Contre de l'argent, bien entendu. Et une participation au nouveau gouvernement. Lorsque les socialistes italiens ont refusé son offre, ce mercenaire est allé frapper à la porte du *signor* Agnelli et des grands industriels. Pour leur offrir, de la même manière, ses services intéressés.

– Oui. Eux viennent d'accepter sa proposition, si l'on en croit ce que m'a dit Buozzi quand je l'ai interrogé hier, lors du rendez-vous qu'il m'a accordé au siège du syndicat. (Exeter n'en était plus à un mensonge près.) Ce qui signifie que désormais les chemises noires vont se jeter de toutes leurs forces contre le prolétariat italien et la démocratie… Marcher sur les villes, donner l'assaut aux mairies, aux commissariats, aux centraux téléphoniques…

– Ils bénéficieront du soutien du grand capital. Et de celui de la presse bourgeoise. L'armée aura pour instructions de rester dans les casernes. Le gouvernement Facta n'en a plus pour très longtemps… Il n'est pas impossible que Mussolini soit le prochain président du Conseil du royaume d'Italie.

Le colonel souriait en observant le brouillard de fumée au plafond. Exeter s'étonna :

– Ça a l'air de vous faire plaisir.

– Évidemment. En cette période de déclin, la bourgeoisie est en train d'abandonner complètement l'idée de se concilier le prolétariat par les réformes. Toute la machinerie étatique retourne de plus en plus clairement vers sa forme primitive, c'est-à-dire des détachements d'hommes armés. Mais un gouvernement fasciste sera précisément ce fumier idéal sur lequel prospérera la révolte du prolétariat italien. De même qu'en Russie la Grande Guerre a été l'élément accélérateur de notre révolution. Une fois débarrassées, par Mussolini lui-même, des sociaux-fascistes et autres pseudo-démocrates qui n'ont fait que les trahir au service de la bourgeoisie, les masses comprendront cette réalité inéluctable : seul un parti prolétarien de tendance bolchevique, puissamment organisé et armé, leur permettra d'accéder à l'édification d'une société nouvelle et juste, pour le bonheur des générations futures. Le fascisme n'est que la forme la plus extrême de la résistance des classes dominantes vouées à une disparition prochaine dans les poubelles de l'Histoire. En attendant, tu as fait du bon travail, camarade. Je considère cette information comme particulièrement importante. Et cela me confirme que tu es un agent beaucoup plus utile qu'Evans.

– C'est pourquoi vous devriez m'écouter, sourit Exeter, lorsque, par exemple, j'affirme que l'opinion publique internationale s'intéresse aux hommes nouveaux symbolisant la révolution soviétique, et serait enchantée de découvrir leurs visages mieux qu'à travers quelques clichés de presse mal reproduits. Jo Davidson est un immense sculpteur, et miss Theydon-Payne une photographe d'art diplômée de la fameuse Arts Students League américaine. Tous deux exposeront ces portraits des héros de la révolution dans les meilleures galeries de New York. Pourquoi laisser catalogues et musées ne présenter que les faciès égoïstes et jouisseurs de politiciens bourgeois et de grands patrons de l'industrie ? Le socialisme doit faire avancer ses troupes aussi sur les champs de bataille de l'art !

L'Anglais se tut, épuisé par sa diatribe. Yatskov le contemplait en souriant.

– Tu ne m'as pas posé une question, camarade, que tu aurais dû me poser. Mais tu te l'es certainement posée à toi-même…

– Laquelle ?

– « Pourquoi ces confidences ? » Car je suis, depuis longtemps, un homme des services secrets. Et toi, un simple nouveau venu à la Cause. Pourquoi donc t'ai-je parlé de Vassili ?

Exeter secoua la tête.

– Je n'en sais rien.

Le colonel ouvrit un tiroir de son bureau et, après quelques recherches, en sortit un petit livre très mince, d'aspect fragile, à la couverture en papier cartonné beige écornée. Son interlocuteur, stupéfait, le reconnut immédiatement. Yatskov prononça à voix haute, en examinant la couverture :

– *Gaucheries*, six poèmes par Ralph Exeter.

– Vous l'avez lu ?

– Bien sûr. Mes favoris sont « Le général Famine se joint à la contre-révolution », « Femmes de mineur » et « Du sang sur le charbon »… (Il déclama en anglais, avec son lourd accent slave :) « Une bouche de moins à nourrir / Un bras de moins pour gagner le pain / Car il y a du sang sur le front de taille / Et sur tout le charbon que vous brûlez. »

Il referma la plaquette d'un geste brusque.

– Cela me plaît, camarade. Tu n'es pas fils d'ouvrier, ton père était employé de banque, tu fréquentes ces milieux dégénérés de Montparnasse, mais, au fond, tu possèdes un cœur généreux et sincère. Je sens que ta haine du capitalisme est authentique, ainsi que ta sympathie pour les opprimés. Nous allons faire du bon travail ensemble.

Yatskov se leva, et tendit une enveloppe au journaliste.

– Deux mille dollars : ton premier mois d'employé de mon réseau et tes frais pour les informateurs. Je précise que je n'ai jamais été un fonctionnaire de la Tchéka ni du Guépéou. J'appartiens au 4e Bureau de l'état-major de l'Armée rouge, c'est-à-dire au renseignement militaire. Je commande toutes nos opérations clandestines à l'Ouest, en coordination avec le département étranger du Directoire politique d'État. Ce soir, j'organise l'arrestation du conspirateur Sigmund Rosenblum – un des plus dangereux ennemis de la République soviétique, avec le terroriste Savinkov. Je le ferai parler, ici dans les caves. (Il frappa le sol du talon.) Nous avons nos méthodes pour arracher la vérité aux plus têtus. Rosenblum finira par me confirmer la duplicité du négociateur dans l'affaire des ventes de diamants. J'enverrai un rapport à ma hiérarchie. Le commissariat à la Guerre est toujours dirigé par le camarade Trotsky : Lev Davidovitch est un révolutionnaire consciencieux et incorruptible. Il prône une révolution permanente, débarrassée régulièrement des éléments corrompus et des bureaucrates tatillons et incapables. Le négociateur sera rappelé à Moscou, interrogé et jugé sans que « Vassili », Dzerjinski et les autres puissent rien faire pour s'y opposer. Il sera démis de ses fonctions et envoyé en camp de travail. Rosenblum, que nous avons condamné à mort par contumace en 1918, sera fusillé. Et le produit de la vente des pierres précieuses reviendra *intégralement* aux caisses de la République.

Le colonel raccompagna Exeter.

– Ce soir, à l'Opéra, surveille bien nos délégués, qui sont tous invités à la première de *Simon Boccanegra*.

L'un d'eux, au cours de la soirée, prendra contact avec Rosenblum – que tu reconnaîtras forcément à ce moment. Ce délégué-là est notre traître. Désigne cette paire de criminels au camarade Ehrlich, qui se tiendra tout près. Ses hommes, postés à l'intérieur et à l'extérieur du théâtre, procéderont ensuite discrètement à la double arrestation. (Le colonel posa la main sur l'épaule de l'Anglais pour la secouer affectueusement.) Ton poème m'a plu parce que je suis fils et petit-fils de mineur. Je suis descendu au fond de la mine jusqu'à l'âge de seize ans. Ensuite je suis allé travailler aux fabriques d'armement de Toula. J'ai connu la déportation en Sibérie. J'ai vécu la grande guerre capitaliste-impérialiste, puis la guerre civile, et enfin la guerre contre les Polonais. La paix est revenue, mais la vérité est que nous sommes toujours en guerre, camarade. Maintenant, file voir Rozberg, je vais lui donner l'ordre de laisser travailler ton sculpteur. (Il décrocha le téléphone.) Et envoie-moi cette Américaine : j'ai quelques questions à lui poser avant de l'autoriser à photographier nos délégués.

Exeter n'avait qu'une idée en tête en quittant la pièce : foncer au bar de l'hôtel. Et, ensuite, s'écrouler sur une chaise longue pour une sieste bien méritée à l'ombre des palmiers. Ses genoux menaçant de se dérober sous lui, il attendit l'ascenseur plutôt que d'emprunter le grand escalier. Dans la cabine il se retrouva serré contre le gros Adolf Ioffé, à la longue barbe assyrienne noire et frisée. Le vétéran de la révolution était accompagné d'un escogriffe barbu, voûté, au teint maladif. Exeter crut reconnaître Vatslav Vorovski, ambassadeur à Rome et secrétaire général de la délégation. Il ressemblait à un instituteur de campagne souffreteux. Les deux Soviétiques se rendaient à la salle de restaurant pour déjeuner. Des odeurs appétissantes envahissaient l'immense hall de l'Impérial, où Exeter tomba nez à nez avec Marcel Rozberg.

– Vous m'ennuyez, Exeter. Il faut que vous vous mêliez de tout, c'est agaçant à la fin ! Yatskov vient de m'appeler, je ne suis pas d'accord.

Le correspondant écarquilla les yeux.

– Pas d'accord pour ?…

– Pour le sculpteur. Il va déranger tout le monde, avec ses chevalets, sa glaise, ses bâches, ses chiffons… Nous sommes en plein travail, ici, qu'est-ce que vous croyez ?

Sentant qu'il n'arriverait à rien par une attaque frontale, Exeter songea à une demi-mesure qui pourrait porter ses fruits.

– Et que diriez-vous d'une simple série de croquis pour commencer ? Jo Davidson ne pourrait-il s'installer discrètement dans un coin du restaurant et dessiner vos délégués pendant qu'ils prennent leur repas ?

L'attaché de presse exhala un profond soupir et jeta un regard excédé à l'Anglais.

– Vous ne renoncez jamais, hein ? (Il finit par détourner les yeux, haussa les épaules avec un autre soupir.) Bon, allons-y… mais à la moindre remarque d'un de nos camarades de la délégation, je fiche votre sculpteur à la porte.

Il marcha à pas pressés vers le bar, Exeter sur ses talons.

Steffens était parti se promener dans les jardins en attendant l'heure de son entrevue avec Tchitchérine. Mel Theydon-Payne et Jo Davidson patientaient assis à une table devant deux verres à peu près vides et une bouteille de capri bien entamée. Exeter leur expliqua la situation. Le sculpteur accepta avec un sourire débonnaire. Apprenant qu'elle allait comparaître devant un officier de renseignement soviétique, la jeune Américaine pâlit et le journaliste crut qu'elle allait se trouver mal.

– Ne craignez rien : ce Yatskov est un gentleman très agréable sous ses dehors légèrement bourrus. Vous devriez le photographier lui aussi – c'est une vraie « gueule », avec son crâne d'œuf, sa longue cicatrice et son œil artificiel… Il fera un effet splendide au milieu de votre galerie de portraits.

Elle sourit faiblement.

– Vous êtes gentil, Ralph. Toujours le mot pour rire. C'est juste que j'ai une phobie des policiers, depuis que toute petite je chipais des bonbons à la pharmacie…

– Yatskov n'est pas vraiment un policier, plutôt un vieux soldat. Les soldats ne vous font pas peur, Mel : rappelez-vous cette bataille sur un pont de la Néva, en février 1917… et les balles qui sifflaient autour de vous !

La photographe acquiesça, toujours très pâle. Elle remit son chapeau à guirlande de moineaux morts, se pencha pour récupérer la chambre et le trépied.

– Vous n'allez pas monter tout ça chez le colonel ! glapit l'attaché de presse.

– Mais il faut bien que votre officier voie avec quoi je compte faire ces portraits, monsieur Rozberg.

– Je peux porter le matériel de miss Theydon-Payne, proposa Exeter.

Rozberg leva les yeux au ciel.

– Inutile, le garde s'en chargera !…

Il appela un des jeunes gens du Guépéou qui vint prendre l'appareil photographique. Exeter regarda l'Américaine et son guide se diriger vers les ascenseurs. Puis il gagna la grande salle du restaurant, sous la conduite de Rozberg et suivi de Davidson avec son bloc à dessins sous le bras. Un maître d'hôtel installa les Anglo-Saxons à une table suffisamment proche de celle où déjeunaient les diplomates. Ils étaient là tous les six, mangeant vite avec une expression concentrée et n'échangeant que de brèves paroles en russe. Tchitchérine, Litvinov, Rakovsky, Ioffé, Vorovski, Krassine… Le sculpteur sortit de sa poche une petite boîte de fusains et commença à travailler. Un serveur apporta une bouteille de chablis « Pointe des Preuses », accompagnée de foie gras, de caviar et d'*antipasti* de tomates séchées, fromage et figues. Exeter vida d'un trait son premier verre de blanc et se sentit tout de suite mieux. Puis il étala caviar et foie gras sur de petites tranches de pain, et se goinfra consciencieusement – décidé à oublier le plus vite possible la mission désagréable qu'on lui avait confiée pour le soir même à l'Opéra. À côté de lui, Davidson bougonnait, esquissant les profils des Soviétiques à grands coups de fusain rapides et volontaires.

– Il n'y a pas de légèreté, ici. Vous avez remarqué ? C'est la même chose à toutes les tables de cette salle. On n'y voit que des individus à l'apparence solennelle, parlant tous avec des voix éteintes. Des gens péniblement sérieux. Des gens avec des idées. Le genre d'idées qui m'inquiètent…

Exeter était trop occupé à manger pour commenter les opinions du sculpteur. Ni Yatskov ni l'Américaine ne vinrent déjeuner. Steffens non plus, parti on ne savait où. Les délégués se levèrent, Rakovsky en dernier, qui, s'apercevant de la présence d'Exeter, vint le saluer pendant que ses camarades quittaient le restaurant, la mine préoccupée. Le journaliste en profita pour plaider la cause de Jo Davidson.

– Je vais voir ce que je peux faire, déclara l'ancien président du gouvernement provisoire d'Ukraine. Restez où vous êtes…

Il s'éloigna après leur avoir adressé un clin d'œil. Une dizaine de minutes plus tard, Marcel Rozberg arrivait, l'air plus offensé que jamais.

– Le camarade Ioffé a accepté de poser cet après-midi. Monsieur Davidson, venez ramasser vos affaires dans le hall, on ne sait plus où marcher. Un garde va vous donner un coup de main et vous conduire à la chambre d'Adolf Abramovitch. Et, non, nous n'avons pas besoin de vous, Exeter !

L'Anglais demeura seul à table, dans la salle qui achevait de se vider. Il héla un serveur et se fit apporter une autre bouteille de chablis. Il était excellent, et servi très frais. Le journaliste en arrivait à son dernier verre quand on posa devant lui une petite assiette avec la note : elle était salée. Davidson avait quitté les lieux sans se préoccuper de régler sa part du repas, se considérant comme invité par les Soviétiques. Exeter laissa des billets sur l'assiette et rejoignit le bar, entièrement désert à deux heures de l'après-midi. Il demanda au barman de lui porter un verre de marsala sur la terrasse.

Celle-ci, qui dominait la baie, ne comptait qu'un seul consommateur lorsque l'Anglais vint s'y asseoir à l'ombre des parasols. C'était un Russe vêtu d'une chemise blanche sans cravate et d'un complet de lin couleur crème. Il buvait tranquillement un café en laissant courir son regard sur les arbres, dont les palmes bougeaient faiblement, agitées par une brise venue de la mer. L'homme était trapu, le visage rond et empâté, avec un front haut et des cheveux en brosse poivre et sel. Son nez, à l'arête aplatie, s'arrondissait en boule au-dessus d'une courte moustache et d'un petit bouc noir à la Méphistophélès.

Exeter l'observait en buvant son vin sucré. L'homme se retourna lentement, et leurs regards se croisèrent. Les yeux du Russe, intelligents et froids, étaient petits et d'un bleu particulièrement clair. Sa bouche mince s'étira en un sourire vaguement amusé et – l'Anglais eut cette impression – plutôt méprisant. Il lui sembla aussi que cet individu qu'il n'avait jamais vu de sa vie savait *précisément* qui il était. Et ce qu'il était venu faire à l'hôtel Impérial. Chose qu'Exeter, surtout après les deux bouteilles de vin, n'était pas absolument certain de savoir lui-même.

Des rires s'élevèrent du jardin. Deux individus essoufflés apparurent au sommet de l'escalier menant à la terrasse et s'installèrent à une table le long de la balustrade. On aurait pu croire qu'ils rentraient d'une partie de tennis. L'homme, très grand, mince et athlétique, pantalon blanc et chemise blanche à col ouvert, était l'essayiste et poète américain Max Eastman. Sa chevelure prématurément blanchie mettait en valeur la beauté de ses traits. Quant à la jeune femme svelte et rieuse, aux cheveux courts et couleur de sable, qui l'accompagnait… Exeter reconnut Elyena Krylenko, la secrétaire de Litvinov. Celle qui avait eu l'idée, l'avant-veille, de lui lancer une rose par la fenêtre. Apercevant le correspondant du *Daily World*, elle lui fit un signe de la main, puis, se détournant, s'assit en face d'Eastman, qui la dévorait des yeux. Exeter – vexé mais fair-play comme tout bon Anglais – dut s'avouer qu'ils formaient un joli couple. L'Américain fit signe à un serveur, commanda deux verres de capri blanc.

Puis reprit sa conversation avec la jeune Soviétique. Exeter, à qui le vent portait leurs paroles, les entendait communiquer en français. Mlle Krylenko parlait cette langue avec une charmante aisance, quoique de façon exagérément polie, et Eastman plutôt mal, affligé qu'il était d'un terrible accent anglo-saxon.

La Russe se leva brusquement de sa chaise.

– Je vous prie de me pardonner, monsieur, dit-elle, mais j'ai un bref rendez-vous que je ne puis manquer. Cela me prendra moins de vingt minutes. Semblerait-il présomptueux de ma part de vous demander d'attendre ici jusqu'à ce que je revienne ?

Eastman, bien que surpris, n'eut pas l'air de trouver la demande particulièrement présomptueuse. Acquiesçant avec un sourire, il promit d'attendre – jusqu'à la tombée de la nuit s'il le fallait, ajouta-t-il – et laissa son invitée s'éclipser. Se retournant sur sa chaise, Exeter la vit traverser le hall en courant et disparaître du côté de l'escalier principal. Reprenant sa position face aux palmiers, il croisa le regard détendu de l'Américain.

– Exeter, du *Daily World*, si je ne me trompe ?

L'Anglais se redressa, soulevant son feutre noir à larges bords.

– C'est cela même. Vous permettez que je m'asseye à votre table un instant ?

Eastman répondit par un geste ample de la main droite.

– Avec plaisir. Cette fille en a pour au moins une vingtaine de minutes, m'a-t-elle dit. Et vous connaissez les femmes…

– Je vous ai vu hier au Palazzo San Giorgio. Vous étiez à côté de Marcel Cachin…

L'Américain eut une grimace dédaigneuse. Exeter se rappela sa réputation peu enviable – et d'ailleurs pas entièrement justifiée – de « bolchevik de salon ». Eastman était un intellectuel honnête, parfois un peu naïf, qui avait présidé aux destinées des revues *The Masses* et *The Liberator* en suivant cette quadruple devise : « Liberté intellectuelle et spirituelle, véracité sans réserve, révolution prolétarienne, et appropriation par l'État des moyens de production ». Il n'allait pas tarder à constater, avec l'évolution du pouvoir soviétique au cours des années à venir, que les deux premières propositions s'accordaient mal aux deux qui leur faisaient suite.

– Ce Cachin n'est qu'une girouette. Il a été ultrachauvin au début de la guerre, faisant les commissions du gouvernement français auprès de Mussolini. Ensuite il a suivi la majorité et s'affirme maintenant bolchevik, bien qu'il ait jadis condamné dans ses articles l'insurrection d'Octobre.

Exeter partageait l'avis d'Eastman au sujet du directeur de *L'Humanité*. Cependant une question l'intéressait davantage :

– Je vois que vous connaissez Mlle Krylenko…

– Depuis très peu de temps, précisa l'Américain avec un sourire avantageux. L'histoire est amusante. Samedi après-midi je bavardais avec Litvinov, profitant du soleil de la petite véranda au deuxième étage sur le devant de l'hôtel. Litvinov est rentré quelques instants, appelé à l'intérieur. Resté seul, j'admirais la vue, appuyé mélancoliquement à la balustrade. J'étais triste car il m'avait répondu de façon très évasive pendant que je l'interviewais pour *The Liberator*. Avez-vous remarqué la curieuse façon dont seule sa lèvre inférieure remue lorsqu'il parle ? J'entendais des rires féminins provenant d'une fenêtre ouverte, quelques étages au-dessus de moi. Levant la tête, j'ai aperçu des visages espiègles qui m'observaient. Des jolis visages. Puis ces filles ont disparu brusquement, et à leur place j'ai vu jaillir une rose rouge qui a atterri à mes pieds. J'ai demandé plus tard à Litvinov s'il savait qui habitait la chambre. Il a répondu que c'était le bureau des secrétaires.

Eastman s'interrompit pour vider son verre de vin blanc. Exeter, saisi de mélancolie à son tour, se dit que les jeunes représentantes du monde soviétique cherchaient délibérément à provoquer du… quel était le terme utilisé par Rakovsky ?… *oukhajivanié*. Des petites aventures brèves mais excitantes. En attendant, il pouvait faire une croix sur Elyena Krylenko.

– Votre nouvelle amie n'aurait pas une jeune camarade aussi charmante qu'elle ? demanda-t-il à l'Américain, qui se mit à rire.

– Mais si. Quand elle sera de retour, demandez-lui de vous présenter la secrétaire de Tchitchérine. Une jolie brune fort piquante. Avec des jambes superbes. C'est elle qui m'a jeté la rose, en fait, si j'en crois ce qu'Elyena m'a raconté par la suite… Méfiez-vous, j'ai l'impression que ces Russes sont toutes de sacrées menteuses. Il paraît que cela flirte de tous les côtés depuis leur arrivée à Santa Margherita. Je crois d'ailleurs que la petite a un terrible chagrin d'amour en ce moment.

Exeter haussa les sourcils.

– Qui ? Mlle Krylenko ?

– Je suis venu ici hier soir après la séance plénière, dans la voiture de Krassine. J'ai fait mon possible pour leur tirer les vers du nez, vous comprenez. Ces délégués sont sympathiques mais peu bavards. À part peut-être Rakovsky, dont tout le monde s'accorde pour dire que c'est un type ouvert et très chaleureux. Il m'a demandé de lui traduire des documents d'anglais en français. Afin de gagner du temps, j'ai pris une chambre pour la nuit dans un petit hôtel du village. Ce matin j'ai eu l'idée d'emprunter une barque sur le port et de ramer jusqu'au pied de la falaise. Il y a un petit embarcadère en ciment en bas des jardins de l'Impérial, avec des marches taillées dans le roc. J'ai attaché la barque et je suis monté. Il m'a fallu éviter un de ces gardes italiens armés qui faisait sa ronde, et ensuite escalader un mur. En sautant de l'autre côté, je suis presque tombé dans les bras d'une fille… (Du menton, il indiqua la direction dans laquelle était partie Elyena Krylenko.) J'ai reconnu une des secrétaires que j'avais vues à la fenêtre. Elyena, debout sous un arbre à kumquats, pleurait tout en mangeant des fruits de l'arbre. Me voyant, elle s'est exclamée : « Ces larmes ne sont pas pour vous ! »

Exeter rit à son tour.

– J'étais de toute façon trop stupéfait pour songer à une telle éventualité. Il y a eu un silence embarrassé de part et d'autre, que j'ai finalement brisé de manière assez galante : « Si ce n'est pas à moi de sécher vos larmes, *mademoiselle*, permettez au moins que je vous aide à manger ces kumquats. » Elle a ri, sans cesser de pleurer, et s'est dressée dans un geste gracieux pour me cueillir un fruit. Au bout d'un certain temps, lorsque Elyena a eu fini de pleurer et après que je lui ai soutiré quelques nouveaux rires, j'ai suggéré que nous montions prendre un verre sur la terrasse, et voilà.

Il écarta les mains, avec une expression satisfaite.

– Sauf qu'elle ne reviendra peut-être pas, insinua Exeter. Votre conquête a détalé comme si elle avait le diable à ses trousses, mon cher Max.

– Attendez et vous verrez.

Exeter réprima un bâillement.

– Je crains de manquer de patience. Dites-moi, il est dans un coin tranquille, votre arbre à kumquats ?

– Très. (Eastman sourit, avant d'ajouter :) Mlle Krylenko et moi-même aurions pu passer à une gymnastique disons… moins habillée que personne ne s'en serait aperçu depuis là-haut.

Le correspondant du *Daily World* se leva et reprit sa canne.

– Je crois décidément l'heure venue d'une petite sieste. Serez-vous à la représentation de *Simon Boccanegra*, ce soir ?

– Certainement. La délégation russe est invitée. Je me suis fait réserver deux places par le bureau d'accueil de la *casa della stampa*. J'irai avec Elyena Krylenko.

L'optimisme inébranlable de l'Américain fit sourire Exeter tandis qu'il traversait la terrasse pour rejoindre les jardins luxuriants de l'hôtel Impérial. Il constata que l'autre consommateur – le Russe aux petits yeux froids et au bouc à la Méphisto – avait disparu.

Exeter descendit vers la mer et ne tarda pas à trouver l'arbre à kumquats. Il s'allongea à l'ombre des feuilles, sa veste repliée sous sa tête en guise d'oreiller et le chapeau à larges bords posé sur sa figure. L'air était doux, le jardin un subtil mélange d'odeurs d'essences exotiques. Bercé par le chant des oiseaux et le murmure du ressac une dizaine de mètres plus bas, le journaliste s'endormit rapidement. Il rêva de Melicent Theydon-Payne. Vêtue d'une longue chemise de nuit blanche, la jeune femme plongeait la main droite à l'intérieur d'un bocal de bonbons sur le comptoir poussiéreux d'une pharmacie. Lorsqu'elle retira sa main, celle-ci était pleine de moineaux ensanglantés.

Exeter se réveilla en fin d'après-midi. Le soleil bas et orangé touchait le faîte des collines, et le sol tiède sur lequel était allongé l'Anglais était recouvert par l'ombre des buissons. Il regarda sa montre : bientôt sept heures. La représentation au théâtre Carlo Felice débutait à huit heures et demie. Il bondit sur ses pieds, brossa le sable et les aiguilles de pin collés à ses vêtements, remonta en courant vers l'hôtel. Il aperçut, sur le parking devant l'escalier principal, la torpédo noir et argent qui redémarrait. Il courut vers elle en agitant son chapeau et en faisant des moulinets avec sa canne. Le chauffeur freina dans la poussière qui s'élevait des graviers. Une portière s'ouvrit, poussée de l'intérieur par Jo Davidson.

Lincoln Steffens était assis sur la banquette derrière le sculpteur. Renfrogné, il ignora délibérément Exeter qui s'installait sur le strapontin en face de lui et demandait où était passée la photographe.

– Miss Theydon-Payne est rentrée avant nous, répondit Davidson. C'est ce qu'on m'a affirmé à l'entrée, en tout cas. Le jeune homme au revolver parle l'italien. Il m'a donné cette enveloppe à votre intention.

Exeter prit la longue enveloppe blanche qu'on lui tendait. Son nom et son prénom y étaient inscrits à l'encre bleue, d'une écriture fine, élégante et un peu tremblée. Davidson exultait pendant que l'automobile franchissait le barrage de carabiniers massés devant la grille du parc :

– Mon portrait d'Adolf Ioffé est presque achevé. Il sera particulièrement réussi. Je me suis entendu admirablement avec ce Russe. Quelle gentillesse, quelle modestie exquise ! J'ai encore en tête ses paroles… « Cela fait vingt-cinq ans, m'a-t-il expliqué, que j'ai adopté la philosophie selon laquelle la vie n'a de sens que si elle est vécue au service de l'infini – et pour nous, *cet infini est l'humanité.* » (Davidson secoua la tête pensivement.) Je crois qu'il me faudra revoir certains de mes préjugés concernant les communistes…

Lincoln Steffens ricana.

– Que connaissez-vous du communisme, Jo ? Ne soyez pas ridicule.

Le gros sculpteur gloussa dans sa barbe.

– Steff est mortifié parce que Tchitchérine n'a rien voulu entendre de ses brillants avis, inspirés des services qu'il a rendus à la révolution mexicaine. L'idée de Steff est de *louer*, au lieu de vendre, les terrains pétroliers aux compagnies étrangères. Celles-ci veulent le pétrole, pas les terres. C'est peut-être une excellente idée. Mais, si je comprends bien, toute comparaison avec la situation au Mexique irrite considérablement les Russes…

Exeter avait en effet remarqué que les bolcheviks n'admettaient – et encore, à la rigueur – de dette qu'envers la Révolution française de 1789 et la Commune de Paris de 1871. Mais cela aussi était en train de changer. Bientôt, de tels prototypes ne les intéresseraient même plus, car ces hommes impatients et fiers ne songeaient, en réalité, qu'à construire désormais leur propre Histoire.

La Packard gravissait la route en lacets qui menait à Portofino. Le sculpteur se frottait les mains en pensant au buste presque terminé, qu'il avait laissé à l'hôtel Impérial protégé sous des chiffons mouillés.

– M. Rozberg est venu plusieurs fois contrôler que tout allait bien. Il avait l'air de redouter que je ne fasse disparaître le précieux modèle – précieux pour la révolution, je veux dire. (Davidson gloussa de nouveau.) Mais à mesure qu'il constatait à quel point le buste était ressemblant, notre attaché de presse se répandait en exclamations : « Un chef-d'œuvre, un véritable chef-d'œuvre ! » Il a fait venir d'autres gens pour admirer mon travail. Je crois que je n'aurai pas de mal à réaliser les bustes de tous les délégués…

Écoutant distraitement, Exeter décacheta l'enveloppe. Elle contenait une courte lettre de l'Américaine :

Cher Ralph,

Grâce à vous j'ai pu voir le colonel Yatskov. Il m'a fait l'effet d'un homme sympathique, en cela vous aviez certainement raison. Je crois qu'il était d'accord pour me laisser prendre des photos. Malheureusement notre entretien n'a pas duré très longtemps. Je vous en dirai plus la prochaine fois si l'occasion nous en est donnée. Pour le moment, je me sens très mal et je préfère quitter cet hôtel le plus vite possible. Merci encore, infiniment, de m'avoir aidée, et pardonnez-moi d'avoir abusé de votre bonté.

En espérant que vous me considérerez toujours comme votre amie – ce que je suis et que je désire être de tout mon cœur,

Sincèrement,

Mel

Exeter relut la lettre plusieurs fois de suite. Il ne comprenait pas davantage à la dernière qu'à la première lecture. Il finit par replier la feuille et la rangea dans l'enveloppe. Celle-ci rejoignit, au fond d'une poche de sa veste, les deux autres, qui contenaient le questionnaire sur les chars français et ses deux mille dollars de salaire d'espion du Guépéou.

Le véhicule avait contourné le promontoire de Portofino dans l'incendie de la tombée du jour et, prenant les lacets en faisant hurler les pneus, redescendait vers l'étroite vallée sans soleil. Elle parut à l'Anglais plus sombre et plus triste encore que lorsqu'ils l'avaient traversée – tous les quatre ensemble – à l'aller.

Chapitre XV

Simon Boccanegra

Exeter monta en courant jusqu'à sa chambre de l'Albergo dei Giornalisti, dissimula l'argent et le questionnaire derrière le cadre de la photo des skieurs de fond, rangea la lettre de Melicent Theydon-Payne dans le tiroir de la table de chevet, et revêtit en vitesse sa tenue de soirée pour se rendre à l'Opéra.

La piazza de Ferrari était noire de monde autour de la statue équestre de Garibaldi. La masse sombre du théâtre se découpait sur le ciel nocturne, encore bleu à l'ouest et où les premières étoiles clignotaient. Le journaliste franchit l'entrée du théâtre, bouscula des retardataires, demanda au guichet de vente si un certain M. Bielefeld n'avait pas laissé un billet pour lui. L'employée croyait s'en souvenir. Elle retira deux enveloppes de sous le comptoir – l'une au nom de Ralph Exeter, l'autre à celui de Melicent Theydon-Payne. Exeter s'empara de la sienne, traversa le vestibule et emprunta le grand escalier central. Il croisa des carabiniers armés et des agents de la sécurité en civil. Il n'aperçut aucun des hommes d'Ehrlich. Une ouvreuse apparut pour le conduire à la porte de la loge d'Oskar Bielefeld. Un policier vérifia son identité ainsi que son numéro de place. Il lui palpa les poches, et examina sa canne, avant de le laisser entrer. Assis dans le clair-obscur de sa loge, cerné de parois de velours cramoisi, le galeriste feuilletait le programme de la soirée à la lumière d'une des petites appliques murales en forme de chandelier. Un maître d'hôtel finit de préparer des canapés de caviar, puis déboucha une bouteille de champagne. Il y avait trois coupes vides sur le plateau. Oskar Bielefeld leva les yeux de la brochure et invita l'Anglais à s'installer sur une chaise voisine de la sienne.

– Je pensais que vous ne viendriez plus. Et miss Theydon-Payne ?

– Melicent est repartie de Santa Margherita avant moi. J'ai eu l'impression qu'elle était indisposée. Elle a laissé une lettre pour moi, au service de sécurité de l'hôtel.

Les yeux de Bielefeld brillaient dans la pénombre.

– Que disait-elle, cette lettre ? Faites voir.

– Je l'ai oubliée dans ma chambre. D'après ce que j'ai compris, Mel a renoncé à faire les portraits des délégués. Pourtant, le colonel Yatskov semblait d'accord... Il voulait seulement lui poser quelques questions.

Le maître d'hôtel remplit deux des trois coupes avant de s'éclipser en silence. L'Allemand secoua la tête impatiemment, s'agitant sur sa chaise.

– Je ne saisis rien à votre histoire. J'espère qu'il ne lui est rien arrivé. Les Rouges sont dangereux. Vous auriez dû insister pour avoir des précisions. Avec qui est-elle revenue de Santa Margherita ? Quand ? Et où est-elle en ce moment ?... Vous n'en savez rien. Vous me décevez, mon cher Exeter.

L'interpellé se mordit les lèvres. Bielefeld haussa les épaules, se pencha pour goûter au champagne, qu'il ne trouva pas assez frais. Puis il s'appuya, en grommelant, au balcon, d'où il observa le public à l'aide de ses jumelles de théâtre. La loge du marchand d'art se trouvait sur le côté droit, tandis que les loges d'honneur du fond de la salle accueillaient les politiciens et diplomates étrangers. David Lloyd George, sa femme et sa fille étaient assis en compagnie du chef de cabinet du Premier ministre, Sir Maurice Hankey, de l'envoyé français Louis Barthou et de l'ambassadeur Barrère. À l'étage en dessous on pouvait voir les diplomates soviétiques, à l'exception de Tchitchérine, qui d'après la rumeur passait ses nuits à travailler dans son bureau de l'hôtel Impérial. Exeter chercha dans la loge des Russes quelqu'un qui pût ressembler à Rosenblum. Mais, autour des cinq délégués présents, Ioffé, Rakovsky, Litvinov, Krassine en impeccable tenue de soirée blanche, et Vorovski, ne s'empressaient que de jeunes assistants et secrétaires. Elyena Krylenko n'était pas avec eux. L'Anglais finit par l'apercevoir, dans un fauteuil d'orchestre à côté de Max Eastman, reconnaissable de loin à ses cheveux blancs. Un large brouhaha montait du public, mêlé aux sonorités grinçantes des violons qu'accordaient les musiciens dans la fosse. D'un geste brusque, Bielefeld tendit le programme à Exeter. La lumière baissait doucement. Les instruments avaient cessé de grincer à l'orchestre. L'attention du journaliste fut attirée par un groupe bruyant, aux premiers rangs du parterre. Entouré d'Italiens conversant sans gêne à voix haute, trônait un personnage à tête massive : Benito Mussolini.

Quatre mois s'étaient écoulés depuis leur entrevue au premier étage du petit hôtel jaune, à Cannes au début de l'année. Comme à son habitude, le directeur du *Popolo d'Italia* prenait des poses de matamore et parlait haut, jouissant manifestement de s'exhiber entouré de sa petite cour de *fascisti* devant cette assemblée de gloires de la politique et du grand capital international. Exeter l'étudia de loin en buvant son champagne. La grosse tête de taureau de Mussolini disparut peu à peu dans l'obscurité. Il y eut encore des « Chut ! », des « *Silenzio !* », des rires suivis de quelques insultes et des bruits de toux. L'orchestre seul se retrouva éclairé. Le public applaudit le chef Guarnieri qui rejoignait ses musiciens.

– Je vais vous parler un peu de la pièce, sinon vous ne vous y retrouverez pas, proposa le galeriste. Vous aimez Verdi ?

– Je préfère Bellini, et surtout sa *Norma*. L'aria « Casta diva » m'émeut toujours. Mais vous savez, je ne suis pas un grand connaisseur…

– La première représentation de *Simon Boccanegra*, au théâtre de La Fenice à Venise en 1857, fut un fiasco. Longtemps après, Verdi remania sa partition et la nouvelle version obtint un succès triomphal à la Scala de Milan en 1881. On ne la joue cependant que trop rarement, alors qu'il s'agit d'une œuvre majeure, au même titre que *Don Carlo* ou que *La forza del destino*…

Pendant que Bielefeld prononçait ces phrases d'un ton pédant, les premiers accents de l'ouverture montèrent de l'orchestre vers les troublantes cariatides qui supportaient les balcons, gonflés de dorures, jusqu'au plafond peint du théâtre Carlo Felice. Exeter écoutait la musique de Verdi en pensant à Melicent Theydon-Payne. Il dut admettre que Bielefeld avait raison : il n'aurait pas dû quitter Santa Margherita sans s'inquiéter davantage de son sort. Le colonel la soupçonnait-il de quelque chose ? Avait-il décidé de la garder de force à l'hôtel Impérial ? Cette lettre qu'Exeter avait lue sur le chemin du retour, la photographe l'avait-elle écrite sous la contrainte ? Les Russes avaient-ils déjà commencé à user sur elle des « méthodes spéciales » dont parlait Yatskov ? Déjà, elle avait fui la République soviétique en 1918, ou 1919 – le récit de Mel n'était pas très clair à ce sujet. Au fond, Exeter ne savait que fort peu de choses sur la jeune femme. Mais l'angoisse et la terreur se lisaient clairement sur son visage le matin. Puis un homme du Guépéou l'avait emmenée jusqu'aux ascenseurs de l'hôtel, et on ne l'avait pas revue… L'Anglais se sentit malade brusquement. Il reposa sa coupe de champagne sur le plateau.

L'ouverture s'achevait. Aux premiers rangs, les amis de Mussolini s'agitèrent de nouveau. Le rideau se leva lentement sur le décor d'une place de Gênes au Moyen Âge. Exeter reconnut la cathédrale San Lorenzo, avec les bandes blanches et noires de ses marbres, qu'il avait visitée le dimanche et où il avait aperçu Bielefeld plongé dans la contemplation des fresques. Sur la droite se dressait un *palazzo* – celui de la famille Fieschi, expliqua le marchand d'art – au large balcon. Dans une niche murale à côté de celui-ci, une statue de la Vierge devant laquelle brûlait une petite lanterne. D'autres maisons fermaient le décor à gauche de la scène. Dans le fond, les nombreux toits pentus et biscornus figurant le reste de la ville s'étageaient sur une toile peinte, devant un grand ciel nocturne éclairé de bleu. Deux personnages aux allures de conspirateurs conversaient à l'angle du palais, sous l'image de la Sainte Vierge.

Le journaliste n'écoutait pas, l'estomac noué par l'inquiétude au sujet de Melicent. Il envisagea de quitter le théâtre et de courir jusqu'au Miramare afin de s'enquérir de son sort. En faisant vite, il pourrait être de retour avant la fin de l'entracte. Leur hôte lui aussi serait rassuré…

Sur scène, un des conspirateurs avait été rejoint par un chœur de marins et d'artisans. Leur faisant signe d'approcher, il désigna, avec des mimiques mystérieuses, le palais, son balcon et l'image de la Sainte Vierge : « *L'atra magion vedete ?...* Voyez-vous cette noire demeure ?… C'est des Fieschi le néfaste séjour, où gémit ensevelie une beauté malheureuse. Ses plaintes sont la seule voix humaine qu'on entende résonner dans ce vaste et arcane tombeau. – C'est l'antre des fantômes ! s'écria le chœur. *Oh qual orror !...* Quelle horreur ! » Le conspirateur mit un doigt sur ses lèvres. Puis : « Regardez ! » Derrière une fenêtre du palais des Fieschi, se reflétait une lumière vacillante. « La flamme funeste apparaît… – Oh ciel ! »

Un personnage barbu, vêtu de fourrures, l'épée et la dague au côté, sortit du palais noir. Bielefeld désigna à Exeter le fameux Alexander Kipnis dans le rôle du noble Fieschi. L'homme paraissait au comble du chagrin. Il commença à chanter, d'une profonde voix de basse, l'air célèbre du *lacerato spirito* – l'âme meurtrie du père inconsolable : « *A te l'estremo addio...* À toi le dernier adieu, orgueilleuse demeure, froid sépulcre où repose mon ange !… Ah, pour te protéger, qu'ai-je fait ?… Le maudit !… Le lâche séducteur ! » Le personnage richement vêtu serrait les poings. Puis, écartant les bras, il s'agenouilla sous l'image sainte. « Et toi, Vierge Marie, tu as pu souffrir que lui fût arraché le diadème virginal ?… » Il se prit la tête dans les mains. « Mais qu'ai-je dit ?… Je délire… Pardonne-moi ! » Pendant que le chanteur se lamentait, on entendit des plaintes s'élever derrière les fenêtres du palais. Un chœur de voix féminines : « *È morta !... È morta !...* Elle est morte !… *Mai più !...* Jamais plus nous ne la reverrons sur la terre !… » Là-bas, de sourdes voix d'hommes se mêlèrent au chœur, pour réciter d'un ton lugubre : « *Miserere !... Miserere !...* »

Prostré sur les marches, le seigneur Fieschi sanglotait. Plusieurs silhouettes en cape noire de pénitents quittèrent lentement la demeure, tête baissée, et traversèrent tristement la place pour disparaître parmi les ombres.

La salle éclata en un tonnerre d'applaudissements.

Exeter demeurait pétrifié sur sa chaise. Le front moite de transpiration, le cœur tordu par l'angoisse, il se sentait sur le point de vomir. Son esprit voyait dans cette scène morbide et dramatique une coïncidence affreuse. Remplaçant le *palazzo* Fieschi par le grand palace blanc de Santa Margherita, le journaliste imaginait, enfermée derrière le décor, dans une cave transformée en chambre de torture, non pas la fille d'un noble génois… mais bel et bien la jeune et ravissante artiste qu'il avait lui-même, stupidement, livrée à son destin. Ce soir, prisonnière, là-bas, du Guépéou, peut-être même – *Miserere !... Miserere !...* – déjà morte.

Morta.

Son regard croisa celui d'Oskar Bielefeld.

– Vous n'avez pas l'air dans votre assiette, cher ami…

– Je crois que je ferais mieux de rentrer. Vous avez raison, je ne me sens pas bien.

Bielefeld souriait toujours.

– Vous ne voulez pas de mes informations ?

– Pardon. Lesquelles ?

Exeter n'y était plus du tout. Il se passa la main dans les cheveux, l'air stupide. L'autre le regardait ironiquement.

– Voyons !… Je vous avais promis un scoop au sujet du pétrole. En échange de votre aide amicale concernant les portraits que désirait faire miss Theydon-Payne.

– Ah, c'est vrai.

– Eh bien, le voici : comme vous le savez sans doute, Sir Henri Deterding, le « Napoléon du pétrole », représentant la Royal Dutch Shell, cherche depuis longtemps à mettre la main sur les gisements russes afin de réaliser, en accord avec le gouvernement britannique, son rêve de domination mondiale du marché de l'or noir. La seule raison pour laquelle la Royal Dutch ne s'est pas encore alliée à l'Anglo-Persian et à la Burma Oil résidait dans la crainte de David Lloyd George qu'une telle action, si peu de temps après le pacte naval de Washington, n'apparaisse comme une provocation et ne force les États-Unis à des représailles, commerciales ou financières, contre les Anglais.

Exeter acquiesça d'un air vague.

– Votre Premier ministre, malgré ses objections initiales, et apparemment charmé par les bolcheviks, a autorisé la Royal Dutch à prendre la tête d'un vaste consortium excluant la Standard Oil et à signer un contrat avec le gouvernement des soviets pour les concessions pétrolières du Caucase. Évidemment, les Américains seront furieux. Le contrat est prêt depuis février dans le plus grand secret. Les signataires en sont Krassine – qui a été l'homme fort des négociations –, Rakovsky, Mme Varvara Polovtsev, Victor Noguine et Basile Krysine. Sa publication est imminente et c'est une très bonne chose pour l'industrie et le problème du chômage dans votre pays. Si j'étais vous, je câblerais la nouvelle dès ce soir à la rédaction du *Daily World*. Vous serez le premier à l'annoncer, mon cher. Un très joli scoop. Je vous félicite.

Exeter, qui était prêt à partir, se rassit, posant sa canne contre le dossier de la chaise vide.

– Vous êtes sûr de ce que vous me racontez ? Ce

n'est pas un faux bruit destiné à semer la panique dans la Conférence ?

Le rideau tombait, sous les salves d'applaudissements du public. Des cris fusèrent des premiers rangs : « *Viva l'Italia !* » et « *Viva il Duce !* » Les lumières se rallumèrent un court moment avant le début du premier acte. Oskar Bielefeld secouait la tête, souriant d'un air malicieux.

– Si vous n'avez pas confiance, mon cher, demandez confirmation auprès de vos amis les bolcheviks…

Il indiqua la délégation russe. Exeter tourna la tête : au même moment, le camarade Ehrlich pénétrait dans la loge des délégués et gagnait les premiers rangs du balcon. Le tchékiste portait une veste noire qui dissimulait l'étui de revolver sur sa poitrine. Exeter le vit se pencher pour chuchoter quelque chose à l'oreille de Vorovski. Le barbu à la silhouette voûtée et maladive se redressa, comme piqué par un serpent. Il saisit le bras de Krassine, qui se leva à son tour. Une soudaine agitation s'emparait de la loge des représentants de la Russie rouge.

Chapitre XVI

La flamme funeste

Exeter fronça les sourcils. Il emprunta à Bielefeld sa paire de jumelles.

Les Russes apparurent avec netteté dans la lumière des chandeliers électriques de leur loge. Le gros Adolf Ioffé avait retiré son pince-nez et s'essuyait les yeux. Le large visage hébété de Litvinov exprimait une consternation muette. Rakovsky demeurait assis, les coudes sur les genoux, le front appuyé contre ses poings. Krassine, effaré, triturait machinalement sa petite barbe poivre et sel à la pointe soigneusement taillée. Et, s'adressant à Ehrlich, Vorovski levait avec des gestes saccadés ses longues mains blanches – tandis que secrétaires, assistants et interprètes papillonnaient inefficacement autour de leurs diplomates en état de choc.

– Avez-vous une idée de ce qui se passe ? demanda l'Anglais à son voisin.

L'impassibilité avec laquelle Bielefeld observait l'incident parut à Exeter un peu forcée. Sa main droite se crispait sur la coupe de champagne. Dans l'expression du regard concentré se mêlaient anxiété et jubilation. Un léger tic nerveux faisait trembler le coin de sa bouche.

– Je ne sais pas. Peut-être que Lénine est mort. On le dit malade… Ou bien les monarchistes ont fait sauter le bureau de Tchitchérine pendant qu'il s'y trouvait. L'un ou l'autre, pour moi ce serait une splendide nouvelle.

La lumière des lustres baissait. Dans la salle, des voix réclamaient le silence. Les amis de Mussolini se mirent à invectiver les bolcheviks. L'agitation se poursuivait dans la loge russe, où les appliques restaient allumées. Entre-temps, le rideau s'était levé sur le décor d'un somptueux jardin de la Riviera ligure, et de la mer d'un bleu profond qui s'étendait au loin dans les lueurs du jour naissant. Aux premiers rangs, les *fascisti*, tournés vers le fond de la salle, agitaient cannes, chapeaux, journaux, programmes et hurlaient aux communistes de rentrer chez eux. Mussolini, également debout, brandissait les poings et s'égosillait avec la meute. Ayant abandonné leurs chaises, les délégués soviétiques, sous les cris de « *Fuori ! Fuori !* », se précipitèrent en se bousculant vers la sortie. Exeter rendit les jumelles à son hôte.

– Je n'y comprends rien. En tout cas, on leur a annoncé quelque chose de grave…

Bielefeld leva solennellement sa coupe de champagne.

– Je bois à la mort rapide du communisme !

Il vida la coupe et, à la russe, l'envoya se briser derrière lui. Les musiciens de l'orchestre symphonique attendaient, désemparés, devant leurs partitions. On se battait tout près d'eux, des spectateurs socialistes étant venus faire le coup de poing contre les amis de Mussolini. Le galeriste se détourna d'Exeter pour suivre la bagarre. Dans la loge de Lloyd George et de sa famille, l'ambassadeur Barrère, penché au balcon, poussait de hauts cris, exigeant l'intervention immédiate des agents de sécurité. Exeter pensait toujours à Mel Theydon-Payne. Il murmura des excuses et sortit de la loge précipitamment.

Dans le grand escalier il rencontra Elyena Krylenko. La secrétaire lui parut plus charmante encore que sur la terrasse de l'hôtel dans la longue robe de soirée en velours bordeaux qui moulait ses formes. Exeter lui demanda la cause de cette soudaine panique chez ses compatriotes.

– Je n'en sais malheureusement rien, *monsieur*. Il semblerait qu'il se soit produit quelque événement extraordinaire et déconcertant. Je me rendais précisément aux nouvelles…

Son français était toujours d'une courtoisie exquise, mais sans guère d'utilité pour Exeter. Il se tourna vers Max Eastman, qui venait les rejoindre. L'habit de soirée allait extrêmement bien au séduisant et athlétique poète américain. Lui et son ami Charlie Chaplin, se rappela Exeter, avaient partagé peu de temps auparavant une même maîtresse, la jeune actrice Florence Deshon. Lorsque les deux hommes l'eurent quittée, et comme le succès cinématographique espéré ne venait pas, elle se suicida au gaz.

– Vous savez ce qui se passe, vous ?

Eastman haussa les épaules en signe d'ignorance.

– C'est la folie à l'orchestre. Le spectacle est interrompu. Tous les Italiens sont en train de s'empoigner à la suite de l'agression des fascistes.

Il prit le bras de la jeune Russe.

– Cet opéra de Verdi est certainement très beau, mais, comme toujours lorsque j'assiste à un concert, je ne prêtais qu'à moitié attention à la musique et mes pensées vagabondaient. Chère Elyena, je pense qu'il vaut mieux que je vous raccompagne à votre hôtel.

Il l'escorta jusqu'au vestiaire où elle avait laissé son manteau. Des policiers, en civil et en uniforme, se ruaient dans la salle afin de rétablir l'ordre. Exeter sortit sur les marches du théâtre. L'air était doux, la nuit noire, la piazza de Ferrari encombrée de véhicules automobiles et de calèches découvertes. Il s'approcha d'un jeune sous-officier de carabiniers, lui montra sa carte de la NUJ ainsi que son accréditation, et lui demanda s'il avait vu passer les Soviétiques.

Le carabinier mit la main à son tricorne.

– *Si, signore.* Ils viennent de partir. Je crois qu'une de leurs autos seulement est encore là.

– Leurs agents de sécurité sont partis avec eux ? Je cherche le nommé Ehrlich. Il est jeune, avec une veste noire…

– *Si, signore.* Je le connais, je lui ai parlé tout à l'heure. Le *signor* Ehrlich est parti lui aussi… Il paraît qu'il y a eu un accident au Grand Hôtel Impérial.

– Un *accident* ?

Le militaire eut un sourire d'excuse.

– Je n'en sais pas plus, *signore*.

Exeter se demanda s'il ne ferait pas mieux de profiter de la voiture d'Eastman pour se rendre à Santa Margherita. Il regagna le vestibule du théâtre. L'Américain et son amie avaient quitté le vestiaire.

C'est alors qu'Exeter se rendit compte qu'il n'avait plus sa canne.

Il réfléchit à quand il l'avait vue la dernière fois. Le champagne et les émotions lui brouillaient les idées. Sa canne en bois de lettre aux hiéroglyphes noirs et à poignée d'argent, il l'avait appuyée, ce même jour, contre le dossier d'une chaise… Au bar de l'hôtel, à l'ombre des parasols ? Non. C'était plus récent que cela. Contre le dossier d'une chaise de la loge d'Oskar Bielefeld. Juste après que ce dernier lui avait donné l'information sur le contrat russe avec la Royal Dutch Shell.

Des accords tonitruants résonnaient à travers le théâtre. Manifestement, l'opéra reprenait son cours. Exeter monta les marches du grand escalier. Il se perdit dans les couloirs et mit un certain temps à retrouver la loge. Le policier qui l'avait contrôlé à l'entrée était invisible – sans doute l'avait-on appelé pour prêter main-forte à ses collègues au parterre. Exeter poussa la porte. Les mots d'excuse qu'il marmonna en entrant furent recouverts par le tumulte régnant sur scène.

Un nouveau décor représentait la grande salle du Conseil, qu'envahissait une foule nombreuse et agitée. Le doge Boccanegra tentait de ramener le calme. Par une haute fenêtre, on voyait rougeoyer les incendies de la cité et du port en pleine révolte.

Exeter fit quelques pas en direction du balcon. Il apercevait le profil d'Oskar Bielefeld.

– Je suis désolé, j'ai oublié ma…

Brusquement, il prit conscience du fait que le marchand d'art n'était pas seul. Une voix venait de prononcer des mots en russe. Un second personnage se tenait assis sur la gauche. Il était vêtu d'un splendide habit blanc. Son visage hautain, à la barbiche poivre et sel taillée en pointe, se tourna vers le correspondant du *Daily World*.

Exeter reconnut presque instantanément le délégué Léonide Borissovitch Krassine. Il bredouilla :

– Je ne voulais pas vous déranger…

Confus, il se dépêcha de récupérer sa canne, posée contre le dossier de la chaise vide. Il sentit, plus qu'il n'entendit, le verre brisé crisser sous ses souliers. Krassine le regardait faire, sans prononcer un mot. Exeter se retourna vers Bielefeld. En même temps, son cerveau essayait de résoudre une contradiction.

Quelques minutes plus tôt, le galeriste avait vidé sa

coupe de champagne à la mort du communisme. Depuis que l'Anglais le connaissait – c'est-à-dire, en fait, très peu de temps –, Bielefeld n'avait cessé de raconter pis que pendre des Soviétiques, colportant les plus horribles rumeurs sur les prétendues atrocités de la Tchéka… Et, à présent, voilà qu'il recevait un diplomate russe dans sa loge. Et pas n'importe lequel : Krassine, le « banquier des bolcheviks ». L'ancien chimiste fabricant de bombes, le terroriste de la première heure, devenu un puissant industriel que Lénine avait choisi pour le poste de commissaire du peuple au Commerce extérieur de la Russie. Le responsable du contrat secret livrant le pétrole du Caucase à Sir Henri Deterding et à sa Royal Dutch Shell. Le négociateur habile, qui…

Exeter se figea sur place.

Une phrase du colonel Yatskov lui revenait en mémoire. À propos, justement, d'un *négociateur*.

Rosenblum finira par me confirmer la duplicité du négociateur dans l'affaire des ventes de diamants…

Puis une autre phrase. Ses instructions, à lui Exeter, nouvelle recrue du Guépéou, pour ce soir.

À l'Opéra, surveille bien nos délégués, qui sont tous invités à la première. L'un d'eux, au cours de la soirée, prendra contact avec Rosenblum – que tu reconnaîtras forcément à ce moment. Ce délégué-là est notre traître…

Oskar Bielefeld s'était levé et lui faisait face.

Exeter essaya d'imaginer le visage de son hôte débarrassé de sa barbe noire et de sa moustache. Le regard des yeux bruns, légèrement protubérants, était celui d'un individu intelligent et calculateur. Un pli soucieux creusait l'espace étroit entre les sourcils très noirs et fortement dessinés. Le nez était long et un peu busqué. Deux rides profondes formaient parenthèses autour d'une bouche sensuelle et hautaine. Bielefeld – comme le Rosenblum de la photographie – portait un smoking et un élégant nœud papillon noir sur une chemise blanche impeccable.

Sur scène, le chanteur Lawrence Tibbett, dans le rôle du doge Simon Boccanegra, s'écria, d'une voix tonnante : « *SIA MALEDETTO !* »

Oskar Bielefeld eut un sourire un peu méprisant.

– Le doge de Gênes vient d'ordonner : « Qu'il soit maudit ! » Que le *traître* soit maudit. Eh bien, monsieur Exeter, récupérez donc votre jolie canne en bois de serpent et laissez-nous tranquilles. Ce gentleman et moi avons à discuter d'affaires privées qui ne regardent que votre gouvernement, et le sien. Je vous souhaite une excellente fin de soirée.

Exeter se souvint que Rakovsky avait décrit son impitoyable ennemi comme « l'homme le plus mystérieux d'Europe ». L'homme qui ressemblait à l'araignée tissant sa toile, la toile de la conspiration bourgeoise anti-soviétique. Et qui, contrairement au fameux professeur Moriarty imaginé par Conan Doyle, n'hésitait pas à agir lui-même. À venir trancher la gorge de son ennemi si cela se révélait nécessaire…

Exeter fit un pas en arrière, sa canne à la main.

La flamme de l'incendie jetait des reflets rougeâtres sur le visage sévère du maître-espion Sigmund Rosenblum. Les chœurs des soldats, du peuple, des aristocrates, et l'ensemble des acteurs présents sur scène, reprirent, avec une force terrible : « *SIA MALEDETTO ! ! !* »

Krassine rit, bientôt imité par le faux Allemand. Le rideau retombait tandis que la salle applaudissait à tout rompre. Exeter s'enfuit de la loge et partit en courant dans le corridor.

La sécurité russe avait suivi ses diplomates vers Santa Margherita. Tous les représentants de la révolution étaient partis, à l'exception du chauffeur de Krassine et peut-être d'un ou deux gardes du corps – puisque, d'après le sous-officier de carabiniers, une auto des bolcheviks stationnait encore à proximité du théâtre. Exeter cependant se voyait mal exiger du chauffeur et de ces hommes qu'ils arrêtent séance tenante pour haute trahison un commissaire du peuple de la République soviétique, afin de le livrer pieds et poings liés au colonel Yatskov. Et de toute évidence, la capture de Rosenblum n'était plus à l'ordre du jour. En dépit de la tension, Exeter éclata de rire en bas du grand escalier du théâtre Carlo Felice. Un rire égaré, qui résonna étrangement sous les voûtes du vestibule désert.

Dans la salle, on applaudissait. Résistant à la tentation de se joindre à la foule de l'entracte, l'Anglais sortit sur la *piazza*. Apercevant une calèche vide, il courut vers le cocher, à qui il cria le nom du Grand Hôtel Miramare. L'Italien fit claquer son fouet. Exeter se renversa en arrière sur la banquette, se laissa bercer par les soubresauts du véhicule et le vacarme régulier des sabots frappant le pavé. Son front était couvert de sueur.

À la réception, on l'informa que la clé de Mlle Theydon-Payne se trouvait toujours à sa place au tableau. Personne n'avait vu revenir l'Américaine, ni ne se souvenait de l'avoir vue ressortir le soir. Dans un salon adjacent au grand hall du palace, un orchestre d'instruments à cordes jouait, sur un rythme lent et sirupeux, une valse de Strauss. Le journaliste quitta le Miramare horriblement inquiet. Il congédia le cocher et se rendit à pied à la *casa della stampa*.

Arrivé là-bas, il fonça au bar et commanda un grand

verre de gin pur. Il ignora ses confrères, jusqu'à ce que Sam Spewack se dirige vers lui. C'était en la compagnie de ce jeune Américain longiligne, ancien reporter criminel à New York et violoniste à ses heures perdues, qu'il avait rencontré pour la première fois Oskar Bielefeld, le soir de leur arrivée. Le correspondant du *New York World* paraissait ruminer un cas de conscience.

– Je suis sacrément ennuyé, mon vieux, fit-il en se grattant le menton. J'ai une information dont je ne sais pas trop quoi faire. Ce pourrait être un fameux scoop. Mais je n'ose pas la câbler à mon journal…

Il plissa les paupières en prenant un air mystérieux. Exeter reposa son verre vide et fit signe au barman de lui resservir la même chose.

– Eh bien, racontez-moi, Sam. Je serai muet comme la tombe, je vous le promets.

– Bon. C'est au sujet des Russes… Ils auraient déjà un contrat tout prêt, pour les concessions du pétrole de Bakou et de Grozny. Les négociations se déroulent en secret depuis des mois. C'est la Royal Dutch Shell qui va emporter le morceau, alliée à l'Anglo-Persian et à la Burma Oil. Votre Premier ministre a levé ses objections à la création du trust. Tant pis pour les Américains… La Standard Oil est complètement hors du coup.

Exeter haussa les sourcils.

– Qui vous a raconté ça ?

– On ne me l'a pas *raconté*. Un type m'a glissé dans la main une feuille tapée à la machine. L'affaire y était expliquée de façon assez détaillée.

– Un type ? Qui ?

Spewack baissa les yeux sur son scotch, où les glaçons finissaient de fondre.

– Je ne le connaissais pas. Ce matin, l'ayant revu

par hasard je l'ai suivi sans me faire remarquer… C'est un sous-secrétaire de la délégation de Bulgarie.

L'Anglais réfléchissait. Il finit par demander :

– Vous avez vérifié auprès des Russes ?

– Évidemment. J'ai demandé à Rozberg ce qu'il en était. L'affreux petit bonhomme s'est contenté de ricaner. Alors je me suis arrangé pour retrouver la secrétaire de Tchitchérine. Une jolie brune qui m'avait lancé une rose depuis une des fenêtres de l'hôtel. Elle m'a dit que mon histoire de contrat pétrolier était « possible ». (Spewack sourit d'un air embarrassé.) En fait, elle a ajouté que « tout était possible ». Y compris de la rejoindre à une certaine heure dans une certaine chambre dont elle m'a donné le numéro.

Exeter éclata de rire.

– Vous y êtes allé ?

L'Américain secoua la tête.

– Le rendez-vous est pour demain après-midi.

– Écoutez, fit Exeter en posant la main sur le bras de son confrère. Partez le cœur léger à ce rendez-vous, et n'oubliez pas votre violon, je suis sûr que la Russe appréciera aussi vos talents de musicien. Et attendez au moins jusqu'à demain soir avant de câbler le scoop. Ce serait trop risqué de l'envoyer tout de suite. D'ici là vous aurez peut-être eu des nouvelles du côté de Tchitchérine ou par un autre délégué… Ou une autre secrétaire. (Il sourit.) Une règle que j'ai toujours suivie : ne jamais câbler une information inédite sans avoir au moins *deux* sources concordantes. De mon côté j'enquêterai auprès de Rakovsky, j'ai de bons rapports avec lui. Je vous tiendrai au courant. Au fait, vous ne sauriez pas pourquoi les Soviétiques ont quitté le théâtre alors que l'opéra ne faisait que commencer ?

– Aucune idée, non. Mowrer en parlait à l'instant.

Personne n'a rien compris à ce départ… En tout cas, je vous remercie, je suivrai votre conseil.

– Pas de quoi, mon cher ! fit l'Anglais avant de vider en vitesse son second gin.

Il régla les consommations et, dès qu'il fut hors de vue du bar des journalistes, se précipita au bureau des câbles.

Là, Exeter donna l'adresse du *Daily World* de Londres et écrivit fiévreusement sur une feuille de papier qu'il tendit à l'employé :

> GÊNES : LA CONFÉRENCE FRAPPÉE PAR UN OURAGAN – STOP – CRÉATIONSURPRISE NOUVEAU TRUST ROYALDUTCH-ANGLOPERSIAN-BURMAOIL POUR CONTRAT EXCLUSIF PÉTROLECAUCASE – STOP – LLOYD GEORGE DONNE SON OK – STOP – GAIN CONSIDÉRABLE POUR ANGLETERRE – STOP – SIGNATAIRES CÔTÉ RUSSE KRASSINE RAKOVSKY MME POLOVTSEV NOGUINE KRYSINE – STOP – STANDARDOIL GRANDE PERDANTE – POUR USA OPÉRATION MACHIAVÉLIQUE – STOP – RALPH EXETER ENVOYÉSPÉCIAL

Afin d'économiser sur les frais, il avait usé du « *cablese* » – ce nouveau langage journalistique anglo-saxon qui consistait à coller certains mots ensemble, de manière qu'ils fussent comptés pour un seul. Il paya l'envoi du câble et quitta la *casa della stampa* en évitant soigneusement de croiser de nouveau Sam Spewack.

Dehors, Exeter hésita quelques minutes. Deux options se présentaient à lui : louer une automobile afin de foncer le soir même à Santa Margherita, ou rentrer à l'Albergo dei Giornalisti et attendre le lendemain. Il se sentait épuisé. Et puis la jeune Américaine avait peut-être tout simplement pris une chambre dans un petit hôtel de la côte, comme Max Eastman la nuit précédente. Elle l'aurait fait pour s'y remettre de ses émotions – puisque, comme il était précisé dans son billet, elle s'était sentie « très mal ». Dans ce cas, Exeter la retrouverait bientôt en ville, ou ailleurs sur la Riviera. Il était encore là pour cinq semaines.

Quant à la cause de ce remue-ménage du côté des Russes, elle n'était certainement pas aussi tragique que l'avait suggéré Bielefeld, *alias* Rosenblum, obnubilé par sa haine des communistes – haine sélective, d'ailleurs, le soi-disant marchand d'art ayant été surpris à négocier en secret, avec un délégué malhonnête, ces ventes de diamants dont ils devaient tirer des bénéfices considérables… Si Lénine était mort, ou que Tchitchérine ait sauté sur une bombe, la nouvelle aurait déjà atteint le centre de presse. Le téléphone fonctionnait de façon à peu près normale entre Moscou, Gênes et les petites localités de la Riviera ligure comme Santa Margherita.

Exeter décida de retourner à son hôtel. Il serait toujours temps d'avertir Yatskov le lendemain. Rosenblum n'allait pas leur filer entre les doigts : il ignorait que son invité agissait pour les services russes. Le reporter saisissait à présent l'utilité de la consigne de Rakovsky et du colonel de garder le silence auprès des membres de la délégation. Si Krassine n'était pas au courant, il n'aurait aucune raison d'en avertir Rosenblum… L'incident de la loge serait sans conséquence.

Ragaillardi par l'alcool qui lui inspirait ces vues optimistes, Exeter s'attendait à recevoir dès le lendemain à l'hôtel Impérial les félicitations de Yatskov, ainsi que celles d'Evans, à Londres, pour le coup de maître qu'il venait de jouer aux dépens du pauvre Spewack. Il s'éloigna de la *casa della stampa* en sifflotant *L'Internationale*, puis *La Varsovienne*, puis

Hardi, camarades !... Exeter avait appris ces chansons à l'occasion de ses reportages chez les grévistes anglais et italiens. À Montparnasse, il les chantait pour impressionner les jeunes femmes qu'attirait le romantisme révolutionnaire. Parfois aussi, il leur chantait des ballades écossaises comme *What Shall We Do with the Drunken Sailor*[1] *?*. Bien éméché après ses deux verres de gin pur, le gosier et l'estomac brûlants, les jambes ramollies, la tête qui tournait en rêvassant à Mel, puis à Elma – répondrait-elle à son message ? –, puis aux jolies secrétaires aux mœurs lestes de la merveilleuse Russie soviétique, il s'engagea, d'un pas alerte et chaloupé, dans la direction approximative de son petit hôtel proche du porto Vecchio. Se repérer dans Gênes n'était pas très difficile : toutes les pentes menaient à la mer, et les splendides vieux phares qui jalonnaient les entrées du port se voyaient de loin.

Exeter arriva assez vite au quartier moyenâgeux qu'il connaissait déjà, où il erra sous les arcades des ruelles tortueuses, persuadé de s'approcher de l'Albergo dei Giornalisti. Mais ces rues formaient un véritable dédale où il se perdit assez vite. Les passants à qui il demanda son chemin ne firent que l'égarer davantage. Il finit par échouer via Garibaldi, artère très animée, bordée de palais anciens. Celle-là le mena jusqu'à la piazza Fontane Marose, où la façade d'un *palazzo* s'ornait de bandes de pierre noire et de marbre blanc alternées, dans le même style que la cathédrale San Lorenzo. L'Anglais eut l'impression qu'il tournait le dos au port et décida de rebrousser chemin. Il se retrouva bientôt piazza de Ferrari, devant l'Opéra, au moment où celui-ci se vidait de ses spectateurs. Sur la place, calèches et automobiles

1. « Qu'allons-nous faire du marin soûl ? »

étaient prises d'assaut. Tournant à droite, Exeter marcha vers le corso Principe Oddone, qui dominait les docks du porto Nuovo, s'il fallait en croire les indications d'un marin italien tout aussi éméché que lui. Les odeurs poissonneuses que portait la brise du soir confirmèrent à l'Anglais qu'il progressait dans la bonne direction. Arrivé au *corso*, il suffirait de tourner à droite pour retrouver la via Vittorio Emanuele.

Il avançait, ses pas soulevant un écho entre les façades grises et délabrées où pendait du linge. Quelque part un phonographe jouait une chanson populaire, chantée par une voix de femme, éraillée et plaintive. La rue, longue et étroite, était déserte. Une brume montée de la mer s'attachait à la base des maisons, noyant les pavés dans ses écharpes grises. Exeter fit halte un instant. L'écho de ses pas se tut avec un petit temps de retard. Le journaliste se retourna pour scruter les ombres au pied des façades. Il commençait à regretter de s'être aventuré seul dans ce quartier lugubre, très différent de ceux qu'il avait appris à connaître en ces quelques jours où il avait vu s'écouler le vaste tohu-bohu de la Conférence, le fameux « cirque de la paix » de Lloyd George. On n'entendait plus le phonographe ni la voix éraillée de la femme. Le journaliste sifflota *What Shall We Do with the Drunken Sailor ?*. Son sifflement hésitant lui parut absurdement déplacé, entre ces murailles hostiles derrière lesquelles il croyait deviner des yeux inquisiteurs, et l'étroite bande de ciel noir qui s'allongeait au-dessus de lui et où les étoiles scintillaient, lointaines et glacées. Il cessa de siffler.

La longue venelle s'incurvait, s'évanouissait dans la brume. À son extrémité, Exeter devrait choisir entre la droite et la gauche dans ce nouveau passage qu'il distinguait vaguement, sombre et étranglé. Il frissonna, en dépit de la tiédeur de la nuit italienne. Il entendit, près du tournant obscur qu'il lui faudrait prendre, un claquement régulier qui se rapprochait. Un frottement suivi d'un claquement. Effrayé, il ralentit l'allure. L'écho de ses pas, derrière lui, ralentit de même.

Exeter se rappela brusquement l'agent des services russes qui avait identifié Rosenblum à Prague – *et qu'on avait retrouvé flottant dans la Vltava, un couteau planté dans le dos.* Il se figea. Il n'osait faire un pas de plus. Il passa la langue sur ses lèvres sèches. Une sueur glacée coulait entre ses omoplates. Ses genoux tremblaient, ses doigts se crispèrent sur la poignée de sa canne. Il ne percevait que deux bruits : celui, tout proche, de son propre cœur qui cognait à coups sourds, sur un rythme de plus en plus rapide, fouetté par l'angoisse menaçant de dégénérer en une terreur folle qui lui ferait prendre ses jambes à son cou. Et, de cette source encore invisible, derrière l'angle du dernier immeuble de la ruelle obscurcie par le brouillard, le bruit de claquement, de frottement, de nouveau de claquement…

Il se rencogna dans l'ombre d'un mur, dos plaqué contre les briques suintant l'humidité. C'était tout près maintenant. Exeter retenait son souffle. Il remarqua, accompagnant le bruit, une sorte de halètement rauque, à travers le voile de brume.

Une silhouette apparut, courbée sur des béquilles enveloppées de chiffons et calées sous les aisselles : un homme en casquette, qui traînait la jambe. *Une seule* jambe. Son pied gauche, difforme et affreusement tordu, touchait le sol – bruit de frottement –, ses béquilles, lancées en avant, touchaient le pavé – claquement. Et son pied unique, de nouveau… L'homme, ayant atteint le milieu de l'intersection, tourna lentement la tête.

Dans la lueur indécise, Exeter aperçut un faciès blafard, allongé. Un nez entièrement aplati, une lèvre inférieure pendante. Des paupières étirées vers les côtés, et deux yeux fixes, gelés, de poisson mort. Exeter observait, fasciné. Il se décolla de quelques centimètres du mur où il s'était réfugié. Il ne perçut le mouvement dans son dos qu'au dernier moment.

Un coup énorme s'abattit sur l'arrière de son crâne. La rue pavée se précipita à la rencontre du visage d'Exeter et tout devint noir.

Chapitre XVII

Le Chant des survivants

Il prit conscience d'un bruit régulier de moteur. Son corps gisait sur un sol dur, dans une position inconfortable. Quelque chose lui sciait le dos. L'arrière de son crâne le faisait souffrir. Il essaya de se redresser, en vain, et ouvrit les yeux.

Exeter était allongé au fond d'un canot. Assis à la poupe, Herbert Holloway fumait un cigare en tenant le gouvernail de la main droite. Cette main était bandée. L'odeur du cigare se mélangeait à des effluves fétides de poisson et de pourriture. Le canot tanguait légèrement, soulevé par la faible houle agitant la rade de Gênes. Exeter s'appuya sur les coudes. Les maisons, églises, grands hôtels, palais qui s'étageaient sur les collines de l'amphithéâtre que formait la ville montaient et redescendaient en suivant le mouvement imprimé au canot. Il fut pris de nausées. Un ciel noir étoilé se déplaçait lentement au-dessus de l'embarcation. Celle-ci longea la base rectangulaire d'un immense phare antique dont les fondations de pierre se perdaient dans les ténèbres des profondeurs, englouties dans la vase. Au sommet du phare brûlait une flamme tremblante. « La flamme funeste. » Ce furent les premiers mots qui traversèrent l'esprit d'Exeter.

– Vous auriez dû voir l'opéra, Herb, fit-il d'une voix étrange qui ressemblait à un croassement de corneille.

– Je ne m'intéresse qu'à l'inversion du sexe des morts, répondit l'Américain, tirant des petites bouffées de son cigare.

– Eh bien, vous avez raté quelque chose. On s'est bagarré à l'orchestre. Mussolini et ses petits camarades étaient particulièrement excités. Et les Russes se sont enfuis, pris de panique...

– Réfléchissez, mon vieux. Il ne vous est jamais venu à l'esprit qu'en mourant on perdait probablement son sexe ? Je veux dire : la différenciation sexuelle n'intervient qu'à partir du moment où vous intégrez ce monde, le monde sensible... Le jour où l'on vous fait cadeau de vos chromosomes. En se séparant du corps lorsque celui-ci est arrivé au terme de sa fonction, l'âme redevient ce qu'elle a toujours été : asexuée. Elle va se fondre, plus ou moins rapidement, dans le grand tout des âmes. Il n'existe pas d'âmes filles ou garçons. Dieu lui-même, qui est la somme de tout cela, n'est par conséquent ni homme ni femme. Et les peintres sont parfaitement ridicules de le représenter avec une barbe...

Exeter considéra un instant la question.

– Alors, vous songez à vous rendre à la chapelle Sixtine, et à grimper sur un échafaudage, armé d'un pinceau pour rectifier ce genre de détail ?

Holloway poussa un grognement.

– Ça n'a rien d'un détail. Les femmes n'ont aucun rôle d'envergure à la Conférence. Pas une seule femme membre responsable parmi les trente-quatre délégations présentes ! On n'en voit que du côté des interprètes, et des secrétaires.

– Vous faites bien d'en parler. Les femmes communistes sont un grand souci, Herb.

– Pourquoi ? Parce qu'elles jettent des roses ?

Exeter se tenait à présent assis au bord du canot. Il aperçut une forme enveloppée de toile blanche, étendue au fond de l'embarcation. On eût dit un corps humain, préparé et saucissonné pour des funérailles solennelles en mer.

– C'est exactement cela, dit Holloway. Nous le portons au large afin de nous en débarrasser définitivement. Ordre de ce bon colonel Yatskov.

– Mais qui est-ce ? Moselli ? Au fait, on m'a informé que son vrai nom était Gustave Roulleau. Le commandant *Gustave Roulleau. Nous avons fait une horrible bourde, là-bas dans le train...*

Avec une brusque suée d'angoisse, Exeter se souvint que son confrère du Toronto Observer *et lui n'avaient toujours pas mis au point leur version commune à présenter à la police italienne... Holloway l'interrompit :*

– Vous n'y êtes pas du tout, mon vieux. Sous le drap se cache ce grand espion dont les bolcheviks ont fini par avoir la peau. Le nommé Sigmund Rosenblum.

Il se pencha pour défaire les cordes qui liaient la toile autour du cadavre. L'odeur de poisson avarié se fit plus forte. Exeter eut un mouvement de recul.

Holloway écarta un pan du linceul, dévoilant un buste vêtu d'une veste de smoking, une chemise blanche où suintaient des coulures verdâtres, un nœud papillon défait, un visage... Exeter crut s'étouffer d'horreur. La figure de Rosenblum, dont la barbe avait disparu, était presque entièrement décomposée. La mâchoire inférieure pendait, la bouche grande ouverte laissait apparaître une double rangée de petites dents pointues, acérées, beaucoup trop nombreuses, semblables à des dents de poisson. Les deux globes oculaires, à demi sortis de leur orbite, se révulsaient, tournés vers le phare. Les cheveux s'en allaient par touffes. Des liquides innommables désertaient les chairs putréfiées, où affleurait l'os, et coulaient sur le col de chemise pour se répandre au fond de la barque. Exeter poussa un cri et bascula en arrière par-dessus bord. Les vagues noires de la rade de Gênes le happèrent. Il se débattit, tandis que l'eau saumâtre lui noyait la gorge et les bronches.

Suffoquant, il tenta des mouvements de crawl, afin de s'arracher au tourbillon qui l'entraînait. En vain. Il sentait son corps s'enfoncer dans une obscurité floue où crevaient les dernières bulles échappées de ses poumons. Il dérivait, sombrait inexorablement parmi les bancs scintillants de petits poissons affairés et les grandes créatures lentes aux yeux stupides et jaunes, pour rejoindre les sables pourrissants sous les carcasses éventrées des galions perdus, nourrir les murènes...

Il hoqueta, et refit surface au milieu de l'odeur des pins et des broussailles sèches, dans l'écume qui venait clapoter contre des rochers rougeâtres. Le ciel s'éclaircissait avec les premières lueurs de l'aube. On n'entendait plus le bruit du moteur. Holloway, le canot, le cadavre de Rosenblum avaient disparu. Exeter en quelques brasses atteignit les rochers, se hissa sur un embarcadère en ciment. L'endroit ressemblait à celui qu'avait décrit Max Eastman, au pied de la falaise de l'hôtel Impérial. Exeter gravit les marches taillées dans le roc. Il escalada un mur et retomba de l'autre côté. Une jeune femme pleurait, assise sous un arbre. Elle releva la tête, secouant la longue chevelure fauve et frisée qui lui donnait l'air d'une icône préraphaélite. Exeter reconnut Elma Sinclair Medley.

La poétesse sourit.

– Ces larmes ne sont pas pour vous, Ralph.

Il s'entendit lui répondre, de sa voix curieusement voilée :

– Je pourrais vous aider à manger ces kumquats...

Elma se leva pour cueillir les fruits de l'arbre. Ses doigts fins et agiles se refermaient sur ces petites boules grises et duveteuses, les portant l'une après l'autre à sa bouche. C'étaient des moineaux morts. Les dents d'Elma croquèrent dans leur chair juteuse, le sang gicla sur ses lèvres et sur son menton. L'Américaine recrachait les becs, les pattes, et quelques plumes collées à sa langue. Exeter partit se cacher derrière une haie. Il entendait les bruits amortis, caractéristiques, de balles que frappait une raquette puis qui rebondissaient sur le sol. À travers la haie, il distingua un court de tennis. Les joueurs poussaient des exclamations joyeuses. Exeter vit Elyena Krylenko, en courte robe blanche, se précipiter au filet, bondir et manquer la balle, qui passa largement au-dessus de sa tête aux cheveux ébouriffés. La jeune Russe éclata de rire.

– Kharacho...

Exeter connaissait quelques mots de russe. Il savait que cela voulait dire « C'est bien ». Cela signifiait peut-être qu'on l'autorisait à se réveiller. Il ouvrit les yeux.

Une femme, qu'il ne connaissait pas, le regardait. Elle posa la main sur son front. La main était sèche et fraîche. La femme avait les cheveux gris. Exeter lui donnait une quarantaine d'années. Son visage était agréable.

– Qui êtes-vous ? demanda-t-il un peu bêtement.

Il était allongé, habillé mais sans ses chaussures, sur un lit dans une chambre aux murs nus et blancs où régnait une odeur d'encaustique. Son nœud papillon était défait, son col de chemise ouvert. On entendait, quelque part, amortis par la distance, des chocs réguliers, comme si des ouvriers démolissaient une cloison ou un plancher à coups de masse. La main quitta son front.

Les lèvres de la femme s'étirèrent en un sourire amical.

– Vous êtes réveillé ? fit-elle en français avec un fort accent. *Kharacho.* Mon mari n'a pas eu l'occasion de nous présenter. Je suis Mme Rakovsky. Mon prénom est Alexandrina mais vous pouvez m'appeler Adina, tous nos amis le font. Au fait, je suis roumaine, et pas russe.

Des pensées confuses s'agitaient dans le cerveau d'Exeter.

– Mme Rakovsky ? Mais où sommes-nous ? À Gênes ?

– Non. À l'hôtel Impérial. Des gens du Guépéou vous ont ramené ici depuis le port de Gênes en canot automobile.

Le journaliste écarquilla les yeux.

– Du Guépéou ? Ce sont eux qui m'ont sauvé de Rosenblum, alors ?

Mme Rakovsky parut embarrassée.

– Je ne sais pas qui est ce Rosenblum dont vous parlez. Et je ne dirais pas exactement que le Guépéou vous a « sauvé », camarade. En réalité, ce sont eux qui vous ont donné un vilain coup sur la tête. Je suis absolument désolée… Si mon mari était là, je suis sûre qu'il vous présenterait ses excuses, au nom de la République soviétique.

Exeter saisissait de moins en moins. Yatskov avait-il finalement compris que « C-2 » était une pure invention de sa part ? L'avait-on démasqué comme espion de fantaisie ? Il se souleva sur un coude. Un éclair de douleur, parti de derrière sa tête, lui fit fermer les yeux. Il laissa échapper un gémissement.

– Ne vous agitez pas, conseilla gentiment Mme Rakovsky. Il n'est pas impossible que vous ayez une fracture du crâne.

Il retomba en arrière sur l'oreiller. Il se rendit compte que ses habits sentaient le poisson. Le canot automobile dans lequel on l'avait transporté devait appartenir à des pêcheurs.

– Je n'y comprends rien. Vous voulez dire, je suppose, qu'il y a eu une méprise et que…

La Roumaine secoua la tête.

– Je ne sais pas s'il y a eu méprise, camarade. Khristian me dit que c'en est une. Que vous êtes certainement innocent. Mais ce n'est pas lui qui décide, ici. Malheureusement, lorsque le Guépéou arrête quelqu'un…

Elle fit un geste vague et se tut. Exeter n'en croyait pas ses oreilles.

– Vous voulez dire que je suis *arrêté* ? Par le Guépéou ? (Il eut un sourire effaré.) Mais c'est absurde ! Nous sommes en Italie, pas en Russie ! Et pourquoi m'arrêteraient-ils ? Je suis avec vous ! Votre mari a dû vous en parler…

– Chut… chut, camarade. Calmez-vous. Si vous êtes innocent, le Guépéou reconnaîtra son erreur et vous laissera repartir… Il faut faire confiance à la police de notre Révolution.

– Me *laisser repartir* ? Mais je suis un sujet britannique ! Vous n'avez aucun droit de…

Une clé tourna dans la serrure et la porte de la chambre s'ouvrit. Un jeune homme se tenait sur le seuil. En chemise blanche, le col ouvert. Un étui de cuir jaune était accroché à sa ceinture. La crosse d'un automatique en dépassait. Exeter eut l'impression de reconnaître le garde qui avait conduit Mel Theydon-Payne auprès du colonel Yatskov. Mme Rakovsky et lui échangèrent quelques mots en russe.

– La cérémonie débute dans une quinzaine de minutes, déclara la femme aux cheveux gris en se retournant vers Exeter. Vous vous sentez la force d'y assister ? Cela aura lieu à l'intérieur de l'hôtel.

– Mais… quelle cérémonie ?

– La cérémonie d'adieux. Khristian Giorgiévitch pense que ce serait préférable qu'on vous y voie. Le camarade Rozberg est lui aussi de cet avis. Cela vous offre une chance de faire bonne impression sur tout le monde. Essayez de pleurer, d'avoir l'air complètement bouleversé. Je crois que les gens du Guépéou n'ont pas encore d'opinion très précise à votre sujet. Je dirais que rien n'est perdu. (Elle lui tapota le haut du bras.) Courage, camarade ! Vous savez que mon mari vous aime beaucoup…

Elle l'aida à se redresser et à s'asseoir sur le bord du lit. Des petites étoiles dansèrent devant ses yeux. Mme Rakovsky lui passa ses chaussures. Lorsqu'il se pencha pour nouer les lacets, le mal de crâne devint insupportable. Une sueur glacée lui baignait le front. Il chercha sa canne à poignée d'argent. Elle avait disparu. Sans doute était-elle restée sur les pavés du quartier du port. Son bracelet-montre indiquait trois heures vingt-quatre. Du matin, ou de l'après-midi ? Exeter n'osait demander combien de temps il était demeuré inconscient. Le garde au pistolet le prit par le bras, d'une poigne de fer, et le mena vers la sortie. Ils empruntèrent un étroit corridor aux murs en briques. Mme Rakovsky fermait la marche. L'air dans ce corridor était humide et renfermé, il y flottait des odeurs de buanderie. Des tuyaux de chauffage couraient le long du plafond.

Exeter eut l'impression de se trouver dans les sous-sols de l'hôtel – si la femme n'avait pas menti, et qu'ils étaient bien à l'hôtel Impérial...

Le garde ouvrit une porte, poussa Exeter vers les marches de pierre d'un escalier en colimaçon. Le trio monta à l'étage supérieur, puis s'engagea dans un nouveau couloir, plus large, aux murs blancs, au sol recouvert d'un tapis de luxe. Des rumeurs de conversations, certaines en russe, d'autres en italien, parvenaient aux oreilles d'Exeter tandis qu'il passait devant les portes closes. L'homme du Guépéou le tenait toujours solidement. Ce couloir interminable ressemblait à la coursive d'un gigantesque paquebot. Le garde s'arrêta finalement devant une porte et fit entrer Exeter dans un salon sans fenêtre où se tenaient plusieurs hommes, fumant des cigarettes et bavardant entre eux en allemand. Ils dévisagèrent les nouveaux venus, puis reprirent leur conversation. Une dizaine de minutes s'écoulèrent, pendant lesquelles Mme Rakovsky s'entretint avec un des occupants de la pièce, puis Marcel Rozberg entra par une porte à doubles battants située du côté opposé et toisa l'Anglais sévèrement.

– Vous êtes là. Ce n'est pas trop tôt ! Je vous avais pourtant averti... Vous voilà dans de beaux draps ! Je ne peux plus rien pour vous. Essayez de faire bonne figure. Adoptez une attitude à la fois digne et accablée de chagrin. On vous observera, pendant la cérémonie...

– Je n'y comprends rien. Qui m'observera ?

– Tout le monde. Ils ont entendu dire que c'est de votre faute...

– Ma faute ?...

La porte à deux battants de l'autre côté du salon se rouvrit. Un tchékiste en veste de cuir, Nagant à la ceinture et coiffé d'une casquette à visière noire, annonça quelque chose en russe. Il y eut un mouvement général dans sa direction. Tenu fermement par son gardien, Exeter traversa un nouveau salon plus vaste que le premier, dont les portes-fenêtres donnaient sur les jardins de l'hôtel. L'éternel ciel d'azur de la Riviera apparaissait à travers des trouées dans la végétation. Ainsi qu'un petit morceau de Méditerranée. Le prisonnier songea à se dégager par surprise de la poigne du Russe, ouvrir une porte-fenêtre, se précipiter au-dehors, dévaler les escaliers et les allées jusqu'aux grilles du parc. Mais, compte tenu de la présence des policiers armés qui, il le savait, patrouillaient autour du palace, pareil projet équivalait à un suicide.

La petite foule s'engageait à pas lents dans un troisième salon, aux fenêtres tendues de noir. Les nombreux chandeliers disposés sur les meubles autour de la pièce envoyaient des lueurs vacillantes sur les toiles dans leurs lourds cadres dorés. Un phonographe, surmonté d'un grand pavillon bleu, trônait sur un guéridon. Une vingtaine de personnes, en majorité des hommes, occupaient déjà les lieux et conversaient à voix basse. Les visages graves étaient tournés vers un catafalque recouvert par un dais violet. Au-dessus reposait un simple cercueil de bois verni, ouvert. Sur le mur derrière le cercueil, deux portraits avaient été accrochés un peu de guingois. Lénine et Trotsky.

Un large drapeau rouge était étalé sur la bière, au pied de laquelle s'entassaient couronnes et bouquets de fleurs.

Le garde lâcha le bras d'Exeter. Tout près d'eux, Mme Rakovsky chuchota :

– Les portraits et le drapeau ont été prêtés par des camarades de la section locale du Parti italien. Ils nous ont aidés aussi pour les fleurs… Le fleuriste est un sympathisant de la Cause, il ne voulait pas qu'on le paye, nous avons dû insister…

Écoutant d'une oreille distraite et se haussant sur la pointe des pieds, Exeter essayait de distinguer le visage de l'occupant du cercueil. Il retint une exclamation.

Il venait de reconnaître la petite tête chauve, et la longue cicatrice, du colonel Yatskov.

L'expression du visage était calme, les yeux fermés, le teint d'un jaune de cire. Un mouchoir noué autour de la tête afin de retenir la mâchoire suggérait, de manière légèrement comique, que le défunt aurait pu succomber à une rage de dents. Mais Exeter n'avait nulle envie de sourire. Il se perdait en conjectures. C'était à la fois horrible et incompréhensible. Et qu'avait voulu dire Rozberg lorsqu'il l'avait plus ou moins désigné comme responsable ?… Comment le colonel des services secrets de l'Armée rouge aurait-il pu mourir *par sa faute à lui*, Exeter ?

Debout près du cercueil il reconnut les membres les plus importants de la délégation soviétique. De près, Tchitchérine se révélait plus petit que lors de la séance plénière, quand Exeter l'observait depuis la tribune des journalistes. Le vieil aristocrate ex-menchevik dansait nerveusement d'un pied sur l'autre, et sa silhouette rondouillarde, un peu débraillée, évoquait un volatile effarouché et inquiet. À côté de lui, Krassine, dur et impassible, se tenait très droit, la tête haute, le bouc gris pointé vers l'avant. Le front haut et dégarni était moite de transpiration. Les yeux vifs du « banquier des bolcheviks » croisèrent un bref instant le regard du journaliste, avant de retourner à la contemplation hautaine des portraits de Lénine et de Trotsky. Ce personnage à belle prestance, qui, comme il l'avait entendu dire, plaisait beaucoup aux femmes et, en

Angleterre, collectionnait les maîtresses, dégageait une sorte d'étrangeté inquiétante qui donna à Exeter la chair de poule. Ce n'était pas seulement de savoir que le négociateur détournait avec la complicité de Rosenblum l'argent des ventes de diamants : il y avait autre chose, que l'Anglais n'arrivait pas à saisir.

Le gros Ioffé penchait sa tête massive de philosophe oriental en se frottant les paupières. Lorsqu'il retira ses doigts, Exeter vit des yeux rougis, remplis de larmes. Debout à sa droite, Litvinov, avec sa face lourde qui faisait penser à un jambon, demeurait immobile, la lèvre inférieure tordue en une moue méprisante, le regard impénétrable derrière ses petites lunettes aux verres épais. L'ex-représentant du gouvernement soviétique à Londres était flanqué d'une dame aux cheveux noirs coupés court, d'apparence un peu excentrique. Exeter se rappela que l'épouse de Litvinov était anglaise, la fille de Sir Sidney Low. Il songea à lui demander d'intercéder en sa faveur. Mais pour cela il faudrait attendre la fin de la cérémonie funèbre. Derrière Mme Litvinov et la dominant d'une bonne tête, Exeter aperçut Khristian Rakovsky.

Il chercha, en vain, à capter son regard. Le révolutionnaire et son épouse – et peut-être aussi le camarade Ehrlich – étaient ici les seules personnes, autres que le défunt colonel, à lui avoir manifesté des sentiments qu'on pût qualifier d'amicaux. Les traits nobles et distingués de Rakovsky exprimaient pour l'heure une colère contenue. Deux plis amers aux coins de sa bouche pincée, il regardait fixement le cercueil, le drapeau rouge et, allongé droit et raide sous les plis du tissu, le petit officier au crâne lisse et aux yeux – le vrai et celui en verre – définitivement clos.

Exeter éprouvait la sensation bizarre de participer

à une réunion d'adeptes du spiritisme. Il s'attendait presque à voir des gardes apporter une table tournante, afin de solliciter l'intervention des esprits. Les seules notes matérialistes étaient données par le drapeau rouge et les deux photographies coloriées des leaders de la révolution. Les participants, avec leurs visages austères, leurs attitudes recueillies, leurs chuchotements anxieux, semblaient appartenir à quelque secte philosophique ou ésotérique, aux objectifs et aux rituels incompréhensibles et absurdes. Le salon aux tentures noires, à l'atmosphère sinistre, s'était rempli d'individus de nationalités diverses, vêtus pour beaucoup d'entre eux de complets allemands mal coupés, en tissu bon marché et aux manches élimées. Les cravates étaient peu nombreuses. L'Anglais, dans sa tenue de soirée de la veille, quoique défraîchie et salie par endroits, et sentant le poisson, faisait partie des rares hommes élégants de l'assistance, avec Rakovsky et surtout Krassine, qui s'habillait chez les meilleurs tailleurs de Londres. Au milieu des murmures, chuchotis et toussotements, le commissaire Tchitchérine se redressa, en se raclant bruyamment la gorge, avant de faire quelques pas de côté pour se rapprocher du cercueil. Il tenait, froissée dans sa main droite, une feuille de papier où il avait préparé quelques notes qu'il ne jugea pas utile de consulter. De sa voix sèche, à la fois sifflante et assourdie, il prononça en russe un discours presque inaudible et relativement bref. Le public écoutait dans un silence quasi religieux. Exeter identifia un journaliste, Bernard Lecache, de *L'Humanité*, mais il ne le connaissait pas personnellement. Les visages, à l'exception de ceux de Rakovsky et de Ioffé, semblaient plus maussades, sombres ou hébétés que véritablement émus. Comme si cette mort ne les concernait pas, qu'il importât surtout de manifester le plus vif intérêt pour les discours. Vorovski succéda à Tchitchérine et lut une brève allocution en polonais. Il paraissait à bout de souffle. Exeter se demanda si le secrétaire général de la délégation n'était pas tuberculeux. Un personnage trapu, en chemise sans cravate et veste noire, vint dire quelques mots en italien, et termina en levant le poing. Mme Rakovsky murmura, à l'intention du journaliste, que cet homme était l'envoyé du Syndicat des dockers de Gênes. Un garçon aux épaules voûtées et aux petites lunettes rondes, qui représentait le KPD, lut en allemand un long discours, avec un débit haché, d'une voix métallique et agressive. Puis ce fut le tour de Khristian Rakovsky. Le masque énergique, les yeux gris de fer, il parla sans notes, d'une voix ferme, lente et mélodieuse, dans un français impeccable.

– Camarades ! s'écria-t-il, fixant un instant la face large et impavide de Litvinov avant de répéter : Camarades !... Peu de temps avant l'ouverture de la Conférence, un jeune fonctionnaire du Foreign Office britannique, du nom de John D. Gregory, soi-disant spécialiste des affaires russes, déclarait publiquement : « Tchitchérine ressemble au *dégénéré qu'il est*. Évidemment, à l'exception de lui et de Krassine, j'estime qu'*ils sont tous juifs*. Il est bien désagréable de penser que notre principal centre d'intérêt se trouve être nos relations avec *ces gens-là.* » Cette déclaration a été largement reprise par la presse, en Angleterre et ailleurs.

Rakovsky fit une pause, parcourut son public du regard, et reprit, martelant ses mots :

– Oui, chers camarades, nous sommes précisément « ces gens-là ». Ceux que la haute bourgeoisie, et la finance internationale, et les antisémites en tout genre traitent quotidiennement d'assassins, de bandits, de barbares, bref, de personnes absolument infréquentables, même à l'occasion d'une conférence économique à laquelle toutes les nations sont conviées. Nous sommes *infréquentables*… parce que nous représentons ce qui leur fait le plus peur, ce qui les empêche de dormir la nuit, à savoir le *pouvoir des soviets*. Et ce pouvoir, il dépend de *nous* de le préserver. Un Parti communiste où l'on cesserait de discuter librement serait incapable de conserver son rôle de dirigeant de la dictature du prolétariat et du mouvement international. Notre camarade Ivan Nikolaïevitch n'était pas du genre à « fermer sa gueule »… surtout contre les bureaucrates de l'appareil du Parti. (Il y eut des remous dans l'assistance.) Sa carrière est l'exemple d'une volonté inébranlable de lutter contre les ennemis de la Russie et contre les oppresseurs du peuple. Pendant la guerre civile, face aux contre-révolutionnaires de la Légion tchécoslovaque dont la percée menaçait Moscou, le capitaine Yatskov combattit dans les rangs de la Ve armée aux côtés de nos héros Smirnov, Toukhatchevsky, Mejlauk… Il participa à la prise de Kazan et de Simbirsk. Plus tard, nommé au grade de colonel et envoyé sur le front de Tsaritsyne, il eut à lutter contre les erreurs du commandement de la Xe armée, et à faire respecter les ordres de Lénine…

De nouveaux murmures agitèrent le public. Exeter eut l'impression que cette dernière phrase touchait à un différend politique et militaire non dénué d'importance. Tchitchérine parut agacé, et Litvinov franchement mécontent. Tout en observant les réactions de la salle, le journaliste tenta de se rappeler ce que Yatskov lui avait dit au sujet de Tsaritsyne. N'était-ce pas là-bas que le colonel avait rencontré Staline, et Vorochilov ? Exeter sursauta. Il venait d'apercevoir, au dernier rang, un personnage qui ne lui était pas entièrement inconnu et qui le regardait droit dans les yeux. C'était le Russe aux cheveux gris coiffés en brosse, au curieux nez aplati finissant en boule, à la moustache courte et au petit bouc noir à la Méphistophélès. Comme la veille, l'homme portait une chemise blanche sans cravate sous une veste de lin couleur crème. Il considérait Exeter de ses petits yeux intelligents et froids, tandis qu'un sourire amusé, vaguement dédaigneux, flottait sur ses lèvres minces.

Les interrogations de l'Anglais à son sujet furent interrompues par l'aiguille du phonographe touchant avec un bruit strident la surface d'un disque rayé et fatigué. Deux hommes du Guépéou s'affairaient autour de l'appareil. Les accents crachotants d'une musique martiale et scandée s'échappèrent du pavillon du phono, entre les flammes vacillantes des chandeliers et les tentures de deuil. Rakovsky avait terminé son hommage à son camarade. À présent, un air qu'Exeter connaissait bien était repris par l'assistance en des langues diverses. Des hommes, des femmes levèrent le poing. Le journaliste, après un moment d'hésitation, joignit sa voix anglaise au chœur des militants communistes qui chantaient, déterminés et recueillis, *Le Chant des survivants* :

> Usé et tombé à la tâche,
> Vaincu, tu terrasses la mort.
> Lié et tué par des lâches,
> Victoire, c'est toi le plus fort, plus fort,
> Victoire, c'est toi le plus fort.
>
> Sans gestes, sans gerbes, sans cloches,
> En homme, ni pleurs ni soupirs,
> Tes vieux camarades, tes proches,
> Te mirent en terre, martyr, martyr,
> Te mirent en terre, martyr.

La terre, ton lit de parade,
Un tertre sans fleurs et sans croix,
Ta seule oraison, camarade,
Vengeance, vengeance pour toi, pour toi,
Vengeance, vengeance pour toi…

Des larmes roulaient sur les grosses joues rubicondes d'Adolf Ioffé. Lorsqu'il s'en aperçut, Exeter fut pris à son tour d'une violente émotion. Il s'étrangla et ne put achever le dernier couplet. En même temps, une nouvelle question lui venait à l'esprit : cet hymne dédié à la mémoire de l'étudiant Tchernychev, mort sous la torture, était habituellement réservé aux funérailles de révolutionnaires tombés au combat, ou morts au bagne. Ou assassinés. Le colonel Yatskov avait-il péri de mort violente ? Pourtant, son visage apparaissait si calme et reposé… L'annonce d'un *meurtre* à leur hôtel, la veille au soir, était donc la cause de la panique dans la loge des Russes ?…

Des hommes du Guépéou avaient pris position à droite et à gauche du cercueil ouvert. La foule refluait vers le salon par lequel Exeter et ses compagnons étaient venus. Mme Rakovsky s'en alla prendre le bras de son mari, lui chuchota quelque chose à l'oreille. Ce dernier se tourna vers l'Anglais, avec un bref signe de tête, discret et impératif, qui semblait signifier : Ne dites rien. Je m'occuperai de vous dès que je pourrai… Exeter le laissa s'éloigner et renonça à l'idée de s'adresser à l'épouse anglaise de Litvinov : le délégué ne paraissait pas précisément ami avec Rakovsky.

Les assistants se dispersaient dans les salons et les corridors. Le gardien d'Exeter lui prit fermement le bras et reconduisit son prisonnier le long du couloir interminable, jusqu'à l'escalier de pierre. Retrouvant le boyau obscur et les odeurs de buanderie qui imprégnaient les sous-sols, le reporter eut un brusque mouvement de panique. Il avait peur, faim, et soif. Son corps, se rappela-t-il, n'avait rien absorbé depuis la veille – les canapés de caviar et le champagne d'Oskar Bielefeld, et les deux verres de gin à la *casa della stampa*.

– Je veux manger ! Vous ne pouvez pas m'enfermer ici ! Conduisez-moi au restaurant de l'hôtel !…

Sourd à ses protestations, le Russe l'entraîna, broyant le haut de son bras comme dans un étau.

Ils arrivèrent devant la chambre qu'ils avaient quittée quelque temps plus tôt en compagnie de Mme Rakovsky. Le garde poussa Exeter sans ménagement à l'intérieur. Et claqua la porte derrière lui.

La clé fit deux tours dans la serrure. Le prisonnier se précipita, frappa à coups redoublés sur le battant. La porte, en bois épais, paraissait extrêmement solide. Il cria : « *Tovaritch !* » mais n'obtint pas de réponse. Il entendit les pas de l'homme du Guépéou s'éloigner dans le corridor.

Chapitre XVIII

Le tueur de koulaks

Une heure plus tard, un autre garde, qu'il ne se souvenait pas d'avoir vu auparavant, apporta à Exeter un maigre bol de soupe aux choux et une petite assiette de polenta. C'était un homme mince aux épaules tombantes et au visage obtus. Il demeura à le surveiller en silence pendant que le reporter mangeait, assis sur son lit. Puis le Russe le conduisit à un minuscule cabinet de toilette situé un peu plus loin dans le corridor. Lorsque Exeter en sortit, son gardien l'entraîna dans la direction opposée à celle de la chambre. Les deux hommes marchèrent longtemps entre les murs de briques, sous les canalisations de chauffage. Le garde frappa à une porte. Une voix à l'intérieur aboya un ordre en russe. Exeter fut introduit dans une pièce exiguë aux murs sales, au sol en ciment, meublée en tout et pour tout d'un bureau et de deux chaises. Une ampoule nue, de forte puissance, brillait au plafond. On respirait une odeur de tabac brun de piètre qualité. Un jeune officier en uniforme bleu clair était assis derrière le bureau, à la surface éclairée par une lampe munie d'un abat-jour de métal gris-vert.

Un cendrier rempli de mégots, des crayons, un stylographe, un cahier d'écolier et un petit oreiller blanc étaient posés sur le meuble. L'oreiller, incongru dans le décor, paraissait brûlé et troué en son centre. L'officier fit un geste en direction de la chaise vide :

– Je vous en prie, asseyez-vous, monsieur.

Il parlait français avec un accent assez prononcé des pays de la Baltique. Le garde avait refermé la porte et se tenait debout à l'intérieur de la pièce, adossé au battant. Exeter sentait son regard sur sa nuque tandis qu'il prenait place devant le bureau. La scène ressemblait de plus en plus à celle de son cauchemar récurrent : son interrogatoire par la Tchéka. Il s'efforça de dissimuler le tremblement de ses mains. Une sueur glacée coulait entre ses omoplates.

L'homme en uniforme bleu clair paraissait âgé de vingt ans à peine. Son visage, agréable à regarder, était celui d'un jeune Soviétique aux cheveux blonds, à la petite bouche aux lèvres délicates, au menton légèrement fuyant. Une tête de premier de la classe, de fils affectueux – tout à fait du genre dont les enseignantes raffolent. Le regard de ses yeux bruns, très enfoncés sous des sourcils noirs, était inquisiteur et perspicace. Ces yeux étaient le détail le plus frappant de sa physionomie. Il se présenta d'une voix posée, un peu sèche :

– Je suis le capitaine Styrne, votre interrogateur du Guépéou.

Exeter ouvrit la bouche :

– Je…

L'officier l'interrompit d'un geste de la main.

– Vous parlerez plus tard. Je sais déjà presque tout ce qu'il y a à savoir à votre sujet, monsieur Exeter. On m'a communiqué votre dossier.

Il sortit une chemise d'un tiroir du bureau. Le dossier était plus mince que celui de Rosenblum. L'officier parcourut brièvement les deux premières pages.

– Je vois que vous êtes un sympathisant de notre République socialiste.

Exeter s'empressa de préciser :

– Davantage qu'un sympathisant, capitaine. Je vous renseigne régulièrement sur les projets secrets du ministère français des Affaires étrangères, par l'intermédiaire de l'agent du Komintern à Londres, le camarade William Evans. Je reçois de lui chaque mois mille dollars US pour rémunérer mes informateurs au Quai d'Orsay…

Les yeux bruns l'observaient avec attention.

– … et, poursuivit l'Anglais en bégayant un peu, tout récemment le colonel Yatskov m'a recruté pour…

– Pour ?

Exeter se demanda soudain jusqu'où il pouvait se permettre d'aller dans ses réponses au Guépéou. Car il lui avait semblé, au cours de la cérémonie, que divers courants s'affrontaient au sein de la délégation soviétique. Or, dès leur première entrevue, Rakovsky lui avait ordonné de rester discret au sujet de son recrutement par Yatskov. Parler maintenant de Sigmund Rosenblum, c'était s'aventurer sur un terrain dangereux. Surtout si l'on savait que ce conspirateur monarchiste rencontrait clandestinement le camarade Krassine…

Il répondit, après un temps d'hésitation :

– Pour lui fournir des informations au sujet des nouveaux chars français.

Le capitaine Styrne haussa les épaules.

– Je ne suis pas au courant. Nous verrons plus tard si cela peut avoir un rapport avec mon enquête…

Il croisa les doigts sur le bureau, derrière l'oreiller brûlé et troué.

– Je résume les faits. Hier, vers sept heures du soir, un de nos hommes est monté chez le colonel Yatskov, que l'on n'avait pas vu depuis la fin de la matinée.

Nous pensions qu'il travaillait. Notre homme a découvert le colonel par terre derrière son bureau. Mort. Il avait été touché de plusieurs balles, tirées en pleine poitrine presque à bout portant. Sa main droite était crispée sur la crosse de son pistolet, dont il n'a pas eu le temps de se servir pour se défendre. Nous avons ramassé cinq douilles de même calibre sur le sol de la chambre du colonel. Un examen rapide du corps a révélé un nombre identique d'impacts, dont deux dans la région du cœur. La mort a dû être quasi instantanée. Les balles étaient du 6,35. De près, même un aussi petit calibre suffit largement pour tuer. Personne à l'hôtel n'a entendu les coups de feu. Nous avons commencé par fouiller l'étage, à la recherche d'indices. Ceci a été trouvé, jeté derrière un lit d'une chambre vide…

Il posa la main sur l'oreiller.

– Le criminel a tiré à travers cet oreiller tout en le plaquant contre le thorax de sa victime. Voyez-vous, lorsque le coup part, ce sont les gaz sortant par le canon qui portent le son. L'oreiller a absorbé les cinq détonations aussi efficacement que l'aurait fait un silencieux. L'assassin d'Ivan Nikolaïevitch a pu quitter la chambre tranquillement après avoir accompli son ignoble forfait.

– Mais pourquoi se servir d'un… ?

– C'est évident. L'assassin ne désirait pas faire de bruit. Une arme de poing équipée d'un silencieux aurait été trop volumineuse pour tromper la surveillance à l'entrée. Il comptait donc dénicher un « silencieux » sur place – à savoir un oreiller, objet très courant dans un hôtel. Seul un automatique muni d'un canon extrêmement court avait quelques chances de passer malgré la fouille. C'est ce qui s'est produit hier. Les responsables de la sécurité seront rappelés à Moscou et sévèrement punis pour leur négligence. Quant au colonel, il sera élevé au grade de général de l'Armée rouge à titre posthume.

L'officier se pencha sur un tiroir. Il en sortit un pistolet de très petite taille qu'il déposa sur le bureau à côté de l'oreiller. Le canon, remarquablement court, dépassait à peine le pontet. Les lettres « FN », pour Fabrique nationale de Herstal, en Belgique, décoraient le haut de la plaque de crosse. Celle-ci aussi était très courte. On eût vraiment dit un jouet d'enfant.

– Un « Baby Browning », modèle 1906. C'est l'automatique qui a tué notre camarade Ivan Nikolaïevitch. Il reste dedans deux cartouches. Cela signifie que le meurtrier en a préalablement introduit une dans la chambre du Browning, puisqu'il a tiré cinq balles dans le corps du colonel et que le chargeur de cette arme en contient six.

– Où l'avez-vous retrouvée ?

Le capitaine Styrne sourit légèrement.

– Sur l'assassin. Il n'avait pas cru nécessaire, ou pas encore trouvé l'occasion, de s'en débarrasser.

Exeter était stupéfait.

– Vous l'avez donc arrêté ?

– Bien sûr. Il a reconnu son acte et signé sa confession. Notre police révolutionnaire est d'une grande efficacité contre les criminels anti-soviétiques de toutes sortes, chez nous comme chez les capitalistes. La mort de notre frère sera vengée. Impitoyablement. Les complices de l'assassin paieront eux aussi pour ce crime.

– Mais qui est-ce ? Comment avez-vous fait pour l'identifier ? Et si vite ?

L'officier balaya l'air d'un geste de la main.

– Plus tard. Pour l'instant, je m'occupe d'enquêter sur les complicités. Il est impossible, vu les circonstances, que l'assassin ait agi seul et de sa propre initiative. Que faisiez-vous hier entre une heure et trois heures de l'après-midi, monsieur Exeter ?

L'Anglais recula sur sa chaise, suffoqué.

– *Moi ?* Vous me soupçonnez ?

Styrne ignora la question.

– Le médecin de la délégation soviétique a examiné le cadavre du colonel vers dix-neuf heures trente. La nuque et la mâchoire inférieure étaient déjà raides, mais pas les jambes. La rigidité cadavérique s'installe entre trois et quatre heures après le décès. Des températures basses peuvent la retarder. Des muscles actifs juste avant la mort peuvent, à l'inverse, durcir plus rapidement. La rigidité donne une impression de progression descendante, car les muscles des membres inférieurs sont plus épais, et les pieds ne se raidissent que douze heures plus tard. Puis le corps ramollit de nouveau… (La figure de bon élève du capitaine Styrne s'éclaira d'un vague sourire.) La mesure de la température est un autre moyen de préciser l'heure de la mort. Deux heures après le décès, la température corporelle se met à descendre d'un degré par heure, jusqu'à se stabiliser à la température ambiante. C'est la température intérieure du cadavre qu'il s'agit de mesurer. Mon chef au Guépéou, qui s'y connaît plus en médecine légale que moi ou le docteur, a suggéré, en l'absence de sondes thermométriques, d'enfoncer un thermomètre ordinaire à l'intérieur de l'oreille en traversant le tympan. Le colonel Yatskov ne pouvait plus rien sentir, n'est-ce pas ?… (Sur ces mots, le sourire de l'officier réapparut, plus large cette fois.) Ces examens ont permis de conclure que le colonel a été tué entre une heure et trois heures de l'après-midi. Je répète donc, monsieur : que faisiez-vous durant cet intervalle ?

Exeter, très ébranlé par les détails pénibles, essaya de mettre un peu d'ordre dans ses souvenirs. Comme ses mains tremblaient toujours, il les enfonça dans les poches de sa veste de soirée.

– Voyons... J'ai quitté le bureau du colonel Yatskov peu avant une heure... pour rejoindre le sculpteur Jo Davidson et la photographe Melicent Theydon-Payne au bar de l'hôtel... Un de vos hommes a accompagné la photographe chez le colonel, puisque celui-ci avait demandé à la voir. Et moi je suis allé déjeuner avec Davidson, qui avait reçu l'autorisation du camarade Rozberg de faire des croquis des délégués pendant qu'ils prenaient leur repas... Steffens ne s'est pas joint à nous, il était parti se promener dans les jardins. Davidson m'a quitté au bout d'une heure environ pour faire le buste d'Adolf Ioffé. Et moi je me suis rendu au bar. Il était presque deux heures, je me souviens d'avoir regardé la pendule. Je me suis fait servir un verre de vin sur la terrasse. J'y ai été rejoint par le journaliste américain Max Eastman, qui est arrivé directement depuis le parc de l'hôtel. Il était accompagné d'une de vos secrétaires, Mlle Krylenko... Celle-ci est partie peu après, en promettant de revenir. Dans l'intervalle, j'ai bavardé avec Eastman. J'étais fatigué, je suis descendu dans les jardins pour faire une sieste sous un arbre... Je me suis réveillé peu avant sept heures.

– Quand avez-vous quitté cet Américain ?

– Euh... aux environs de trois heures moins le quart...

– Vous auriez donc pu remonter dans les étages de l'hôtel, rejoindre le bureau du colonel Yatskov à temps pour prêter main-forte au criminel ? Tenir l'oreiller pendant qu'il tirait, par exemple ?

Exeter se prit la tête dans les mains.

– Mais non ! Je vous jure que…

Le capitaine Styrne sourit. Il feuilleta le cahier d'écolier posé sur son bureau.

– Je vais vous lire le témoignage de la secrétaire que vous avez vue hier. Le voici : « Je m'appelle Elyena Vassilievna Krylenko. Née en 1895 à Lublin, Pologne. Père inspecteur des impôts de l'ancienne monarchie. Frère aîné membre du Parti communiste depuis 1904, ex-commandant en chef de l'Armée rouge, actuellement procureur de l'État. Citoyenne soviétique, sans-parti. Secrétaire du camarade Maxime Maximovitch Litvinov. Pour que vous compreniez les raisons de mon comportement dans l'après-midi du mardi 11 avril, il faut que vous sachiez que depuis mon arrivée à l'hôtel Impérial je suis tombée amoureuse d'un jeune attaché de notre ambassade à Rome, Vladimir Divilkovsky. Il nous a rejoints à Gênes pour retrouver sa fiancée, venue comme moi de Moscou au sein de notre délégation. Tous deux comptaient se marier en Italie. Il s'est alors produit l'événement regrettable et inattendu que le camarade Divilkovsky et moi-même nous sommes trouvés irrésistiblement attirés l'un par l'autre. Sa fiancée a eu l'obligeance de proposer de se sacrifier afin que le camarade Divilkovsky et moi puissions connaître le bonheur, mais il n'en était pas question : je ne pourrais être heureuse en ayant provoqué le malheur d'une autre. Or il se trouve que le même jour j'ai fait la connaissance, à l'hôtel, d'un poète américain sympathisant de la Cause révolutionnaire, nommé Max Eastman. J'avoue que c'était un comportement puéril de ma part, mais je lui ai envoyé une rose depuis la fenêtre du bureau des secrétaires. Ce mardi 11 avril, vers midi et demi, je me promenais dans les jardins et pleurais en songeant à mon amour impossible pour le camarade Divilkovsky, lequel avait décidé de retourner à Rome. Il avait prévu de prendre le train local pour Gênes en début d'après-midi, à la petite gare de Santa Margherita, située à une dizaine de minutes à pied de l'hôtel. Nos adieux avaient été brefs. Seule au fond du jardin, près de la mer, je mangeais des fruits lorsque j'ai vu apparaître, à ma grande surprise, l'Américain à qui j'avais lancé la rose. Il venait apporter une traduction au camarade Rakovsky, et avait fait le trajet depuis le port de Santa Margherita en barque. Nous avons bavardé assez longtemps, et M. Eastman a proposé que nous montions boire un verre à la terrasse de l'hôtel. Là, nous avons rencontré M. Exeter, un journaliste anglais que je connaissais un peu. Il devait être environ quatorze heures dix. J'étais encore assez triste et inquiète en songeant au camarade Divilkovsky qui au même moment attendait son train sur le quai de la gare, seul et désespéré. J'ai eu peur qu'il ne commette un acte irréparable, se jetant sur les rails à l'arrivée de la locomotive. J'ai demandé la permission à mon nouvel ami américain de l'abandonner une vingtaine de minutes et j'ai couru jusqu'à la gare. Je suis arrivée juste à temps pour voir les passagers monter, et pour saluer une dernière fois mon malheureux ami. J'ai remarqué que la photographe américaine qui était venue le matin en compagnie de M. Exeter et de deux autres personnes prenait le même train. Il était un peu plus de quinze heures lorsque j'ai rejoint M. Eastman, qui m'attendait patiemment à la terrasse là où je l'avais laissé. »

Le capitaine Styrne referma le cahier d'un geste sec.

– Comme le mentionne ce témoignage de la citoyenne Krylenko, vous êtes venu hier mardi à l'hôtel accompagné de trois personnes originaires d'un pays capitaliste : la photographe Theydon-Payne, le sculpteur Davidson et le journaliste Steffens. Mon chef et moi sommes rapidement parvenus à la même conclusion, à savoir que la liste des suspects se réduisait aux seuls cinq étrangers à la délégation présents à l'hôtel Impérial à ce moment : Theydon-Payne, dont l'entrevue avec le colonel a eu lieu peu après une heure ; Steffens, qui se promenait dans les jardins et aurait eu tout le temps de commettre le crime avant son rendez-vous de quatorze heures trente avec le commissaire du peuple Tchitchérine ; Davidson, qui s'est absenté une dizaine de minutes, sous prétexte d'un besoin naturel, de la chambre du camarade Ioffé dont il réalisait le buste ; Eastman, qui aurait pu quitter la terrasse vers quatorze heures quarante-cinq, après votre départ, pour y revenir vers quinze heures avant le retour de la citoyenne Krylenko ; et, enfin, vous, monsieur…

– Je suis innocent ! cria Exeter, bondissant sur ses pieds.

Le capitaine Styrne sourit.

– Calmez-vous. Vous aviez le temps matériel de commettre ce crime, ou d'aider l'assassin à le commettre. Comme je vous l'ai dit, celui-ci a été arrêté et a reconnu les faits. Sa culpabilité ne fait aucun doute. Cependant, vous pourriez avoir été son complice – même s'il ne vous a pas mis en cause dans sa confession, laquelle, dans l'ensemble, m'a paru sincère. Maintenant, veuillez me dire de quelle manière vous avez fait la connaissance de ces trois Américains, et pourquoi vous teniez à les aider à rencontrer nos délégués. Le camarade Rozberg prétend que vous avez beaucoup insisté. Rasseyez-vous, monsieur. J'attends des réponses claires à mes questions.

Exeter obéit et, après avoir poussé un long soupir, expliqua en détail ses rapports avec Lincoln Steffens, Jo Davidson et Melicent Theydon-Payne. Cela prit une dizaine de minutes. Il mentionna le rendez-vous à l'hôtel Eden Park avec Oskar Bielefeld, mais par prudence évita tout rapprochement entre ce dernier et Sigmund Rosenblum. Le jeune officier semblait perplexe. Il secoua sa belle tête blonde, puis se gratta le lobe de l'oreille gauche.

– Je n'ai jamais entendu parler de ce ressortissant allemand. Nous enverrons quelqu'un enquêter là-bas… L'Américaine n'a rien dit à son sujet.

Il se pencha sur son cahier pour noter les noms de Bielefeld et de l'Eden Park, d'une écriture penchée, classique et appliquée. Exeter s'était redressé brusquement sur son siège.

– Vous… vous avez interrogé Mlle Theydon-Payne ? Je ne l'ai pas revue depuis hier. Se trouve-t-elle à Gênes actuellement ?

Le capitaine ne répondit pas. Il fit signe au garde resté debout le dos à la porte. Celui-ci claqua des talons et quitta la pièce. Styrne se frotta les mains.

– Le moment est venu d'organiser la confrontation, monsieur Exeter. Nous saurons vite qui de vous deux a menti…

Il alluma une cigarette russe et fit pivoter sa chaise, les yeux tournés vers le plafond, où il s'amusa à souffler des ronds de fumée. Des pas résonnèrent dans le corridor du sous-sol. La porte de la pièce se rouvrit. Le garde au visage obtus avait reçu le renfort d'un de ses collègues de la sécurité de l'hôtel. Ils encadraient une jeune femme brune en chemisier blanc et longue jupe grise. Des taches sombres de sang séché maculaient son chemisier. La jeune femme releva la tête, les cheveux en désordre, le visage tuméfié et les yeux cernés. Exeter, abasourdi, reconnut Melicent Theydon-Payne.

– Restez à votre place, ordonna l'officier du Guépéou.

Il se tourna vers la prisonnière en désignant l'Anglais.

– Tu reconnais cet homme ?

Elle hocha la tête.

– C'est Ralph Exeter, du *Daily World*. Je suis venue ici hier avec lui.

– Connais-tu un certain Oskar Bielefeld ? Pourquoi ne nous en as-tu pas parlé ?

Elle hésita un instant avant de répondre.

– Ce nom ne me dit rien.

Le capitaine Styrne tapota des doigts sur la surface du bureau.

– Tu l'as rencontré à l'hôtel Eden Park. Vous avez dîné ensemble lundi soir. Le journaliste Exeter était avec vous.

– Vous devez vous tromper. Je ne suis jamais allée à l'Eden Park. Ce soir-là j'ai mangé avec des amis.

– Cet Anglais ici présent serait donc un menteur ?

Mel Theydon-Payne se mordit les lèvres.

– Je n'ai pas dit cela. Il a pu se tromper, c'est tout.

– Qui sont ces amis avec lesquels tu as dîné lundi soir ? À quel endroit ?

Elle baissa les yeux sans répondre. L'officier ricana.

– Allons, tu n'es pas si forte. Le Guépéou va t'écraser, comme la vilaine blatte que tu es. Fille de porc et de vache ! Tiens, lis-nous ta confession.

Exeter observa, incrédule, Styrne qui brandissait triomphalement une grande feuille de papier avant de la tendre à la jeune femme. Les gardiens libérèrent ses bras afin qu'elle pût lire. La voix de Mel s'éleva, tremblante et incertaine, tandis qu'elle prononçait, en français :

– « Je m'appelle Melicent Zakharova. Mon nom de

jeune fille est Theydon-Payne. Je suis née le 6 avril 1898 à New Rochelle, dans l'État de New York, aux États-Unis. Mon père est un industriel américain. Il représentait sa firme à Petrograd, où, après avoir abandonné mes études d'art, je l'ai rejoint en novembre 1916. J'ai occupé divers emplois dans cette ville, avant et après la révolution. Pendant la guerre civile, et après l'offensive des Blancs du général Ioudénitch en 1919, mon père a quitté le territoire soviétique et il est passé en Finlande. J'ai choisi de rester en Russie en dépit des conditions de vie difficiles. À l'époque, je donnais des cours d'anglais, et pratiquais la photographie. Lors d'un voyage à Moscou j'ai réalisé les portraits des révolutionnaires Karl Radek et Mikhaïl Borodine. J'avais pu les rencontrer grâce à mon ami le journaliste anglais Arthur Ransome, sympathisant du bolchevisme. Il m'a également présenté un étudiant d'une académie des beaux-arts, nommé Oleg Pavlovitch Zakharov, qui appartenait à la fraction de gauche du Parti socialiste-révolutionnaire. Nous sommes tombés amoureux l'un de l'autre, et j'ai épousé Oleg civilement en juillet 1920 à Petrograd. Début mars 1921, a eu lieu l'insurrection des marins de la forteresse de Cronstadt. La Tchéka de Petrograd a reçu l'ordre de procéder à de très nombreuses arrestations préventives, afin de couper les rebelles de leurs soutiens en ville. Mon mari a été arrêté le 9. Au mois de juin, il a été condamné à une peine de dix ans de travaux forcés. Il se trouve actuellement au camp de concentration de Kholmogory. Peu après son départ, j'ai été arrêtée sur dénonciation parce que j'avais acheté, quelques mois auparavant, des bas de soie étrangers. J'ai su plus tard que le vendeur était un indicateur de la police. J'ai été inculpée d'espionnage, en vertu de l'article 58, paragraphe 6. J'ai passé cinq mois à la prison de la Chpalernaïa, à Petrograd. En décembre 1921, on m'a signifié ma libération, ainsi que mon expulsion de République soviétique. Je suis arrivée en Finlande, où j'ai appris que mon père était retourné aux États-Unis. Ma famille m'a envoyé de l'argent, et je me suis rendue d'abord à Berlin. Là, j'ai rencontré des membres d'organisations hostiles au gouvernement des bolcheviks. Je me suis engagée dans l'Union monarchiste de Russie centrale, dont les objectifs sont d'assassiner des représentants du pouvoir bolchevique à l'étranger et d'organiser un soulèvement général à l'intérieur du pays. Je ne suis pas monarchiste, mais je suis convaincue que, à présent que les démocraties capitalistes occidentales se sont résignées à accepter le régime soviétique et à commercer avec lui, seules les organisations terroristes des Gardes blancs et des émigrés fidèles au tsar sont encore capables de provoquer la chute du régime avant qu'il ne soit trop tard pour la Russie et pour le monde. On m'a désignée pour commettre un attentat à Gênes pendant la Conférence. Je devais abattre si possible Tchitchérine, sinon un autre délégué. Je me suis entraînée au tir dans les bois de la périphérie de Berlin. Je suis passée par Paris, où un membre de l'organisation m'a remis un pistolet automatique Browning de très petite taille. J'ai pris le train pour Gênes le samedi 8 avril. Mon passeport porte toujours le nom de Theydon-Payne, car mon mariage civil en République soviétique n'a jamais été enregistré ailleurs que dans ce pays, et n'est peut-être même pas valable à l'étranger. J'avais retenu une chambre à l'hôtel Bristol. On m'avait conseillé de prendre contact avec un correspondant anglais ami des bolcheviks, nommé Ralph Exeter. Je l'ai abordé alors qu'il visitait la ville, devant la cathédrale San Lorenzo. (Les yeux d'Exeter s'arrondirent de surprise.) Il a accepté de me conduire à Santa Margherita et d'intercéder en ma faveur auprès de la sécurité de l'hôtel où résidaient les délégués russes. Le Browning qu'on m'avait confié était dissimulé sous mes vêtements et a échappé à la fouille. Lorsque j'ai été conduite au deuxième étage, en passant devant une chambre vide j'ai demandé à l'homme qui m'escortait de me laisser y jeter un coup d'œil. Ce garde ne m'a pas suivie, encombré qu'il était par mon appareil photographique et son trépied. J'ai profité de ma rapide visite pour subtiliser un oreiller, que j'ai enfoncé dans mon sac, qui était assez grand et presque vide. J'avais plus ou moins prévu d'agir ainsi. On m'a introduite dans le bureau du colonel Yatskov et je suis restée seule avec lui pendant qu'il m'interrogeait. J'ai compris que c'était un personnage assez important dans la hiérarchie des services secrets communistes. J'étais extrêmement nerveuse et je doutais d'avoir la force d'attendre de me trouver devant Tchitchérine ou un autre délégué bolchevique, et de mener à bien mon projet. C'est à ce moment que le colonel, qui au début paraissait bien disposé à mon égard, a eu des soupçons et a remarqué l'oreiller qui dépassait de mon sac. Il s'est levé. J'ai sorti l'oreiller et l'ai plaqué contre sa poitrine. En même temps, j'ai dégagé mon Browning et fait feu en plein centre de l'oreiller, ayant enfoncé le canon le plus profondément possible. J'ai tiré cinq coups à la suite, très rapidement. Ce petit automatique a fait encore moins de bruit que je n'imaginais. Le colonel est tombé en arrière. Il avait dégainé son arme mais n'a pas eu la possibilité de s'en servir. Quand j'ai vu qu'il ne bougeait plus, j'ai récupéré l'oreiller et mon matériel de photographie et j'ai quitté la pièce. Le couloir était désert. J'ai jeté l'oreiller dans une chambre dont la porte était ouverte. Je suis allée au bar de l'hôtel, où j'ai écrit un mot à l'intention de M. Exeter afin de m'excuser de mon départ impromptu, et le remercier de son aide. J'ai confié ce message aux gardes de l'entrée. Je suis allée attendre le train pour Gênes à la gare locale. Dans le train, je me suis sentie très mal et je suis descendue en gare de Nervi. J'ai pris une chambre à l'hôtel où est logée la délégation hongroise. Je me suis promenée, puis j'ai dîné au restaurant de cet hôtel. Le lendemain matin, vers dix heures, deux hommes, un Italien et un Russe, ont frappé à ma porte, ils sont entrés et ont fouillé mes affaires. Ils ont trouvé le pistolet et m'ont dit que j'étais en état d'arrestation. Ils m'ont conduite en automobile jusqu'à l'hôtel Impérial, où j'ai été interrogée par le Guépéou. »

Elle se tut. Exeter était effondré. Styrne avait écrasé sa cigarette dans le cendrier et s'était remis à tripoter le lobe de son oreille.

– C'est bien la confession que tu nous as faite ? Tu reconnais ta signature ?

– Oui.

– Tu n'as rien à ajouter ?

Elle jeta la feuille sur le bureau.

– Si. J'ai à ajouter que j'affirme que votre bolchevisme n'est pas le socialisme, qu'il n'est pas un régime de liberté et d'égalité. Quel nom, en effet, peut-on donner à un gouvernement qui transforme les citoyens de son pays en esclaves, qui établit sa prospérité sur leur épuisement et leur mort ? Est-ce le communisme ? Est-ce le socialisme ? Des agents du Guépéou, comme vous bien nourris et insolents, construisent-ils vraiment une nouvelle société « sans classes », alors que l'élite de la nation, les intellectuels, les ingénieurs, les scientifiques, les écrivains, les artistes, affaiblis par les privations, peuvent à peine se traîner à leur travail forcé ? Et que, en ces années de famine, d'arrestations et de massacres, les chefs bolcheviques, confortablement installés au Kremlin, dans des appartements chauffés, assis sur des trésors volés, recevant toutes sortes de rations extraordinaires, défendus par la Tchéka et le Guépéou, accordent le droit de vie ou de mort aux êtres humains en fonction de la classe sociale à laquelle ils appartiennent et du rôle de celle-ci dans les rapports de production, et s'abandonnent aux idées les plus hardies, les plus géniales… comme par exemple de « militariser » le travail, de réduire les salaires des ouvriers à presque zéro, et de fusiller les mécontents et les grévistes ! Votre Lénine et votre Trotsky ne sont rien d'autre que des guillotines pensantes !… Ils n'appartiennent plus à l'humanité !

La jeune femme s'arrêta, à bout de souffle.

– Tu as fini ? demanda Styrne calmement.

– Oui.

– N'oublie pas qu'il y a tout de même des limites à ne pas dépasser…

Lentement, avec des gestes calculés, il ouvrit son étui de ceinture, et sortit un lourd Mauser C96 qu'il plaqua avec violence sur le bureau, faisant tomber l'oreiller et des crayons qui roulèrent sur le sol.

– Tu vois ce pistolet ?

– Oui.

Les yeux bruns, profondément enfoncés, de Styrne étincelaient sous ses jolis sourcils noirs.

– Avec cette arme, espèce de fille de porc, *j'ai tué mon père et ma mère*.

Il y eut un moment de silence dans la pièce. L'officier reprit fièrement :

– Parce que c'étaient des koulaks[1].

L'Américaine le regardait avec horreur et dégoût. Styrne se leva, les dents serrées, et contourna le bureau. Il donna une gifle à Mel, dont la tête partit en arrière. Les deux gardes rattrapèrent la jeune femme par les bras avant qu'elle ne s'écroule. Exeter jaillit de sa chaise, avec un temps de retard.

– Bon Dieu ! Arrêtez, capitaine !...

Déchaîné, trépignant de fureur, la bave aux lèvres, Styrne hurlait et postillonnait :

– Espèce de chienne, puante et criminelle ! On va te coller au mur ! Mais avant, tu n'auras pas assez de larmes dans ton corps de sale génisse lubrique pour pleurer, ni de voix pour crier ! Tellement tu souffriras ! On va te faire ce qu'on a fait à tous ces buveurs de sang ! Vipère hystérique ! Fille de vache et de cochon !...

À court d'invectives, il lui cracha à la face, puis recommença à l'injurier en russe. La lèvre supérieure de la jeune femme saignait. Des taches rouges apparurent sur sa chemise, entre les taches plus anciennes. Exeter tira son mouchoir de la poche de poitrine de sa veste et tamponna le plus délicatement possible la bouche de Mel. L'Américaine sanglotait, et l'Anglais tremblait sous les hurlements de l'officier fou de rage. Styrne tira le bras d'Exeter.

– Laissez cette putain tranquille !

Il aboya un ordre en russe. Les deux gardiens emmenèrent leur prisonnière sans ménagement. La porte claqua derrière eux. On entendit des cris perçants dans le corridor. Enfin le silence retomba.

Styrne ramassa les crayons, laissant l'oreiller par terre,

1. Paysans aisés.

et les posa sur le bureau. Puis il se rassit et alluma une cigarette. Exeter tremblait de tous ses membres.

– Asseyez-vous. Votre cas à vous n'est pas réglé. Même si, des deux, c'est vous qui avez dit la vérité à propos de l'Allemand Bielefeld.

Ses genoux se dérobant sous lui, le journaliste se laissa tomber plutôt qu'il ne s'assit sur la chaise. Il demanda, d'une voix mal assurée, comment les policiers russes avaient identifié la meurtrière du colonel Yatskov. Le capitaine sourit.

– Déjà, son départ précipité, alors qu'elle était venue faire des photos, nous a paru suspect. Et, contrairement aux autres, nous ne connaissions rien de ses opinions politiques. Steffens et Eastman sont communistes, ou à peu près. Vous aussi. Quant à Davidson, ce n'est qu'un gros youpin démocrate, philosophe et non-violent. Je suis allé lui poser des questions ce matin pendant qu'il travaillait. Je l'imagine mal tenir un automatique. Si encore le colonel avait eu le crâne fendu par un ciseau de sculpteur… (Il gloussa.) Son buste du camarade Ioffé est très réaliste. Très ressemblant. Tout le monde a été impressionné. Nous allons autoriser votre ami à faire les portraits de tous les délégués. Pour revenir à votre question : cette nuit, à son retour de l'Opéra, nous avons recueilli le témoignage de la citoyenne Krylenko. J'ai alors pensé à interroger Vladimir Divilkovsky, qu'elle disait être parti par le même train que l'Américaine – peut-être avait-il eu l'occasion de noter quelque chose. Ce matin à la première heure nous avons téléphoné à notre ambassade à Rome. Le camarade Divilkovsky s'est rappelé avoir vu la photographe descendre à l'arrêt de Nervi. J'ai aussitôt envoyé des hommes visiter les hôtels là-bas. Ils ont cueilli Theydon-Payne et trouvé l'arme du crime dans son sac. Elle a reconnu les faits sans que nous ayons eu besoin d'utiliser les méthodes habituelles. Deux ou trois gifles ont suffi. La fille de porc est apparue ensuite bouffie d'orgueil d'avoir réussi son attentat. Elle ne perd rien pour attendre.

Styrne souffla de la fumée, observant son interlocuteur avec ses yeux bruns pénétrants.

– Qu'allez-vous faire d'elle ? demanda Exeter. La remettre à la police génoise ?

L'officier secoua la tête.

– Certainement pas. Elle sera interrogée dans notre centre de la Loubianka à Moscou. Nous avons besoin de connaître les noms et adresses de ses complices à Berlin, Paris, et en Russie même. Les membres de cette putride « Union monarchiste de Russie centrale »…

Exeter se sentit défaillir.

– Mais… vous ne pouvez pas l'emmener… C'est trop…

– Nous pouvons tout, monsieur. La prostituée impérialiste sera interrogée chez nous jusqu'à ce que l'on ait tiré d'elle tout ce que nous voulons. Après…

Il souleva délicatement le Mauser C96 et, souriant froidement, posa l'extrémité du canon sur le côté droit de sa propre nuque. L'index du jeune homme frétilla sur la détente. Exeter vit que le cran de sûreté était levé. Styrne replaça le Mauser dans l'étui et rangea le petit Browning dans un tiroir. Il croisa les doigts sur son bureau.

– Bien. Votre cas à vous n'est pas résolu. Je vais préparer une note à l'intention de mes chefs demandant qu'on vous soumette à des interrogatoires supplémentaires… Ne faites pas cette tête. Vous voyagerez avec la chienne terroriste et le colonel.

Chaque instant qui passait, chaque nouvelle action ou parole de son tourmenteur faisait qu'Exeter se sentait basculer de façon irrévocable dans les gouffres du plus monstrueux des cauchemars. C'était cent fois pire que ce qu'il avait tant de fois rêvé à Paris, lorsque les fantômes nocturnes de la Tchéka ou du Guépéou l'interrogeaient. Seule sa dignité britannique – on lui avait toujours appris à garder sa lèvre supérieure rigide – le retint de s'effondrer devant le jeune Styrne, d'implorer sa clémence en sanglotant.

L'officier croisa les jambes et se détendit sur son siège.

– Tout est arrangé. Le cargo soviétique *Komsomolets* arrive après-demain dans le port de Gênes et repart mardi, c'est-à-dire dans six jours. Il fera halte dans la nuit de mardi à mercredi au large de Santa Margherita. Un canot à moteur vous transportera à son bord, en compagnie de la meurtrière Theydon-Payne et du cercueil du colonel. Vous serez enfermé seul dans une cabine. L'équipage veillera à vos besoins. Le *Komsomolets* regagne ensuite Arkhangelsk *via* Le Havre, Rotterdam, Hambourg, et Mourmansk, où l'on vous débarquera. Vous voyagerez ensemble en train jusqu'à Moscou. La dépouille du colonel sera inhumée dans le mur sacré du Kremlin réservé aux héros tombés dans la bataille révolutionnaire. Il y rejoindra votre confrère John Reed. Si nos services concluent finalement à votre innocence, vous serez reconduit à la frontière aux frais et avec les excuses du gouvernement de la République soviétique. À moins que vous ne désiriez rester chez nous. Le Komintern recherche des bons propagandistes et journalistes…

– Mais ce n'est pas possible ! Et ma femme et mon fils ? Ils ont besoin de moi… Je ne leur ai laissé de l'argent que pour un mois ou deux…

Styrne alluma une cigarette.

– Votre épouse est russe. Elle pourrait vous rejoindre. Votre fils grandirait dans une société radicalement nouvelle. C'est une chance pour lui. Songez à son avenir… Dans le pays le plus libre du monde.

L'envoyé du *Daily World* se rappela à quel point Evguénia abhorrait les communistes. Lui-même était prêt – depuis peu – à lui donner raison. Il enfouit son visage dans ses mains. Il murmura :

– Pourrais-je rencontrer le camarade Rakovsky ?

– Rakovsky donne actuellement des cours de politique et d'économie marxiste à Gênes et n'est pas concerné par notre travail de police.

– Mais vous non plus ! protesta Exeter. Je veux dire : ce n'est pas *votre* travail, mais celui de la police italienne. Le crime a été commis sur leur territoire. Miss Theydon-Payne est citoyenne américaine, et moi un sujet britannique…

L'officier du Guépéou éclata de rire.

– Voilà qui n'empêcherait pas les Italiens de vous arrêter aussi pour meurtre. Vous risquez une extradition en France et la guillotine.

– Mais pourquoi ? Je suis innocent !…

Styrne secoua lentement la tête.

– Je ne parlais pas de la mort du colonel. Je parlais de l'agent du 2e Bureau français que vous et votre confrère avez frappé puis balancé par la fenêtre du Paris-Gênes, quelque part dans les montagnes du côté de Domodossola. Je doute que cet infortuné policier ait survécu à une pareille chute…

Exeter écarquilla les yeux.

– Comment êtes-vous au courant ?

Le Russe haussa les épaules.

– Voyons !… Vous nous l'avez raconté vous-même,

monsieur. Ce dimanche, à l'hôtel Impérial, lorsque vous êtes venu parler à Rakovsky.

Il se leva, écrasant sa cigarette dans le cendrier.

– Nous avons eu le temps d'aménager les caves. Deux cellules sont prêtes. On va vous conduire à la vôtre. Vous serez logé et nourri ici jusqu'à mardi, date du départ du cargo pour Arkhangelsk. Si vous changez d'avis et que vous avez des noms à me révéler, n'hésitez pas. Demandez à me voir et je vous écouterai. Je serai à l'hôtel jusqu'à la fin de la Conférence. Donnez-moi votre montre.

– Quoi ?

Styrne lui saisit le poignet gauche et défit le bracelet. Le contact de ses doigts fins était glacial.

– Mais c'est un cadeau de ma femme…

– Ne vous inquiétez pas, nous vous la rendrons lorsque vous partirez d'ici. Le communisme va de pair avec une honnêteté scrupuleuse – ce n'est pas à vous que je l'apprendrai. De toute façon, j'allais vous établir un reçu.

Il remplit une petite fiche rose, de son écriture appliquée, et la tendit au journaliste. La montre rejoignit le Browning dans le tiroir. Puis il cria un ordre en russe. Exeter, accablé, le front appuyé sur ses poings, demeurait sans voix, assis sur sa chaise. La porte s'ouvrit sur le garde au faciès obtus, qui vint le prendre par le bras et l'entraîna dans le corridor.

Chapitre XIX

L'antre des fantômes

Les lieux sentaient le sable mouillé, le poisson et les égouts. La porte s'ouvrit lourdement, pour se refermer dès qu'on eut poussé le captif à l'intérieur. Une clé grinça trois fois dans son dos. Les pas du garde s'éloignèrent. Debout au milieu de la cellule, Exeter parcourut du regard sa nouvelle résidence.

La pièce semblait avoir été refaite récemment, avec un sol en ciment propre et neuf. L'atmosphère humide le fit frissonner. On entendait couler faiblement de l'eau, quelque part dans une canalisation près du plafond. Ce plafond, blanchi à la chaux comme les quatre murs, était bas et voûté. Une longue fissure visqueuse y laissait suinter des petites gouttes qui avaient commencé de former une tache irrégulière sur le sol. La tache, sombre et luisante, s'étendait et bientôt atteindrait le pas de la porte. Il n'y avait ni fenêtre ni soupirail. Une paillasse moisie recouvrait une couchette en fer rouillé, fixée au mur et rabattue à l'horizontale. La porte, entièrement rivetée sur son pourtour, était munie d'un judas, momentanément fermé. La cellule mesurait environ cinq mètres sur trois. Outre la couchette, elle comprenait une petite table en bois, un tabouret métallique à pivot, d'un blanc sale écaillé qui donnait l'impression que l'objet provenait de quelque clinique abandonnée, et un lavabo de fonte avec un unique robinet d'eau froide. On avait prévu des lieux d'aisances, dans un coin à droite de la porte : un simple trou creusé dans le ciment et qui s'ouvrait sur des profondeurs obscures et malodorantes. Une lampe électrique, protégée par un grillage, envoyait depuis le centre du plafond une lumière de très forte intensité. Outre cette lumière aveuglante, l'ampoule produisait un petit grésillement exaspérant. Exeter chercha en vain un interrupteur. Au plafond, le fil d'alimentation électrique se dirigeait vers le dessus de la porte pour disparaître à l'intérieur du mur. L'interrupteur devait se trouver dans le corridor. Ici, c'étaient les geôliers qui faisaient le jour ou la nuit.

Le prisonnier s'assit sur la paillasse. Celle-ci était si mince qu'on percevait, à travers la paille, la dureté et les moindres reliefs du métal. On lui avait laissé son étui à cigarettes en argent, ainsi qu'une boîte d'allumettes presque vide – il n'en restait plus que trois. Il fuma en silence, allumant chaque nouvelle cigarette au mégot de la précédente. À ce rythme, il n'eut bientôt plus rien à fumer. Il avait faim et surtout soif. Le besoin d'alcool commençait à se manifester. Ses jambes, lourdes et sans force, étaient parcourues de fourmillements. Sa peau le grattait. Il avait du mal à respirer, sentait sa poitrine contractée, son estomac noué, ses extrémités tremblantes et glacées. Son front était moite. Sûrement, il avait de la fièvre. Il s'allongea, sans se donner la peine d'enlever ses chaussures. La lumière du plafonnier était insupportable même avec les yeux fermés. Il tira son mouchoir, rougi par endroits du sang des lèvres de Melicent Theydon-Payne, et le noua autour de sa tête par-dessus ses paupières closes.

Exeter eût voulu dormir, se soustraire ne fût-ce que

momentanément à sa situation catastrophique… Mais le sommeil ne venait pas, ne pouvait venir. Sous la lumière implacable qui filtrait à travers le fin tissu taché de sang, le prisonnier étendu sur sa paillasse humide et son lit de ferraille sentait son cœur battre trop vite et trop fort, ses tempes pulser, sa gorge se dessécher, une migraine terrible lui vriller le crâne. Les paroles de la stupéfiante confession de Mel se répétaient dans son cerveau – avec son cortège de vérités probables, quoique douloureuses, de mensonges bizarres et d'omissions incompréhensibles. Il essaya de se concentrer en dépit de l'angoisse qui le taraudait, des suées fiévreuses, alternativement froides et brûlantes. Pourquoi, par exemple, l'Américaine avait-elle prétendu résider à l'hôtel Bristol, au lieu du Miramare ? Afin de retarder la fouille éventuelle de sa chambre par les agents du Guépéou ? Et pourquoi raconter qu'elle avait abordé Exeter devant la cathédrale ? Là où il avait, en fait, aperçu Bielefeld – ou plutôt Sigmund Rosenblum. Un personnage dont la jeune femme affirmait ignorer l'existence. Mais pourquoi mentir aussi maladroitement à son sujet ? Alors que le reste de son entreprise paraissait avoir été réfléchi, combiné dans les moindres détails… Quoi qu'il en soit, cette contre-vérité, flagrante pour Exeter, ne pouvait signifier qu'une chose : elle *protégeait* Rosenblum, donc ils étaient complices. Melicent Theydon-Payne avait agi, à l'hôtel Impérial, comme le bras armé de l'ennemi mortel du pouvoir soviétique. Et le correspondant du *Daily World*, seul capable de faire agréer les trois Américains auprès de Rozberg et de la sécurité du palace, avait, lui, tout simplement servi de cheval de Troie.

On l'avait manipulé. C'était vexant, humiliant, mais surtout tragique. Tragique pour tout le monde. Non seulement Mel risquait elle-même l'exécution en Russie d'une balle dans la nuque, mais elle l'avait entraîné, le journaliste innocent et naïf, dans une aventure fatale et rocambolesque pour laquelle il ne s'était certainement jamais porté volontaire…

Exeter se redressa, arracha de ses yeux le mouchoir inutile, le jeta au sol. Il fut pris de nausées, brutales et caractéristiques, dont l'origine était facile à deviner : exacerbée par l'anxiété, une redoutable crise de sevrage éthylique s'annonçait. Il en avait déjà connu plusieurs, les années précédentes, chaque fois qu'il avait essayé, pour le bien de son épouse et de son fils, de renoncer à son addiction. Exeter n'avait jamais réussi à tenir plus de quatre jours. Sa dernière prise d'alcool – le gin de la *casa della stampa* – remontait à une vingtaine d'heures… Le plus terrible n'était pas les tachycardies ou les suées. Ou les insomnies. Ce qu'il redoutait par-dessus tout, c'étaient les hallucinations. Le fait simplement d'y penser… Il sursauta. Il lui sembla que le mouchoir rougi et roulé en boule, au bord de la flaque humide qui s'élargissait vers la porte, avait bougé.

Il l'observa attentivement, genoux repliés sur sa poitrine, adossé au mur de la couchette. Le mouchoir avait *effectivement* bougé, de quelques centimètres. Indiscutablement. Pire, ce n'était pas un mouchoir. Il se déplaçait lentement sur les petites pattes répugnantes qui lui avaient poussé, sept ou huit de chaque côté, non, plus encore, remuant et s'agitant à mesure que l'infâme bestiole se rapprochait de la paillasse… Ces petites pattes agiles supportaient une pâle carapace recourbée sur les côtés, que marbraient des veinules écarlates et d'où émergeaient deux museaux pointus, jumeaux et divergents, de porc-épic, dardant leurs langues fourchues, luisantes et frémissantes.

Jambes ramenées contre lui, Exeter se recroquevilla sur la couchette, d'où il pourrait épier les évolutions de l'animal. Celui-ci n'était pas seul. Dans les ombres poisseuses de la flaque d'eau suintant du plafond, l'Anglais, muet d'horreur, vit des formes vagues se soulever… Des feuilles mortes, noires, anguleuses et partiellement décomposées, entre lesquelles une bande de petits têtards, nageant et barbotant dans l'humus boueux, jouaient à agiter leurs pattes de batraciens, se grimpant les uns sur les autres, mi-têtards mi-poissons en réalité, ouvrant et refermant spasmodiquement des bouches garnies de rangées de dents pointues… Les têtards-poissons furent bientôt rejoints par des scolopendres d'une trentaine de centimètres de longueur. Après quelques instants d'hésitation, les longues scolopendres brunes progressèrent en colonnes, sur leurs milliers de pattes frétillantes, en direction du lit de fer. Son occupant se mit debout sur la paillasse. Le lit grinça, menaçant de s'affaisser. Quelques centimètres en dessous de lui, l'armée des scolopendres se tortillait, ondulait, glissait, s'enchevêtrait tandis que toutes sortes d'insectes, et même des rats, envahissaient le sol de la cellule, le couvrant d'un large tapis qui grouillait… Cramponné au lit de fer branlant, sur le point de céder et de chavirer pour le précipiter dans l'enfer des pattes, des poils, des pinces, des dents et des tentacules, Exeter chercha désespérément sa canne. Elle lui avait déjà été d'un secours précieux quand il s'était agi de chasser les horreurs qui le cernaient… mais il l'avait perdue, la veille au soir, dans les rues de Gênes. Juste après qu'avait surgi des brumes l'infirme aux béquilles enroulées de chiffons, au pied difforme, au nez aplati, à la lèvre pendante d'imbécile et aux yeux vitreux…

Cet unijambiste, avec son hideux regard de poisson

mort, était-il lui aussi une vision engendrée par l'alcool ? Une créature de *delirium tremens* ? Ou simplement l'acteur d'un de ses rêves effrayants, comme l'avait été Sigmund Rosenblum, enveloppé dans son linceul au fond de la barque… Exeter fouilla du regard les recoins de la cellule qui s'obscurcissaient. Il lui sembla qu'une silhouette se tenait debout dans un angle, à gauche de la porte. Il poussa un cri d'épouvante. C'était, de nouveau, le Rosenblum du port de Gênes… à la face livide et sans barbe, l'os de la pommette trouant la peau verdâtre, putréfiée, où fourmillaient les asticots et d'où coulaient des jus immondes. Sa mâchoire inférieure ballante, la bouche grande ouverte sur l'infecte denture de bête marine, surgie des abysses noirs, exhalait des remugles de chairs purulentes et d'abcès crevés. Rosenblum bougeait dans l'obscurité, la tête du mort dodelinait, laissant échapper des touffes de cheveux qui tombaient rejoindre les scolopendres, et ses doigts aux ongles crochus lui faisaient signe d'approcher. Se détournant, Exeter essaya de grimper au mur. Ses ongles raclaient frénétiquement la chaux blanche, sa peau se déchirait aux aspérités de la paroi. Sa poitrine se resserrait, s'atrophiait, il n'arrivait plus à respirer, et les fourmis montaient le long de ses jambes. Il se débarrassa de son pantalon, le secoua pour en expulser les insectes, puis il eut l'idée de l'utiliser pour battre le sol, fouetter, exterminer la horde abominable des serpents à pattes, des lézards, des araignées, des anguilles, des scorpions, des rats, des grenouilles… Il devait à la fois tuer les monstres et ne pas perdre de vue Rosenblum, prêt à quitter son coin d'ombre à l'angle du cachot, venir le happer. La position d'Exeter devenait intenable. Il jeta son pantalon sur la marée mouvante des assaillants, se pelotonna sur la paille, les paupières serrées pour ne plus voir, et les doigts, au goût ferrugineux de sang frais, plongés dans sa bouche, tenus par ses dents, mordus à en crier. Exeter hurla. Il regarda ses mains. Ses mains pleines de doigts. La lourde porte s'ouvrit en grinçant. Indifférent aux créatures qui peuplaient le sol, un garde entra pour examiner le prisonnier de plus près, grommela quelque chose en russe, s'éloigna, referma bruyamment le battant, effarouchant les animaux, lesquels refluèrent aux quatre coins ou furent aspirés, en ce qui concernait les crapauds et les têtards, par la flaque d'eau croupie où ils se dissimulèrent sous les feuilles mortes.

Le temps passait, impossible à mesurer, entre les quatre murs de la cellule. Le plafonnier à haute intensité brillait en permanence. Seuls bruits à parvenir aux oreilles d'Exeter, le faible et obsédant grésillement de l'ampoule, et les pas du gardien lors de ses rares incursions dans cette partie du sous-sol. Quelquefois aussi, le judas s'ouvrait, un œil se collait au trou, l'observait quelques secondes ou des minutes entières, puis le métal claquait et la porte redevenait aveugle.

Le journaliste restait la plupart du temps allongé sur sa paillasse, torturé par la soif, la faim, les odeurs nauséabondes, les frayeurs, les remords et les insomnies. Ce procédé de dictature sensorielle et d'isolation – il comprenait maintenant pourquoi on lui avait retiré sa montre – était de toute évidence destiné à provoquer chez lui un effondrement psychologique, à briser sa volonté, à l'obliger à révéler les noms de ses complices éventuels. Mais Exeter n'avait rien à avouer. Il n'avait pas de complices, il était innocent, on s'était joué de lui de manière cynique.

Il en voulait à Bielefeld plus qu'à Mel, naturellement,

mais ne parvenait pas à se décider à livrer à Styrne la véritable identité du marchand d'art. Un tel aveu comportait une part de risque trop importante. Le Guépéou lui reprocherait d'avoir tenté de protéger Rosenblum, déduirait qu'ils étaient de mèche. L'ennemi juré des bolcheviks avait été condamné à mort par contumace. Exeter risquait donc lui aussi le peloton d'exécution ou une balle dans la nuque. Ce que la loi russe appelait, avec un sens remarquable de l'euphémisme ou de l'ironie : « mesure suprême de protection sociale ». Les peines prononcées par les tribunaux soviétiques étaient indéniablement sévères. Le mari de Melicent, cet Oleg Zakharov, ce malheureux étudiant des Beaux-Arts arrêté à Petrograd, croupissait pour dix ans en camp de concentration pour les seuls crimes d'appartenir à un parti rival de celui qui avait pris le pouvoir en octobre 1917 et de sympathiser avec la révolte des marins de Cronstadt.

De temps en temps, un garde apportait à manger au prisonnier, sans que celui-ci pût mesurer les intervalles entre deux repas. Son régime se réduisait en général à une maigre soupe aux légumes – choux, betteraves ou navets – qu'accompagnait un bout de pain noir légèrement moisi. Exeter suppliait qu'on lui accordât au moins un verre de vin. Mais le Russe ne comprenait d'autre langue que la sienne, il secouait la tête et haussait les épaules avant de claquer la porte derrière lui. Parfois, Exeter hurlait et cognait contre le métal riveté, à s'en faire saigner les articulations. Les crises de *delirium tremens* revinrent, avec moins de violence toutefois, mais le journaliste continuait de transpirer abondamment et son rythme cardiaque demeurait irrégulier. Il dormait peu, et mal, tourmenté par des idées de suicide. Son avenir se résumait à une suite de prisons et d'enfermements, d'interrogatoires féroces sans queue ni tête, de travaux épuisants dans quelque bagne sibérien ou des rivages de la Baltique, avec, en conclusion probable, une mort solitaire, loin de tous ceux et celles qui comptaient pour lui. Evguénia venait parfois le visiter dans son sommeil. Il sanglota, la suppliant de lui pardonner ses infidélités, et chuchota qu'elle avait toujours eu raison, que les communistes étaient des brutes. Il la pria de se mettre au piano pour lui. Evguénia accepta, et joua des morceaux de Scriabine et de Schumann. Quand elle se leva du tabouret après avoir refermé le clavier, elle avait pris le visage d'Elma Sinclair Medley. Les oiseaux chantaient dans le jardin de Saint-Cloud, le chemisier d'Elma était couvert de sang et de plumes. Exeter lui demanda si Fergus avait été sage à l'école, mais la poétesse se contenta d'éclater de rire.

Un jour – ou une nuit ? –, il fut saisi de brusques nausées après avoir mangé sa soupe aux légumes. Se précipitant, courbé en deux par la douleur, vers les lieux d'aisances, il vomit un mélange de soupe, de bile et d'un liquide rouge qui lui parut être du sang. La puanteur était suffocante. Les forces d'Exeter l'abandonnèrent d'un coup : il s'affaissa, le nez dans ses vomissures, ne parvenait plus à se relever. Couché en chien de fusil à côté du trou aux odeurs fétides, baignant dans une sueur glacée et la peau parcourue de picotements, il se tordait, en proie à de violentes convulsions. Son corps se raidissait, ses mâchoires se contractaient. Ses yeux s'ouvrirent largement sur la lumière crue de l'ampoule électrique, puis sa tête ballotta en tous sens, le crâne cognant le ciment. Il se mordit la langue. Ses doigts se recourbaient, ses mains se fermaient malgré lui. L'air vicié de la cellule parvenait avec difficulté à ses poumons. Il sentit que sa vessie se relâchait. Agité de secousses, le visage chaud et violacé, une bave mousseuse s'échappant de ses lèvres, il hurla pour appeler à l'aide. Peine perdue. Il s'étouffait, se recroquevillait, cependant que les coups de rasoir d'une douleur insoutenable lui mettaient la tête en lambeaux.

Le gardien revenait chercher l'écuelle. Il repartit en courant. Quelques minutes plus tard, un homme barbu fit son apparition pour examiner Exeter. Il le fit asseoir, dos au mur. Il lui ouvrit la bouche, y introduisit deux gros doigts au parfum de savon. Puis il appuya l'index sur son abdomen.

– Ici ? demanda-t-il en français. Cela fait mal ici ?

Exeter secoua la tête.

– Donnez-moi du vin et ça ira mieux… souffla-t-il. Ou plutôt, du scotch…

Le médecin – peut-être celui de la délégation, qui avait examiné le cadavre du colonel Yatskov – se redressa, marmonna quelque chose que son patient ne comprit pas. Puis il s'adressa, dans sa langue, au gardien, qui répondit : « *Kharacho*. »

Les Russes sortirent, la porte claqua lourdement derrière eux. Les pas s'éloignèrent dans le corridor. Exeter rampa jusqu'à sa couchette et se hissa sur la paillasse. Ses bras et ses jambes se détendirent, il perdit conscience. Ses propres ronflements le réveillèrent en sursaut. Il ne savait plus très bien où il se trouvait. Hébété, il observa les portraits qui se dessinaient sur les murs : des visages de femmes inconnues, où les lignes du nez et de la bouche vibraient et se dédoublaient, et dont les yeux bruns, tendres et attentifs, se multipliaient… Lorsqu'il se réveilla de nouveau, il ne se souvenait que de peu de choses. Le médecin barbu semblait avoir appartenu au monde des spectres et des hallucinations. Exeter attendit une heure ou deux que la force revînt à ses membres endoloris, puis il se dirigea, chancelant et les mains tendues en avant, vers le lavabo de fonte, pour s'y appuyer et se laver de façon sommaire. Sa saleté le révulsait. Passant les doigts sur son visage humide, il constata que les poils avaient poussé, envahi ses joues de part et d'autre de la barbe jadis parfaitement taillée.

Le temps s'écoulait, d'autres mauvais repas lui furent portés, entrecoupés de crises de délire moins graves que la première. Les scolopendres et les têtards-poissons se limitaient à quelques dizaines, le cadavre décomposé de Sigmund Rosenblum ne revenait pas lui faire signe depuis son coin de la cellule. Il semblait quelquefois à Exeter entendre des cloches. Étaient-ce celles de Pâques, rentrées s'agiter gaiement et sonnant à la volée tout en haut du campanile de l'église de Santa Margherita ? Pour le Christ ressuscité ? Mais Lénine et Trotsky ne s'intéressaient pas au Christ. Le journaliste souriait sur son lit de fer. Son sort lui était devenu presque indifférent. Il rêvait aux jeunes Italiennes qui, à la semaine sainte, s'agenouillaient et courbaient la tête pour prier sous les fresques et les anges de Cambiaso ou de Pogliaghi. Il avait croisé ces filles dans les rues de Gênes au lendemain de son arrivée, admiré leurs longues chevelures sombres, comme animées d'une vie propre, sous les voiles blancs et les gazes qui flottaient, pâles et vaporeuses. Ces vierges à la peau mate et bronzée baissaient chastement leurs paupières douces aux cils d'encre, tenaient des rameaux à la main, pour la *domenica dell'ulivo*. Et, dans le tiroir de sa chambre d'hôtel, entre les pages d'une bible fatiguée et écornée, Exeter avait trouvé une vieille carte postale oubliée représentant un cimetière indigène d'Alger.

C'est au moment précis où il se remémorait cette

carte, qui n'avait aucune espèce d'importance et qu'il avait jetée à la corbeille, que la porte de la cellule s'ouvrit pour laisser passer un homme trapu, au complet crème, à la chevelure poivre et sel taillée en brosse, au-dessus d'une face ronde qu'ornait un petit bouc noir.

Exeter le connaissait de vue. Il l'avait rencontré deux fois, d'assez loin et sans lui parler. Devant un café à la terrasse de l'hôtel Impérial, le mardi en début d'après-midi. Et le lendemain, parmi la foule rassemblée dans le salon funéraire où reposait la dépouille du colonel Yatskov.

– Nous y allons, fit l'homme sans se présenter, et dans un anglais presque dépourvu d'accent. Le bateau est arrivé. Comment vous sentez-vous ?

Il avait une belle voix de basse. Exeter s'assit au bord de la couchette. La tête lui tournait un peu.

– Il me semble que j'ai déjà été en meilleure forme...

Le nouveau venu sortit de la poche de sa veste une petite flasque remplie d'un liquide ambré. Il la tendit au journaliste.

– Buvez. Ça devrait aller mieux après.

D'une main tremblante, Exeter s'empara du flacon. Il dévissa le bouchon, approcha le goulot de ses lèvres. La brûlure merveilleuse lui remplit la gorge. Ses doigts se crispèrent sur le verre tiède. La chaleur du whisky envahit son corps tout entier, tandis que l'alcool, dont on l'avait privé si longtemps – *combien* de temps ? –, reprenait sa cavalcade excitée le long de ses veines. L'éthanol que celles-ci portèrent à sa tête vint modifier subtilement, et rapidement, la chimie de son cerveau. C'était un grand whisky écossais, de toute première qualité. *Unblended*. Venu droit d'une des fameuses vieilles distilleries qui disparaissaient aujourd'hui les unes après les autres. Exeter eut l'impression de goûter aux graines de l'orge sauvage, tout en ouvrant à fond ses poumons à cet air pur et doux si particulier aux collines des Highlands. La flasque à la main, il demanda :

– Talisker ? Balmenach ? Glenlivet ?

– Tobermory. Sur l'île de Mull.

L'Anglais poussa un long soupir.

– Un très grand whisky est pareil à une œuvre d'art.

Il but encore une gorgée, toussa, puis, tenant toujours le flacon dans sa main droite, dont les tremblements diminuaient :

– Merci. Quel est votre nom, monsieur ?

L'homme au bouc secoua la tête.

– Il vaut mieux pour vous et pour moi que vous ne le sachiez jamais. Tenez.

Récupérant la flasque d'une main, de l'autre il tendit un objet à Exeter. Ce dernier reconnut la montre que le capitaine Styrne lui avait confisquée.

– La République soviétique est désormais en règle avec vous. Et elle a toujours su reconnaître ses vrais amis. Venez, nous n'avons pas beaucoup de temps.

Exeter attacha la montre à son poignet. Ses aiguilles indiquaient sept heures et dix minutes. Était-ce le matin, ou le début de soirée ? Il se pencha pour lacer ses chaussures. Le Russe jeta un coup d'œil dans le corridor.

– La voie est libre. Dépêchons-nous.

Le journaliste le suivit en vacillant le long du couloir de briques. Ils partaient dans une direction qu'il n'avait pas encore eu l'occasion d'emprunter. Ayant parcouru une trentaine de mètres, l'homme au complet crème poussa une porte basse, ouvrant sur un escalier en spirale qui sentait le moisi. Il sortit de sa poche une torche électrique. Des toiles d'araignées apparurent dans son faisceau. Exeter et le Russe grimpèrent un étage, pour gagner un autre corridor étroit où l'on respirait un mélange d'odeurs de friture et d'eau de vaisselle. Des voix italiennes résonnaient dans le lointain, ainsi qu'un vacarme d'assiettes qui s'entrechoquaient. Le reporter ne comprenait pas bien pourquoi on lui faisait prendre des chemins aussi détournés, ni pourquoi il n'était pas escorté – s'il s'agissait de le conduire au cargo soviétique – par les habituels gardes du Guépéou armés de Mauser ou de revolvers Nagant. Ce Russe-ci, avec ses habits bien coupés et son attitude de conspirateur légèrement narquois, se démarquait nettement de ses camarades au style assez fruste.

Ils arrivèrent à une porte-fenêtre, qui donnait sur des buissons plongés dans l'ombre et sur une petite allée de graviers. En sortant, le gros homme se retourna vers le journaliste, l'index devant sa bouche. Une fourgonnette de blanchisserie était garée devant une porte voisine. Exeter jugea qu'ils devaient se trouver sur les arrières de l'hôtel Impérial. Dans la zone réservée au service et aux fournisseurs. Son guide quitta l'allée, se faufilant entre deux buissons pour s'engager sur une pente de gazon coupé avec soin qui s'inclinait de l'autre côté du bâtiment. L'Anglais le suivit. Le ciel, entre les troncs des palmiers et les larges palmes, s'éclaircissait à l'est. L'aube se levait sur la baie et les falaises de Santa Margherita. L'air était frais et odorant. On ne voyait âme qui vive dans le parc, où les seuls bruits étaient les pépiements et les chants d'oiseaux.

Exeter se demanda s'il ne rêvait pas – s'il n'allait pas rouvrir les yeux sur le plafond blanchi à la chaux et l'œil étincelant de l'ampoule derrière sa grille. Puis il reconnut l'arbre à kumquats. Le Russe indiqua le mur, dont Exeter se souvenait, qui fermait le parc quelques mètres au-delà de cet arbre sous lequel il avait dormi, et qu'avait franchi Max Eastman un matin pour tomber nez à nez avec Elyena Krylenko. Le gros homme alla se coller contre la paroi. Se carrant sur ses jambes courtaudes, il joignit les mains, les doigts croisés, paumes tournées vers le ciel et présentées à mi-hauteur, pour former support.

– Grimpez ! Vite !

Exeter se posta devant lui, bras ballants, dans son habit de soirée sale et déchiré. Il n'y comprenait plus rien.

– Mais…

L'homme au bouc eut un sourire impatient.

– Faites-moi confiance, camarade. De l'autre côté, descendez les marches jusqu'à la mer. Le bateau vous attend.

– Pour aller jusqu'au *Komsomolets* ?

Un éclair amusé brilla dans les petits yeux pâles du Russe.

– Non, non. Votre voyage à Moscou est annulé. Grâce au camarade Rakovsky. Un conseil : quittez l'Italie au plus vite. Tout le monde n'est pas d'accord ici à votre sujet. Vous n'aurez que quelques heures d'avance sur les hommes d'Ehrlich.

Au dernier moment, Exeter se demanda si ce n'était pas un piège. Si des policiers soviétiques armés jusqu'aux dents ne l'attendaient pas de l'autre côté du mur. À l'affût, leurs doigts nerveux chatouillant la détente, prêts à ouvrir le feu, tous ensemble, sur le prisonnier évadé : « abattu au cours d'une tentative de fuite ». C'était la solution classique, qui évitait d'avoir à présenter des suspects devant les tribunaux. Économies d'essence et de paperasse. Justice expéditive et définitive. Songeant à tout cela, Exeter posa son pied gauche sur les mains réunies du Russe, aux doigts ronds et courts. Il sentit qu'on le supportait solidement. Il se dressa, cala ses avant-bras sur le faîte du mur. Les mains avaient empoigné la base de son soulier et poussaient vers le haut. Exeter lança sa jambe de côté et, à la troisième tentative, parvint à poser son talon sur le rebord. Avec un grognement, il souleva son buste, la pierre lui labourant l'abdomen. Il se hissa, en geignant, accompagné dans le mouvement par l'homme en dessous de lui, et, se cramponnant au rebord, bascula de l'autre côté. Il retomba lourdement sur un sable dur et compact, semé d'aiguilles de pin. Il frotta ses paumes écorchées. Puis il fit une tentative pour se lever. Des étoiles dansaient devant ses yeux. Sa hanche droite lui faisait mal. Il entendit la voix de son guide, derrière les pierres :

– Dépêchez-vous ! Il va faire jour. Les Italiens risquent de vous tirer dessus.

Exeter s'éloigna du mur. Il repéra assez vite les marches découpées dans la falaise rougeâtre et qui descendaient vers la baie.

Un canot se balançait près de l'embarcadère en ciment. Un homme en chemise blanche était assis, courbé sur les rames. Ses cheveux également étaient blancs. L'Anglais reconnut le beau visage bronzé, et la silhouette dégingandée, athlétique, de Max Eastman.

Celui-ci leva la tête en entendant Exeter arriver.

– Mon pauvre ami ! s'exclama-t-il, vous avez une mine épouvantable…

Debout, les mains tendues, il l'aida à monter à bord. Exeter s'affala sur le banc de poupe. Eastman détacha l'embarcation, frappa le quai avec le bout d'une des rames. Le canot quitta le pied des falaises. L'Américain le dirigeait de façon experte, ramant avec des longs mouvements coulés et vigoureux. Le Grand Hôtel

Impérial, baigné dans les premiers feux du soleil, se déplaçait lentement sur les hauteurs, et sa façade blanche où s'alignaient les dizaines de minuscules volets bleus brillait au milieu de la verdure luxuriante des palmiers.

Ils étaient suffisamment loin pour parler à voix haute. Exeter se pencha en avant :

– Max, auriez-vous l'obligeance de me dire quel jour nous sommes ? Je suis passé par une période difficile.

– Lundi. Hier c'était le dimanche de Pâques. Vous n'avez rien manqué, il a plu toute la journée. Et il vous reste encore le temps de câbler la grosse information à votre journal.

– Quelle information ? S'il s'agit du pétrole, j'ai déjà fait partir le scoop la semaine dernière…

Eastman éclata de rire.

– Ah oui, c'est vous qui êtes à l'origine de cette nouvelle plutôt fantaisiste ! Cela a fait le tour du globe, mais les Russes, après quelques sourires mystérieux, ont finalement démenti. La Standard Oil est toujours sur les rangs, en ce qui concerne les concessions du Caucase. Je crois que nos camarades ont eux-mêmes lancé une fausse rumeur, destinée à exacerber les rivalités capitalistes entre la Standard et la Shell ainsi qu'entre leurs gouvernements respectifs… Non, je parlais de la signature du traité.

– Quel traité ?

– Les Allemands, un peu à contrecœur je dois dire, ont signé avec eux hier en fin d'après-midi. Ici, dans un des salons de l'hôtel. Un traité d'alliance germano-soviétique. Lloyd George est consterné, les Français indignés. Toute la Conférence économique est sens dessus dessous. Tchitchérine, Litvinov et Rakovsky ont joué de main de maître… C'est ce dernier qui est le grand artisan du traité, je crois. Un diplomate d'une intelligence exceptionnelle. Vous devriez écouter ses conférences à l'Université de Gênes… Il y a un monde fou. Rakovsky a même remis à sa place un journaliste français, à propos d'un point historique de la Révolution française, que le bolchevik bulgare connaissait mieux que lui…

Exeter secoua la tête.

– Je n'ai pas le temps. Il y a plus urgent à faire. C'est horrible, Max. Ils détiennent une de vos compatriotes. Vous l'avez peut-être vue, mardi dernier… La jeune photographe. Melicent Theydon-Payne… Elle s'est fourrée dans une sale histoire.

– Vraiment ?

– Écoutez, je ne peux entrer dans les détails, mais il faut que je rencontre d'urgence le consul des États-Unis. Lui seul est capable d'empêcher qu'ils ne fourrent la pauvre fille à fond de cale d'un cargo soviétique qui va s'arrêter ici au large… dans la nuit de mardi à mercredi. Le *Komsomolets*. C'est demain soir, il n'y a plus une seconde à perdre ! Trouver une voiture, et foncer à Gênes… Alerter la presse italienne, aussi… Et tous les reporters que nous pourrons croiser à la *casa della stampa*… Bon Dieu, cela ne va pas être simple ! Les Russes nieront tout en bloc. Ils cacheront Mel ailleurs. Et la feront monter sur le bateau directement au port de Gênes, avec l'aide du Syndicat des dockers, qui est noyauté par les communistes…

Eastman souriait tout en continuant de ramer.

– Ne vous inquiétez pas, j'ai justement une automobile. Je l'ai laissée à Santa Margherita. Le chauffeur nous attend… Et le réservoir d'essence est plein.

– Dieu vous bénisse, Max !

– Je suis athée. En dépit du fait que mes parents étaient tous deux des prédicateurs congrégationalistes.

Ils ont dû m'influencer à leur manière. Il est vrai que j'aime rendre service lorsque je le peux…

– Pardon, je ne vous ai pas encore remercié convenablement. Mais comment se fait-il que vous m'attendiez avec ce canot ? C'est une sorte de miracle.

Le sourire de l'Américain s'élargit.

– Eh bien, vous devriez aussi remercier Elyena. Une jeune personne extraordinaire ! C'est elle qui m'a prévenu. Et qui s'est occupée de… Mais, vous verrez.

Il plissa ses yeux malicieux, sous la crinière blanche ébouriffée par le vent. Avant de soupirer d'aise :

– Quel exercice splendidement roboratif que de ramer à l'aube ! Après une excellente nuit passée dans le petit hôtel bon marché que vous apercevez là-bas. Ah, que j'aime l'Italie ! Et la Méditerranée. Nous n'avons absolument rien de comparable chez nous…

Exeter se redressa sur son banc, une main en visière. Le port de Santa Margherita se rapprochait, dans la lumière douce et transparente des matins du Sud. Ils croisèrent deux longues barques de pêche qui avaient surgi derrière la jetée. Des filets séchaient, des coques colorées de bateaux retournés décoraient la grève. Eastman releva ses rames et laissa filer le canot, qui vint s'échouer sans heurt sur le sable gris.

Un homme en pantalon bleu et maillot de corps taché de sueur venait vers eux, en sandales, souriant de toutes ses dents blanches dans un visage tanné et mal rasé. L'Américain serra la main du pêcheur et lui rendit sa barque. Il l'avait payé avant de partir. Exeter suivit Eastman jusqu'à une place au centre du village. Un cabriolet Dodge *Model 30 Tourer* noir et blanc, la capote fermée, était garé devant une fontaine. Une bande de gosses dépenaillés, pieds nus et sales, s'attroupait, dans une admiration bruyante, autour du véhicule, avant de se faire invectiver par son chauffeur et de s'égailler en poussant des cris.

Le chauffeur, un petit Italien à casquette à carreaux et lunettes de pilote de course, sourit aux arrivants. Il indiqua l'arrière de la Dodge.

– *La signorina è molto, molto stanca*[1], fit-il en riant.

Exeter s'avança vers le cabriolet, et regarda à l'intérieur.

Dans l'ombre de l'habitacle, couchée les genoux repliés sur la banquette, et recouverte d'un plaid écossais, il reconnut – son visage à demi caché par les mèches brunes, et selon toute apparence profondément endormie – Melicent Theydon-Payne.

1. « La demoiselle est très, très fatiguée. »

Chapitre XX

La *Madone aux harpies*

Ils prirent la route de Gênes sans réveiller leur passagère épuisée. Les deux hommes s'étaient serrés devant à côté du conducteur. L'Américain fournit des explications tandis que la Dodge, un modèle flambant neuf équipé d'un moteur quatre cylindres et d'un projecteur à acétylène, gagnait le haut des collines par un chemin en lacets, ses roues projetant des gerbes de poussière et de cailloux. La veille au soir, Elyena Krylenko avait prié son ami Eastman de l'aider à évacuer deux personnes de l'hôtel et de se tenir prêt, avant le lever du jour, pour une double traversée entre le port et le petit embarcadère au pied de la falaise. Le poète avait obéi sans poser de questions. Déjà, il connaissait le correspondant du *Daily World*, qui lui avait inspiré une sympathie immédiate. Quant à voler au secours d'une jeune compatriote qui se serait mise dans de mauvais draps, la tâche convenait parfaitement à son caractère romantique et chevaleresque. Enfin, tout cela étant à la demande de la ravissante secrétaire de Litvinov…

L'Américain, non sans fatuité, narra quelques épisodes libertins de sa relation avec Elyena, qui avait évolué rapidement depuis la soirée au théâtre Carlo Felice. Le communisme semblait avoir apporté, en

Russie, de remarquables progrès dans les rapports entre les hommes et les femmes. Une stricte égalité sexuelle régnait, mariage et divorce n'étaient plus que des formalités. Le divorce ne nécessitait même pas la présence des deux parties et il était possible de divorcer le lendemain de son mariage si on le voulait. L'avortement étant autorisé sur simple demande, les gynécologues russes gagnaient désormais particulièrement bien leur vie. Et, avait appris Eastman par la bouche de sa camarade, le terme « mariage » avait été remplacé par celui, plus prosaïque, d'« enregistrement ». De toute façon, la plupart des Soviétiques s'en passaient. Ni Elyena ni sa jeune sœur Olga ne désiraient s'enregistrer avec qui que ce fût, étant des adeptes de la liberté totale en matière de sexe.

Entre Camogli et Nervi, le chauffeur, dès que les longues lignes droites le permirent, écrasa l'accélérateur. Il n'était même pas neuf heures lorsqu'ils atteignirent les établissements balnéaires du Lido et les premiers faubourgs de Gênes. Bientôt apparurent les célèbres phares qui dataient du Moyen Âge. Exeter ne cessait de jeter des coups d'œil nerveux au rétroviseur, mais il n'apercevait aucun véhicule du Guépéou lancé à leur poursuite. Il suggéra qu'on les déposât, miss Theydon-Payne et lui, à son propre hôtel, situé derrière le vieux port. Le cabriolet prit le corso Aurelio Saffi, franchit l'embouchure d'une rivière et tourna à gauche, longeant la rade par le corso Principe Oddone. Exeter aperçut à quai, entre un cargo grec et un cargo allemand, un bâtiment moderne à vapeur dont la haute cheminée noire était cerclée de trois bandes rouges, et qui arborait le pavillon, rouge lui aussi, de la République soviétique. C'était sûrement le *Komsomolets*. Le trajet depuis Santa Margherita avait permis à l'Anglais de réfléchir à une solution qui leur permettrait d'échapper à la double menace des polices russe et italienne. Le chauffeur traversa la piazza Cavour, où il manqua de peu d'écraser un cycliste, et stoppa en faisant hurler les pneus – et chuter sa passagère de la banquette – devant l'Albergo dei Giornalisti. Il se confondit en excuses. Exeter sauta du cabriolet, se précipita pour ouvrir la portière arrière. Mel s'était relevée toute seule, et, le plaid recouvrant encore ses jambes, elle se frottait le coude avec une petite grimace de douleur. Puis elle bâilla, en s'étirant de façon charmante. Exeter fut surpris de constater que la jeune femme avait changé de vêtements depuis la dernière fois qu'il l'avait vue. C'était d'ailleurs préférable : un chemisier taché de sang ne représentait pas la tenue idéale pour débarquer dans un hôtel, même de seconde catégorie comme celui du *signor* Ricci. La photographe avait revêtu une étroite et longue robe en tissu uni bleu foncé, à courtes manches bouffantes, serrée à la ceinture et fermée au-dessus de la poitrine par une rangée de petits boutons de nacre. En revanche, elle portait toujours les fines bottines noires du matin de son arrivée à l'hôtel Impérial.

– Elyena lui a prêté une de ses robes, expliqua Eastman. Elles font la même taille.

Le visage de l'Américaine était d'une pâleur de cire et les beaux yeux bleu-vert s'ornaient de cernes violets. Sa lèvre supérieure était encore un peu enflée. Mel confia à Exeter que dans sa cellule également la lumière brillait sans discontinuer, et qu'on ne l'avait nourrie, comme lui, que de soupe et de pain moisi. Elle n'avait pas eu à souffrir de nouvel interrogatoire de la part du capitaine Styrne. Le plus pénible avait été les angoisses et les insomnies. Enfin, très tôt le matin même, la porte de sa cellule s'était ouverte sur Elyena, qui lui avait apporté de quoi se changer et l'avait guidée à travers les jardins du palace avant le lever du jour, jusqu'à l'embarcadère où attendait Max Eastman. Elle avait pu récupérer son sac et ses documents de voyage, mais l'appareil photographique et son trépied étaient définitivement perdus.

– Mon cher Max, fit Exeter, je vais quitter Gênes et l'Italie dès aujourd'hui – si j'arrive à récupérer mon passeport. Tant pis pour la Conférence. Et je compte aider Mel à faire de même. Si elle veut bien me suivre à Paris… Accepteriez-vous de câbler à ma place une dépêche au *Daily World* au sujet de ce traité entre Allemands et Russes ? Je risque de perdre mon emploi, vous comprenez. Et là, je n'ai pas le temps…

Le « bolchevik de salon » parut amusé.

– Ce serait ma première expérience de *newsman*. Pourquoi pas ? D'accord, je file à la *casa della stampa*. Rejoignez-moi là-bas au bar si vous rencontrez des problèmes. Sinon, bonne chance ! Et rendez-vous peut-être à Paris !

Ils échangèrent une chaleureuse poignée de main. Eastman embrassa ensuite Mel Theydon-Payne – la serrant dans ses bras un peu trop longtemps, du point de vue d'Exeter. Puis il reprit sa place à côté du chauffeur. Le cabriolet redémarra et disparut au bout de la rue. À la réception, on avertit Exeter que la police génoise était venue deux fois le demander pendant son absence. Et une lettre l'attendait, arrivée de Paris le vendredi. L'expéditrice était Elma Sinclair Medley. Sans l'ouvrir, il glissa l'enveloppe dans sa poche, installa la photographe dans le jardin de l'hôtel, puis commanda pour son invitée un copieux petit déjeuner. Lui-même se contenta d'un verre de bière. Il demanda à recevoir sa note, ou plutôt à ce qu'on lui remboursât ce qu'il avait payé de trop, ayant réglé deux semaines d'avance le soir de son arrivée. Le *signor* Ricci, appelé par l'employé de la réception, secoua tristement la tête.

– *Mi dispiace, signore*. Je regrette, mais ce qui est payé est payé. En revanche, vous pouvez naturellement rester chez nous jusqu'à samedi. *Con molto piacere*. Vous êtes absolument le bienvenu.

Exeter réprima un mouvement de fureur et grinça :

– C'est à moi que cela *dispiace*, mon cher monsieur, mais il me faut quitter d'urgence votre belle ville si pleine de gens honnêtes. Préparez-moi la note pendant que je rassemble mes affaires…

– Tout est dans votre chambre, *signore*. Nous n'avons touché à rien.

L'Anglais, saisi d'une nouvelle inquiétude, grimpa quatre à quatre les marches de l'escalier.

Il tourna la clé dans la serrure, se précipita vers le cadre de la photographie des skieurs de la vallée d'Aoste. Il poussa un soupir de soulagement. L'enveloppe contenant les deux mille dollars était toujours là, ainsi que l'interview du syndicaliste Buozzi et le questionnaire de Yatskov à propos des chars – devenu sans objet depuis l'assassinat de son commanditaire. Exeter compta les billets avant de fourrer la liasse, pliée en deux, dans la poche d'un pantalon propre trouvé dans l'armoire. Sa tenue de soirée était bonne pour la poubelle, remarqua-t-il avec philosophie. Il changea de vêtements, se passa de l'eau fraîche sur la figure, se rasa les joues en vitesse devant le miroir fendillé du lavabo. Le correspondant du *Daily World* se coiffa de son splendide chapeau noir italien à larges bords, en se félicitant de l'avoir laissé à l'hôtel plutôt que de l'emporter à l'Opéra et de le perdre comme il avait perdu sa canne. Il récupéra un paquet de cigarettes sur la table de chevet et refit le plein de son étui en argent. Quittant sa chambre, son bagage à la main, il se cogna dans Herb Holloway, qui fonçait hors de la sienne tel un boulet de canon.

Le journaliste américain était blême de rage. Il brandissait une note.

– Exeter ! Vous savez ce que ces brigands ont eu l'audace de me faire apporter par le garçon ? La *facture des réparations de leur foutue salle de bains*, et de son foutu chauffe-eau à explosions ! Celui qui a bien failli avoir ma peau !...

Sans attendre de réponse, il dévala l'escalier en agitant le poing.

Holloway avait laissé sa chambre grande ouverte. La valise du correspondant du *Toronto Observer* était posée sur une chaise. Exeter hésita un moment dans le couloir désert, regarda à droite et à gauche, puis entra sur la pointe des pieds pour aller soulever le couvercle. Il passa la main sous le fouillis de vêtements. Ses doigts touchèrent le froid du métal. Le Bergmann-Bayard était bien là où il pensait avoir des chances de le trouver. L'arme automatique prise des mains de feu Marius Moselli – ou plutôt le *comandante* Roulleau. Exeter vérifia que la sûreté était en place, enfonça l'arme dans sa ceinture, referma la valise et quitta rapidement la chambre.

Holloway et le *signor* Ricci se disputaient en italien devant le comptoir de la réception. Exeter récupéra sa note, que le *Daily World* lui rembourserait, et rejoignit Mel dans le jardin de l'hôtel, finissant tranquillement son thé. Elle était si charmante, avec son teint pâle et ses cheveux bruns encore en désordre. Exeter eût voulu s'asseoir et profiter davantage de ces instants. La contempler sous les larges feuilles qui tamisaient la lumière vive du matin. De nouveau, il se sentit amoureux. Même s'il regardait – il le savait désormais – une femme mariée. Mais lui aussi l'était, après tout. Ils se trouvaient à égalité. Et Mel n'avait pas vu Oleg Zakharov depuis plus d'un an… L'Anglais se rappela les termes du message qu'elle avait laissé pour lui à l'entrée du palace de Santa Margherita.

En espérant que vous me considérerez toujours comme votre amie – ce que je suis, et que je désire être de tout mon cœur…

Elle posa sa tasse dans la soucoupe et lui rendit son regard en souriant.

– Vous êtes prête ? demanda-t-il. Nous filons.

Tandis qu'il lui achetait une boîte d'allumettes, Exeter demanda au serveur où se trouvait le quartier général du Parti fasciste.

– La Casa del Fascio ? fit l'Italien, surpris, une nuance de désapprobation dans la voix. Allez à la piazza de Ferrari, prenez la via Roma et tournez à gauche en arrivant à la piazza Corvetto. Vous longez le parc de Villetta di Negro, jusqu'à la via Goffredo Mameli où se trouve la Casa. De toute façon, le *signor* et la *signora* n'auront pas de mal à reconnaître le bâtiment : vous apercevrez des *squadristi* montant la garde…

C'était à une quinzaine de minutes à pied. Exeter prit la main de Mel pendant qu'ils longeaient les splendides jardins de Villetta di Negro. Devant le quartier général fasciste, une dizaine de jeunes gens en chemise noire discutaient entre eux en fumant, ou surveillaient la rue, avec des attitudes de matamores. La plupart portaient des culottes de cheval sur des jambes bottées ou entourées de bandes molletières. Ils avaient des cheveux noirs gominés ou frisés, certains étaient coiffés d'un fez rouge ou d'un calot. Tous étaient sanglés d'un baudrier et d'une ceinture bouclée très haut, pourvue d'un étui de pistolet ou de revolver.

Exeter et l'Américaine se présentèrent à l'entrée. Le journaliste tendit à l'homme qui lui paraissait le plus gradé sa carte de la NUJ.

– Ralph Exeter, correspondant du *Daily World* à la *Conferenza economica*. Je suis un ami du *signor* Mussolini. À Cannes, au début de l'an, il m'a prié de lui rendre visite. Savez-vous où je pourrais le trouver ? La *signorina* et moi sommes un peu pressés, car nous repartons aujourd'hui même pour Paris…

L'officier avait un visage étroit et glabre, assez beau dans le genre sinistre, avec des pommettes hautes et des cheveux lissés en arrière sous une solide couche de brillantine. Mince et élégant, il paraissait âgé d'une trentaine d'années. Étudiant la carte de presse, il hochait la tête en silence. En même temps, il avait glissé un regard admiratif en direction de l'Américaine. Il finit par répondre d'une voix sèche, en français avec un léger accent :

– Le Duce a prévu de passer ce matin, mais il y a déjà beaucoup de personnes qui l'attendent…

– Nous attendrons le temps qu'il faudra. Au fait, je suis armé, puis-je vous confier mon pistolet ?

L'autre eut un léger mouvement de recul. Il haussa le sourcil, inclina la tête de côté avec une petite moue de ses lèvres effilées.

– Montrez-moi. Pas trop vite, *signore*.

Avec précaution, Exeter dégagea le Bergmann de sa ceinture et le tendit poliment à l'officier des *squadristi* en tenant le lourd automatique par le canon. Mel le regardait faire, ébahie.

L'Italien s'empara de l'arme, l'examina avec intérêt, et même un peu d'envie, crut remarquer le reporter.

– Un pistolet splendide. *Grazie, signore*, je vous le rendrai lorsque vous sortirez.

Il les conduisit vers deux gardes en chemise noire. Ceux-ci palpèrent les vêtements d'Exeter et de Mel, puis l'un des hommes inspecta brièvement la valise de l'Anglais, avant de leur indiquer une suite de chaises et de sofas, le long du mur du vestibule. Presque tous les sièges étaient déjà occupés par divers quémandeurs, d'aspect pauvre ou riche selon les cas. Les hommes étaient les plus nombreux, mais il y avait aussi une grosse femme brune serrant contre ses jupes une ribambelle d'enfants pleurards et agités. Le hall de la maison était tendu de drapeaux, ayant appartenu les uns à des régiments italiens de la Grande Guerre, d'autres à des groupes fascistes, ou aux volontaires *arditi* de Gabriele D'Annunzio.

Les nouveaux venus trouvèrent deux places libres sur un petit canapé et conversèrent en anglais à voix basse.

– J'ignorais que vous étiez armé, Ralph.

– C'est un emprunt à mon ami Holloway. Il me doit bien ça, après le guêpier où il m'a fourré auprès de la police italienne… Le journaliste qui déjeunait avec moi dans le train, vous vous souvenez ?

Mel gloussa.

– Oui. Qui se disputait à l'instant dans le hall de votre hôtel. Et que j'ai vu fin soûl au wagon-restaurant…

– Moi aussi, j'étais soûl. C'est pourquoi je ne vous ai pas vue quitter votre table. J'ai cru que j'allais me le reprocher toute ma vie.

– Ne soyez pas bête.

Il lui sembla qu'elle avait rougi. Elle changea de sujet.

– Je ne savais pas non plus que vous étiez un ami de Benito Mussolini…

– J'ai beaucoup exagéré en affirmant cela. Cependant, j'ai eu l'impression qu'il m'aimait bien, le jour où je l'ai interviewé et où nous avons parlé de ses camarades révolutionnaires exilés à Londres… Nous devons à présent espérer qu'il n'a pas changé d'avis.

L'Américaine posa la main sur le genou d'Exeter.

– Je crois que nous allons le savoir bientôt.

Des bruits de bottes résonnaient sur les marches de la Casa del Fascio, accompagnés de nombreuses voix excitées. Et de cris, et d'ordres aboyés sur un ton martial.

Mussolini marchait en tête, les sourcils froncés, mal fagoté dans une veste gris foncé que fermait seulement le bouton du haut, et un gilet noir, une chemise blanche à col cassé, avec une fine cravate au nœud beaucoup trop serré. Ses épaules tombantes contrastaient avec sa tête énorme et dégarnie, au front buté, et sa large bouche maussade aux lèvres minces que plissait une expression à la fois orgueilleuse et dégoûtée. Un début d'embonpoint soulevait les pans de la veste. Les jambes, sous le pantalon noir, paraissaient courtes, les pieds s'engonçaient dans d'élégants souliers recouverts de guêtres et soigneusement vernis. L'homme était de taille modeste, atteignant difficilement le mètre soixante-dix, mais il dégageait néanmoins quelque chose de très impressionnant.

Le Duce était suivi de jolis jeunes gens bruns en complets clairs de bonne coupe, portant des serviettes en cuir sous le bras, et de cinq ou six officiers de *squadristi* à chemise noire, parmi lesquels un curieux personnage au crâne rasé, à moustache d'Ottoman, au ventre comprimé par une large bande de tissu, sur une culotte de cheval remontée jusqu'à la poitrine. Celle-ci était bardée de décorations. Un autre fasciste à ceinture de tissu, les jambes entourées de bandes molletières, dardait sur le vestibule et sa petite foule inquiète un regard enflammé, le corps penché en avant, une cravache tenue dans son poing serré. Cheveux ondulés coiffés en arrière d'un front large parcouru de rides coléreuses, cet acolyte de Mussolini avait la barbe taillée exactement comme celle d'Exeter mais d'un noir de jais, et sa petite moustache artistiquement tournée se dressait en pointes. On eût dit une version jeune et irascible du personnage comique français Tartarin de Tarascon.

Le journaliste essayait de capter le regard du Duce, lequel traversait le vestibule à vive allure. L'homme se dandinait tel un paon, le menton levé, roulait ses gros yeux bruns, vifs et pénétrants, sous les sourcils noirs qui se rejoignaient au-dessus du nez. Soudain, apercevant l'Anglais à barbe rousse, il s'immobilisa. Bifurquant en plein milieu de l'avancée virile des militaires, secrétaires et gardes du corps, Mussolini se dirigea vers lui, posa la main sur son épaule. Il tendit l'autre main, que le journaliste serra, se levant du canapé.

– Ça va ? s'enquit Exeter en français, d'un ton légèrement facétieux.

Il s'était toujours senti à l'aise en présence des hommes politiques, si fameux soient-ils. Seules les très jolies femmes avaient le pouvoir de l'intimider – mais jamais longtemps.

Le Duce sourit, d'un sourire triomphal de lycéen vainqueur à la distribution des prix. Son regard perçant fit le tour de la salle. Un silence perplexe était tombé sur le vestibule de la Casa del Fascio. Les jolis secrétaires, les agents de sécurité et les officiers, après un instant d'étonnement, se rapprochèrent.

– Oui, ça va, répliqua Mussolini, toujours souriant, en un français un peu limité et au fort accent italien. Ça va… parfaitement, *mon cher ami*.

Du coin de l'œil, il lorgnait avec intérêt Melicent

Theydon-Payne. Bombant le torse et se retournant vers les médaillés en chemise noire, il annonça :

– *È Ralph Exeter del* Daily World. *Un socialista !*

Un murmure vaguement hostile parcourut le groupe. Mussolini se rengorgeait, fier de l'effet de son introduction. Il tourna sa grosse tête vers le reporter anglais et rectifia :

– Non. Je me trompe. Vous êtes communiste, *monsieur*.

– Je ne suis pas communiste, *signor* Mussolini.

Le directeur du *Popolo d'Italia* opina lentement du menton.

– Ah, fit-il, croisant les bras et se triturant la lèvre inférieure entre le pouce et l'index, comme pris au dépourvu. Alors, je me trompe de nouveau. N'est-ce pas ? *Che peccato*. Mussolini s'est trompé.

Exeter hésita. Il cherchait une repartie spirituelle qui pût en même temps ménager la susceptibilité de son interlocuteur, mais n'en trouva point. Il était beaucoup trop fatigué pour cela.

– *Madame* vous accompagne ? questionna le Duce, faisant mine d'avoir déjà oublié le petit incident.

– Je suis impardonnable ! répondit Exeter. Je ne vous ai pas encore présenté Melicent Theydon-Payne, de New York. Une artiste photographe de grand talent. Cousine de la célèbre Mrs. Harry Payne Whitney. Miss Theydon-Payne est descendue au Miramare. Elle tenait absolument à faire la connaissance du Duce avant de quitter Gênes. Et, à ce propos…

Tout en la fixant d'un regard effronté de ses gros yeux de taureau, Mussolini s'empara des doigts de Mel, s'inclina, avec une courtoisie étudiée, pour réaliser une démonstration de ce que le leader fasciste considérait, de toute évidence, comme le plus raffiné des baisemains français. La foule autour d'eux émit cette fois un murmure approbateur, accompagné de quelques petits rires courtisans. L'Américaine récupéra sa main, qui parut à Exeter un peu mouillée.

Mussolini posa de nouveau la paume sur l'épaule du journaliste.

– Venez dans mon bureau. Tous les deux. Nous serons plus à l'aise pour bavarder. Laissez votre bagage, *cher ami*.

Il lança des ordres en italien. La consternation se peignit sur le visage des solliciteurs. Exeter comprit qu'on les renvoyait. Un charivari de protestations, de jérémiades et de pleurs d'enfants parcourut le vestibule de la Casa del Fascio. Mussolini leur cria : « *Domani, domani !* », fit signe à sa suite de l'attendre, guida ses invités vers les marches de l'escalier. Au premier étage, il ouvrit la porte d'une vaste pièce, où il leur indiqua deux fauteuils devant un bureau jonché de papiers. Lui-même ne s'assit pas, préférant prendre une pose avantageuse dans la lumière d'une des hautes fenêtres à voilages blancs. Une peinture classique à l'huile, dans son lourd cadre tarabiscoté, décorait le mur du fond. Une copie de la *Cléopâtre* du Guerchin, dont l'original se trouvait au Palazzo Rosso : étendue sur un lit, adossée à des coussins soyeux, une femme à la poitrine nue se renversait en arrière, sa tête agonisante tournée sur le côté, les yeux clos, et tenant de sa main droite le petit serpent entortillé dont les crocs venaient d'infliger, juste sous le sein, leur fatale morsure. Un peu de sang avait giclé sur la peau. L'expression du visage était plutôt celle d'un plaisir érotique. Mussolini se positionna de trois quarts, sourit en s'observant dans le miroir posé sur le manteau de la cheminée. Puis il lança par-dessus son épaule, s'adressant plus à Mel qu'à Exeter :

– Cet après-midi, je conduirai une marche. Un défilé splendide, superbe, pour marquer notre protestation contre le ridicule traité signé hier entre les Teutons et les bolcheviks. Lloyd George et Poincaré et Facta se laisseront peut-être rouler dans la farine, mais pas moi ! Ce défilé sera l'occasion de prouver une fois de plus la force du Partito Nazionale Fascista, en présence des envoyés du monde entier. Les chemises noires se rassembleront à quatorze heures devant la préfecture, piazza Corvetto. Nous marcherons ensuite devant la Casa del Fascio pavoisée de drapeaux des régiments héroïques d'Italie. Puis nous irons occuper l'université et l'interdire au criminel bulgare Rakovsky, qui a l'audace d'y faire ses minables conférences de propagande… Si mes *squadristi* lui mettent la main dessus, ils lui feront boire la bonne dose d'huile de ricin que cette crapule mérite. Les fascistes expulseront la vermine rouge !

Il pivota pour se rapprocher de sa visiteuse. Et, la regardant dans les yeux, le Duce prononça, d'un ton de plus en plus exalté :

– Vous devez venir, cet après-midi, admirer le défilé de nos chemises noires… afin d'emporter ce souvenir viril avec vous en Amérique ! Il faut absolument que vous voyiez cela. Lorsqu'ils défilent au pas romain, les yeux des fascistes étincellent, leur bouche se durcit. Et leur visage altier prend une expression nouvelle, indescriptible : l'expression de jouissance satisfaite, sublime, du guerrier qui, à coups de botte, fracasse la tête de son ennemi. Vous écouterez, frissonnant malgré vous et saisie d'admiration. C'est après les dix ou douze premiers pas que le rythme du martèlement prend toute son ampleur puissante. Son écho retentit aux oreilles du soldat, qui, inconsciemment, redouble son effort… Pas besoin de musique ! Le silence et les roulements du tambour suffisent pleinement à souligner l'écho de ce rythmique martèlement collectif, aux résonances d'airain ! Contemplez ces hommes magnifiques, écoutez le bruit de leurs bottes, regardez-les se mouvoir avec des muscles, des nerfs, des tendons d'acier. C'est une masse formidable qui s'ébranle, faite d'un métal à la fois compact et vibrant. Croyez-moi, *madame*, vous vous sentirez électrisée !

Exeter jeta un regard en coin à l'Américaine. Celle-ci observait Mussolini avec une expression indéchiffrable. Il crut néanmoins discerner un zeste de surprise, et d'amusement. Le Duce n'y prêtait guère d'attention, clairement accoutumé à ce que les femmes défaillent d'admiration ou d'amour pour lui.

– Les hommes comme moi ont la vie dure, enchaîna-t-il, souriant complaisamment. Plusieurs fois je me suis trouvé au seuil de la mort. À l'hôpital de Ronchi, en mars 1917, j'aurais dû succomber à mes blessures, ou tout au moins être amputé de la jambe droite. Or rien de tel ne s'est produit !

Il se courba en deux, prit la main de Mel et la promena sur son propre front énorme et bosselé, luisant de sueur.

– Touchez, là. Vous sentez quelque chose ? Après la guerre, revenant du Congrès des Faisceaux qui s'était tenu en 1920 à Florence, j'ai reçu, lors d'un accident d'automobile, un choc très violent, qui n'eut d'autre effet que de m'étourdir. Il n'en reste qu'une faible marque. Mon « blindage » crânien avait amorti le coup !…

Il se redressa, éclatant de rire. La jeune femme s'essuya discrètement les doigts sur le côté de sa robe.

– Du point de vue politique également j'ai ce qu'on

appelle la « vie dure ». À la fin de la guerre, l'Italie a dû subir l'assaut de la marée bolchevique. Lors des élections de 1919 – durant lesquelles j'ai eu l'honneur d'avoir comme colistier Arturo Toscanini, fasciste de la première heure –, je n'ai remporté que quatre mille voix. Partout, les Rouges triomphaient. Dans l'ivresse de leur victoire, ils ont confectionné un mannequin à mon effigie, qu'ils ont promené dans un cercueil suivi d'un immense cortège, devant l'appartement que j'occupais foro Buonaparte. Eh bien, de ce cercueil… (il se retourna en écartant ses bras, ce qui dégagea entièrement les poignets, au bout des manches trop courtes)… de ce cercueil, *chère madame*, a pourtant surgi le Mussolini de 1921 et 1922 !

Exeter avait sorti son calepin.

– Vous permettez que je prenne des notes ? Et que je reproduise vos propos dans le *Daily World* ?

Le Duce sourit avec bonhomie, avant de s'installer dans le fauteuil derrière son bureau. Il paraissait un peu essoufflé. Le siège grinça sous son poids. L'interviewé étudia une nouvelle pose.

– Bien sûr, bien sûr, *mon ami*. À condition de procéder comme la fois dernière : vous m'envoyez une copie de votre article, dès la parution. Et ajoutez ceci pour vos lecteurs anglais : comme jadis les philosophes de l'Antiquité, Benito Mussolini remercie les dieux de l'avoir fait naître homme et non bête ; mâle et non femelle ; italien et non barbare ! (Il se tourna vers l'Américaine.) Quel âge me donnez-vous ?

Elle hésita.

– Franchement, je ne saurais dire.

Mussolini parut flatté de la réponse. Mel, que le Duce intriguait visiblement, reprit la parole :

– Votre épouse est-elle à Gênes avec vous ?

Il s'exclama :

– Jamais ! Les femmes… les enfants… les possessions… le luxe… tout cela encombre. On ne peut pas travailler avec ces boulets au pied. L'art et la littérature sont différents… Ils illuminent, ils inspirent !

– J'aimerais vous entendre parler de vos parents. Étaient-ils sévères ?

L'expression de son visage s'adoucit.

– Je suis de souche paysanne. Mon père était forgeron – il m'a légué la force. (Il fit jouer les muscles de son bras droit, en serrant le poing. Ses yeux de taureau semblèrent encore plus protubérants.) Et ma mère… Ah, elle était douce et sensible… Une institutrice. Elle adorait la poésie. Elle redoutait ma nature tempétueuse, mais elle m'aimait… Et je l'aimais.

Exeter prenait frénétiquement des notes.

– Et… qui admirez-vous en politique, parmi vos contemporains ? questionna-t-il en cessant brièvement de faire courir son stylo.

– Un seul, répliqua le Duce, et vous serez peut-être étonné : Lénine.

Les yeux de Mel Theydon-Payne s'arrondirent. Exeter, qui lisait régulièrement les déclarations du leader fasciste dans la presse internationale, s'attendait plus ou moins à cette réponse.

– Lénine est le *seul* pour lequel j'éprouve du respect, répéta Mussolini. Un homme d'action, qui sait se montrer impitoyable. Croire à la force de ses idées. Rassembler des hommes résolus. Saisir le pouvoir au bon moment. Fusiller en masse quand c'est nécessaire. Par contre, les socialistes européens ne m'inspirent qu'un dédain amusé. Et de l'aversion. Je les connais tous. En particulier les Français : je méprise leur prétendue logique de philosophes ou de pédagogues, leur rhétorique futile – qu'il nous faut prendre garde de ne jamais imiter. Je suis un *réaliste*. Un réaliste inspiré par la seule logique des faits bruts de ma patrie : le soleil brûlant, la terre obstinée, le fer de la forge, l'odeur tendre du pain gagnée à la sueur du front. C'est cette réalité-*là* qui me fait agir.

– Vous aimez donc la classe ouvrière ? demanda Mel.

Il renifla avec mépris. Et battit l'air d'un geste de la main.

– Non. La classe ouvrière est stupide, sale, paresseuse. Tout ce qu'ils aiment, c'est le cinéma. Il faut s'occuper d'eux. Et leur enseigner l'obéissance. Non, ce que j'aime, c'est la jeunesse.

Le Duce écarta les doigts de sa main droite puis les referma, comme sur un trésor, qu'il s'agissait de broyer. Il secoua son poing crispé en s'écriant :

– *Giovinezza !* La jeunesse est *tout*. (Il se pencha en avant sur son bureau. Ses gros yeux noirs, hardis et volontaires, se plantèrent dans ceux de son interlocutrice.) Et vous la possédez, vous, *madame*. Vous la possédez avec infiniment de grâce. Venez cet après-midi au défilé. Vous serez placée à côté de moi. Nous ferons le salut fasciste ensemble. La terre tremblera sous le martèlement des pieds des légionnaires. Vous goûterez une originalité et une grandeur incomparables. Et vous comprendrez que la seule *véritable* révolution, c'est la nôtre !

Exeter toussota.

– Malheureusement, *signor* Duce, il nous faut quitter Gênes le plus vite possible. Voyez-vous, miss Theydon-Payne a un petit problème avec les Russes de l'hôtel Impérial. Et avec le Guépéou. Il y a eu une sorte de vilaine histoire là-bas, et ils semblent tenir cette malheureuse jeune personne pour responsable. Alors qu'elle est innocente. Nous avons pensé que vous auriez la bonté, et le pouvoir, de l'aider…

Les yeux noirs du Duce semblaient prêts à jaillir de leurs orbites.

– Mais, fit-il, *naturalmente* !… Il fallait venir ici dès que possible. Vous avez eu raison : *madame* peut déjà se considérer comme étant sous la protection de Mussolini. Et de tous les fascistes d'Italie.

Mel inclina la tête.

– Je suis très touchée. Vous êtes un vrai gentleman, *signor* Mussolini.

Plaçant une large main sur son cœur, il eut un sourire débonnaire.

– N'importe quel homme agirait de même. N'importe quel Italien. Ces Rouges ne seront jamais que des Slaves barbares. Des espèces de Huns. Des brutes…

– Le second problème, intervint Exeter, me concerne moi. La police génoise a confisqué mon passeport. Elle semble penser que j'ai quelque chose à voir avec le fait qu'un agent de la Sûreté française s'est évaporé du train Paris-Gênes, sur lequel je voyageais, il y a une dizaine de jours. Un type que je n'ai jamais vu…

Mussolini fronça les sourcils.

– Voilà qui risque d'être un peu plus compliqué.

Il croisa les doigts sur son bureau et réfléchit.

– Bon. *Madame*, pourriez-vous nous laisser un instant ? Attendez en bas, dans le vestibule. Je vous verrai plus tard. Il faut que *mon ami* et moi ayons une petite conversation entre hommes.

L'Américaine se leva, un peu inquiète. Lorsqu'elle eut refermé la porte derrière elle, le Duce – qui avait contemplé avec intérêt ses bras nus sous les courtes petites manches bouffantes, et l'arrière de sa robe bleue tandis qu'elle s'éloignait – remarqua :

– Une créature splendide. Jeune, fine, un cou de statue. Des bras d'albâtre. Des yeux d'émeraude. Des cheveux d'ébène… Le Corrège ! Giorgione ! Non, Andrea del Sarto ! Avez-vous déjà visité le musée des *Uffizi*, à Florence ?

Exeter secoua la tête.

– Allez-y la prochaine fois et vous y reconnaîtrez tout de suite cette charmante femme, poursuivit le directeur du *Popolo d'Italia.* Dans la salle XXVII, la deuxième salle de l'école toscane. La *Madone aux harpies*, d'Andrea del Sarto. Un tableau magnifique. Debout sur un piédestal, la Vierge en robe rouge et manteau bleu contemple avec bienveillance les deux saints qui l'entourent. Malgré le voile blanc posé sur sa tête, et qui cache en partie sa chevelure, cette Madone possède la vivace beauté des contadines italiennes, tempérée par beaucoup de douceur et de majesté. Et l'attitude à la fois gracieuse et naturelle avec laquelle elle porte son enfant… Quel charme !

– Mais pourquoi ce titre curieux ? demanda Exeter. *Madone aux harpies*…

– Ah ! Le peintre, par une bizarre fantaisie, a représenté, sur les faces du petit piédestal de la Vierge, quatre harpies ailées, sculptées dans la pierre. Nues, les cuisses écartées, en une posture obscène… (Mussolini soupira.) Pauvre Andrea del Sarto ! Invité en France, il y resta peu, et rentra à Florence, où il succomba à la peste noire… (Il balaya l'air de la main.) Mais passons ! Pour pareille madone, mon aide est gratuite, *naturalmente*… En revanche, pour vous, *mon ami*… La police génoise est à mon service, je peux mettre à votre disposition une automobile, et deux hommes qui vous conduiront *via* Turin jusqu'à la frontière française – avec ce printemps précoce, les cols des Alpes ont rouvert avant-hier. Et l'on vous rendra votre passeport. Mais que me donnez-vous en échange ?

Exeter se mordit les lèvres. Il n'avait pas songé à cela. Mussolini attendait en souriant. Pour gagner du temps, le reporter tira de sa poche son étui à cigarettes. Il en offrit une au Duce. Celui-ci refusa d'un geste bref.

– Vous ne fumez pas, *signor* Duce ?

– Très rarement. Seulement quelques cigarettes parfois, et de qualité très légère.

– Vous avez de la chance. Rien de pire que d'avoir envie de fumer et de ne pas avoir la moindre cigarette…

– En fait, coupa Mussolini, les rares fois où je fume, c'est plutôt pour passer le temps. (Il se redressa dans son fauteuil.) Or le temps presse. Je suis un homme très occupé…

Les yeux de taureau fixaient Exeter d'un air impatient. L'Anglais alluma sa cigarette, soupira, tira de sa poche le questionnaire que lui avait fourni le colonel Yatskov et le tendit au leader fasciste. Mussolini commença de lire, fronçant les sourcils.

– Cette liste de questions au sujet des nouveaux chars français, commenta Exeter, est la preuve des activités d'espionnage des Soviétiques dans les démocraties européennes et particulièrement en France. Si vous la publiez dans le *Popolo d'Italia*, cela fera l'effet d'une bombe…

Le Duce gloussa.

– Certes. M. Barthou poussera des cris d'orfraie, je l'imagine très bien. Lloyd George ne saura plus où se mettre. Et les Russes seront ennuyés. Ils prétendront que c'est un faux, naturellement. Mais la *Conferenza* en aura pris un sacré coup… (Il posa la feuille sur le plateau du bureau.) C'est bien. Mais pas suffisant. Il faudrait un peu de… (Il frotta son index replié contre son pouce.) Les bonnes œuvres de la police, voyez-vous. Cela pourrait les aider à accepter de se séparer de votre passeport… Et puis, la Casa del Fascio a besoin d'argent, elle aussi.

Exeter poussa un nouveau soupir. Il n'avait plus le choix. Il tira de la poche de son pantalon la liasse de billets pliés. Le sourire du Duce s'élargit.

– Comptez, je vous en prie, *signor* Mussolini… Il y a deux mille dollars US.

– Non, non, je vous crois sur parole. (Il jeta la liasse sur la pile de documents devant lui.) Cela devrait suffire. Les veuves et les enfants des agents tués en service commandé vous remercient, ainsi que le Parti fasciste. Rejoignez votre amie en bas. Je suis très occupé par les préparatifs de la marche, mais… Dans trois quarts d'heure, une voiture viendra vous prendre devant la Casa. Un des policiers vous rendra votre document. Vous serez en France ce soir sans encombre, *monsieur*. Je vous souhaite un bon voyage. N'oubliez pas de m'envoyer une copie de l'interview du *Daily World*. Et venez me rendre visite à Rome lorsque je serai président du Conseil…

Il se leva, serra vigoureusement la main d'Exeter, fit quelques pas avec lui vers la sortie. Avant de refermer le battant, il retint son visiteur par la manche et chuchota :

– La jeune dame… c'est votre, euh, *amica* ?

Exeter hésita.

– Pas vraiment, non… Mais je…

Mussolini lui tapota l'épaule.

– *Bene, bene.*

Et il claqua la porte au nez du journaliste.

Exeter descendit les marches de l'escalier de la Casa del Fascio, vaguement perplexe. Et déprimé par la perte de son argent. Il lui restait à peine de quoi prendre le train du côté français. Il alla s'asseoir à côté de Mel Theydon-Payne.

– Tout va bien ? demanda-t-elle.

Il hocha la tête.

– Ne vous inquiétez pas. Vous lui avez plu, il vous a comparée à une madone. Comme tous les Italiens, il apprécie la beauté. Une voiture viendra nous chercher dans trois quarts d'heure avec deux hommes – des policiers, ou des *squadristi*. Je leur demanderai de s'arrêter à votre hôtel pour récupérer vos bagages. Nous passerons la frontière avant la nuit. Si vous voulez bien… (Il la regarda dans les yeux.) Si vous continuez à me faire confiance.

Elle baissa les paupières.

– Bien sûr. Oh, Ralph, je ne sais pas ce que j'aurais fait sans vous.

Il ne put s'empêcher d'observer :

– Vous pouviez retourner voir Oskar Bielefeld.

Elle tressaillit. Exeter continua :

– C'est lui qui vous avait envoyée à l'hôtel Impérial, n'est-ce pas ? Et je suis certain que c'est aussi lui qui vous a confié le petit Browning.

Il la vit pâlir.

– Et franchement, poursuivit-il en secouant la tête avec une expression peinée, je n'arrive toujours pas à comprendre comment vous avez pu faire feu sur ce pauvre bougre de colonel Yatskov…

Mel se tourna vers le reporter. Et posa – pour la deuxième fois de la matinée – la main sur son genou.

– Je vous en prie, Ralph. Un jour peut-être, j'aurai une chance de vous expliquer. Je le souhaite de toute mon âme. Mais pas maintenant, oh, non, pas maintenant ! Je vous supplie de ne pas exiger cela de moi.

Des larmes affluaient entre les paupières, sous les cils noirs. Exeter sentit son propre cœur qui battait plus fort.

Il allait répondre quand un jeune homme en chemise noire s'avança vers eux.

– La *signora*. (Il indiqua le grand escalier.) Le Duce la demande. Dans son bureau. Suivez-moi, s'il vous plaît.

Avec un air d'incompréhension, Mel se leva, rajusta la bretelle du sac sur son épaule. Exeter la vit monter les marches, escortée par le garde, et disparaître à l'angle de la balustrade du premier étage.

Croisant les bras et étendant les jambes, il repassa dans son esprit les dernières paroles échangées entre Mel et lui. Les choses continuaient de lui échapper. Il se sentait confusément dans la peau de l'acteur jeté brutalement sur scène devant le public sans avoir eu le temps de mémoriser son texte. Ou dans celle d'un joueur invité à se joindre à la table d'une partie de bridge et ouvrant sa main pour constater qu'on lui a distribué, exprès ou par erreur, des cartes de tarot : les figures incompréhensibles, mystérieuses ou macabres d'un jeu dont il ignore les règles et les lois. Dehors, le soleil brillait sur les toits de la ville, sur les églises et sur les palais, mais lui-même, Exeter, s'avançait péniblement à tâtons à travers le brouillard.

Un phonographe, quelque part dans une pièce dont la porte était demeurée ouverte, jouait une musique rapide et entraînante. Des hommes, en uniforme ou en civil, bavardaient par petits groupes dans les coins, d'autres ne cessaient d'arpenter vestibule et couloirs à grands pas pressés. Il régnait ici le même genre de fébrilité qu'à l'hôtel Impérial – sauf que les Italiens s'habillaient avec plus de soin que les Russes, et parlaient beaucoup plus fort.

À l'étage supérieur aussi on criait. Exeter entendait vaguement les bruits d'une altercation. Un Italien qui passait, portant des bannières roulées, leva les yeux. La dispute s'aggravait. Le lustre, au plafond du vestibule, se mit à osciller légèrement. Quelque part là-haut, entre les piétinements et les chocs sourds, un meuble fut renversé et du verre, ou de la porcelaine, se brisa en mille morceaux. Une puissante voix d'homme retentit, puis des cris de femme. Exeter bondit sur ses pieds.

Tout le monde à présent prêtait l'oreille, et les regards se tournaient vers le haut de l'escalier. La musique martiale s'était interrompue. Le journaliste s'approcha des marches.

Une porte claqua violemment, et Melicent Theydon-Payne apparut, échevelée, derrière la balustrade. Elle chancela, manqua tomber, se rattrapa au rebord, puis dévala l'escalier aussi vite que sa longue robe étroite le lui permettait. Courbée en deux, elle tenait son bras gauche contre elle, avec une grimace de douleur. Son visage était livide.

Exeter se précipita. Elle s'appuya sur lui.

– Mon bras. Je crois qu'il est cassé. Oh, la brute…

L'Anglais passa la main derrière son épaule. Le corps de la jeune femme était agité de tremblements.

– Venez. Nous partons. Donnez-moi votre sac.

De la main gauche, il ramassa sa valise. Dans un silence de mort, Mel et lui gagnèrent la sortie de la Casa del Fascio. Personne ne s'opposa à leur départ. Exeter reconnut le jeune officier de *squadristi* aux cheveux lissés à la brillantine. D'une voix mal assurée, il demanda, le plus poliment possible, à récupérer son automatique.

– *Prego*, fit le fasciste en s'inclinant, et tirant le Bergmann de sa ceinture. Je vous en prie. J'ai eu le temps de vous le nettoyer et de le graisser. Tout était d'ailleurs assez propre. J'ai replacé vos sept cartouches à l'intérieur. La sécurité est mise. Tenez, un conseil pour l'armer, car le ressort est un peu dur : si vous êtes droitier, au lieu de tirer la culasse en arrière, maintenez-la seulement de la main gauche, en poussant très fort le pistolet vers l'avant. Car on a plus de force dans sa main droite. Ainsi, vous ferez feu plus vite. Si nécessaire. C'est dommage que vous n'ayez pas d'étui. Une arme pareille mérite qu'on s'en occupe bien, *signore*.

Exeter crut percevoir un léger reproche dans la dernière phrase. Il remercia, glissa le pistolet dans sa ceinture, rabattit le pan de la veste par-dessus. L'officier s'inquiéta :

– La *signora* est malade ?

Mel tenait toujours son bras serré contre elle et se mordait les lèvres.

– Ce n'est rien, fit Exeter. Une petite chute malencontreuse dans l'escalier de la Casa. Le Duce a commandé une voiture pour nous, elle ne devrait pas tarder…

Le jeune officier leur souhaita une bonne journée, conseilla à la *signora* de voir un médecin – il y en avait beaucoup d'excellents à Gênes –, puis il les gratifia du salut fasciste.

L'Anglais et l'Américaine firent quelques pas dans la rue, histoire de mettre un minimum de distance entre eux et le quartier général de Mussolini, mais sans trop s'éloigner du lieu du rendez-vous avec l'automobile et leur escorte, fasciste ou policière. Exeter regarda sa montre. Le Duce avait dit : « dans trois quarts d'heure »… L'auto n'allait plus tarder maintenant. Et

Mussolini n'apparaissait pas dans l'embrasure de l'entrée de la Casa del Fascio pour récupérer sa madone.

– Il est au téléphone, expliqua Mel. Ça avait l'air d'un coup de fil important.

– Mais que s'est-il passé ?

Elle parvint à sourire.

– Il s'est avancé vers moi… avec sa peau luisante de transpiration… ses yeux qui roulaient dans leurs orbites… Je vous jure, Ralph, je pouvais *voir* ses narines palpiter. Il m'a dit, le souffle court : « *Vous êtes une femme pour qui on pourrait avoir une grande passion.* » J'ai failli lui éclater de rire au nez. Mais j'étais déjà trop occupée à me dégager de ses bras musclés qui m'enserraient…

– Bon Dieu, fit Exeter.

– Nous nous sommes disputés. Puis battus. Des objets sont tombés. Il me barrait le chemin de la porte. Il a prononcé, très fort : « Vous allez rester dans cette pièce… jusqu'à l'aube de demain, s'il le faut. Et, à l'aube… *la serrure sera forcée.* »

Exeter rit.

– Les Italiens sont des esthètes. Ils ont le sens de la métaphore.

– Oh, espèce d'idiot ! Je vous hais vous aussi. Si je n'avais pas aussi mal…

– Mais qu'a-t-il fait à votre bras ?

– J'avais réussi à tirer la porte, et j'ai gardé mon pied dans l'ouverture. Mussolini a pesé de tout son poids pour refermer le battant. J'ai pu retirer mon pied, mais pas mon coude. Lorsque j'ai crié de douleur, votre Duce a cessé de me bousculer. Et puis, juste à ce moment, le téléphone a sonné… La brute est allée répondre… en m'ordonnant de ne pas partir. Je me suis sauvée.

Un klaxon retentit derrière eux. Ils se retournèrent.

Une vieille Ford modèle T noire attendait, le moteur en marche, et deux hommes en chapeau assis derrière le pare-brise. Celui qui occupait le siège du passager sauta à terre, tenant un document à la main.

Exeter reconnut son passeport. Et il reconnut aussi l'homme.

C'était le jeune policier à moustaches qui lui avait rendu visite, avec son collègue, à l'Albergo dei Giornalisti.

Celui qui lui avait donné un vilain coup de poing dans les côtes.

L'Italien retira son panama et épongea avec un mouchoir son front humide de sueur.

Il dévisageait Exeter, les paupières plissées sous le soleil, avec un petit rictus hargneux.

Chapitre XXI

Parfums de femmes

Melicent et Exeter s'avancèrent vers l'auto. Le policier les salua de manière assez raide. Ses petits yeux noirs brillaient tandis que, examinant la jeune femme, il s'adressait à tous deux en français :

– Vice-commissaire Vincenzo Santillo. Je suis chargé de vous conduire à la frontière. (Il tendit son passeport au journaliste.) Voici, *signore*. Il n'y a pas de problème, nous n'en avons plus besoin. Je crois que j'ai déjà eu le plaisir de faire votre connaissance. Mais pas celle de la *signora*. Veuillez prendre place à l'arrière de la voiture…

Il ouvrit une portière. Exeter contemplait, légèrement incrédule, la petite Ford noire. Et ses garde-boue légers, son moteur de modeste puissance, ses larges roues à l'ancienne, aux pneus étroits et aux rayons d'aspect fragile.

– Vous avez l'intention de nous faire franchir les Alpes dans une modèle T ?

Le rictus du vice-commissaire Santillo réapparut. Il inclina la tête.

– *Mi dispiace, signore.* Toutes les grosses cylindrées sont mobilisées pour le service, ou réservées aux délégués pour leurs déplacements entre les hôtels et le

Palazzo San Giorgio. Mais ce véhicule est robuste, il a fait ses preuves. Les États-Unis les fabriquent encore par millions.

L'Anglais sourit diplomatiquement.

– Mettons que je n'ai rien dit. En tout cas, nous vous sommes très reconnaissants, à vous et à la police italienne. Pourriez-vous nous déposer, juste un petit moment, à l'hôtel Miramare ? Miss Theydon-Payne doit récupérer ses bagages…

– *Certo, signore.* (Il remarqua la façon dont Mel tenait son bras contre elle.) Vous êtes blessée ?

– Ce n'est rien, fit l'Américaine, avec un petit sourire courageux. Je m'en occuperai une fois arrivée à Paris. C'est très aimable à vous, monsieur le vice-commissaire.

Galamment, Santillo lui saisit le bras droit et l'aida à monter sur le marchepied.

– Je vous en prie, *signora.* Cependant, ajouta-t-il en prenant place sur le siège à côté du chauffeur, si j'étais vous, je consulterais un médecin ce matin même. Ils en ont un, au Miramare…

La Ford repartit en douceur. L'homme qui conduisait, et que le vice-commissaire présenta simplement par son prénom, Osvaldo, avait le nez camus, le menton fuyant, et pas de moustache. Il était plus petit que Santillo et gardait une cigarette coincée à la commissure des lèvres.

La jeune femme se laissa aller sur la banquette arrière. Son visage était livide. Exeter se rapprocha.

– Faites voir ce bras, Mel.

Elle ôta sa main. La peau était violacée, le coude enflé. L'os semblait anormalement pousser vers l'arrière.

– Je n'aime pas du tout ça. Vous avez peut-être une fracture. Ce policier a raison, nous irons voir le médecin de votre hôtel.

Elle laissa échapper un gémissement. Des larmes roulèrent sur ses joues.

– Je ne peux plus le bouger, ça me fait vraiment mal… Oh, Ralph, c'est trop bête !

Exeter passa un bras derrière ses épaules. Il pouvait respirer son parfum. C'était *Narcisse noir* de chez Caron. Une de ses amies de Montparnasse usait du même. Comme souvent, il s'émerveilla de ce que les femmes, même dans les circonstances les plus dramatiques, prennent le temps de se parfumer. Elyena avait-elle prêté un flacon à l'Américaine avant leur départ de l'hôtel de Santa Margherita ? Mais pareil détail n'avait aucune importance – ce qui comptait, c'était de soigner Mel rapidement. La petite Ford redescendit vers le centre-ville et, après un trajet d'une vingtaine de minutes dans les artères encombrées par les foules de la Conférence, s'arrêta devant le massif bâtiment néo-gothique du Grand Hôtel Miramare.

– Votre Mussolini m'a cassé le bras… geignit Mel alors que son compagnon l'aidait à descendre et que le vice-commissaire, l'air concerné, priait ses passagers de prendre leur temps, tandis que lui et son collègue iraient se désaltérer en terrasse.

À la réception, l'Américaine, s'appuyant contre le comptoir, vérifia qu'on lui avait gardé sa chambre. L'orchestre de l'hôtel exécutait, sans grande conviction, une valse viennoise – tout comme à la précédente visite d'Exeter, qui s'interrogea : ces musiciens jouaient-ils sans jamais prendre le temps de dormir ou de se restaurer ? On eût dit des poupées mécaniques du musée Grévin. Les flots de musique sirupeuse et exaspérante étaient, à son avis, une des caractéristiques les plus déplorables de tous ces palaces. Ayant récupéré sa clé, Mel demanda un médecin. L'employé passa un coup de fil, prononça quelques mots en italien, puis un de ses collègues accompagna les Anglo-Saxons jusqu'à un appartement du premier étage.

Le médecin du Miramare était un vieil homme distingué à moustaches blanches, affligé d'une respiration sifflante d'asthmatique. Il parlait l'anglais, et, affirma-t-il, sept autres langues, à la perfection. Il voulut savoir à quand remontait le traumatisme et si l'on avait songé à appliquer des compresses froides. Une pièce de sa suite avait été aménagée en cabinet. Il fit asseoir l'Américaine sur un tabouret pivotant, se savonna longuement les mains au-dessus de la cuvette d'un petit lavabo, déplia une serviette sur les genoux de sa patiente, s'installa à côté d'elle et palpa précautionneusement son bras gauche, en le lui faisant garder plié à angle droit. Il sourit.

– C'est une très jolie luxation du coude. Dans sa forme la plus fréquente, que j'oserais même qualifier de banale, c'est-à-dire en arrière. Voyez : l'olécrâne forme une saillie considérable par rapport à l'humérus. Lorsqu'une tête articulaire sort de sa cavité naturelle, les ligaments sont non seulement tendus, mais parfois déchirés. Il y a alors extravasation du sang et compression du tronc nerveux. Vous avez une belle contusion, aussi. Et tout cela est évidemment un petit peu enflé. Rien d'inquiétant. Je suppose que vous avez fait une chute sur la paume de la main…

– Pas exactement, répondit Mel, toujours très pâle. Je peux voyager ? Il faut que mon ami et moi soyons en France ce soir…

Le médecin hocha la tête, tout en appliquant doucement sur la peau un onguent à base de teinture d'arnica.

– Mais oui, vous pouvez voyager, s'il le faut. Laissez-moi d'abord réduire votre luxation… Ne bougez pas.

Je ferai cela dans quelques minutes. En attendant, rappelez-vous un souvenir agréable. Une jolie maison à la campagne au milieu des prés, par exemple. Et dans le pré, regardez : il y a de jolis coquelicots…

En parlant, il la maintenait de plus en plus fermement et, sans prévenir, il lui déplaça l'avant-bras horizontalement, d'un geste sec. Mel hurla, faisant faire à Exeter un bond en l'air.

– Chut… Chut, dit le praticien. C'est fini. Vous avez été très courageuse.

Il lui parlait comme à une enfant de douze ans. Exeter, amusé, se dit que le vieil homme eût été fort surpris d'apprendre que sa patiente, six jours plus tôt, avait vidé son Browning dans la poitrine d'un vétéran de l'armée soviétique ; qu'à Petrograd elle avait connu la famine et la prison ; et que le responsable de la « luxation banale » qu'il soignait se nommait Benito Mussolini.

– Restez assise. À présent, nous allons vous bander ça. Inutile de plâtrer.

Le médecin toussa, siffla des poumons, s'en alla d'une démarche fatiguée ouvrir une armoire, dont il sortit plusieurs rouleaux de bandes de crêpe Lister. Il s'en servit pour envelopper le bras, le coude et l'avant-bras de Mel, jusqu'au poignet, tout en maintenant fléchi le membre blessé. Puis il plia en deux une large serviette de toile blanche, qu'il plaça sous le bras de l'Américaine. Il en releva les deux coins – l'un entre l'avant-bras et la poitrine, l'autre à l'extérieur en lui faisant couvrir à la fois le bras et l'épaule. Il se pencha pour nouer les deux pointes du tissu derrière la nuque. Enfin, il replia le troisième coin vers l'avant du bandage et le fixa au moyen d'une épingle de sûreté.

Toujours sifflant laborieusement, le médecin plia une

seconde serviette en un triangle dont il plaça la base latéralement contre le haut du bras, pour en nouer les pointes de l'autre côté, sur le flanc de la jeune femme.

– Écartez un peu l'autre bras… (Il serra le nœud. Exeter vit Mel faire une petite grimace.) Ainsi, votre coude est parfaitement maintenu contre votre torse. La douleur va diminuer graduellement. Gardez votre membre en écharpe durant six à huit semaines, selon ce que dira le praticien que vous consulterez là où vous allez. Il faut donner le temps à ces petits ligaments de se reconstruire. Ne relâchez pas la flexion lorsque vous changez de vêtements ou remplacez les bandes et l'écharpe. Surtout, pas de mouvements brusques. Je vous souhaite un excellent voyage, mademoiselle.

La voyant chercher, de sa main valide, quelque chose dans son sac, il fit un geste hâtif de dénégation.

– Non, non, vous ne me devez rien. La réception rajoutera les frais de soins sur votre note…

Mel guida Exeter jusqu'aux ascenseurs, pour rejoindre sa chambre, qui se trouvait au cinquième étage. Celle-ci était vaste et confortable. L'Anglais se rappela que le père de Mel était un riche industriel de l'État de New York. Il écarta les rideaux de cretonne, ouvrit la porte-fenêtre. S'appuya à la pierre de la balustrade. Par-delà les palmiers et les toits de tuiles, la vue sur le port de Gênes, ses phares antiques et l'immense gare maritime où étaient amarrés deux grands paquebots, était d'une splendeur à couper le souffle.

– Ils sont beaux, n'est-ce pas ? prononça Melicent derrière lui. J'ai consulté le tableau d'affichage de la Navigazione Generale Italiana, dans le hall de votre hôtel. Le *Roma* part demain pour New York, *via* Naples et Gibraltar. Et l'*Orazio* quitte Gênes le jour suivant pour Valparaíso, en passant par Marseille et Barcelone…

Exeter soupira. Il eût voulu s'embarquer avec Mel. La destination lui était indifférente. Valparaíso irait très bien. Une dizaine de jours en mer : les chaises longues, la lecture, l'air du large, les dîners habillés, les jeux, la danse au son de l'orchestre… Et les promenades romantiques sur le pont, accoudés au bastingage, pour chuchoter tendrement en admirant la lune, et ses reflets scintillants sur les flots noirs.

Il retourna dans la pièce. Les deux penderies, que Mel avait ouvertes, regorgeaient de robes de longueurs diverses, toutes en étoffes visiblement coûteuses. Exeter reconnut l'élégant manteau de lamé à col de fourrure et la robe noire qu'elle portait lors de leur dîner avec Bielefeld à l'Eden Park – cela semblait si loin désormais. Mais ce n'était pas le moment d'admirer le décor ou les objets de luxe. Il aida la jeune Américaine à ranger ses affaires dans la grande malle Vuitton et dans les valises. Par moments, Mel pouffait de rire devant la maladresse du reporter à plier des vêtements féminins. Il se montra particulièrement empoté avec les déshabillés, la lingerie et les corsets.

Dans la salle de bains, dont elle avait laissé la porte entrebâillée, Mel ramassait maintenant, de la main droite, ses produits de beauté – les crèmes Pond's, les toniques Elizabeth Arden, les shampooings et lotions Lavona, la poudre Amami au jus de citron, la crème à l'amande Hinds, le gel pour gencives Forhan's, les préparations Ganesh aux essences orientales de chez Eleanor Adair, les tablettes antiseptiques C. J. Plucknett & Co, l'eau de Cologne *N° 4711.*, l'huile de Macassar Rowlands pour les cheveux, le traitement pour ondulations Vasco's… Elle les rangeait l'un après l'autre dans une luxueuse mallette de toilette en cuir de veau marron clair. Un accessoire posé sur la coiffeuse intrigua le journaliste.

C'était un bizarre assemblage de rubans élastiques de tissu ou de caoutchouc, de largeurs diverses, reliés par de petites sangles. La jeune femme vint le récupérer, pour le jeter négligemment dans son sac de voyage.

– Cela vous sert à quoi ? ne put-il s'empêcher de demander.

Le visage de Mel s'empourpra, comme d'une gamine prise en faute.

Exeter continuant de la regarder curieusement, elle expliqua, à contrecœur :

– Cela se nomme « Cyclax ». C'est une mentonnière, Ralph. Je la garde pendant la nuit. Cela sert à éliminer les rides et retarder l'apparition du double menton… Oh, ne me dévisagez pas ainsi, espèce d'idiot. Je vais finir par vous détester !

Il s'esclaffa.

– Mais vous n'en avez aucunement besoin, Mel ! Vous possédez une peau et un menton d'adolescente…

L'Américaine, encore rouge, évitait son regard. Elle haussa les épaules, puis sourit malgré elle. Avant de se détourner pour contempler, désemparée, les bagages répandus un peu partout à travers la pièce.

– Je ne prendrai qu'une valise, dit-elle finalement. L'auto est minuscule et de toute façon, avec ce bras blessé, je ne peux pas porter grand-chose. Je vais laisser la malle à l'hôtel et me la ferai livrer lorsque je connaîtrai ma nouvelle adresse. L'autre valise de vêtements sera pour Elyena. Je lui écrirai de passer la prendre. Je lui ai déjà fait cadeau de mon chapeau avec les moineaux, de ma jupe et de la veste que je portais l'autre jour. Vous savez, ils manquent encore un peu de tout, là-bas en Russie…

Elle téléphona à la réception afin qu'on vînt prendre la malle et les valises. Exeter quittait la chambre à regret. Il songeait aux moments délicieux que Mel et lui auraient pu y passer ensemble. Si seulement ils avaient pu séjourner plus longtemps sur la Riviera... Mais rien n'était perdu. Ils repartaient ensemble pour Paris. Son territoire, où il avait déjà séduit des dizaines et des dizaines de femmes. Ne connaissait-il pas les lieux les plus agréables de la capitale ?

Dans le hall, entre les fauteuils, les sofas profonds et les plantes grasses, les clients et visiteurs de l'hôtel observèrent, sans trop en avoir l'air, cette jeune femme intrigante, dans sa simple robe longue bleu foncé, un bras tout enveloppé de blanc. Profitant de ce que l'Américaine se rendait à la réception régler sa note, Exeter s'installa dans un fauteuil à l'écart, alluma une cigarette et décacheta la lettre d'Elma Sinclair Medley.

Il reconnut l'écriture fine et ronde, l'encre bleue, la ponctuation fantaisiste et les nombreux tirets dont la poétesse aimait jalonner ses phrases.

Cher Ralph,

Je crois que si nous pouvions passer quelques jours ensemble ce serait complètement charmant. Nous ne sommes pas des enfants, ni des idiots, nous sommes juste dingues. Et nous, entre tous, devrions être capables de le faire bien, ce truc-là d'être dingues. Si chacun de nous deux a peur de rencontrer l'autre, c'est encore une chose que nous partageons. Si chacun de nous deux s'angoisse à l'idée de perdre l'autre à cause de quelque folie, alors le lien qui nous unit est plus fort que tout ce qu'une folie serait en mesure de défaire.

Nul doute que tout ce raisonnement ne se réduise en fait à un seul pitoyable cri féminin, – quoi qu'il arrive, je veux vous revoir ! – Mais oh, mon cher, je sais ce que mon cœur réclame de vous, – ce n'est pas les choses que les autres hommes peuvent donner.

Vous souvenez-vous de ce poème dans Deuxième Avril *où il est dit : « La vie est une quête & l'amour une querelle, Voilà un endroit où je pourrais m'étendre ! » ? – C'est cela que je veux de vous – hors de la vue & du vacarme des autres gens, m'étendre tout près de vous & laisser le monde suivre son cours... Ralph, c'est méchant et inutile, – tous ces mois éloignée de vous, tout ce temps avec seulement une vision de vous dans les visages de tous les autres. – Je vous dis que je dois vous revoir. –*

E. M.

Exeter relut la lettre deux fois avec attention, puis il la replia et la rangea dans son enveloppe. Il retourna celle-ci. Pour constater de nouveau qu'Elma, bien entendu, avait omis d'y porter une quelconque adresse d'expéditeur : le journaliste ne lisait, au dos de l'enveloppe, qu'un « E. S. Medley » gribouillé à la va-vite.

Il leva la tête. Au comptoir de la réception, il n'apercevait plus Mel. Sans doute était-elle partie s'occuper de sa malle et de la valise pour Elyena. Ou bien, tout simplement, la jeune femme s'était rendue aux toilettes – elle n'avait pas voulu le faire pendant qu'Exeter se trouvait avec elle dans sa chambre. Quoi qu'il en soit, cela risquait de prendre un certain temps, handicapée comme elle l'était par son bras bandé… Il regarda son bracelet-montre, puis se remit à songer, avec irritation, au message de la poétesse.

Celle-ci ne répondait même pas clairement à son invitation à le rejoindre en Italie – tant mieux, d'ailleurs, puisqu'il s'en allait. Mais voilà qui était tellement *typique* de sa part. Elma Sinclair Medley, toujours aussi erratique et timbrée… Si adorablement timbrée. Et si belle. Il eut une brève vision de son sourire adolescent, et du semis de taches de rousseur.

Exeter entendit appeler son prénom. Il écrasa sa cigarette dans le cendrier. Et fourra l'enveloppe dans la poche de sa veste.

Il se recoiffa de son chapeau noir, qu'il avait posé sur la table. Melicent Theydon-Payne s'avançait vers lui, le bras en écharpe et le sourire aux lèvres. Suivie d'un tout jeune chasseur, presque un enfant, encombré d'une valise, d'un sac de voyage, d'une mallette de toilette et d'un carton à chapeau. Mel souriait, et pour lui, Exeter, la situation se compliquait.

Le retour à Paris allait exiger plus de subtilité qu'il n'avait imaginé…

Chapitre XXII

La route de Turin

Il se leva pour franchir sur les talons de l'Américaine – les talons de ses ravissantes bottines en cuir noir – la porte-tambour. Le chasseur trottinait derrière avec les bagages.

Les deux policiers avaient déjà regagné la Ford.

Le vice-commissaire Vincenzo Santillo consulta ostensiblement sa montre.

– Il est presque deux heures ! Nous avons plus de trois cents kilomètres à parcourir avant la tombée du jour. (Son expression maussade s'éclaircit à l'approche de la jeune femme.) Je vois qu'on vous a soignée. Ce n'était pas trop grave, *signora* ?

Il lui tenait la portière. Elle sourit aimablement, supportant son bras blessé avec la main droite.

– Une luxation du coude. Très banale, a dit le médecin. Un charmant vieux monsieur… Merci de nous l'avoir conseillé, *signor* vice-commissaire.

Exeter aidait le jeune garçon à attacher les bagages sur les marchepieds de la Ford. Il lui tendit des pièces de monnaie, puis monta s'installer à droite de Mel. Le chauffeur gagna l'avant du véhicule pour donner un coup de manivelle. Au deuxième tour, le moteur toussa et se mit en marche. Le nommé Osvaldo revint se carrer derrière son volant. Il alluma une cigarette qu'il coinça sur le côté de sa bouche.

– *Andiamo*, grogna-t-il.

La voiture glissa en douceur le long de la façade du Miramare. Exeter constatait de nouveau l'excellence de la suspension de la modèle T.

– Adieu, Gênes, prononça sa voisine d'un ton mélancolique. *Addio, Genova.*

Le vice-commissaire Santillo se retourna, avec son petit rictus.

– Vous parlez bien l'italien, *signora*. Vous reviendrez peut-être bientôt, qui sait ? Lorsque ce joli bras sera guéri. Si vous ne nous tenez pas rigueur de votre malheureuse chute…

– Je serais contente de revenir, *signor* vice-commissaire. Mais on ne fait pas toujours ce que l'on veut.

Osvaldo ricana :

– Ça, c'est bien vrai.

– Revenez l'année prochaine, poursuivit Santillo sans prêter attention au commentaire du chauffeur. La situation politique se sera améliorée. Nous aurons commencé à mater sérieusement les communistes. D'ici quelques mois, des hommes jeunes, nouveaux, seront au pouvoir. Ils vont balayer l'ancien système. Mon pays a besoin d'une révolution, mais pas celle des Rouges. *Viva l'Italia !* L'avenir s'ouvre devant nous…

Et il se mit à fredonner, lissant sa moustache noire en observant la circulation.

Osvaldo les conduisit à travers des quartiers populaires et misérables qu'Exeter n'avait pas encore eu l'occasion de visiter, remplis de hautes masures où du linge multicolore pendait en abondance entre les fenêtres, où les gens criaient et se chamaillaient. Puis il prit la direction des collines de l'arrière-pays. Exeter vit un poteau indicateur avec l'inscription « Novi-Torino ». S'éloignant du centre-ville pour gagner, par des routes en lacets, des secteurs résidentiels bâtis sur les hauteurs au milieu des arbres, la Ford s'engagea dans la vallée de la Polcevera. L'activité industrielle y paraissait importante. Le vice-commissaire indiqua du doigt, dominant le paysage du haut du mont Figogna, le sanctuaire de Notre-Dame de la Garde où affluaient régulièrement les pèlerins de toutes les provinces d'Italie. L'Anglais, indifférent à ce genre de monument, se retourna pour contempler la mer, qui étalait son bleu d'améthyste dans le lointain. Apercevant les fumées de petits navires, il eut une pensée pour le *Komsomolets* qui repartirait sans eux. Emportant uniquement le cercueil du colonel Yatskov, héros de la République soviétique… À l'instant présent, Ehrlich et ses hommes recherchaient peut-être Mel à l'hôtel Bristol et lui, Exeter, à l'Albergo dei Giornalisti. Sur la piazza Corvetto, devant la préfecture, Mussolini et ses détachements de *squadristi* se rassemblaient pour défiler. Quant à Bielefeld/Rosenblum, que fabriquait-il ? Avait-il vendu les diamants que lui avait livrés Krassine ? Les deux hommes avaient-ils partagé les bénéfices ? Exeter ne le saurait jamais. Il sortit son étui à cigarettes, en offrit aux policiers. Osvaldo préférait les siennes, mais le vice-commissaire hocha la tête et accepta, toujours avec son petit sourire ambigu.

Santillo demanda à la jeune femme pourquoi elle ne fumait pas, puis se lança, toujours s'adressant à elle en particulier, tourné vers l'arrière, le coude sur le dossier de son siège, dans des comparaisons entre les divers tabacs que l'on consommait en Europe et en Amérique. Exeter n'appréciait que très modérément la façon dont ce fasciste italien faisait une cour patente à leur compagne de voyage. Elle-même ne paraissait pas s'en formaliser, au contraire : Mel répondait chaque fois aux remarques du policier avec une amabilité que le journaliste jugea horripilante. Parfois même, l'Américaine prenait l'initiative et posait à Santillo des questions d'un ton enjoué à propos des localités que l'on traversait. Et, de temps en temps, elle jetait un coup d'œil derrière eux, comme si elle redoutait qu'ils ne fussent suivis par les agents de Styrne et du Guépéou.

La route s'élevait considérablement. La petite Ford peinait, sa vitesse descendant à quarante kilomètres à l'heure, puis à trente. Ils traversèrent les bourgs de Ronco, de Serravalle, et en arrivant à Novi le vice-commissaire décida que l'on ferait une halte rapide pour déjeuner. La montre d'Exeter indiquait trois heures et quart. Il était fatigué, il avait faim, et surtout très soif. Osvaldo arrêta la Ford sur la via Ovada et guida le petit groupe vers la terrasse ombragée de la Trattoria dell'Angelo.

Les Italiens commandèrent deux verres de *sambuca*. Santillo expliqua à Mel que c'était une liqueur anisée qui se dégustait avec quelques grains de café, que l'on surnommait des « mouches ». On leur servit des assiettes de tomates séchées et de fromage, puis du lapin rôti aux baies de genièvre et au romarin, entouré de tranches de pancetta arrosées de vin blanc. Le patron suggéra une bouteille de vin du pays, qu'Exeter trouva splendide. Il alluma une cigarette. Le ciel était bleu au-dessus de la tonnelle, des gosses jouaient dans la rue, se courant après en riant et poussant des cris. Les femmes penchées aux balcons de fer forgé tenaient des bébés dans leurs bras. On voyait aussi de tout jeunes enfants sur le seuil des maisons. L'Italie était pauvre, mais féconde et belle. Et ses habitants étaient beaux : en eux resplendissaient à la fois la beauté de la jeunesse et celle de l'Antiquité.

Exeter leva son verre.

– Vous rappelez-vous, *signor* Santillo, les mots de votre maire, placardés partout dans la ville de Gênes à l'occasion de la Conférence ? « Nous offrons à tous l'accueil cordial et digne qui appartient à notre tradition, et qui est caractéristique des peuples forts et pacifiques. Nous avons foi dans les destins de la patrie et de l'humanité. » Voilà de sincères et fortes paroles, et croyez que j'apprécie l'accueil de l'Italie…

Le vice-commissaire plissa les paupières sous le soleil qui filtrait entre les feuillages. Son rictus réapparut.

– *Grazie, signore*. (Il se racla la gorge.) Vous savez, c'est dommage. L'autre jour, lorsque nous vous avons rendu visite à votre hôtel… Il aurait fallu nous dire tout de suite que vous étiez un ami de Benito Mussolini.

Exeter sourit pour masquer son embarras.

– Oh, le fait est que les Anglais sont plutôt du genre réservés. Nous aurions tendance à juger impoli d'en dire trop. Mais, quoi qu'il en soit, je bois à votre santé, messieurs !

Ils trinquèrent par-dessus les assiettes. Le vin montait rapidement au cerveau d'Exeter. En fin de compte, se dit-il, reprenant la bouteille pour les resservir, ces policiers, en dépit de leurs opinions politiques discutables, n'étaient pas de mauvais bougres… Un jeune Italien se leva d'une table voisine où il finissait de manger avec ses camarades, apparemment des étudiants. Ce jeune homme, qui parlait un assez bon français, désirait profiter de la présence d'étrangers pour causer un peu des affaires du monde. Celles-ci lui semblaient prendre un mauvais chemin.

– Il va y avoir une autre guerre, prophétisa-t-il, d'une voix étonnamment douce et tranquille. Je dirais, d'ici dix ou vingt ans.

– Bon Dieu, j'espère que non ! dit Exeter.

– Il n'y en a eu que trop, ajouta Mel tandis que la tristesse se peignait sur son visage.

Le jeune homme secoua la tête.

– Des choses se préparent. En Allemagne, les anciens combattants commencent à s'organiser en milices patriotiques. Les Français ont voulu mettre cette nation à genoux, c'est une grosse erreur. Il y aura une autre révolution là-bas, et de cette révolution naîtra une nouvelle guerre. Tout le monde, en Europe, est nerveux, il y a des armes partout, c'est une situation inquiétante.

Le vice-commissaire fronçait les sourcils. Mel observa gentiment :

– Vous ne me paraissez pas nerveux, vous, monsieur, en tout cas…

L'autre ne fit pas attention et poursuivit :

– Les passions politiques ne sont pas bonnes pour la paix. Quelque chose est en train de se produire dans les esprits des jeunes générations en Europe. J'ai visité Paris récemment. Les étudiants à qui j'ai parlé étaient dégoûtés du système parlementaire, et ils ne croyaient guère à la liberté ou à la démocratie. Les artistes portaient aux nues le modernisme, la folie ou la violence. C'est pareil partout. Les hommes jeunes veulent le pouvoir. Ils veulent se débarrasser des anciens. Cela peut être bon dans certains pays, pas suffisamment civilisés pour se gouverner eux-mêmes, mais c'est mauvais pour ceux qui ont connu la liberté. (Il se tourna plus particulièrement vers Exeter.) Je n'ai pas encore eu l'occasion de visiter votre pays, monsieur. L'Angleterre a-t-elle aussi ses fascistes ?

Le journaliste jeta un œil inquiet du côté des policiers. Osvaldo, mâchonnant son mégot, avait posé son verre de vin et regardait l'étudiant d'un air sombre. Les lèvres minces de Santillo s'étiraient en un vague sourire, du genre glacial.

Exeter se rappela le collaborateur de George Sheldon, en gare de Pavie : ses membres fracassés à coups de *manganello*, sur le quai où l'avaient abandonné les *squadristi* au milieu d'une mare rouge.

– Nous avons toutes sortes de mouvements politiques chez nous, répondit-il. Les admirateurs de Mussolini sont relativement peu nombreux…

L'Américaine mit sa main droite en cornet devant sa bouche et toussota avec insistance. Santillo triturait sa moustache. Le jeune homme finit par remarquer que l'ambiance s'alourdissait. Il se leva et serra la main du reporter.

– Ce serait un très mauvais coup pour la liberté, monsieur, si l'Angleterre devenait fasciste.

Il rejoignit ses camarades. Osvaldo le suivait des yeux. Exeter se demanda où le chauffeur cachait son revolver ou son pistolet. Mel rompit le silence en s'adressant au vice-commissaire, pour lui demander de quelle façon les Italiens célébraient le lundi de Pâques. Osvaldo se détendit insensiblement et récupéra son verre. Santillo se fit un plaisir de répondre à l'Américaine. Exeter observait le jeune homme à la table des étudiants – il eût aimé discuter plus longtemps avec lui. Les policiers commandèrent de nouvelles liqueurs. Au moment de partir, ce fut le vice-commissaire Santillo qui régla l'addition, en dépit des protestations de Mel et du journaliste. Ce dernier regarda autour de lui. La table des jeunes gens était vide, et l'épouse du patron aidait la serveuse à secouer et plier la nappe.

Ils prirent des chemins de campagne jusqu'à Alessandria, où ils rejoignirent la grande route de Turin. Le chauffeur et le vice-commissaire paraissaient d'excellente humeur après le déjeuner, le rouge du pays et les nombreux verres de *sambuca*. La modèle T allait son bonhomme de chemin, l'aiguille du compteur remontant en terrain plat jusqu'à atteindre les quatre-vingts kilomètres à l'heure. La brise ébouriffait les cheveux de Mel, qui passait dedans les doigts de sa main valide pour écarter les mèches. Exeter la regardait souvent. L'Américaine, elle, regardait la plaine autour d'eux en poussant des exclamations de plaisir. Les églises des villages semés dans le paysage vert et brun, planté de cyprès et de peupliers, avaient toutes leur élégant campanile. De temps à autre on apercevait un *castello* juché sur un petit mont, dominant les vieux toits de tuile rassemblés sur d'étroites ruelles sinueuses. Le vin aidant, Exeter se sentait totalement amoureux. Il devait se retenir d'attirer violemment Mel contre lui pour l'embrasser, et tant pis pour son bras luxé ! Les Italiens chantèrent à pleine voix, avec une sorte de gaieté sarcastique, tout un répertoire de chansons : *Le fiamme nere*, *Avanti arditi*, *Giovinezza*, *Santa Lucia*[1]… Exeter, afin de ne pas être en reste, entonna *What Shall We Do with the Drunken Sailor ?*. Mel riait beaucoup, et Osvaldo, même s'il ne comprenait pas les paroles, s'esclaffait lui aussi et battait la mesure en tapant du poing sur le bord de son volant. Santillo continuait d'observer l'Américaine, les yeux dans l'ombre de son panama. L'après-midi avançait et le ciel demeurait uniformément bleu au-dessus de la grande route, où les rares véhicules soulevaient de petits nuages de

1. Les trois premières sont des chansons fascistes.

poussière et que parcouraient de loin en loin, à allure réduite, quelques charrettes tirées par des bœufs ou des chevaux et où s'entassaient des paysans.

La motocyclette apparut derrière eux une dizaine de minutes après que la Ford eut traversé Asti, environ à mi-chemin entre Alessandria et Turin. Osvaldo fut le premier à remarquer le point sombre qui grandissait dans son rétroviseur. Il le signala au vice-commissaire, qui se retourna. Exeter et Mel se retournèrent eux aussi.

C'était une motocyclette des carabiniers, pourvue d'un side-car, dans lequel un homme casqué faisait de grands gestes.

La Ford ralentit. Osvaldo se gara sur le côté de la route. La motocyclette les dépassa et stoppa quelques mètres devant eux en pétaradant. Le pilote coupa le contact.

Le passager casqué émergea de son siège, cambra le dos, s'étira, avant de s'envoyer de grandes claques sur les bras afin d'en chasser la poussière. Il releva ses lunettes sur son casque. Il était en tenue de cuir marron foncé et portait des bottes de cavalerie. Contre son ventre était bouclée une large sacoche de toile kaki pourvue d'un rabat que fermaient deux courroies de cuir. La poignée d'un revolver, avec son anneau de calotte, dépassait de l'étui jaune accroché à sa ceinture. L'homme pointa le doigt vers le vice-commissaire Santillo et lui fit signe d'approcher. Puis il retira ses gants pour les glisser dans sa ceinture avec une sorte de nonchalance virile, et donna deux ou trois petits coups de talon dans la terre meuble de l'accotement.

Exeter ne comprenait rien à ce qui se passait. Il tourna la tête vers Mel. La jeune femme était blanche comme une morte. Le vice-commissaire avait rejoint le passager du side-car. Ils semblaient plongés dans une grande discussion. Le pilote demeurait assis sur son siège, les jambes écartées. Il avait lui aussi relevé ses lunettes et fumait en observant le paysage. L'interlocuteur de Santillo se pencha sur la sacoche kaki, déboucla les courroies de cuir et sortit une enveloppe blanche. Le vice-commissaire regarda l'enveloppe, hocha la tête et se tourna vers la Ford. Il appela Exeter.

L'Anglais, avec un mauvais pressentiment, descendit de l'auto et s'avança en direction de la motocyclette et du side-car.

– Ce message est pour vous, déclara Santillo d'un ton agressif en lui donnant l'enveloppe.

L'homme à la sacoche avait une fine moustache blonde et des yeux bleus. Il contemplait froidement le journaliste pendant que celui-ci décachetait la lettre. Exeter lut, écrit à la main dans un français approximatif :

Monsieur,

Vous êtes manigancé. La femme est une espionne communiste redoutable, qui vous apportera que des malheurs. Croyez-moi, séparez-vous d'elle.

Cordialité sincère,

Mussolini

Il replia la feuille. Après le choc initial – qui avait fait battre son cœur violemment dans sa poitrine et jaillir des gouttes de sueur sur son front –, Exeter devina la raison du message absurde que délivrait l'officier en motocyclette : le Duce, tout simplement, se vengeait, de manière assez sordide, de l'humiliation que lui avait infligée Mel. Et il inventait n'importe quoi, espérant lui attirer les pires ennuis avec la police politique, et ces hommes-là en particulier, qui de toute évidence nourrissaient une haine féroce à l'égard des communistes.

– Faites-moi voir cette lettre, *signore*, dit Santillo.

– Je regrette, mais c'est un message privé, *signor* vice-commissaire. De mon ami Benito Mussolini. De votre Duce – qui, ce matin, vous a prié de nous conduire jusqu'à la frontière… Je suppose que vous vous en souvenez.

Le policier lui arracha la lettre. Il la lut lentement, toujours avec son petit rictus. La sueur perlait sur son visage à l'expression concentrée. Sur la route, les véhicules ralentissaient lorsqu'ils voyaient la Ford à l'arrêt, croyant à une panne, puis, apercevant l'engin militaire et les deux hommes en tenue de cuir, ils reprenaient prudemment leur vitesse initiale et disparaissaient à l'horizon. Une grosse conduite intérieure Alfa Romeo noire passa lentement, avant d'accélérer. Le vice-commissaire rendit à l'Anglais le message de Mussolini.

– Le Duce ne sait pas tout encore, affirma-t-il avec gravité. Il n'y a pas que l'espionne. Vous êtes *deux* à vous être moqués de nous.

– Je ne comprends pas ce que vous voulez dire, *signor* vice-commissaire.

Santillo désigna le porteur du message.

– Le capitaine Ritossa vient de me raconter une dramatique histoire, *signor* Exeter. Je vais vous la répéter. Il y a huit jours, une famille de Bognanco, près de la frontière suisse, a vu apparaître, sortant des bois qui là-bas couvrent la montagne, et se traînant vers leur ferme, un homme très gravement blessé. Il avait erré longtemps à travers la forêt, les deux jambes brisées, à demi mort de faim et de soif. Le malheureux était incapable de parler, ayant la mâchoire et presque toutes les dents cassées. Il a sombré dans le coma. On l'a transporté à l'hôpital de Stresa, puis à Milan, où il a repris connaissance hier. L'homme a pu raconter, ou plutôt écrire sur une feuille, ce qui lui était arrivé – avant, hélas, de succomber à ses blessures. Et il a eu le temps de révéler son nom. Vous le connaissez, *signore* : c'était le *comandante* Gustave Roulleau.

Les genoux d'Exeter menacèrent de se dérober sous lui.

Le vice-commissaire poursuivait, sous le regard sévère du capitaine Ritossa :

– Le *comandante*, à l'hôpital, a écrit avoir été frappé, puis jeté par la fenêtre d'une voiture du train Paris-Gênes, le samedi 8 avril en début d'après-midi, par un agent anglais du Komintern nommé Ralph Exeter et par un de ses complices, un Américain dont il ignorait le nom.

Exeter ne trouva rien à répondre. Il contemplait son avenir qui allait en s'obscurcissant. Le journaliste du *Daily World* venait d'échanger une dizaine d'années de bagne sibérien contre un rendez-vous à Paris, dans la cour de la prison de la Santé, avec ce que les Français nomment la Veuve. Autrement dit, la guillotine. Pour la première fois il se prit à regretter la croisière que Styrne lui offrait à bord du *Komsomolets*.

Chapitre XXIII

Le festin des chiens

Le vice-commissaire Santillo mit la main à l'intérieur de sa veste. Il en sortit un automatique Beretta – le modèle court 1915 qui tire des projectiles de neuf millimètres. Il braqua le canon de l'arme sur le ventre d'Exeter. De son côté, le capitaine Ritossa avait posé la main droite sur la poignée de son revolver, sans aller jusqu'à l'extraire de son étui. Il cria un ordre. Le pilote de la motocyclette jeta sa cigarette dans les champs, se leva, comme à contrecœur, pour aller rejoindre lentement la Ford et se poster devant la portière du côté de la passagère. Lui aussi portait une arme à la ceinture.

– Comment s'appelait cet Américain ? demanda Santillo.

La question fit sursauter Exeter, qui regardait la silhouette figée à l'arrière de l'automobile : la pauvre Melicent devait être folle d'angoisse depuis qu'elle avait vu le vice-commissaire tirer son arme…

– L'Américain ? Je… Je ne sais pas de quoi vous parlez.

– Ce ne serait pas le journaliste Herbert Holloway ? Nous avons fini par le dénicher à votre hôtel. Pourquoi ne nous avez-vous pas dit qu'il logeait à deux mètres de chez vous ?

Exeter se mordit les lèvres.

– Je ne voulais pas lui attirer d'ennuis. Des questions de la police, et tout ça. Vous risquiez de lui confisquer son passeport, à lui aussi…

Le canon du Beretta fit un mouvement.

– Encore un mensonge. Nous avons confisqué ton passeport *après* que tu nous as dit ignorer dans quel hôtel logeait Holloway. Je croyais t'avoir conseillé de ne plus te moquer de la police italienne…

Le passage au tutoiement était mauvais signe. Exeter secoua la tête, pour signifier qu'il n'avait jamais eu la moindre intention de se moquer de la police italienne.

– Écoutez, *signor* vice-commissaire…

– C'est toi qui vas écouter. Nous savons désormais que vous étiez toute une bande de bolcheviks venus de Paris à bord de ce train. En même temps qu'il te suivait toi, le *comandante* Roulleau surveillait un dangereux agent des services secrets de Moscou, une femme chargée d'une mission spéciale. Il venait d'en être informé. Et pour tâcher d'en savoir plus il s'est assis en face d'elle au wagon-restaurant…

Exeter en resta bouche bée.

Santillo ricana.

– Tu ne t'y attendais pas, hein ? À ce que ta complice aussi soit démasquée grâce au *comandante*.

Il avança la main gauche avec précaution pour palper les vêtements du journaliste. Ses doigts sentirent la crosse du Bergmann. Son bras se figea.

– Pas un geste, espèce de salopard bolchevique !

Sa main écarta le pan de la veste, s'empara du pistolet. Le vice-commissaire poussa un long sifflement, mi-étonné mi-admiratif.

– Un Bergmann… (Il fronça les sourcils.) J'ai entendu dire que le *comandante* avait de l'affection pour cette arme, depuis l'époque de la guerre et du service secret. C'est l'automatique du *comandante* Roulleau. C'est bien la preuve que tu l'as tué. Tu es un voleur… en plus d'être un menteur et un assassin. Je ne sais pas ce qui me retient de t'abattre sur place…

Santillo cracha. Il paraissait hors de lui. Le canon du Beretta s'agitait dangereusement. Exeter sentait son propre corps inondé de sueur. Ses jambes flageolaient. Il n'osait plus rien dire, de peur que le fasciste n'en tirât prétexte pour mettre sa menace à exécution.

Le capitaine Ritossa dit une phrase en italien, que le reporter ne comprit pas. Le vice-commissaire Santillo, tout en glissant le Bergmann dans sa ceinture, secoua la tête. Les deux hommes entamèrent une nouvelle discussion, sur un ton de plus en plus vif. L'officier de carabiniers finit par hausser les épaules. Il rappela son pilote, tandis que le policier, l'arme toujours pointée vers Exeter, ordonnait à celui-ci de rejoindre la Ford.

– Lève les mains en l'air, sale bolchevik. Tu vas prendre la place de l'espionne, sur la gauche. Et moi je m'assiérai à côté de toi.

La motocyclette se remit à pétarader pendant que le capitaine se glissait dans le side-car. Il enfila ses gants et rabattit ses lunettes sur son visage. Le pilote fit un large demi-tour sur la route et reprit la direction d'Asti. Motocyclette et side-car disparurent dans un nuage de poussière. Santillo cria des ordres au chauffeur de la Ford. Celui-ci jeta son mégot, se retourna. Il avait sorti de sous sa veste un automatique noir pourvu d'un assez long canon. Un parabellum Dreyse de l'armée allemande, tirant lui aussi du 9 mm. Osvaldo expliqua cela à l'Américaine en le braquant sur sa poitrine, puis il lui ordonna de changer de place pour venir s'asseoir près de lui à l'avant de la modèle T.

– J'ai pris ce pistolet sur le cadavre d'un officier allemand au col de Luico en octobre 1917. Lorsque nous avons été battus à Caporetto. J'ai déjà tué une dizaine de communistes avec le Dreyse. Une arme *très* puissante.

– Avec son bras gauche en écharpe, ricana le vice-commissaire, elle ne risque pas de faire des bêtises, comme de se jeter sur le volant. Toi, l'Anglais, je vais bien te surveiller. Tu ne me prendras pas en traître, comme tu l'as certainement fait pour le *comandante*...

La petite Ford repartit, quittant l'accotement. Osvaldo roulait toujours en direction de Turin. Mel Theydon-Payne ne disait mot et fixait la route devant elle. Des petites gouttes de sueur brillaient sur sa nuque. Santillo fredonnait *Giovinezza*. Il tenait négligemment le Beretta tourné vers Exeter. Celui-ci consulta son bracelet-montre. Il serait bientôt cinq heures de l'après-midi. Le soleil qui leur faisait face resplendissait au-dessus des cimes des Alpes.

Peu après le bourg de Moncalieri, ayant franchi le Pô, le conducteur obliqua vers la gauche sur une route locale pour traverser un paysage vallonné, d'où l'on apercevait les premiers contreforts des Alpes cottiennes. Des champs bordaient la route, séparés par des murets de pierre en guise de haies. Un groupe de petites filles salua le passage de l'automobile en criant et en agitant la main. La Ford traversa les villages de None et d'Airasca. La courroie du ventilateur lâcha et Osvaldo dut rouler au ralenti jusqu'à Riva, où l'employé d'une station-service la rafistola avec une grosse épingle. À Pinerolo, la route virait sur la droite, longeant une rivière aux allures de torrent qui bouillonnait au fond d'un val planté de grands sapins noirs. Le moteur chauffait, peinait dans les côtes. Le paysage devenait de plus en plus tourmenté, jalonné de vieilles tours perchées sur des nids-d'aigle. Exeter ne comprenait pas pourquoi on ne les conduisait pas à Turin, où Santillo aurait pu livrer ses prisonniers à un commissariat de la ville ou à quelque officine de la police secrète. Une autre solution logique eût été de faire demi-tour et de les reconduire à Gênes. Tout cela n'avait pas de sens. Devant eux se dressaient les Alpes. Plus loin, quelque part là-haut parmi les montagnes, se trouvaient les postes-frontières italiens et français. Mais les connaissances géographiques du reporter étaient plutôt vagues concernant cette région. Il croyait cependant se rappeler que le poste du Mont-Cenis était celui que l'on gagnait habituellement depuis Turin. Cependant ils avaient quitté la route principale bien avant d'atteindre les faubourgs de la grande cité piémontaise. Levant les yeux, Exeter vit apparaître sur les pics les premières neiges. Un vent frais courait à travers la vallée. L'Anglais frissonna, pas seulement de peur. Et il s'inquiéta pour Mel, dans la simple robe de tissu bleu que lui avait donnée Elyena.

Ils traversèrent le bourg de Perosa, tournant à gauche pour franchir un vieux pont étroit au-dessus de la rivière qui coulait en torrent. Osvaldo informa ses passagers que ce cours d'eau était le Chisone, que lui-même était né à Bibiana, un village situé un peu plus au sud. S'engageant dans une vallée plus escarpée que la précédente, la Ford suivit un chemin caillouteux, d'abord sur un flanc de montagne encore ensoleillé, puis du côté de l'ombre. Il faisait carrément froid à pareille altitude, et en fin d'après-midi. Exeter enfonça son chapeau sur sa tête et remonta le col de sa veste. Mel avait replié son bras droit en travers de sa poitrine, sur le tissu de l'écharpe qui recouvrait l'autre bras. À un moment la jeune femme se retourna, jeta un long regard en direction de la vallée du Chisone qu'ils laissaient derrière eux. Ce regard sembla à Exeter complètement désespéré. Le journaliste s'en voulait horriblement de l'avoir entraînée dans cette funeste équipée, dont l'épisode désastreux avec Mussolini n'avait été que le premier acte. Il commença à réfléchir sérieusement à quelque moyen de se débarrasser de son voisin le vice-commissaire avant qu'il ne fût trop tard. Il songea à lui arracher son arme puis à projeter Santillo hors de la voiture. Ensuite, il faudrait s'occuper du chauffeur… Un ancien combattant, tueur de communistes. Tout cela était difficile, et risqué. À la sortie d'un petit village nommé Perrero, Exeter aperçut un panneau : « Ghigo, 10 km ». Osvaldo freina peu après. Il négocia un virage extrêmement serré, sur une sente forestière s'élevant à droite au-dessus de la route pierreuse qui remontait vers le fond de la vallée. Cette voie étroite et raide, qui devait être empruntée par les bûcherons car elle était bordée de coupes de bois, repartait presque en sens inverse entre les sapins à flanc de montagne, vers un large entablement rocheux. On abordait celui-ci sous le regard d'une haute tour carrée, noire et désolée, partiellement en ruine, et où l'on distinguait des corbeaux perchés.

Le bruit de moteur, inhabituel en ces lieux sauvages, effaroucha les oiseaux, qui se dispersèrent en claquant des ailes, criant leurs stridents appels de mauvais augure. Le moral de l'envoyé du *Daily World* descendit de nouveaux degrés vers le bas. Exeter commençait à envisager véritablement le pire. Une soirée de tortures dans une cave sinistre du Moyen Âge, suivie d'une double exécution. Il se rappela – quoique un peu tard – avoir entendu raconter que, dans certains cas, les Italiens pouvaient se montrer épouvantablement cruels.

– J'ai téléphoné au consul de Grande-Bretagne avant de quitter la Casa del Fascio, improvisa-t-il en se tournant vers le vice-commissaire. Je lui ai expliqué que la police génoise me rendait mon passeport aujourd'hui et que deux de ses fonctionnaires avaient été chargés par le Duce de me conduire, ce soir, jusqu'à la frontière avec la France. En compagnie d'une ressortissante des États-Unis, dont le père est un très important industriel de New York et qui a également pris la précaution d'avertir son propre consulat...

Santillo l'interrompit par un éclat de rire.

– Je savais déjà que tu étais un menteur professionnel. Cependant, même si ce que tu viens d'inventer au sujet de ces coups de téléphone était vrai, il n'y aurait aucun problème en ce qui nous concerne. Car, vois-tu, Osvaldo et moi nous vous conduisons *réellement* à la frontière française. Dans moins d'une heure, tu n'auras plus rien à redouter. La *signora* non plus.

Il gloussa. L'automobile, ayant atteint une bande de terrain à peu près plat, accéléra en passant devant la tour aux corbeaux. Exeter vit surgir devant lui une nouvelle montagne, toute proche, dont la masse surplombait un groupe d'une vingtaine d'habitations. À mesure que la Ford s'en approchait, le reporter constatait que ces maisons délabrées et noircies, au toit crevé, aux pierres branlantes et au plancher effondré, paraissaient abandonnées. Il n'y avait pas âme qui vive. On eût dit un village fantôme. Seul bâtiment intact, d'aspect solide et neuf, et même cossu, une maison de trois étages, sur la gauche des masures ruinées et qui portait sur sa façade l'inscription « Hôtel Miravalle ». Des lumières brillaient à l'intérieur.

Le vice-commissaire Santillo indiqua le bâtiment.

– C'est là que nous dormons ce soir. Osvaldo et moi, je veux dire. Vous deux, vous serez passés de l'autre côté.

Le chauffeur ricana.

– L'autre côté ? s'inquiéta Exeter.

Santillo sourit.

– Derrière cette montagne. La France est un peu plus loin. C'est là que vous vouliez aller, non ?

Osvaldo gara la voiture une dizaine de mètres avant l'hôtel et coupa le moteur. Il fit le tour de la Ford pour aider Mel Theydon-Payne à descendre.

– C'est triste, fit-il en soulevant son chapeau et en faisant un geste vers les maisons abandonnées. Les villages, dans le coin, meurent les uns après les autres. Presque tous les jeunes descendent chercher du travail à Turin et dans la vallée du Pô. Quand les vieux disparaissent, plus personne ne s'occupe des maisons, alors elles tombent en ruine. C'est une fatalité.

D'un mouvement du canon de son pistolet, le vice-commissaire ordonna à Exeter de le suivre.

– Le chemin carrossable s'arrête ici. Nous allons devoir continuer à pied.

Il indiqua le flanc de la montagne plongé dans l'ombre.

– Le colle di Torres est un peu plus loin. La frontière.

L'Anglais écarquilla les yeux.

– Mais nous ne pourrons jamais faire un pareil chemin avec nos valises !

– *Giusto*, acquiesça le policier. Ta valise et les affaires de l'Américaine restent ici.

– Quoi ?

– En guise de paiement. Pour notre peine.

– Je ne suis pas d'accord. Vous avez déjà été payés. J'ai donné de l'argent à Mussolini pour…

– Personnellement je n'en ai pas vu la couleur, coupa Santillo. Les robes de l'espionne doivent être belles. J'en ferai cadeau à ma *sorellina.* Les Italiens sont pauvres, *signor* Exeter. Et les fonctionnaires de police sont mal payés.

– Et c'est vous qui me traitiez de voleur !…

La main de Mel se posa sur son bras.

– Laissez, Ralph. Vous n'avez pas compris ? Plus rien n'a d'importance. Je ne vivrai pas pour porter ces robes. Tant mieux si elles font plaisir à la sœur de M. Santillo.

Exeter baissa les yeux. Il eut soudain envie de pleurer. Il pensa à Fergus, à Evvy. Il s'aperçut qu'il avait complètement oublié d'acheter un cadeau à son petit garçon pendant qu'il était à Gênes. Evguénia avait eu mille fois raison de le gifler et de le traiter de salaud.

Tu es un vrai salaud, Ralph.

– On y va, grinça Santillo. Il se fait tard. Sans lumière, vous aurez du mal à trouver le col.

Les Italiens poussèrent leurs prisonniers vers un chemin de cailloux qui montait derrière l'hôtel. Il fallait marcher sur l'herbe avant de gagner les pierres. Exeter se rendit compte que de l'eau sourdait sous les semelles de ses chaussures. L'eau ruisselait partout entre les herbes. Il l'entendait presque murmurer. C'était pour lui une sensation extraordinaire, complètement nouvelle. La montagne ici était incroyablement riche de fraîcheur et de vie. Depuis des siècles ses sources innombrables jaillissaient de terre, arrosaient ses pentes, faisaient pousser les fleurs. Cette vallée si éloignée de toute agitation humaine était une sorte de paradis terrestre. Sauf que ses enfants l'abandonnaient et que les petits villages de pierre grise mouraient les uns après les autres.

– Comment s'appelle cette montagne, *signor* Osvaldo ? demanda Exeter.

– Je ne sais pas. Mais après, c'est le Bric Ghinivert, et plus à droite le Bric Rosso.

Il se tut pour allumer une de ses cigarettes italiennes. Les trois hommes et la jeune femme commencèrent à gravir le sentier. Le ciel se teintait de rouge derrière la montagne dont Osvaldo ignorait le nom. Au bout d'une vingtaine de minutes, Exeter, hors d'haleine, se retourna. L'hôtel Miravalle, vu d'en haut, ressemblait à un minuscule rectangle de carton-pâte collé sur une maquette. Beaucoup plus loin, sur la bordure du plan rocheux par où ils étaient venus, la vieille tour montait sa garde solitaire au-dessus de la vallée.

Ils progressaient lentement, car Mel peinait avec ses fragiles bottines de luxe. Il n'y avait pas un souffle de vent. Ils atteignirent le haut de la montagne sous la voûte embrasée du ciel. Le soleil avait disparu à l'ouest derrière les sommets des Alpes, recouverts de neige. L'air était vif et glacé. Exeter, trempé par la suée de l'escalade, ne ressentait pas le froid. En revanche, ses poumons brûlaient, ses lèvres étaient sèches. Il tendit la main vers Mel, qui montait vers lui, le souffle court, les joues roses, les cheveux décoiffés.

La tête de la montagne s'arrondissait vers une surface presque plane d'herbe rase, sans le moindre arbre ni arbuste, au centre de laquelle miroitait un petit lac tranquille que les reflets du ciel ensanglantaient. Derrière, une nouvelle montagne s'élevait, couverte d'une épaisse couche de neige où affleuraient des rochers noirs. Le vice-commissaire pointa du doigt le petit lac.

– C'est ici que nous nous séparons. Toi et l'Américaine, continuez tout droit. Vous passerez sur la gauche du lac et redescendrez de l'autre côté. Il y a une petite vallée, m'a expliqué Osvaldo. Il connaît bien la région.

– Vous marcherez dans le sens de la vallée, c'est-à-dire vers le sud-ouest, précisa le chauffeur. Vous allez trouver deux montagnes sur votre droite. Au milieu, c'est le colle di Torres. C'est à une vingtaine de kilomètres. Si vous vous dépêchez, il est possible d'y arriver avant la nuit.

– C'est cela, commenta Exeter sombrement. Vous nous envoyez à la mort.

Le rictus du vice-commissaire Santillo réapparut.

– Pas toi, le journaliste. Tu es un ami du Duce. Je ne l'ai pas oublié. Mais la lumière baisse, fini les bavardages. *Addio.* (Il prit son mouchoir et, ôtant son panama, s'épongea le front.) Allez-y, marchez. Vers la gauche du lac. Nous vous regarderons partir. Allez-y sans vous retourner. Et dépêchez-vous.

– Le vice-commissaire et moi on a faim, dit Osvaldo. La cuisine est très bonne, au Miravalle.

Exeter regarda Mel Theydon-Payne.

– Nous y allons ?

Elle lui rendit son regard.

– C'est vraiment dommage. J'ai fait ce que je pouvais, mais… Quoi qu'il en soit, j'ai été heureuse de vous connaître, Ralph.

– Moi aussi, Mel.

Il ajouta, se sentant très niais – mais sur le moment il était sincère :

– Je vous aime.

Elle cilla.

– Vous ne savez pas ce que vous dites.

Elle haussa les épaules, puis commença à marcher vers le lac.

Après un instant d'hésitation il lui emboîta le pas, courant pour se retrouver à son niveau.

– Je crois qu'il vaut mieux ne pas se retourner, souffla-t-il.

– Non. Nous ne leur offrirons pas ce petit plaisir.

Ils marchèrent en silence sur une trentaine de mètres. Une sueur glacée coulait entre les épaules d'Exeter, qui se préparait à essuyer des coups de feu. Or ceux-ci ne venaient pas. Quelques mètres encore et la précision du tir deviendrait très aléatoire. Les Italiens jouaient-ils à attendre le tout dernier moment pour tirer ? Ou les laissaient-ils vraiment partir ? Ils arrivaient au bord du lac rouge.

Il y eut une détonation, et une balle siffla tout près d'Exeter. Instinctivement, il rentra la tête dans les épaules.

Mel et lui se mirent à courir.

Ce n'était pas facile pour la jeune femme, avec sa robe étroite et son bras en écharpe. L'Anglais dut ralentir sa course. Il entendait le bruit de leurs pas foulant l'herbe rase, le bruit de leurs souffles, le bruit de son cœur à lui qui cognait. Il perdit son chapeau, qui s'envola derrière lui – c'était le second en neuf jours. Puis il entendit deux nouveaux coups, proches l'un de l'autre mais très assourdis. Cela ressemblait à ces tirs lointains qui résonnent à travers la campagne, pendant les week-ends d'automne et d'hiver.

Mel trébucha, tomba sur les genoux. Il s'arrêta pour la relever.

– Bon Dieu, vous êtes touchée ?

Elle secoua la tête.

– Je ne crois pas. J'ai glissé…

Se tenant par la main, ils reprirent leur course au bord du lac. Les balles n'avaient pas recommencé de siffler autour d'eux. Exeter se souvint du récit de la fusillade sur le pont de la Néva en février 1917. Mel à dix-huit ans qui se croyait invulnérable. Et le correspondant Arthur Ransome qui l'avait soulevée dans ses bras. C'était peut-être la meilleure chose à faire maintenant. Il essaya, tout en courant, de saisir la jeune femme par la taille. Elle trébucha de nouveau et tomba à la renverse.

Exeter tomba à sa suite et roula sur l'herbe. Et jeta un bref coup d'œil en arrière.

Là-bas, les policiers n'étaient pas debout, le pistolet à la main, comme il s'attendait à les voir. Au début, Exeter crut qu'ils s'étaient allongés pour mieux viser. Puis il constata que les deux hommes gisaient dans des attitudes étranges. L'un d'entre eux se souleva sur ses bras et se mit à ramper. C'était Osvaldo. L'homme progressait avec difficulté. Sa veste claire était teintée de rouge.

Exeter se releva.

Rebroussant chemin, il se mit à courir vers les Italiens. Mel lui cria de revenir.

Santillo était renversé sur le dos. Son panama avait roulé à quelques mètres. Une partie de la tête du policier manquait. Ainsi que le haut du nez, remplacé par une bouillie rouge. Un cratère ensanglanté creusait l'orbite gauche. De la cervelle mêlée de sang s'était répandue en une longue traînée sur l'herbe. Et, dans une flaque de sang, Exeter aperçut une petite boule de la taille d'un œuf de caille. C'était l'œil gauche du vice-commissaire, la pupille tournée vers le ciel.

Un peu plus loin, Osvaldo, qui avait perdu son chapeau lui aussi, rampait vers son parabellum Dreyse, lequel avait été projeté à une certaine distance, au pied d'un petit rocher. L'épaule gauche du chauffeur ruisselait de sang. Du sang s'échappait aussi de sa bouche, dégoulinait le long de son menton et sur l'herbe.

Exeter se retourna vers le cadavre de Santillo. La main droite du vice-commissaire tenait l'automatique Bergmann-Bayard du *comandante* Roulleau. Le pistolet, trop bien huilé par l'officier de la Casa del Fascio, fumait. Le reporter se brûla en essayant de dégager l'arme : il était impossible de toucher au canon tellement il était chaud. Il tenta de décrisper les doigts du policier, mais ceux-ci refusaient de laisser échapper le Bergmann. Le mort se cramponnait à l'arme volée à un autre mort. À gauche du journaliste, Osvaldo, le bras tendu, touchait presque le parabellum. Exeter se rappela l'*autre* pistolet. Il écarta les pans de la veste de Santillo, trouva un holster d'épaule coincé sous l'aisselle, contre la chemise éclaboussée de sang. Le Beretta était glissé dans l'étui. Il referma ses doigts sur la crosse. Abaissa le cran de sûreté. Un genou à terre, il braqua le Beretta sur le chauffeur, qui venait de récupérer son arme. Osvaldo crachait du sang. Il pivota vers l'Anglais en toussant et en levant le Dreyse, prêt à tirer. Exeter appuya sur la détente du Beretta. Rien ne se produisit. Il réalisa que la chambre était vide. Le ressort était dur, il eut du mal à tirer la culasse en arrière. Un coup de feu éclata, une balle siffla à ses oreilles. Osvaldo poussa un hurlement et laissa tomber son pistolet. Les yeux exorbités, il tenait sa main droite ensanglantée. Au même instant, Exeter se rappela le conseil de l'officier en chemise noire. Il serra les doigts de sa main gauche sur la culasse tout en poussant l'arme en avant avec l'autre main. Il visa la tête de l'Italien et appuya de nouveau. Le recul lui secoua le poignet, en même temps qu'éclatait une détonation assourdissante. Un trou noir et net apparut sur la joue gauche d'Osvaldo, semblable à un gros grain de beauté. Puis l'arrière de son crâne s'ouvrit sur une gerbe de sang et de fragments de cervelle. L'Italien s'affaissa sur le côté. Exeter tomba lui aussi, perdit connaissance quelques secondes. Il rouvrit les yeux : Mel était tout près. Elle lui caressa la joue. Osvaldo gisait sur le flanc, immobile, sa tête dans un oreiller de sang, les yeux grands ouverts et figés. Le Beretta était tombé dans l'herbe. La jeune femme s'écarta d'Exeter pour aller vomir.

– Seigneur, fit Exeter.

Puis :

– Mais qu'est-ce qui s'est passé ? Ils ont décidé de s'entre-tuer ?… Ou bien quelqu'un leur a tiré dessus ?…

Mel s'essuyait la bouche avec un petit mouchoir sorti de la poche de sa robe.

Exeter se rappela les deux coups assourdis entendus au moment où l'Américaine et lui atteignaient le lac.

– On leur a tiré dessus de très loin. Nous allons attendre ici, Ralph. Il va venir nous chercher…

– Attendre ? Mais attendre *qui* ?

Elle sourit faiblement.

– Si vous alliez récupérer votre chapeau ? Le style William Morris vous va très bien.

Il secoua la tête. Tout cela dépassait les limites de son entendement. Il alla néanmoins ramasser son chapeau.

Exeter revenait en brossant soigneusement les bords du grand feutre noir. Mel était assise de profil, son bras valide passé autour de ses genoux repliés.

– Il arrive. Ils sont deux.

Elle pointa l'index du côté nord, vers une crête qui, en un large mouvement circulaire, venait rejoindre le sommet de la montagne. Exeter distingua deux silhouettes marchant d'un pas vif dans la nuit tombante. On eût dit une paire de chasseurs, car ils portaient des fusils. Exeter sortit de sa poche la lettre du Duce. Il la déplia et la montra à Mel. Elle la lut, souriant distraitement avant de la lui rendre.

– Je pensais bien qu'elle devait contenir quelque chose de ce genre. Détruisez-la. Ou gardez-la en souvenir… mais surtout ne la montrez pas.

– Qui sont ces types, Mel ?

L'Américaine ne répondit pas à la question. Elle commença à raconter, lentement, comme se parlant à elle-même, le regard perdu sur l'horizon de cimes neigeuses que le crépuscule peignait de rose :

– Les rues, en ces temps-là, avaient un air vide et mort… Et il y avait aussi beaucoup de chevaux morts à Petrograd. Ces chevaux étaient tous tombés à cause de la faim. Ils ne restaient d'ailleurs jamais longtemps. Tandis qu'ils gisaient là, encore vivants, Ralph, des chiens, incroyablement maigres et quasi morts de faim eux aussi, convergeaient sur les chevaux agonisants qui respiraient encore. Et si personne n'avait pris la peine d'emporter le pauvre cheval, les chiens entamaient leur festin… Peut-être parce qu'eux-mêmes étaient faibles, et que c'était là l'endroit le plus vulnérable, en tout cas ils commençaient toujours par le ventre du cheval. La vue des entrailles et du sang et des museaux sales et sanglants des chiens me donnait toujours envie de vomir. Mon Dieu, je ne pouvais pas le supporter. Je rentrais chez moi, et je retrouvais mes livres et mes albums de photos…

– Mel…

Elle se mit à pleurer.

Puis elle releva la tête vers Exeter. Avec une sorte d'urgence, elle le supplia :

– Il va vous interroger. Si vous m'aimez un tant soit peu, comme vous l'avez dit tout à l'heure, Ralph, ne parlez pas du contenu de la lettre de Mussolini. Dites que ces policiers fascistes ont voulu nous tuer parce que vous êtes le correspondant d'un journal prosoviétique, et qu'un officier à moto est venu de Gênes avec un ordre du Duce exigeant qu'on m'abatte parce que j'avais refusé de céder à ses avances et que nous partions ensemble. C'est un peu mélodramatique mais cela devrait suffire comme explication… Les Italiens sont connus pour être jaloux.

Exeter écoutait, n'y comprenant toujours rien.

– Si vous voulez… Mais…

Elle le fixa dans les yeux. Il reconnut cet air de désespoir qu'il lui avait vu auparavant, lorsque leur voiture s'engageait dans la vallée.

– Vous comprendrez plus tard. Un jour… Mais en attendant, croyez-moi. Je vous le jure, *sur ce que j'ai de plus cher au monde* : tout est faux dans cette lettre qu'on vous a portée. Je ne suis pas une espionne, Ralph. Et je ne suis pas communiste. Jadis à Petrograd je me suis intéressée à leurs idées, mais…

Il l'interrompit d'un geste :

– Je suis prêt à vous croire, Mel.

Il regarda vers la crête. Les chasseurs étaient nettement plus près : il distinguait maintenant leurs visages, deux petites taches pâles et grises. La crête s'abaissant avant sa jonction avec le sommet de la montagne, les silhouettes disparurent un moment de leur vue.

Exeter prit la lettre, la déchira en morceaux de plus en plus petits. Il les jeta et le vent qui se levait les dispersa.

Les yeux de Mel brillaient.

– Merci, Ralph.

Elle se redressa. Les hommes réapparurent. Ils portaient des vestes et des pantalons de golf en tweed, et avaient chaussé de solides souliers de randonnée. Leurs armes étaient des fusils Lee-Enfield Mark III de 1907 munis de lunettes de visée télescopique. Au début de la guerre, Exeter avait appris le maniement de ces fusils à culasse mobile rapide. Par temps calme, la précision de tir allait jusqu'à deux kilomètres.

Le premier des deux hommes était blond et joufflu. Le second, plus âgé, avait des cheveux noirs lissés vers l'arrière, un visage étroit. Mel se précipita en courant vers cet homme aux cheveux noirs. Il laissa tomber son fusil. L'Américaine se blottit dans ses bras. Il lui tint le visage entre les mains, avant de l'embrasser longuement.

Exeter connaissait l'homme. Il l'avait vu en photographie dans le dossier Rosenblum. Il l'avait connu avec une barbe noire, sous le nom d'Oskar Bielefeld. Cette fois il avait rasé sa barbe, mais les yeux bruns, sensibles et veloutés étaient les mêmes. Ainsi que le sourire hautain, légèrement moqueur.

Sigmund Rosenblum passa le bras autour des épaules de Mel Theydon-Payne avant de se tourner vers le journaliste, qui venait vers lui en titubant d'épuisement. L'anglais de Rosenblum était plus « anglais » que la fois précédente mais gardait néanmoins des traces d'accent d'Europe de l'Est.

– Bonsoir, mon cher Exeter. Tout s'est très bien passé finalement, n'est-ce pas ? Je vous présente le capitaine George Hill, un bon compagnon avec qui j'ai voyagé en Russie. (Le dénommé Hill souriait d'un air bonhomme en regardant Exeter. C'était un visage anglo-saxon typique : teint rose et frais, cheveux blond filasse, et beaucoup de taches de rousseur.) Nous avons vécu pas mal d'aventures ensemble, au service de Sa Majesté le roi George dans la lutte contre les bolcheviks. Je suis heureux que vous puissiez me connaître aujourd'hui sous ma véritable identité : capitaine Sidney George Reilly, du Secret Intelligence Service. Quant à Mel… (Il lui jeta un regard affectueux.) C'est une fille formidable qui a exécuté un joli travail pour nous, en allant abattre dans son bureau cette vieille canaille de Yatskov. L'homme que Lénine avait désigné pour devenir le grand chef de l'espionnage rouge dans toute l'Europe de l'Ouest…

Chapitre XXIV

Ombres dans la nuit

Laissant Exeter abasourdi, Rosenblum et Hill allèrent récupérer les armes des morts. Hill examina attentivement le parabellum Dreyse ainsi que la main droite d'Osvaldo. Il observa que la culasse était partie en arrière au moment du tir, arrachant à moitié le pouce. Le système, très inhabituel, de débrayage du ressort récupérateur au moment de l'armement pouvait causer ce type d'accident lorsque les pièces étaient usées. Il inspecta ensuite le cadavre du vice-commissaire Santillo. La balle avait pénétré à l'angle de l'œil droit, fait éclater l'os du nez, traversé le fond de l'orbite gauche en expulsant le globe oculaire, et quitté la tête en emportant l'os pariétal. Rosenblum déplia les doigts de la main droite de Santillo et s'appropria le Bergmann. Il fit cadeau du Beretta à Exeter. Puis il aida Hill à transporter les cadavres jusqu'au lac, avant d'y jeter aussi le pistolet allemand devenu inutilisable.

Ils descendirent, lentement, le flanc de la montagne. Rosenblum soutenait le bras droit de Mel et la guidait dans les endroits difficiles. La nuit était tombée lorsqu'ils rejoignirent l'hôtel Miravalle. Une puissante conduite intérieure italienne noire était garée à côté de la modèle T des policiers – Exeter eut l'impression que c'était l'Alfa Romeo qu'il avait vue ralentir, plus tôt dans l'après-midi, tandis qu'elle passait devant le petit groupe immobilisé sur le côté de la route de Turin. Les deux officiers du SIS rangèrent les fusils dans l'Alfa Romeo, prirent leurs valises, puis les bagages de la Ford, avant de gagner la réception de l'hôtel. Rosenblum montra son passeport et fit enregistrer tout le monde sous des faux noms – usant pour lui-même de l'alias « Konstantin Massino » qu'Exeter avait relevé dans le dossier du Guépéou –, demanda deux chambres dont une avec un grand lit et vue sur la vallée. Il s'attribua celle-ci et y fit porter les affaires de l'Américaine. Il raconta à l'employé de la réception que leurs deux amis italiens venus dans la modèle T avaient choisi de poursuivre leur excursion jusqu'à Massello, où ils passeraient la nuit.

Au dîner dans la salle de restaurant de l'hôtel, Exeter eut enfin droit à des explications, que dans son for intérieur il jugea peu satisfaisantes.

– Mel a eu la présence d'esprit de téléphoner au numéro que je lui avais laissé pour les cas urgents, raconta le capitaine Reilly. C'était un petit appartement du centre de Gênes où notre ami George assurait une permanence. Elle a appelé depuis une cabine du hall de l'hôtel Miramare, pour l'informer de votre départ précipité dans l'intention de gagner la frontière française par le plus court chemin, escortés par deux policiers mis à votre disposition par Mussolini. J'ai décidé de prendre la Ford en filature, comptant récupérer Mel dès que votre escorte vous aurait quittés. Nous vous avons dépassés à deux reprises : lors de l'arrêt imposé par les carabiniers, et plus tard quand vous avez eu cette panne de courroie. Je ne pensais pas avoir à intervenir de façon violente, mais lorsqu'à Perosa votre auto a quitté la route du Montgenèvre dans la vallée du Chisone, je me suis alarmé : il n'y a pas de col franchissable en voiture dans cette direction. Nous avons continué à vous suivre, mais de loin, car les véhicules se faisaient très rares et nous ne voulions pas être remarqués par vos ravisseurs. C'est pourquoi nous ne vous avons pas vus prendre le tournant du chemin de forêt qui mène jusqu'ici. Nous avons roulé jusqu'à Ghigo, au fond de la vallée. Pas de Ford là-bas, et plus de route carrossable. J'ai fait demi-tour. Cette fois j'ai remarqué le sentier, et les traces de pneus étroits. Quand George et moi avons atteint l'hôtel, la Ford était vide. La réception nous a informés que les passagers de l'auto étaient partis en promenade dans la montagne. Nous pouvions distinguer vos silhouettes ainsi que celles des hommes qui vous emmenaient. J'ai commencé à avoir peur pour vous, ma chérie. (Il avait lancé un regard tendre à la jeune femme. Le qualificatif « chérie » déplut énormément à Exeter.) Nous avons pris les fusils et grimpé en vitesse par la voie nord, en priant pour ne pas arriver trop tard, et aussi pour avoir suffisamment de lumière, car le jour baissait… Par bonheur il n'y avait pas de vent. Nous avons tiré lorsqu'ils vous ont mis en joue. J'estime que la distance était d'environ treize cents mètres… N'est-ce pas, George ?

Le capitaine Hill s'essuya la bouche et sourit.

– Tu exagères toujours, Sidney. Je dirais tout au plus un kilomètre. Mais c'était un joli tir tout de même. Tu as tué le type au panama du premier coup, et en visant la tête.

Il ajouta d'un air modeste :

– J'ai visé le thorax par prudence, et n'ai fait que traverser une paire de poumons sans toucher le cœur…

Hill parla ensuite de Mussolini, et raconta qu'en

1917 le Duce avait commencé à recevoir cent livres par semaine de la part de Sir Samuel Hoare, membre du Parlement et chef du MI5 à Rome, pour soutenir l'effort de guerre des Alliés et faire régner la terreur chez les militants pacifistes italiens. Exeter prit note de l'information. Ainsi, le leader des *fascisti* touchait de l'argent à la fois des Français et des Britanniques… Le reporter regardait ses voisins de table avec des sentiments mélangés. Il demanda à Rosenblum, avec une nuance de reproche dans la voix, pourquoi à l'Opéra il lui avait confié cette fausse rumeur au sujet des accords pétroliers entre les Russes et la Royal Dutch Shell. Le maître-espion sembla pris au dépourvu. Il fronça les sourcils et resta silencieux – peut-être vexé d'avoir cru aux nouvelles que diffusait son complice Krassine pour le compte des bolcheviks. Exeter laissa tomber le sujet. Lui-même était probablement la risée de la presse internationale à cause de ce câble expédié depuis la *casa della stampa*. Il évita également de mentionner que, si l'on en croyait son dossier des services secrets soviétiques, le prétendu capitaine Reilly avait été renvoyé, au début de l'année, de l'Intelligence Service, où son chef avait fini par le considérer comme un élément trop incontrôlable.

Exeter suivait des yeux les évolutions des jeunes serveuses du Miravalle, des jumelles blondes aussi ravissantes l'une que l'autre. Malheureusement, aucune ne parlait français, contrairement au reste des employés, comme c'est souvent le cas dans le Piémont. Quant à la langue anglaise, mieux valait ne pas y songer. De toute façon, le journaliste tombait de sommeil et voulait rejoindre au plus vite son lit dans la chambre que Rosenblum lui avait attribuée, sous le faux nom, vaguement ridicule, de « Arthur Digby », et qu'il partageait avec

Hill. Il y dormit très mal, car le capitaine, ivre mort, ronflait, la pièce sentait le renfermé et une espèce de cascade coulait derrière la fenêtre. Au matin, en ouvrant les volets, Exeter put constater que la chambre donnait sur une étroite et obscure arrière-cour, dont le fond consistait en une haute paroi de roches humides et où les employés rangeaient les poubelles.

Après le petit déjeuner, Sigmund Rosenblum entraîna le correspondant du *Daily World* dans une longue promenade parmi les maisons abandonnées où, comme l'avait prédit Mel, il le questionna de façon détaillée sur les événements qui s'étaient succédé depuis la mort de Yatskov. Les explications d'Exeter – les vérités comme les omissions et les mensonges – parurent satisfaire le soi-disant toujours agent de l'Intelligence Service.

Ils partirent tous les quatre en fin de matinée dans la luxueuse conduite intérieure. Rosenblum avait payé pour les chambres et laissé des pourboires princiers. Exeter pensa que sa marge sur la vente des diamants de Krassine avait dû être considérable. Il eût aimé savoir si le capitaine Hill était au courant des trafics de son compagnon d'aventures. Rosenblum se rendait à Vienne avec Mel et lui. Ils firent un crochet par Turin et jusqu'au Mont-Cenis afin de déposer Exeter à la frontière française. Ensuite, l'Alfa Romeo prendrait la direction de Milan et du lac de Côme pour traverser la Suisse.

Des deux côtés du col les pentes se couvraient d'une couche épaisse de neige étincelante. Exeter sortit ses affaires de la voiture. Rosenblum eut la délicatesse de suggérer à Mel d'accompagner seule l'Anglais jusqu'au poste-frontière italien. Les deux officiers des services secrets fumèrent une cigarette en bavardant appuyés à la carrosserie de l'automobile. Mel portait un imperméable Burberry que le journaliste se rappelait avoir rangé à l'intérieur de sa valise, dans la grande chambre qui donnait sur le port et la gare maritime de Gênes. La manche gauche de l'imperméable pendait, vide, la jeune femme ayant boutonné le manteau par-dessus son bras en écharpe.

La forte réverbération blessait leurs yeux à tous les deux. C'était en tout cas une explication plausible aux brillances qu'il distinguait sous les cils de Mel.

– Ne faites pas cette tête, Ralph, lui dit-elle en posant la main droite sur le bras qui portait la valise. Vous allez me rendre malade.

En effet, elle était très pâle. Il écarta sa main.

– Je ne veux pas vous rendre malade, Mel. Et je ne fais pas de tête particulière. Je vous souhaite beaucoup de bonheur. Sincèrement.

– Vous n'avez rien compris. Mais c'est de ma faute, et on peut dire que j'ai tout fait pour cela. (Elle leva les yeux vers lui.) Je passerai peut-être par Paris d'ici un an ou deux… Comment ferai-je s'il me prend l'envie de vous trouver ?

Il la regarda attentivement.

– Eh bien… allez boire un verre dans ce bar qui s'appelle le Hole in the Wall. Sur la rive droite, boulevard des Capucines. Vous poserez la question au barman… enfin, à celui qui parle anglais. Un petit gars jovial qui vient de Liverpool. Son nom est Jimmie Charters. Il saura vous renseigner.

Elle sourit.

– Jimmie Charters. Le Hole in the Wall, boulevard des Capucines, sur la rive droite. Je n'oublierai pas.

Un coup de klaxon retentit. Ils tournèrent la tête. Rosenblum avait ouvert la portière et se penchait sur l'avertisseur. Exeter tapota doucement l'épaule de l'Américaine.

– Ne faites pas attendre votre ami, Mel.

Elle acquiesça. Une larme perla au bord de la paupière, s'échappa puis roula jusqu'au coin de sa bouche qui tremblait.

– Au revoir, Ralph.

Ils s'embrassèrent sur les joues. Exeter sentit le sel sur ses lèvres. Il se dégagea pour faire quelques pas en direction des douaniers. La neige crissait sous ses chaussures. L'air raréfié arrivait avec peine dans ses poumons. Il avait vaguement mal au cœur et des pensées confuses s'agitaient dans son esprit. Il posa la valise, se retourna, mit ses mains en porte-voix :

– Le Hole in the Wall !

Elle entrait déjà dans la voiture et il ne sut pas si elle avait entendu son dernier appel.

Il présenta son passeport au poste de douane, puis chez les Français. Il descendit à pied de l'autre côté, son bagage à la main. Une camionnette s'arrêta qui se rendait à Saint-Michel-de-Maurienne. Exeter quitta ensuite la camionnette pour continuer à pied dans la direction de Grenoble. C'était le milieu de l'après-midi et il avait le ventre vide. Le ciel se couvrit, une pluie glacée commença de tomber. Un homme qui conduisait une charrette fit monter Exeter et lui demanda s'il cherchait du travail. Il répondit qu'il cherchait à manger et dormir pour pas cher. Le paysan le conduisit chez le maire d'un petit village nommé Fontcouverte. Le maire lui donna un bon d'assignation pour un repas et une nuit chez un fermier, car telle était la coutume du pays pour un voyageur à pied cherchant du travail. Le couple de fermiers lui servit sans mot dire un morceau de lard arrosé d'eau chaude, salé et poivré, et une tranche de pain de campagne. L'Anglais et le couple mangèrent en silence, buvant la bouteille de vin rouge que la fermière était allée prendre en haut d'un placard. Puis on mena Exeter à la grange. Il grimpa sur une échelle et dormit dans le foin. Lorsqu'il se réveilla, le soleil brillait. Il n'y avait personne à la ferme. Exeter se rendit à la cuisine, où on avait laissé pour lui un grand bol de café au lait ainsi que le reste de la miche de pain. Il reprit la route et, l'après-midi, entra dans Grenoble. Il montra au guichet de la gare les quelques billets de monnaie française qui lui restaient. Cela suffisait juste pour prendre un ticket de deuxième classe pour Paris.

Exeter fut arrêté la semaine suivante, à son appartement de Saint-Cloud, par deux inspecteurs en civil qui le conduisirent au Quai des Orfèvres en vue d'une inculpation pour le meurtre du commandant Gustave Roulleau. Le reporter fut interrogé assez brutalement, les policiers en général n'aimant pas qu'on s'attaque à un de leurs collègues. Il fut écroué à la prison de la Santé. L'avocat communiste Henry Torrès réussit à le faire transférer au quartier des politiques, où les conditions de détention étaient moins dures. Il y avait une salle commune où on pouvait lire les journaux, fumer et jouer aux cartes. Exeter y fréquenta de jeunes anarcho-syndicalistes aux cheveux longs et trouva la matière d'une série d'articles pour le *Daily World*. Evguénia venait le voir chaque semaine le jour des visites. L'avocat d'Exeter argua astucieusement du fait que le crime – dont aucun témoin ne s'était manifesté – aurait été commis pendant que le Paris-Gênes traversait le tunnel du Simplon : il s'avérait par conséquent difficile, voire impossible, de décider si le commandant Roulleau avait été agressé en territoire français ou italien, ce qui compliquait singulièrement l'instruction. Seul témoin cité, le correspondant américain Herbert Holloway n'avait jamais répondu à la convocation de la police, se trouvant en vacances en Suisse puis en reportage en Allemagne et en Turquie. Torrès suggéra que l'infortuné fonctionnaire du 2e Bureau était peut-être tombé accidentellement du train en se trompant de porte, et ses blessures seulement le résultat, bien normal, d'une pareille chute. Quant aux déclarations recueillies à l'hôpital de Milan alors que le blessé était à peine sorti du coma, on ne pouvait leur reconnaître de valeur juridique. Le juge suivit les conclusions de l'avocat et prononça un non-lieu. Exeter sortit de prison quatre mois après y être entré. La demande d'extradition envoyée par la justice italienne et qui concernait la disparition inexpliquée, le 17 avril, de deux policiers de Gênes, Vincenzo Santillo et Osvaldo Gervasi, traîna de nombreux mois avant d'être purement et simplement annulée par Benito Mussolini lorsque ce dernier fut nommé président du Conseil, à l'issue de la marche des fascistes sur Rome en octobre 1922. Exeter adressa au Duce une lettre de remerciements qui ne reçut pas de réponse.

Elma Sinclair Medley quitta la France alors qu'Exeter se trouvait encore détenu à la Santé. Elle lui avait écrit mais ne lui rendit jamais visite. Exeter ne lui en tint pas rigueur – il doutait qu'une personne aussi délicate pût supporter plus de dix minutes consécutives l'odeur âcre et moisie, répulsive et étouffante de la prison. La poétesse se maria en 1923 aux États-Unis avec un riche veuf d'origine néerlandaise que lui avait présenté Max Eastman à Greenwich Village. Exeter songeait souvent à Elma tout en continuant de collectionner les liaisons, s'étant remis à fréquenter les bars de Montmartre et de

Montparnasse. Jimmie Charters avait quitté le Hole in the Wall pour d'autres établissements du même genre, que fréquentait la même clientèle bohème et cosmopolite. Exeter lui demandait parfois – lorsque l'alcool le rendait triste et sentimental et qu'il se rappelait son voyage à Gênes – si une jolie Américaine brune aux yeux bleu-vert et au cou de cygne n'avait pas par hasard demandé de ses nouvelles. Jimmie Charters souriait, de son petit sourire discret, et secouait la tête tout en lui remplissant son verre. Le correspondant du *Daily World* recevait toujours du camarade Evans ses mille dollars mensuels en échange des rapports confidentiels de C-2. Lorsque le gouvernement d'Édouard Herriot reconnut la République soviétique en 1924, et laissa s'installer une représentation diplomatique russe officielle à Paris, Exeter reçut des instructions de la part d'Evans de transmettre désormais directement ses informations au premier secrétaire de l'ambassade, Iakov K. Davtian, agissant pour le Guépéou.

Dans la nuit du 28 au 29 septembre 1925, eut lieu un étrange incident à la frontière entre la Russie et la Finlande. Des habitants du village de Vanha Alakylä entendirent des rafales de coups de feu. Les gardes-frontière finlandais virent un camion s'arrêter du côté russe du fleuve et des hommes sortir du camion pour charger deux corps inanimés sur sa plate-forme avant de repartir. La rumeur circula peu de temps après, parmi les émigrés russes monarchistes, que l'un des deux hommes abattus était le célèbre espion et conspirateur antibolchevique Sidney Reilly. Il y eut quelques entrefilets dans la presse occidentale mais l'affaire fut vite oubliée. La dernière épouse en date de Reilly, une danseuse qui se faisait appeler Pepita Bobadilla mais dont le nom véritable était Nelly Burton, née en 1891 à Hambourg, se plaignit au gouvernement britannique que son mari, qu'elle attendait dans un hôtel de Vyborg, s'était rendu clandestinement en Russie et n'avait pas réapparu. Elle pensait qu'il avait été capturé par les Soviétiques mais se refusait à croire à sa mort. En tout état de cause, l'ex-capitaine Reilly ne donna plus jamais signe de vie, les Anglais ne firent pas d'effort particulier pour le sauver en proposant un échange de prisonniers, et les reporters spécialistes de la question conclurent qu'il avait probablement connu un sort similaire à celui du terroriste Boris Savinkov, capturé par les Rouges l'année précédente et qui avait péri dans des circonstances mystérieuses, tombé d'une fenêtre de la prison de la Loubianka à Moscou. Exeter trouvait à cette histoire de frontière finlandaise un arrière-goût désagréable. À cette époque, il rêva plusieurs fois de Reilly – qui lui apparut avec la barbe noire d'Oskar Bielefeld, se traînant dans la neige, son corps criblé de balles, son visage bleui par le froid et ses yeux injectés de sang. Dans un de ces rêves, ou plutôt de ces cauchemars, Mel Theydon-Payne soutenait Bielefeld agonisant et l'aidait à avancer. Puis elle l'abandonnait à son sort, quittait définitivement le rêve d'Exeter, où des chiens horriblement maigres accouraient, grondant et aboyant, pour planter leurs crocs dans le ventre du blessé, tirer et arracher des boyaux et des lambeaux de chair qui laissaient de longues traces rouges à travers la neige.

Khristian Rakovsky fut nommé ambassadeur à Paris, où il arriva le 1er novembre 1925. Exeter eut l'occasion de lui parler à plusieurs reprises lors de réceptions diplomatiques auxquelles il assistait en tant que correspondant de la presse étrangère, tout en continuant de remettre ses prétendus rapports d'espionnage à

Davtian, qu'il rencontrait discrètement une fois par mois dans un petit café de la porte Saint-Martin. Exeter et Rakovsky n'évoquèrent jamais l'affaire génoise au cours de leurs conversations – sauf une fois, le soir de leur dernière rencontre, qui d'ailleurs eut lieu fortuitement. C'était le vendredi 14 octobre 1927. Exeter était invité par son ami Henry Torrès à dîner en ville. Il se trouvait dans l'appartement de l'avocat et tous deux se préparaient à sortir lorsqu'on sonna à la porte. C'était Rakovsky, qu'accompagnait l'écrivain gréco-roumain Panaït Istrati, un petit homme souffreteux et irritable qui devait la tardive reconnaissance de son génie au soutien de Romain Rolland. L'ambassadeur Rakovsky, à la suite d'une cabale des milieux de l'extrême droite française, était tombé en disgrâce et le gouvernement Poincaré avait exigé et obtenu son rappel immédiat à Moscou. Il partait le lendemain en voiture, après un déjeuner prévu avec Anatole de Monzie, Francis Carco et Pierre Benoit, et passerait par l'Allemagne, toujours accompagné d'Istrati qui désirait visiter la Russie rouge. L'avocat les pria de se joindre à eux pour dîner au restaurant de la rue Boissy-d'Anglas où il avait sa table. « Rako » accepta avec joie. Les clients comme les serveurs du restaurant reconnurent l'ambassadeur déchu, mais il n'y eut pas de démonstrations de soutien ou d'hostilité. Au cours du repas, les traits de Rakovsky se détendirent, sa conversation fut aussi brillante que de coutume et il parut oublier, le temps d'une soirée entre amis, l'amertume de son départ de France et les sombres pressentiments qui l'assaillaient concernant son retour en République soviétique – où Staline affermissait de jour en jour son pouvoir brutal sur le Parti, et où le Guépéou multipliait les arrestations.

Au moment de se séparer, sur le trottoir devant le restaurant, Exeter, ému, serra chaleureusement la main du diplomate, lui souhaita bonne chance et, pour la première fois, songea à le remercier :

– Je n'oublierai jamais, mon cher ami, comment vous avez réussi à me tirer de ce mauvais pas, et à m'extraire de ma geôle des caves de l'hôtel Impérial…

Rakovsky fronça les sourcils.

– Comment ? Je ne comprends pas…

Exeter lui rappela les faits, tels que lui-même les avait vécus. L'ambassadeur secoua la tête.

– Ce n'est pas moi, cher camarade, qui vous ai libéré de cette prison dans les sous-sols. Oh, je l'eusse fait volontiers, bien évidemment ! Seulement je n'en avais pas le pouvoir… *C'est le Guépéou qui a organisé votre sortie de l'hôtel.*

– Comment ?

Exeter était stupéfait. Rakovsky lui prit le bras.

– Venez. Allons faire une petite promenade dans ma voiture.

Ils montèrent, ainsi qu'Istrati, dans la conduite intérieure trois places que Rakovsky, grand amateur de modèles rapides, pilotait lui-même. Un cabriolet noir quitta le trottoir pour les suivre. L'ambassadeur fit le tour de la place de la Concorde et gara son véhicule quai des Tuileries. Laissant Istrati dans l'auto, il entraîna Exeter sur une rampe qui plongeait dans l'obscurité du port des Tuileries le long du fleuve. L'Anglais avait remarqué que le cabriolet s'était arrêté à une vingtaine de mètres derrière leur voiture. Il regretta vaguement d'avoir laissé chez lui le 9 mm Beretta du vice-commissaire Santillo.

Rakovsky alluma une cigarette.

– Ce n'est pas moi qu'il faut remercier, c'est Artouzov.

– Artouzov ?

– L'homme qui est venu vous chercher. Un type un peu gros, avec des cheveux gris et un bouc noir…

Exeter se souvenait parfaitement de lui. Le whisky écossais de Tobermory. Et cette phrase que l'homme au bouc avait prononcée lorsque le reporter lui avait demandé son nom.

Il vaut mieux pour vous et pour moi que vous ne le sachiez jamais.

– À présent vous le connaissez, sourit Rakovsky. Arthur Khristianovitch Artouzov. C'est le chef du KRO.

– KRO ?

– *Kontrarazvedyvatelny Otdiel.* Notre département du contre-espionnage. Cet homme, Artouzov, est une sorte de génie dans son genre. C'est aussi, hélas, un fidèle exécutant de Staline. Il a inventé, entre autres, le fourgon laboratoire photographique que l'on colle en queue du train de nuit Leningrad-Moscou, afin d'y reproduire les documents secrets extraits des valises diplomatiques pendant que les représentants étrangers dorment, aidés en cela par du thé drogué, et remis en place ni vu ni connu avant l'arrivée du train… Quoi qu'il en soit, c'est le camarade Artouzov qui a imaginé la grande opération « TRUST » – nom de code qui signifie, comme vous le savez, « confiance ». Ce nom fait également référence à la Banque de crédit municipal de Moscou, qui a aidé à son financement. La principale mission d'Artouzov, en tant que chef du contre-espionnage, était de régler leur compte aux plus dangereux des anciens membres de l'Armée blanche émigrés à l'étranger – Vienne, Berlin, Paris –, où ils complotaient contre nous. Il a fini par avoir la peau de

Savinkov, puis, à l'automne 1925, celle de ce Rosenblum dont le colonel Yatskov et moi vous avions parlé…

Exeter, saisi, comprenait que ce soir peut-être il aurait les réponses à toutes ces questions qui le hantaient depuis plus de cinq années… Rakovsky marchait lentement au bord de la Seine en fumant sa cigarette. Le quai était encombré de caisses et de tonneaux recouverts de bâches. Les eaux noires clapotaient entre les pierres visqueuses et les coques des péniches amarrées. Et deux ombres, plus loin sur le quai, s'attachaient aux pas du journaliste et du vieux révolutionnaire que Staline rappelait en Russie.

– Le projet d'Artouzov, reprit Rakovsky, était de *monter de toutes pièces* une fausse association de conspirateurs antibolcheviques que financerait la Banque de crédit de Moscou. Il l'a baptisée « Union monarchiste de Russie centrale ». Artouzov comptait s'en servir pour drainer tous les émigrés conspirant contre nous, leur faire croire à l'existence de véritables réseaux œuvrant sur notre territoire pour renverser le régime, et les attirer en République soviétique sous le prétexte de rencontrer leurs complices opérant sur place. Lesquels étaient évidemment des agents du Guépéou, prêts à leur passer les menottes et à les conduire à la Loubianka.

L'Anglais frissonna. Cette histoire de duperie et de trahison lui paraissait particulièrement machiavélique.

– Savinkov a été facile à piéger, poursuivit l'ambassadeur. Rosenblum était plus méfiant. Artouzov a longuement étudié sa psychologie et identifié ses deux points faibles : la vanité et les femmes. Il fallait trouver une créature capable de le séduire – pour cela, la Tchéka ne manquait jamais de belles espionnes – mais aussi de lui inspirer une totale confiance. C'était ce dernier point le plus délicat. Artouzov a épluché des dizaines de dossiers… Jusqu'au jour où il a déniché la perle rare. La fille d'un industriel américain qui vivait à Petrograd.

Exeter crut que son cœur allait s'arrêter de battre.

– En fait, dit Rakovsky, je n'ai appris les détails que récemment. Par Rozberg, quand il est passé me voir… Vous vous souvenez du camarade Marcel Rozberg ?

– Oui.

– Il est toujours aussi nerveux… La situation actuelle à Moscou l'angoisse énormément.

L'ambassadeur souffla la fumée de sa cigarette en regardant la Seine. Une péniche chargée de sable remontait péniblement le courant, ses feux brillant dans la nuit, devant les façades éclairées des immeubles de l'autre rive.

– Enfin… La jeune Américaine dont je vous parle avait choisi de rester à Petrograd, où elle s'était mariée à un étudiant socialiste-révolutionnaire. Celui-ci avait été arrêté en 1921 et déporté au camp de Kholmogory. Cet étudiant aura partagé le sort des mutins de Cronstadt et des paysans de Tambov : des centaines de détenus qu'on a jetés l'année suivante dans la Dvina, les bras liés et une pierre au cou. L'Américaine n'a pas été avertie de sa mort et du fait que l'enfant n'avait plus de père…

Exeter s'arrêta net.

– *L'enfant ?*

– Oui, un bébé qui était né alors que l'étudiant, qui s'appelait Zakharov, je crois, se trouvait déjà au bagne. C'est cela qui a le plus intéressé notre section de contre-espionnage, outre que la fille était jolie et intelligente. L'enfant représentait le moyen de pression idéal. On a arrêté l'Américaine, afin de commencer à la briser, puis on lui a proposé un marché : si elle travaillait pour nous, sur une mission difficile et d'une extrême importance pour le Parti, le jour où sa mission serait couronnée de succès on lui rendrait son fils, lequel entre-temps serait confié à un orphelinat. Si elle échouait, elle ne le reverrait jamais.

– Excusez-moi : vous parlez bien de la jeune femme qui a été arrêtée en même temps que moi à votre hôtel ? Melicent Theydon-Payne ? Celle qui a assassiné le colonel Yatskov ?

– C'est elle, en effet. En revanche, elle n'a jamais tiré sur Yatskov.

– Quoi !

– Rozberg m'a tout raconté. La photographe est entrée dans le bureau du colonel. Puis, sous un prétexte quelconque, Artouzov est arrivé, accompagné de Vladimir Styrne, un des plus féroces tueurs de la Tchéka. Artouzov avait apporté un oreiller, qu'il a plaqué sur la poitrine d'Ivan Nikolaïévitch… pendant que Styrne déchargeait son Browning, tirant à travers l'oreiller afin d'étouffer le bruit.

Exeter écarquillait les yeux.

– Je ne comprends pas… Mel était innocente, alors… Mais pourquoi le Guépéou a-t-il tué un des chefs des services secrets soviétiques ?

L'ambassadeur jeta sa cigarette.

– Ordre de Staline. Le colonel gênait plusieurs membres importants du Parti. Il risquait de faire arrêter Krassine pour ses détournements d'argent sur les ventes de pierres précieuses. En plus, je crois qu'il enquêtait sur le passé du secrétaire général, qui ne lui paraissait pas clair. L'idée de Staline et de son complice Artouzov était de faire d'une pierre deux coups. Un, liquider un officier lié à l'opposition trotskyste, deux, inspirer une confiance aveugle à Rosenblum, avec cette séduisante jeune femme qui avait eu le courage et le sang-froid d'aller commettre un attentat au beau milieu de l'hôtel où logeaient les délégués… Et vous, cher camarade, vous avez joué un double rôle extrêmement utile, en introduisant la pseudo-terroriste à l'hôtel sous le prétexte de photographier nos diplomates, puis en authentifiant sa version des faits auprès de Rosenblum, quand plus tard il vous a interrogé…

Exeter s'assit sur une bitte d'amarrage. Il ôta son chapeau et se prit la tête dans les mains.

– C'est… c'est diabolique.

Il pensait à Mel. Il comprenait ce qu'elle aurait tant voulu lui dire, et pourquoi elle ne le pouvait pas tant que Rosenblum vivrait. Tant qu'elle n'aurait pas mené sa terrible mission de trahison jusqu'à son terme. Mussolini seul, au fond, avait vu juste, lorsqu'il avait évoqué la *Madone aux harpies* d'Andrea del Sarto. Le Duce avait compris – avec sa sensibilité si aiguisée en dépit de ses aspects brutaux et frustes – que la ravissante, désirable, jeune femme invitée dans son bureau *était une mère*.

Rakovsky hocha la tête.

– Oui. Une mère ferait *tout* pour son enfant.

– Et… elle a réussi, alors ? Puisqu'on dit que Sidney Reilly aurait été abattu par les hommes du Guépéou…

– Elle l'a persuadé, avec l'aide d'un de nos agents provocateurs qui se faisait appeler Opperput mais dont le vrai nom est Selyaninov, de franchir la frontière entre la Finlande et la République soviétique. La mission de cette jeune Américaine s'est achevée là, au bout de presque trois ans et demi de travail. Le jour où Sigmund Rosenblum s'est enfin laissé attirer dans le traquenard que lui tendait Staline. C'est un des succès les plus remarquables de notre organisation de contre-espionnage. Les soi-disant membres de l'Union monarchiste de Russie centrale qui accompagnaient Reilly étaient tous des agents communistes. Ils l'ont arrêté à Moscou avant qu'il ne reprenne le train pour Leningrad et l'ont conduit à la Loubianka, où il a été interrogé par Styrne et Artouzov. On ne l'a pas torturé, il était logé dans une cellule confortable, surveillé constamment à travers le judas de peur qu'il ne mette fin à ses jours. Le Guépéou a plutôt usé de méthodes psychologiques, comme de préparer une fausse mise à mort, avec dernière promenade en voiture, menotté et encadré par des gardes ricanants fortement armés, longue attente puis annonce soudaine du report de l'exécution. Bref, ce genre de choses… Les interrogatoires n'ont pas été très satisfaisants. Staline a finalement ordonné de liquider Rosenblum, cinq semaines après son arrestation. Rozberg m'a raconté que ses gardiens, les toutes dernières nuits, l'ont vu pleurer dans sa cellule en contemplant une photo de femme. Quant à la fusillade à la frontière finlandaise, ce n'était qu'une diversion, un écran de fumée destiné à masquer le piège qu'a continué longtemps de représenter l'opération TRUST. On m'a dit que Rosenblum a été abattu dans le dos par un de ses gardes au cours d'une promenade, le soir dans les bois de Sokolniki, et qu'il n'a pas souffert. Le Guépéou a organisé dans la nuit une réception privée à l'infirmerie de la Loubianka, en présence du cadavre, pour fêter la fin de l'opération. Ils ont photographié le corps avant de l'envoyer à la morgue puis de l'enterrer, cousu dans un sac noir, sous la cour intérieure de la Loubianka. Nos agents semblent avoir éprouvé un certain respect à l'égard de Rosenblum. Ce grand espion aux multiples identités était devenu une sorte de légende, dans les services…

Exeter revit les yeux bruns et veloutés d'Oskar Bielefeld. Mais ce n'était pas le plus important.

– Et Mel ? On lui a rendu son fils ?

– Je suppose que le Guépéou a tenu sa promesse… (Il réfléchit.) À vrai dire, je n'en sais rien. Vous désirez que je me renseigne ?

Le cœur de l'Anglais se remit à cogner très fort dans sa poitrine.

– Vous pourriez faire ça ? Et… croyez-vous qu'on l'autoriserait à revenir à l'Ouest ? Avec son enfant ?

Exeter se leva. Rakovsky passa sa langue sur ses lèvres fines. Il fit une petite moue.

– Ce serait sûrement beaucoup plus compliqué. Je doute d'avoir une influence suffisante, de nos jours…

– Si vous la retrouvez, au moins pouvez-vous lui passer un message de ma part ? Juste quelques mots ?

L'ambassadeur sourit.

– Bien entendu. Que voulez-vous que je lui dise ?

Exeter réfléchissait. Il y avait tant de choses… Non, autant faire simple :

– Dites-lui que… que Jimmie Charters travaille désormais au bar Le Dingo, rue Delambre. À Montparnasse.

Rakovsky haussa les sourcils avec une expression amusée.

– Entendu. C'est un drôle de message… mais après tout il vous va bien. Il vous va bien peut-être à tous les deux.

– Merci.

Exeter retrouvait le Rakovsky de Santa Margherita. Celui qui lui suggérait, une lueur espiègle dans ses yeux gris, un peu d'*oukhajivanié*…

– Istrati nous attend, fit remarquer l'ambassadeur. Je vous dépose quelque part ? Chez vous ? Ou au Dôme ?

Le journaliste secoua la tête.

– Je crois que je vais rester un moment. J'ai besoin de penser à tout ça… De me souvenir…

– Bien sûr. Comme vous voudrez, mon cher camarade.

– Dites-moi, vous avez remarqué ces types qui nous ont suivis depuis le restaurant ?

Rakovsky haussa les épaules. Il tira une nouvelle cigarette de son étui.

– J'ai l'habitude. Ce sont ces messieurs de la Sûreté. Ils se méfient toujours des communistes. Je suppose qu'ils m'escorteront demain jusqu'à la frontière allemande…

L'Anglais et le Bulgare échangèrent une longue poignée de main. Exeter eut un mauvais pressentiment. Sigmund Rosenblum, deux ans plus tôt, avait commis l'erreur de passer une frontière…

– Faut-il vraiment que vous rentriez à Moscou ?

De nouveau, Rakovsky secoua la tête.

– Je vous remercie… Mais, voyez-vous, cher camarade, il n'est pas dans mes habitudes de reculer devant un combat. Celui-ci sera peut-être mon dernier… Un combat majeur. Même au plus fort de la guerre civile, notre Parti n'a jamais connu de pareil danger. (Il esquissa un sourire amer.) Vous savez, nous autres bolcheviks formons une congrégation. Nous obéissons *perinde ac cadaver*. Et tant pis si la révolution doit dévorer ses propres enfants. Danton, Robespierre… C'est arrivé ici, rappelez-vous. La guillotine se dressait place de la Concorde.

Rakovsky alluma sa cigarette. Il remonta à pas lents la rampe qui conduisait vers son automobile. Deux silhouettes sombres, sur le quai, quittèrent leur abri derrière les arbres et empruntèrent la montée à sa suite.

Tous disparurent, laissant Exeter reprendre sa promenade seul dans la nuit.

FIN

Annexe

De nombreux acteurs de ce récit, célèbres durant l'entre-deux-guerres, sont oubliés de nos jours. Plusieurs allaient finir tragiquement, comme frappés eux aussi par cette malédiction de la Conférence de Gênes, laquelle eut pour unique résultat la signature du traité de Rapallo : première étape d'une réconciliation dont le point d'orgue serait le pacte germano-soviétique du 23 août 1939, lui-même le prélude direct à l'invasion de la Pologne par les armées allemandes et russes en septembre 1939, puis à celle de l'Europe de l'Ouest en mai-juin 1940.

Dans le souci d'éviter une surabondance de notes, j'ai choisi de faire figurer en annexe un lexique rassemblant les informations utiles sur ces personnages et sur quelques autres, ainsi que sur les organisations de renseignement, de police et de propagande, communistes ou anti-communistes, citées dans le texte.

(Les noms et prénoms des personnages du roman apparaissent entre crochets dans les cas où l'auteur du manuscrit a modifié ceux des individus qui les lui auraient, à des degrés divers, inspirés.)

ARCOS : Anglo-Russian Co-operative Society. Mission commerciale russe à Londres, établie en 1921 sous la direction de Léonide Borissovitch Krassine et servant de façade au plus important centre d'espionnage soviétique à l'Ouest pendant les années 1920. La mission, située au 49 Moorgate, emploie plusieurs centaines de personnes. Ses activités sont interrompues après l'assaut livré par la police britannique le 12 mai 1927.

ARTOUZOV, Arthur Khristianovitch, 1891-1937. Fils d'un Suisse italien immigré nommé Christian Frautschi. Se destine d'abord à l'opéra puis rejoint le Parti bolchevique en décembre 1917. Entre à la Vétchéka en janvier 1919. Dirige le département de contre-espionnage (KRO) de 1922 à 1927. Spécialiste de la désinformation et de l'infiltration des services étrangers. De 1930 à 1935, dirige le département étranger (INO) du Guépéou. De 1934 à 1937, il est également directeur adjoint du 4e Bureau de l'état-major de l'Armée rouge (le renseignement militaire, appelé aussi GRU). Démis de ses fonctions en janvier 1937 pendant les grandes purges staliniennes, Artouzov est arrêté en mai. Son dossier aux archives des services secrets russes (FSB) inclut une note écrite en cellule avec son propre sang : « Je ne suis pas un espion. » Exécuté le 21 août 1937. Réhabilité en mars 1956.

BARNES, Djuna (pseudonymes : Lydia Steptoe et A Lady of Fashion), 1892-1982. Journaliste, auteur dramatique, illustratrice, poétesse et romancière américaine, membre de la bohème de Greenwich Village dans les années 1910. Arrive à Paris en 1921 en tant que correspondante de *McCall's Magazine*. Bisexuelle, admiratrice et amie de James Joyce.

BARTHOU, Jean-Louis, dit Louis, 1862-1934. Homme politique français de la droite conservatrice, fortement hostile à l'Allemagne. Président du Conseil en 1913 sous Poincaré, plus tard ministre dans les gouvernements successifs de Briand, Poincaré, Painlevé, Doumergue, etc., jusqu'à sa mort brutale lors de l'assassinat à Marseille du roi Alexandre Ier de Yougoslavie le 9 octobre 1934 par des Oustachis croates.

CHARTERS, James, dit Jimmy ou Jimmie. Ancien boxeur poids léger né à Liverpool, devenu le plus fameux barman du Paris des années 1920. Ses souvenirs, recueillis par le journaliste américain Morrill Cody, sont publiés en 1934, accompagnés d'une préface d'Ernest Hemingway, sous le titre *This Must Be the Place. Memoirs of Montparnasse, by Jimmy the Barman (James Charters)*.

DAVIDSON, Jo, 1883-1952. Sculpteur américain, d'origine juive russe. Célèbre pour ses portraits remarquablement réalistes de personnalités de la politique, de la finance et de la vie intellectuelle de son temps. Démocrate de gauche, il a soutenu le président Franklin Roosevelt.

DESHON, Florence (nom de scène de Florence Danks), 1893-1922. Actrice américaine de théâtre et de cinéma, elle a joué dans une vingtaine de films muets pour la compagnie Vitagraph. A été la maîtresse de Max Eastman et de Charlie Chaplin. Confinée aux rôles de « bad girls » (*The Beloved Vagabond*, 1915 ; *The Loves of Letty*, 1919) et déprimée par son échec à Hollywood, elle est trouvée inanimée le 4 février 1922 dans son appartement de New York, où le gaz est resté ouvert.

DIVILKOVSKY, Vladimir, ?-1933 (?). *Voir* VOROVSKI (assassinat de).

EASTMAN, Max Forrester, 1883-1969. Poète, essayiste, journaliste et traducteur américain. Figure importante de l'extrême gauche des années 1910-1920, éditeur des magazines radicaux *The Masses* et *The Liberator*. Envoyé à la Conférence de Gênes en avril 1922, il y fait la connaissance d'Elyena Krylenko, secrétaire du diplomate Maxime Litvinov. À l'automne de la même année, il la rejoint en Russie, où ils se marient. Eastman rencontre Trotsky et devient son biographe et traducteur. Son soutien à l'opposition trotskyste et sa dénonciation des procès de Moscou lui valent de violentes attaques de la part des communistes américains. Staline, dans un discours en 1937, le traite d'« escroc notoire » et de « gangster du stylo ».

EWER, William Norman (surnom : Trilby ; *alias* Kenneth Milton, *alias* B-1, *alias* Herman), 1885-1976 [William Norman EVANS]. Journaliste et poète anglais, chef du service étranger du quotidien pro-bolchevique le *Daily Herald* de Londres. Se rend en Russie, où il interviewe Trotsky à l'Institut Smolny pendant la révolution d'Octobre. Dirige le premier réseau d'espionnage soviétique en Angleterre, sous la façade de l'agence The Federated Press of America, créée par lui-même en 1923. L'organisation d'Ewer, qui n'a jamais été démantelée par la police en dépit de soupçons et d'une surveillance renforcée à partir de 1925, semble avoir cessé ses activités aux alentours de 1928. Exclu du Parti communiste de Grande-Bretagne, Ewer vire à l'anti-communisme durant la guerre froide. Il quitte le *Daily Herald* en 1964.

KARLINSKY, Fania, dite Fanny Carlin, 1892-1985 [Fania IGNATIEV]. Née à Yalta (Crimée). Employée du chiffre à ARCOS. Démissionne en 1926 pour protester contre la mainmise stalinienne sur la mission commerciale soviétique de Londres. Refuse de retourner en Russie. Sa sœur cadette, Maria (Mary) KARLINSKY (1894-1978) [Evguénia IGNATIEV], épouse en 1913 le journaliste et écrivain anglais George Slocombe.

GUÉPÉOU : Gosoudarstvennoïé Polititcheskoïé Oupravlénié (GPU). Directoire (ou administration) politique d'État, créé le 6 février 1922 pour remplacer la Tchéka. Devient en novembre 1923 l'OGPU (Oguépéou) : Obyedinyonnoïé Gosoudarstvennoïé Polititcheskoïé Oupravlénié (directoire politique d'État unifié). Rebaptisé GUGB (directoire principal de la Sécurité d'État) en juillet 1934, et intégré au NKVD (commissariat du peuple aux Affaires intérieures).

GRU : Glavnoïé Razvedyvatelnoïé Oupravlénié. Service du renseignement militaire soviétique. Ancienne appellation : 4e Bureau de l'état-major de l'Armée rouge.

HEMINGWAY, Ernest, 1899-1961 [Herbert HOLLOWAY]. Romancier et journaliste américain. Participe à la Première Guerre mondiale comme ambulancier du côté italien, où il est grièvement blessé dans les montagnes près de Trieste. Correspondant du journal canadien *The Toronto Daily Star*, Hemingway s'installe à Paris en décembre 1921. Envoyé spécial à la Conférence de Gênes, il est légèrement blessé par l'explosion du chauffe-eau de la salle de bains de son hôtel, incident dont il tire un article cocasse pour le *Toronto Star*[1].

HILL, George Alexander, 1892-1968. Officier anglais du Secret Intelligence Service (SIS, ou MI6). Il est affecté au renseignement au ministère anglais de la Guerre en 1915. Parle couramment six langues, dont le russe. Envoyé en Russie pendant la révolution, il collabore avec Trotsky tout en recrutant des agents sur place. Des documents récemment déclassifiés des archives britanniques tendraient à prouver qu'en 1918 George Hill, Ernest Boyce (agent du SIS) et Sidney Reilly avaient mis au point un plan pour assassiner Lénine, ce dont le chef du SIS, Sir Mansfield Cumming, était informé dans un rapport secret envoyé par Hill. Licencié en 1922 pour raisons économiques. Après avoir vécu trois ans dans une caravane avec sa femme dans le Sussex, Hill exerce divers emplois dans l'entre-deux-guerres, notamment

1. « A Hot Bath : An Adventure in Genoa » (Un bain chaud : une aventure à Gênes), publié le 2 mai 1922. Reproduit dans *Ernest Hemingway, Dateline : Toronto. The Complete Toronto Star Dispatches, 1920-1924*, édité par William White, New York, Charles Scribners's Sons, 1985. Voir aussi *The Tumult and the Shouting. The Memoirs of George Slocombe*, chap. XIV, New York, The Macmillan Company, 1936.

à la Royal Dutch Shell et comme directeur du Globe Theatre de Londres. Reprend du service pendant la Seconde Guerre mondiale, comme major instructeur spécialisé dans le maniement des explosifs. Envoyé en septembre 1941 à Moscou pour diriger les opérations du SOE (Special Operations Executive), avec le grade de colonel. Il rentre à Londres en 1945, la collaboration entre les services du SOE et du NKVD ayant été un échec. Décède en 1968 peu de temps après son second mariage.
Des notes écrites par Vladimir Styrne (retrouvées dans les archives des services soviétiques) suggèrent que George Hill, qui entre 1922 et 1925 ne faisait plus partie du SIS, aurait pu agir pour le compte de l'OGPU.

INO : Inostranny Otdiel. Département étranger du Guépéou puis de l'OGPU. Organisme créé en 1922, responsable des « résidents », c'est-à-dire les agents de renseignement soviétiques en poste à l'étranger.

IOFFÉ (ou JOFFÉ ou JOFFE), Adolf Abramovitch, 1883-1927. Révolutionnaire et diplomate soviétique, né dans une grande famille bourgeoise karaïte de Crimée. Adhère très jeune au Parti ouvrier social-démocrate de Russie (POSDR). Exilé en Sibérie. Élu au Comité central du Parti bolchevique en juillet 1917. Fidèle ami de Trotsky. Ambassadeur à Berlin en 1918, il est expulsé en raison de sa participation à la révolution spartakiste allemande. Membre de la délégation soviétique à la Conférence de Gênes en 1922. Le 16 novembre 1927, il se tire une balle dans la tête, laissant une lettre d'adieu à Trotsky où il lui reproche gentiment sa « tendance au compromis » et l'exhorte à une intransigeance absolue dans le conflit contre les staliniens.

ISTRATI, Panaït, 1884-1935. Écrivain roumain. Parti visiter la Russie soviétique en compagnie de son ami l'ex-ambassadeur Khristian Rakovsky, il en revient amer et désillusionné, et écrit *L'Autre Flamme. Confessions pour vaincus*, en collaboration avec les opposants au stalinisme Victor Serge et Boris Souvarine. Atteint de tuberculose, Istrati meurt en 1935 dans un sanatorium de Bucarest, vilipendé à la fois par les communistes et par les fascistes.

KOMINTERN, ou IIIe INTERNATIONALE, ou INTERNATIONALE COMMUNISTE. Organisation créée à Moscou en mars 1919, devenue rapidement un vaste réseau de propagande, d'agitation révolutionnaire et de renseignement, contrôlant les partis communistes étrangers.

KPD : Kommunistische Partei Deutschlands. Parti communiste allemand, fondé à Berlin en décembre 1918, avec comme principale composante la Ligue spartakiste (Spartakus Bund) de Rosa Luxemburg et Karl Liebknecht. Ces deux derniers sont assassinés par l'armée allemande lors de la répression de l'insurrection de janvier 1919. À partir de 1929, le KPD est totalement inféodé à Moscou.

KRASSINE, Léonide Borissovitch, 1870-1926. Ingénieur, homme d'affaires, diplomate et révolutionnaire soviétique. Soutien de Lénine lors de la période terroriste des « expropriations révolutionnaires » où il dirige une officine de fabrication de bombes destinées aux attaques de banques et de trains. Aurait été un informateur de l'Okhrana entre 1894 et 1902. Après la révolution, il est nommé commissaire du peuple au Commerce extérieur et préside ARCOS, la mission commerciale russe à Londres. Soupçonné de détournements d'argent dans des ventes de diamants et diverses opérations clandestines, parfois avec la complicité de l'aventurier, conspirateur et agent épisodique du SIS, Sidney G. Reilly. Premier ambassadeur de République soviétique en France (1924-1925). Décède à Londres en 1926 d'une brusque maladie due au « surmenage », peut-être empoisonné par l'OGPU.

KRO : Kontrarazvedyvatelny Otdiel. Département du contre-espionnage du Guépéou.

KRYLENKO, Elyena, 1895-1956. Peintre russe née à Lublin (Pologne), influencée par le style de Jules Pascin. Épouse du poète américain Max Eastman, qu'elle a rencontré en 1922 à Gênes, où elle travaillait comme secrétaire de Maxime Litvinov. Quitte définitivement la Russie en 1924 après que l'OGPU lui a proposé de devenir un de ses agents et s'installe aux États-Unis. La famille entière d'Elyena Krylenko est exterminée au cours des purges staliniennes. Seule survivante, Elyena décède aux USA d'un cancer en octobre 1956.

LITVINOV, Maxime Maximovitch (né Meir Henoch Mojszewicz Wallach-Finkelstein), 1876-1951. Diplomate soviétique. Adhère au Parti ouvrier social-démocrate de Russie en 1898 sous le nom de Maxime Litvinov. Émigre à Londres en 1906. Nommé ambassadeur en Angleterre en 1918, il est emprisonné peu après et expulsé en représailles pour le meurtre de l'attaché naval britannique à Petrograd à l'époque de la « Terreur rouge ». Fait partie de la délégation russe à la Conférence de Gênes en 1922. Succède à Tchitchérine au poste de commissaire aux Affaires étrangères, de 1930 à 1939. Probablement éliminé sur ordre de Staline en 1951 dans un accident de voiture provoqué.

MI1(c). Ancien nom, jusqu'à la fin de la Première Guerre mondiale, du MI6, ou SIS (Secret Intelligence Service).

MILLAY, Edna St. Vincent, 1892-1950 [Elma Sinclair MEDLEY]. Poétesse et auteur dramatique américaine. Accède très jeune à la célébrité avec son poème « Renascence » (1912). Participe à la bohème de Greenwich Village dans la seconde moitié des années 1910, avant de se rendre en 1921 à Paris, où elle continue de collectionner les aventures avec des partenaires des deux sexes. « The Ballad of the Harp-Weaver » lui vaut le prix Pulitzer de poésie en 1923, année de son mariage avec Eugen Jan Boissevain. Militante pour les droits des femmes, pour le soutien aux anarchistes Sacco et Vanzetti, Millay met sa poésie au service de l'engagement des États-Unis contre le nazisme lors de la Seconde Guerre mondiale. Elle est retrouvée morte à la suite d'une chute dans un escalier, le 19 octobre 1950.

OKHRANA. Police politique secrète (Okhrannoïé otdeleniyé, section de sécurité) de la monarchie russe, créée en 1881 après l'assassinat du tsar Alexandre II, pour faire face aux menaces anarchistes et révolutionnaires.

ORLOV, Vladimir Grigorievitch, 1882-1940. Ancien officier du contre-espionnage de la Russie tsariste pendant la Première Guerre mondiale, infiltré au département criminel de la Tchéka sous le nom de Boleslav Orlinsky. S'enfuit en Finlande en septembre 1918. Officier du contre-espionnage dans l'état-major du général Anton Dénikine pendant la guerre civile en Ukraine. S'installe en 1920 à Berlin, d'où il dirige un service de fabrication de faux documents (dont la fameuse « lettre Zinoviev » en octobre 1924) destinés à compromettre le régime soviétique. Agent du SIS britannique, qui finit par se séparer de lui, le jugeant peu fiable. Arrêté par la Gestapo à Bruxelles, torturé et assassiné en décembre 1940 pour activités de résistance antinazie.

RADEK, Karl (né Karl Bernardovitch Sobelsohn), 1885-1939. Révolutionnaire d'origine polonaise, très actif dans les partis social-démocrates polonais et allemand, partisan d'une insurrection en Allemagne. Arrêté au moment de l'assassinat de Rosa Luxemburg et de Karl Liebknecht, il échappe de peu à l'exécution. Participe à la création du Komintern avec Zinoviev et Boukharine. Proche de l'opposition trotskyste, Radek disparaît au Goulag en 1939, battu à mort par ses jeunes compagnons de camp, selon la version officielle, en réalité exécuté par un agent du NKVD agissant sur l'ordre direct de Lavrenti Beria (le successeur de Iejov à la tête du commissariat du peuple aux Affaires intérieures).

RAKOVSKY, Khristian Giorgiévitch (né Krystiu Stanchev), 1873-1941. Révolutionnaire communiste d'origine bulgare. Délégué au Congrès de la IIe Internationale à Zurich en 1893, il y rencontre Friedrich Engels. Étudie la médecine puis le droit à Montpellier, Nancy et Paris. Obtient du gouvernement roumain l'asile politique pour les mutins du cuirassé *Potemkine* en 1905 (et plus tard participe au scénario du film de Sergueï Eisenstein). Proche ami de Trotsky. Rejoint le Parti bolchevique en décembre 1917. Délégué en 1922 à la Conférence de Gênes, il est le maître d'œuvre du traité de Rapallo. Dénoncé lors du deuxième procès de Moscou en 1937, il est arrêté le 21 février et subit quatre mois d'interrogatoires et de tortures. En septembre 1941, devant l'avancée des armées allemandes, l'ordre de Staline d'exécuter cent soixante et un détenus politiques, tous de vieux communistes, parvient à la prison d'Orel : les condamnés, enchaînés, sont transportés en camion jusqu'à une clairière des bois de Medvedevsky et fusillés par des troupes du NKVD. Rakovsky a été bâillonné. Des ordres ont été donnés pour que son cadavre soit déshabillé, coupé en plusieurs morceaux dispersés ensuite. Son épouse Alexandrina, arrêtée en 1943, décède au Goulag.

RANSOME, Arthur Michell, 1884-1967. Écrivain et journaliste anglais. Correspondant du *Daily News* puis du *Manchester Guardian* en Russie et dans les États de la Baltique entre 1913 et 1924. Il fournit aussi des renseignements à l'Intelligence Service (à la suite de son recrutement par Sir Basil Thompson, chef de la Special Branch de Scotland Yard, en 1919), en dépit de ses réels liens d'amitié avec les dirigeants du Parti bolchevique, dont il est l'un des premiers propagandistes à l'Ouest. Il épouse en secondes noces Evguénia Petrovna Shelepina, ex-secrétaire de Trotsky.

RATHENAU, Walther, 1867-1922. Industriel puis homme politique allemand, issu d'une grande famille juive. Belliciste durant la Première Guerre mondiale. Représentant son pays en tant que ministre des Affaires étrangères à la Conférence de Gênes en 1922, le Dr Rathenau signe avec les Soviétiques le traité de Rapallo. Il est abattu à coups de revolver quelques mois plus tard, le 24 juin, par des terroristes de l'extrême droite antisémite de l'organisation Consul.

ROSENBERG, Moshe, dit Marcel, 1896-1937 [Marcel ROZBERG]. Diplomate soviétique. Ambassadeur aux Nations unies (1931-1936) puis en Espagne pendant la guerre civile, où il participe à la mainmise stalinienne sur la République espagnole. Rosenberg est condamné à mort au deuxième grand procès de Moscou et exécuté en 1937.

SAVINKOV, Boris Viktorovitch, 1879-1925. Terroriste russe (Parti socialiste-révolutionnaire) et écrivain, devenu le plus fameux dirigeant de l'émigration monarchiste antibolchevique. Piégé par l'opération SINDIKAT menée par le contre-espionnage soviétique, il est arrêté le 15 août 1924 et jugé à Moscou. Le 7 mai 1925, il est « suicidé »[1] par des agents de l'OGPU qui le précipitent par une fenêtre donnant sur la cour intérieure de la Loubianka.

SELDES, George, 1890-1995 [George SHELDON]. Journaliste américain indépendant, expulsé successivement de République soviétique en 1923 et d'Italie en 1925 pour le franc-parler de ses dépêches. Décédé le 2 juillet 1995 à l'âge de cent quatre ans, après avoir écrit une vingtaine de livres, dont *Tell the Truth and Run* (Dis la vérité et tire-toi), 1953.

1. Voir Alexandre Soljénitsyne, *L'Archipel du Goulag*, Paris, Seuil, 1973 ; et Christopher Andrew et Oleg Gordievsky, *KGB. The Inside Story of Its Foreign Operations from Lenin to Gorbatchev*, Londres, Hodder and Stoughton, Ltd., 1990.

SELYANINOV, Pavel Ivanovitch (*alias* Alexandre Eduardovitch Opperput), ?-1927 (?). Agent provocateur des services soviétiques. Au retour d'une opération de désinformation en Finlande en avril 1927 avec Maria Zakharchenko, il est exécuté par l'OGPU à Smolensk en juin.

SIS : Secret Intelligence Service, ou MI6. Fondé en octobre 1909 en tant que « section étrangère » du nouveau Secret Service Bureau, cette organisation est demeurée secrète pendant plus de quatre-vingts ans et n'a été reconnue officiellement par le gouvernement britannique qu'en 1994.

SPEWACK, Samuel, 1899-1971. Journaliste, scénariste et auteur dramatique américain, né en Ukraine. Après une première carrière dans le journalisme en tant que correspondant du *New York World*, il épouse Bella Cohen, une immigrante roumaine, en 1922. Le couple s'associe pour une longue et fructueuse carrière dans le théâtre, la comédie musicale et le cinéma.

STYRNE, Vladimir Andreïevitch, 1899-1937. Agent soviétique, né en Estonie. Rejoint le département étranger (INO) du Guépéou en 1921 à l'âge de vingt-deux ans. Connu dans les services russes pour son caractère impitoyable. Adjoint d'Arthur Khristianovitch Artouzov à la tête du département de contre-espionnage du Guépéou (KRO), il conduit les interrogatoires de Sidney Reilly à la Loubianka après l'arrestation de celui-ci le 27 septembre 1925. Styrne est exécuté avec ses chefs lors des purges de 1937. Le gouvernement russe a émis en 2002 une série de timbres à l'effigie de six « agents éminents du contre-espionnage patriotique des années 1922-1937 », dont Styrne et Artouzov.

TCHÉKA. Police politique soviétique (« Vétchéka », abrégé en « Tchéka » : Vserossïiskaïa tcherzvytchenaïa khomissia po borbe kontrevolonsieï i spekoutlatsieï sabotajem, Commission extraordinaire pour la lutte contre la contre-révolution, la spéculation et le sabotage), créée par Lénine en décembre 1917, avec à sa tête un révolutionnaire polonais incorruptible et fanatique, le comte Félix Dzerjinski (1877-1926). Remplacée en février 1922 par le Guépéou.

TCHITCHÉRINE, Gueorgui Vassilievitch, 1872-1936. Diplomate soviétique. Ancien menchevik rallié au bolchevisme. Négociateur de l'armistice de Brest-Litovsk. Commissaire du peuple aux Affaires étrangères de 1918 jusqu'en 1928, où il renonce à ses fonctions pour cause de maladie.

VOROVSKI, Vatslav Vatslavovitch, 1871-1923. Diplomate d'origine polonaise. Envoyé à la Conférence de Lausanne, où il dirige la délégation soviétique, il est abattu d'une balle dans la nuque le 10 mai 1923 dans la salle de restaurant de l'hôtel Cecil par l'émigré blanc Moritz Conradi (qui sera acquitté par le tribunal suisse). Deux autres membres de la délégation qui dînaient en sa compagnie, Jean Arens (Isaac Alter) et Vladimir Divilkovsky de l'ambassade de Rome (tous deux agents du Guépéou), sont blessés dans l'attentat. Celui-ci, longtemps imputé aux terroristes blancs, apparaît, selon des travaux récents d'historiens russes[1], avoir été une opération de Staline, destinée à empêcher Vorovski – qui avait mis de côté une fortune acquise par des machinations financières frauduleuses – de faire défection.

ZAKHARCHENKO, Maria, dite aussi Maria SCHULTZ, ?-1927 [Melicent THEYDON-PAYNE ?]. Veuve de deux officiers tsaristes, devenue (malgré elle ?) agent provocateur des services soviétiques. En 1923, Maria Zakharchenko s'enrôle dans l'organisation monarchiste du général Koutiepov, reçoit le nom de code « Nièce », et prend contact en Russie avec des éléments de l'opération TRUST. Elle rejoint Sidney Reilly à Helsingfors le 21 septembre 1925 et l'accompagne à Vyborg

1. Voir Arkadi Vaksberg, *Le Laboratoire des poisons*, Paris, Gallimard, coll. « Folio Documents », 2007, p. 37-39.

pour lui présenter Alexandre Yakushev, l'agent de l'OGPU qui organise le passage de la frontière, puis l'arrestation de Reilly à Moscou le 27 septembre. Au début de 1927, elle écrit à la veuve de Reilly, prétendant qu'elle vient de découvrir le véritable sort de son mari et son exécution. Maria Zakharchenko se « suicide » en mai. Dans un article de la *Pravda* du 6 juillet 1927, Genrikh Grigorievitch Iagoda, vice-président de l'OGPU à partir de 1924, la dénonce comme ayant été un agent de l'Intelligence Service.

Je remercie le Centre national du livre pour son aide fidèle et pour la bourse de création qui m'a permis de mener à bien l'écriture de ce roman.

Merci également à Léon Aïchelbaum, Joël Bouvier, Ioulia Chevelina, Jean Raymond Hiebler, Delphine Katrantzis, Dominique Mancini, Philippe Ouvrard, Yves Paysant, Machiko Remondet, Florence Roques, Jean-Claude Schineizer, Miyako Slocombe, Georgina et Douglas Slocombe.

La citation de l'introduction est extraite de *L'Horizon*, de Patrick Modiano, Paris, Gallimard, 2010.

Les extraits du livret de l'opéra de Giuseppe Verdi *Simon Boccanegra*, par Francesco Maria Piave et Arrigo Boito, sont reproduits ici dans leur traduction française par Gilles de Van, Paris, Gérard Billaudot Éditeur, 1978.

Les récits des années 1917-1918 à Petrograd m'ont été inspirés par les souvenirs de Lola Kinel : *Under Five Eagles. My Life in Russia, Poland, Austria, Germany and America, 1916-1936*, Londres, Putnam, 1937.

La « lettre de rupture » du chapitre III et la « lettre d'Elma » du chapitre XXI sont les traductions par moi-même d'une lettre écrite en juillet 1921 par mon grand-père George Slocombe à Edna St. Vincent Millay et d'une lettre écrite en novembre 1921 par Edna St. Vincent Millay à son mentor, le poète américain Arthur Davison Ficke.

Le quatrain[1] lu par le colonel Yatskov au chapitre XIV est extrait de « Blood on the Coal », un des six poèmes de la plaquette *Gaucheries* (chez William Bird, imprimeur, Paris, 1922) de George Slocombe, qui interviewa Mussolini à Cannes en janvier 1922 et fut quelques mois plus tard l'envoyé spécial du *London Daily Herald* à la Conférence de Gênes, où il se rendit en compagnie de son ami et confrère Ernest Hemingway.

1. « *One less mouth to feed, / One less arm to earn, / For there's blood on the coal-face, / And all the coal you burn.* »

DU MÊME AUTEUR

Phuong Dinh Express
Les Humanoïdes associés, 1983
et PUF, 2002

L'Empire érotique
La Sirène, 1993

La Crucifixion en jaune

Vol. 1 : Un été japonais
Gallimard, 2000
et « Folio Policier », n° 406

Vol. 2 : Brume de printemps
Gallimard, 2001

Vol. 3 : Averse d'automne
Gallimard, 2003

Vol. 4 : Regrets d'hiver
Fayard, 2006

Saké des brumes
Baleine, 2002

Carnets du Japon
PUF, 2003

La Japonaise de St. John's Wood
Zulma, 2004

Nao
PUF, 2004

Envoyez la fracture !
La Branche, 2007
et « Pocket », n° 14908

Mortelle Résidence
Éditions du Masque, 2008

L'Océan de la stérilité

Vol. 1 : Lolita Complex
Fayard, 2008

Vol. 2 : Sexy New York
Fayard, 2010

Vol. 3 : Shanghai connexion
Fayard, 2012

Christelle corrigée
Le Serpent à plumes, 2009

L'Infante du rock
Parigramme, 2009

Monsieur le Commandant
NiL éditions, 2011
et « Pocket », n° 15468

Avis à mon exécuteur
Robert Laffont, 2014

Pour la jeunesse

Les Évadés du bout du monde
Syros, 1987

Le Détective du Palace Hôtel
Syros, 1988, 2008

Le Bandit rouge
Nathan, 1992

Malédiction à Chinatown
(avec Étienne Lavault)
Hachette, 1994

Qui se souvient de Paula ?
Syros, 2008

Le Faux Détective
Syros, 2011

Détective sur cour
Syros, 2012

Deux détectives chez Dracula
Syros, 2014

COMPOSITION : NORD COMPO À VILLENEUVE-D'ASCQ
IMPRESSION : CPI BRODARD ET TAUPIN À LA FLÈCHE
DÉPÔT LÉGAL : SEPTEMBRE 2014. N° 118553 (3005993)
IMPRIMÉ EN FRANCE

Éditions Points

Collection Points Policier

P1451. L'homme qui souriait, *Henning Mankell*
P1452. Une question d'honneur, *Donna Leon*
P1453. Little Scarlet, *Walter Mosley*
P1476. Deuil interdit, *Michael Connelly*
P1493. La Dernière Note, *Jonathan Kellerman*
P1494. La Cité des Jarres, *Arnaldur Indridason*
P1495. Électre à La Havane, *Leonardo Padura*
P1496. Le croque-mort est bon vivant, *Tim Cockey*
P1497. Le Cambrioleur en maraude, *Lawrence Block*
P1539. Avant le gel, *Henning Mankell*
P1540. Code 10, *Donald Harstad*
P1541. Le Château du lac Tchou-An, *Frédéric Lenormand*
P1542. La Nuit des juges, *Frédéric Lenormand*
P1559. Hard Revolution, *George P. Pelecanos*
P1560. La Morsure du lézard, *Kirk Mitchell*
P1561. Winterkill, *C.J. Box*
P1582. Le Sens de l'arnaque, *James Swain*
P1583. L'Automne à Cuba, *Leonardo Padura*
P1597. La Preuve par le sang, *Jonathan Kellerman*
P1598. La Femme en vert, *Arnaldur Indridason*
P1599. Le Che s'est suicidé, *Petros Markaris*
P1600. Le Palais des courtisanes, *Frédéric Lenormand*
P1601. Trahie, *Karin Alvtegen*
P1602. Les Requins de Trieste, *Veit Heinichen*
P1635. La Fille de l'arnaqueur, *Ed Dee*
P1636. En plein vol, *Jan Burke*
P1637. Retour à la Grande Ombre, *Håkan Nesser*
P1660. Milenio, *Manuel Vázquez Montalbán*
P1661. Le Meilleur de nos fils, *Donna Leon*
P1662. Adios Hemingway, *Leonardo Padura*
P1678. Le Retour du professeur de danse, *Henning Mankell*

P1679. Romanzo Criminale, *Giancarlo de Cataldo*
P1680. Ciel de sang, *Steve Hamilton*
P1690. La Défense Lincoln, *Michael Connelly*
P1691. Flic à Bangkok, *Patrick Delachaux*
P1692. L'Empreinte du renard, *Moussa Konaté*
P1693. Les fleurs meurent aussi, *Lawrence Block*
P1703. Le Très Corruptible Mandarin, *Qiu Xiaolong*
P1723. Tibet or not Tibet, *Péma Dordjé*
P1724. La Malédiction des ancêtres, *Kirk Mitchell*
P1762. Le croque-mort enfonce le clou, *Tim Cockey*
P1782. Le Club des conspirateurs, *Jonathan Kellerman*
P1783. Sanglants Trophées, *C.J. Box*
P1811. - 30°, *Donald Harstad*
P1821. Funny Money, *James Swain*
P1822. J'ai tué Kennedy ou les mémoires d'un garde du corps *Manuel Vázquez Montalbán*
P1823. Assassinat à Prado del Rey et autres histoires sordides *Manuel Vázquez Montalbán*
P1830. La Psy, *Jonathan Kellerman*
P1831. La Voix, *Arnaldur Indridason*
P1832. Petits Meurtres entre moines, *Frédéric Lenormand*
P1833. Madame Ti mène l'enquête, *Frédéric Lenormand*
P1834. La Mémoire courte, *Louis-Ferdinand Despreez*
P1835. Les Morts du Karst, *Veit Heinichen*
P1883. Dissimulation de preuves, *Donna Leon*
P1884. Une erreur judiciaire, *Anne Holt*
P1885. Honteuse, *Karin Alvtegen*
P1886. La Mort du privé, *Michael Koryta*
P1907. Drama City, *George P. Pelecanos*
P1913. Saveurs assassines, *Kalpana Swaminathan*
P1914. La Quatrième Plaie, *Patrick Bard*
P1935. Echo Park, *Michael Connelly*
P1939. De soie et de sang, *Qiu Xiaolong*
P1940. Les Thermes, *Manuel Vázquez Montalbán*
P1941. Femme qui tombe du ciel, *Kirk Mitchell*
P1942. Passé parfait, *Leonardo Padura*
P1963. Jack l'éventreur démasqué, *Sophie Herfort*
P1964. Chicago banlieue sud, *Sara Paretsky*
P1965. L'Illusion du péché, *Alexandra Marinina*
P1988. Double Homicide, *Faye et Jonathan Kellerman*
P1989. La Couleur du deuil, *Ravi Shankar Etteth*
P1990. Le Mur du silence, *Håkan Nesser*
P2042. 5 octobre, 23 h 33, *Donald Harstad*
P2043. La Griffe du chien, *Don Wislow*
P2044. Mort d'un cuisinier chinois, *Frédéric Lenormand*

P2056. De sang et d'ébène, *Donna Leon*
P2057. Passage du Désir, *Dominique Sylvain*
P2058. L'Absence de l'ogre, *Dominique Sylvain*
P2059. Le Labyrinthe grec, *Manuel Vázquez Montalbán*
P2060. Vents de carême, *Leonardo Padura*
P2061. Cela n'arrive jamais, *Anne Holt*
P2139. La Danseuse de Mao, *Qiu Xiaolong*
P2140. L'Homme délaissé, *C.J. Box*
P2141. Les Jardins de la mort, *George P. Pelecanos*
P2142. Avril rouge, *Santiago Roncagliolo*
P2157. À genoux, *Michael Connelly*
P2158. Baka !, *Dominique Sylvain*
P2169. L'Homme du lac, *Arnaldur Indridason*
P2170. Et que justice soit faite, *Michael Koryta*
P2172. Le Noir qui marche à pied, *Louis-Ferdinand Despreez*
P2181. Mort sur liste d'attente, *Veit Heinichen*
P2189. Les Oiseaux de Bangkok, *Manuel Vázquez Montalbán*
P2215. Fureur assassine, *Jonathan Kellerman*
P2216. Misterioso, *Arne Dahl*
P2229. Brandebourg, *Henry Porter*
P2254. Meurtres en bleu marine, *C.J. Box*
P2255. Le Dresseur d'insectes, *Arni Thorarinsson*
P2256. La Saison des massacres, *Giancarlo de Cataldo*
P2271. Quatre Jours avant Noël, *Donald Harstad*
P2272. Petite Bombe noire, *Christopher Brookmyre*
P2276. Homicide special, *Miles Corwin*
P2277. Mort d'un Chinois à La Havane, *Leonardo Padura*
P2288. L'Art délicat du deuil, *Frédéric Lenormand*
P2290. Lemmer, l'invisible, *Deon Meyer*
P2291. Requiem pour une cité de verre, *Donna Leon*
P2292. La Fille du Samouraï, *Dominique Sylvain*
P2296. Le Livre noir des serial killers, *Stéphane Bourgoin*
P2297. Une tombe accueillante, *Michael Koryta*
P2298. Roldán, ni mort ni vif, *Manuel Vásquez Montalbán*
P2299. Le Petit Frère, *Manuel Vásquez Montalbán*
P2321. La Malédiction du lamantin, *Moussa Konaté*
P2333. Le Transfuge, *Robert Littell*
P2354. Comédies en tout genre, *Jonathan Kellerman*
P2355. L'Athlète, *Knut Faldbakken*
P2356. Le Diable de Blind River, *Steve Hamilton*
P2381. Un mort à l'Hôtel Koryo, *James Church*
P2382. Ciels de foudre, *C. J. Box*
P2397. Le Verdict du plomb, *Michael Connelly*
P2398. Heureux au jeu, *Lawrence Block*
P2399. Corbeau à Hollywood, *Joseph Wambaugh*

P2407. Hiver arctique, *Arnaldur Indridason*
P2408. Sœurs de sang, *Dominique Sylvain*
P2426. Blonde de nuit, *Thomas Perry*
P2430. Petit Bréviaire du braqueur, *Christopher Brookmyre*
P2431. Un jour en mai, *George Pelecanos*
P2434. À l'ombre de la mort, *Veit Heinichen*
P2435. Ce que savent les morts, *Laura Lippman*
P2454. Crimes d'amour et de haine, *Faye et Jonathan Kellerman*
P2455. Publicité meurtrière, *Petros Markaris*
P2456. Le Club du crime parfait, *Andrés Trapiello*
P2457. Mort d'un maître de go, *Frédéric Lenormand*
P2492. Fakirs, *Antonin Varenne*
P2493. Madame la présidente, *Anne Holt*
P2494. Zone de tir libre, *C.J. Box*
P2513. Six heures plus tard, *Donald Harstad*
P2525. Le Cantique des innocents, *Donna Leon*
P2526. Manta Corridor, *Dominique Sylvain*
P2527. Les Sœurs, *Robert Littell*
P2528. Profileuse. Une femme sur la trace des serial killers, *Stéphane Bourgoin*
P2529. Venise sur les traces de Brunetti. 12 promenades au fil des romans de Donna Leon, *Toni Sepeda*
P2530. Les Brumes du passé, *Leonardo Padura*
P2531. Les Mers du Sud, *Manuel Vázquez Montalbán*
P2532. Funestes carambolages, *Håkan Nesser*
P2579. 13 heures, *Deon Meyer*
P2589. Dix petits démons chinois, *Frédéric Lenormand*
P2607. Les Courants fourbes du lac Tai, *Qiu Xiaolong*
P2608. Le Poisson mouillé, *Volker Kutscher*
P2609. Faux et usage de faux, *Elvin Post*
P2612. Meurtre et Obsession, *Jonathan Kellerman*
P2623. L'Épouvantail, *Michael Connelly*
P2632. Hypothermie, *Arnaldur Indridason*
P2633. La Nuit de Tomahawk, *Michael Koryta*
P2634. Les Raisons du doute, *Gianrico Carofiglio*
P2655. Mère Russie, *Robert Littell*
P2658. Le Prédateur, *C.J. Box*
P2659. Keller en cavale, *Lawrence Block*
P2680. Hiver, *Mons Kallentoft*
P2681. Habillé pour tuer, *Jonathan Kellerman*
P2682. Un festin de hyènes, *Michael Stanley*
P2692. Guide de survie d'un juge en Chine, *Frédéric Lenormand*
P2706. Donne-moi tes yeux, *Torsten Pettersson*
P2717. Un nommé Peter Karras, *George P. Pelecanos*
P2718. Haine, *Anne Holt*

P2726. Le Septième Fils, *Arni Thorarinsson*
P2740. Un espion d'hier et de demain, *Robert Littell*
P2741. L'Homme inquiet, *Henning Mankell*
P2742. La Petite Fille de ses rêves, *Donna Leon*
P2744. La Nuit sauvage, *Terri Jentz*
P2747. Eva Moreno, *Håkan Nesser*
P2748. La 7e victime, *Alexandra Marinina*
P2749. Mauvais fils, *George P. Pelecanos*
P2751. La Femme congelée, *Jon Michelet*
P2753. Brunetti passe à table. Recettes et récits *Roberta Pianaro et Donna Leon*
P2754. Les Leçons du mal, *Thomas H. Cook*
P2788. Jeux de vilains, *Jonathan Kellerman*
P2798. Les Neuf Dragons, *Michael Connelly*
P2804. Secondes noires, *Karin Fossum*
P2805. Ultimes Rituels, *Yrsa Sigurdardottir*
P2808. Frontière mouvante, *Knut Faldbakken*
P2809. Je ne porte pas mon nom, *Anna Grue*
P2810. Tueurs, *Stéphane Bourgoin*
P2811. La Nuit de Geronimo, *Dominique Sylvain*
P2823. Les Enquêtes de Brunetti, *Donna Leon*
P2825. Été, *Mons Kallentoft*
P2828. La Rivière noire, *Arnaldur Indridason*
P2841. Trois semaines pour un adieu, *C.J. Box*
P2842. Orphelins de sang, *Patrick Bard*
P2868. Automne, *Mons Kallentoft*
P2869. Du sang sur l'autel, *Thomas H. Cook*
P2870. Le Vingt et Unième cas, *Håkan Nesser*
P2882. Tatouage, *Manuel Vázquez Montalbán*
P2897. Philby. Portrait de l'espion en jeune homme *Robert Littell*
P2920. Les Anges perdus, *Jonathan Kellerman*
P2922. Les Enquêtes d'Erlendur, *Arnaldur Indridason*
P2933. Disparues, *Chris Mooney*
P2934. La Prisonnière de la tour. Et autres nouvelles *Boris Akounine*
P2936. Le Chinois, *Henning Mankell*
P2937. La Femme au masque de chair, *Donna Leon*
P2938. Comme neige, *Jon Michelet*
P2939. Par amitié, *George P. Pelecanos*
P2963. La Mort muette, *Volker Kutscher*
P2990. Mes conversations avec les tueurs, *Stéphane Bourgoin*
P2991. Double meurtre à Borodi Lane, *Jonathan Kellerman*
P2992. Poussière tu seras, *Sam Millar*
P3002. Le Chapelet de jade, *Boris Akounine*

P3007. Printemps, *Mons Kallentoft*
P3015. La Peau de l'autre, *David Carkeet*
P3028. La Muraille de lave, *Arnaldur Indridason*
P3035. À la trace, *Deon Meyer*
P3043. Sur le fil du rasoir, *Oliver Harris*
P3051. L'Empreinte des morts, *C.J. Box*
P3052. Qui a tué l'ayatollah Kanuni ?, *Naïri Nahapétian*
P3053. Cyber China, *Qiu Xiaolong*
P3065. Frissons d'assises. L'instant où le procès bascule *Stéphane Durand-Souffland*
P3091. Les Joyaux du paradis, *Donna Leon*
P3103. Le Dernier Lapon, *Olivier Truc*
P3115. Meurtre au Comité central, *Manuel Vázquez Montalbán*
P3123. Liquidations à la grecque, *Petros Markaris*
P3124. Baltimore, *David Simon*
P3125. Je sais qui tu es, *Yrsa Sigurdardóttir*
P3141. Le Baiser de Judas, *Anna Grue*
P3142. L'Ange du matin, *Arni Thorarinsson*
P3149. Le Roi Lézard, *Dominique Sylvain*
P3161. La Faille souterraine. Et autres enquêtes *Henning Mankell*
P3162. Les deux premières enquêtes cultes de Wallander : Meurtriers sans visage & Les Chiens de Riga *Henning Mankell*
P3163. Brunetti et le mauvais augure, *Donna Leon*
P3164. La Cinquième Saison, *Mons Kallentoft*
P3165. Panique sur la Grande Muraille & Le Mystère du jardin chinois, *Frédéric Lenormand*
P3166. Rouge est le sang, *Sam Millar*
P3167. L'Énigme de Flatey, *Viktor Arnar Ingólfsson*
P3168. Goldstein, *Volker Kutscher*
P3219. Guerre sale, *Dominique Sylvain*
P3220. Arab Jazz, *Karim Miske*
P3228. Avant la fin du monde, *Boris Akounine*
P3229. Au fond de ton cœur, *Torsten Pettersson*
P3234. Une belle saloperie, *Robert Littell*
P3235. Fin de course, *C.J. Box*
P3251. Étranges Rivages, *Arnaldur Indridason*
P3267. Les Tricheurs, *Jonathan Kellerman*
P3268. Dernier refrain à Ispahan, *Naïri Nahapétian*
P3279. Kind of blue, *Miles Corwin*
P3280. La fille qui avait de la neige dans les cheveux *Ninni Schulman*
P3295. Sept pépins de grenade, *Jane Bradley*
P3296. À qui se fier, *Peter Spiegelman*